Es ist Liebe. Das weiß Marnie, aufstrebende Schauspielerin in London, sofort, als sie Nick trifft. Die beiden stürzen sich ins Glück – kostbare Monate lang. Bis Nick nach einem Hirnschlag ins Koma fällt. Jetzt hat Marnie nur ihre Erinnerungen, während sie an Nicks Krankenbett sitzt. Wie soll es weitergehen? Ihre Freundin Pandora rät, die Vergangenheit loszulassen. Marnies Eltern wollen ihr helfen, sind aber eigentlich mit ihrer eigenen Ehekrise beschäftigt. Und dann ist da noch Luke, Pandoras Freund und theaterliebender Banker, der Marnie ermutigt, ihre Bühnenkarriere zu verfolgen. Die täglichen Besuche bei Nick geben Marnie Halt – aber warum kommen ihr nach und nach immer stärkere Zweifel an seiner Liebe?

»Ein ganz wunderbar berührender, aber auch komischer Roman über das Gefühl, das flüchtig ist und ewig währt – die Liebe.« Dolomiten

Weiter Bücher der Autorin:
›Es soll Liebe sein‹
›Liebe im Spiel‹
›Liebe macht lustig‹
›Es klingt nach Liebe‹

Kate Saunders verlor als Teenager ihr Herz ans Theater, wo sie aber lieber hinter als auf der Bühne stand. Als Journalistin und Rezensentin schreibt sie u. a. für die »Sunday Times« und »Cosmopolitan«, ist als Jurorin tätig und arbeitet für das Radio. Sie ist begeisterte Londonerin.

Weitere Informationen, auch zu E-Book-Ausgaben, finden Sie bei www.fischerverlage.de

KATE SAUNDERS

Ein Jahr an deiner Seite

ROMAN

Aus dem Englischen von
Annette Hahn

FISCHER Taschenbuch

MIX
Papier aus verantwortungsvollen Quellen
FSC® C083411

Erschienen bei FISCHER Taschenbuch
Frankfurt am Main, August 2015

Der englische Originaltitel lautet ›Mariana‹

Für die deutschsprachige Ausgabe:

Satz: Pinkuin Satz und Datentechnik, Berlin
Druck und Bindung: CPI books GmbH, Leck
Printed in Germany
ISBN 978-3-596-19175-8

»Dort in der einsamen Hütte wohnt diese
verstoßene Mariana.«
William Shakespeare, *Maß für Maß*

Sie sagte nur: »Mich flieht der Friede;
Mein Teil hier ist die Not!
Er kommt nicht! Ich bin müde, müde;
Ich wollt', ich wäre tot!«
Alfred Tennyson, *Mariana*

1. Kapitel

Auf der Intensivstation ist es warm wie in einem Treibhaus, und Nick liegt als fleischige weiße Orchidee nackt unter einem knappen Laken, umgeben von Schläuchen.

»Hallo, Nick«, sage ich in die von Piepsern durchbrochene gedämpfte Stille. »Mittwochabend … falls du's wissen willst. Und es regnet in Strömen. Ein typischer Londoner Sommer.«

Ich stelle den dürren Plastikstuhl zwischen die Rolltürme voller Geräte neben dem Bett. Ich wünschte, es wäre niedriger … oder der Stuhl höher, wie bei einem Schiedsrichter in Wimbledon, so dass ich Nick im Ganzen sehen könnte. So, wie ich jetzt dasitze, mein Kinn in Höhe seiner Schulter, fühlt es sich nicht richtig an.

»Wir haben den Abend freibekommen«, erzähle ich. »Von ›Onkel Wanja‹ läuft die erste Vorpremiere, und ›Wie es euch gefällt‹ spielen wir nicht vor nächstem Donnerstag. Wärst du jetzt zu Hause, würden wir uns indisches Curry bestellen und einen unserer langweiligen Abende verbringen, die du immer so geliebt hast.«

Wahrscheinlich hat es keinen Sinn, dass ich das tue, aber ich tue es trotzdem. Nicks Eltern sind tot, und seine Schwester lebt in Frankreich. Ich bin also seine nächste Angehörige, und es ist meine Aufgabe, ihm immer wieder Geschichten zu erzählen für den Fall, dass er doch etwas mitbekommt. Ich habe schon vor Monaten aufgehört, mir dumm dabei vorzukommen.

»Was Neuigkeiten von der Arbeit betrifft«, fahre ich fort, »frage ich mich, ob dich das überhaupt noch interessiert, selbst wenn du mich hören kannst. Ich gehe mal davon aus, dass es das tut – früher wolltest du alles hören, und das alte Modell ist das einzige, an das ich mich halten kann.« Ich höre auf zu reden, um seine Hand zu berühren … warm und schlaff, vertraut und auch wieder nicht. Ich tue das hin und wieder, um mich zu vergewissern, dass er nicht tot ist, was seine Abwesenheit umso seltsamer macht. »Die große Neuigkeit von der Arbeit ist, dass die Besetzungsliste für ›Maß für Maß‹ steht, und ich Zweitbesetzung für die Mariana bin … große Erleichterung! Ich war sicher, dass sie mich nach dem ganzen Urlaub, den ich für meine Besuche hierher genommen habe, loswerden wollten. Aber manchmal überraschen einen die Leute ja – Sam war außergewöhnlich verständnisvoll. Er ist deutlich netter zu mir, seitdem es passiert ist. Ich glaube, er zündet Kerzen für dich an. Er sagte: ›Ich weiß, dass du mit dem Großteil deiner mentalen Energie woanders sein wirst, aber das ist okay.‹ Ich konnte kaum antworten vor lauter Dankbarkeit. Jetzt kann ich das Haus halten und den besten Teil meiner Zeit für dich aufsparen.«

Nick und ich sind Schauspieler. Ich habe eine unbedeutende Stelle in dem riesigen steinernen Ameisenhaufen des *National Theatre*. Nick war im selben Ensemble – vor der Hirnblutung, durch die er hier gelandet ist. Seit sechseinhalb Monaten ist er bewusstlos. Auf der Glasgow-Koma-Skala liegt er einen Punkt über tot. Ich versuche, den Ausdruck »Wachkoma« zu vermeiden. Zum einen ist er technisch nicht korrekt, denn die Übergänge zwischen Koma, Wachkoma und sogenanntem Minimalem Bewusstseinszustand sind fließend und lassen sich nicht eindeutig abgrenzen. Zum anderen ist er durch seine Bewusstlosigkeit nicht zum »Gemüse« geworden. Er ist nicht tot. Eher so was wie verschollen-und-vielleicht-tot. Ich bin sicher, dass irgendetwas von ihm noch da ist und irgendwo herumwandert. Wenn ich daran nicht mehr glauben kann, bin ich erledigt.

»Heute Nachmittag war Textprobe der Zweitbesetzungen«, erzähle ich ihm. »Es war traurig. Keiner konnte sich an was erinnern, und Neil hat uns runtergeputzt, wir wären faul. Wörtlich sagte er: ›Wie soll das beim nächsten Mal laufen, wenn jemand einen Schlaganfall hat und ihr ohne Vorwarnung ran müsst?‹ Dann hat er schuldbewusst zu mir geguckt und ›Sorry, Marnie‹ gesagt.«

Ich war nicht da, als es passierte, aber meine Kollegen haben sich gegenseitig überboten, mir jedes dramatische Detail in aller Einzelheit zu schildern. Jetzt habe ich eine Reihe Bilder lebhaft vor Augen: wie Nick sich in der Pause irgendwie angeschlagen fühlte und dann plötzlich, kurz vor Beginn des zweiten Akts von »Phädra«, in der kleinen Umzugskabine links der Bühne zusammenbrach. Es war eine Produktion, bei der ich nicht mitspielte und deshalb auch nicht da war, wobei ich bezweifle, dass ich eine große Hilfe gewesen wäre. Ein Mann mit Fliege musste die Zuschauer über die Verzögerung informieren, während sie die Zweitbesetzung in irgendein Kostüm zwängten.

Meine Mutter findet, ich solle nicht ständig daran denken, aber natürlich rufe ich mir diese Nacht immer wieder ins Gedächtnis; ich knibbele daran wie an Wundschorf. Ich beschwöre die Erinnerung an mich selbst herauf, wie ich zu Hause in munterer Unwissenheit Bolognese-Soße koche, als der stellvertretende Theaterleiter mich anruft und mein schönes Leben endet – mit einem Schlag, einfach so. Sie bringen ihn erst ins St. Thomas, das dem Theater am nächsten liegt. Dort habe ich den jetzigen Nick das erste Mal gesehen, unbeweglich, stumm und von Schläuchen umgeben. Dort habe ich mich das erste Mal neben ihn gesetzt und gewartet, dass er aufwacht … und darauf warte ich noch heute. Ich warte darauf, dass die akute Krise endet, doch das tut sie nicht – man muss sich einfach daran gewöhnen und sein ganzes Leben im Zustand ausgeklügelten Krisenmanagements leben.

»Du hättest bestimmt gelacht«, sage ich traurig.

Ich beobachte seinen Brustkorb, der sich zum Rhythmus des Beatmungsgeräts hebt und senkt, was mich an eine Wellenmaschine im Schwimmbad erinnert. Die Atemgeräusche sind zu regelmäßig. Wenn Nick richtig schläft, seufzt er und zuckt gelegentlich. Ich habe meinen Kopf immer auf seinen Oberkörper gelegt. Ich stelle mir vor, wie er plötzlich die Hand hebt, um mein Haar zu streicheln – so wie ich es tausendmal gespürt habe, ohne groß darüber nachzudenken. Aber ich habe aufgehört, solche Dinge ernsthaft zu erhoffen.

Er war da, und dann war er es nicht mehr. Er ist gegangen, ohne sich zu verabschieden. Wo ist er hin? Gibt es einen Ort für Menschen, die in der Ritze zwischen den Pflastersteinen steckenbleiben? Eine Art Vorraum zum

Jenseits, wenn es das überhaupt gibt? Wenn nicht, was dann?

»Jedenfalls ... Wo war ich?« (Als könnte er irgendeinem Gedankengang folgen.) »Die Textprobe, genau. Du weißt ja, wie es einen so komisch albern macht, wenn man ausgeschimpft wird. Als Neil uns entließ, gingen wir alle noch in die Bar, und weil ja keine Aufführung war, haben wir ein paar Gläser Wein getrunken und herumgeblödelt – ich habe gelacht und gelacht, aber es hat schrecklich wehgetan, weil ich dich so vermisse ... du hättest sicher deinen Bollywood-Tanz aufgeführt.«

Es erscheint grotesk, fast frevlerisch, sich seinen blassen Körper singend und tanzend vorzustellen. »Und dann bin ich direkt hierhergekommen«, erzähle ich weiter. Ich werde ihm nichts vom ungemütlichen Fußweg den Haverstock Hill hinauf erzählen, durch regennasse Windböen, mit Blick auf fahles Sommerlaub vor schiefergrauem Himmel. »Nach Hause wollte ich nicht. Ich hasse es noch immer, ins leere Haus zu kommen, ohne dass du da bist. Pan arbeitet im Zelt ... davon hab ich doch erzählt, oder?« Meine Freundin und Untermieterin Pandora spielt – nach fünf langen arbeitslosen Monaten – die Titania in einem Theaterzelt, das durch die Londoner Parks zieht. »Bei diesem Wetter macht es keinen besonderen Spaß – hatte ich erwähnt, dass es in Strömen regnet? Sie müssen auf Lattenrosten laufen und Gummistiefel unter den Röcken tragen ... Pan klebt immer Tesafilm auf ihre Nippel, damit sie nicht so rausstehen.«

Ich erzähle nicht, dass eine gewisse Spannung zwischen uns herrscht, weil ich ihre schwindende Unterstützung spüre. Ich habe den starken Verdacht, sie denkt, ich sollte nicht mehr herkommen.

»Du könntest mal einen Tag aussetzen«, meinte sie erst heute Morgen. »Das wird er doch gar nicht merken, oder?«

Ich sagte, was ich dann immer sage: dass ich Nick weiter besuchen werde, bis er entweder aufwacht oder stirbt. Im Moment tut er nichts davon – beides zu hoffen und gleichzeitig zu fürchten kostet viel Energie.

»Ich will doch nur nicht, dass du dich an falsche Hoffnungen klammerst, das ist alles. Vielleicht solltest du anfangen, darüber nachzudenken, was du tun wirst, wenn er nie mehr aufwacht.«

»Das mache ich dann, wenn – oder falls – es so weit kommt.«

»Ich meine ja nur … Eines Tages musst du es vielleicht einfach akzeptieren und … ihn gehenlassen.«

Ich habe nicht geantwortet, aber ich bin immer noch wütend. Ich werde es nicht akzeptieren. Ich werde ihn nie gehen lassen.

»Auf jeden Fall lässt sie dich herzlich grüßen«, erzähle ich Nick. Warum, weiß ich nicht. Pan hat keine Grüße ausrichten lassen. Seit er in dieses Krankenhaus verlegt wurde, nur zehn Minuten Fußweg von unserem Haus entfernt, hat sie ihn kein einziges Mal besucht.

»Ich werde versuchen, etwas zu schreiben, während sie weg ist«, füge ich hinzu. Meine schriftstellerischen Ambitionen sind kein Geheimnis – meine Freunde und meine Familie wissen, dass ich für gewöhnlich ein unvollendetes Meisterwerk in der Mache habe (diese Angewohnheit habe ich von meiner Mutter geerbt, die seit

Jahren an derselben grässlichen Geschichte schreibt). Was keiner weiß, ist, dass ich aufgehört habe, mir Dinge auszudenken, und jetzt lieber schreibe, was mich wirklich bewegt. Ein ganz und gar privates Unterfangen, das mich beruhigt, wenn ich zu nervös bin, um mich auf irgendetwas anderes zu konzentrieren, und mir das Gefühl gibt, das Chaos in irgendeine Form zu bringen.

»Natürlich denkt sie, ich sollte einen lustigen Liebesroman schreiben«, erzähle ich Nick. »Ms Pandora Thorpes Vorstellung von Literatur besteht aus einem Haufen Vögelei und geschmackloser Witze, die zu Hochzeitsglocken führen. Sie meint, sie mag positive Storys, die ihr ein ›push-up‹-Gefühl geben. Tja, ich weiß nicht genau, was ich gerade schreibe, aber bei ›push-up‹ denke ich eher an BHs, und ich versuche nicht, jemandem ein positives Gefühl zu vermitteln. Es ist nichts auch nur annähernd Komisches an einem Koma. Das ist nur für meine Augen bestimmt – und für deine, wenn du wieder wach bist.«

Da bin ich an dem Morgen, an dem ich Nick zum ersten Mal begegne. Ich bin achtundzwanzig, hübsch auf eine unaufdringliche Art, mit hellbraunem Haar und braungrünen Augen. Etwas ungelenk schiebe ich mich in den Proberaum Eins, tief unten in den Eingeweiden des *National Theatre*, beladen mit Tasche, Manuskript und Kaffeebecher, als ein Mann, den ich nicht kenne, mir die Tür aufhält.

Er hat glattes dunkles Haar, eine lange dünne Nase mit kleinem Höcker und große, seelenvolle Augen. Sein scheues Lächeln betört mich. Seinen Namen erfahre ich erst, als wir zur ersten Leseprobe in einem Kreis aus Plastikstühlen sitzen. Das Ensemble ist groß, und Sam, der Regisseur, lässt uns alle unsere Namen sagen.

»Dominic Sedley«, sagt Nick, und unsere Blicke treffen sich.

Wir lesen »Wie es euch gefällt« – Shakespeare ist der König der Dramatiker, und wir sind schließlich das Nationaltheater. Ich bin die Zweitbesetzung der kleinen Rolle der Phöbe. Nick spielt – so richtig – den Silvius, er gehört zur Stammbesetzung. Es besteht strikte Klassentrennung zwischen der Erst- und der Zweitbesetzung, was ihm einen Hauch von Glamour verleiht.

Der Silvius ist keine große Rolle, aber Nick hat eine sehr angenehme Stimme – selbst, wenn er nur so dahinspricht, wie man das bei Leseproben macht, weil man noch nicht schauspielern soll. Ich sehe ihn immer wieder an, so wie man einen Mann ansieht, in den man sich verlieben könnte. Abgesehen davon ist mir ziemlich langweilig. Die Rolle der Rosalind spielt der Star einer Fernseh-Soap. Sie wird ihre Sache ganz gut machen, obwohl sie jetzt wie erstarrt ist, weil sie im *National Theatre* sitzt und Shakespeare liest, und daher fast unhörbar.

Ich befinde mich neben Rosa Parry, der Erstbesetzung für die Phöbe. Gemäß den Regeln des Theaters sollte ich als Zweitbesetzung eifersüchtig auf sie sein, aber ich mag Rosa, und sie ist gleichzeitig auch Zweitbesetzung für die Rosalind, also sitzen wir mehr oder weniger im selben Boot. Während ich immer wieder zu Nick sehe, beäugt Rosa nervös das Fernsehsternchen und kritzelt für mich auf ihr Manuskript: »Sie ist SO DÜNN!« Ich kritzele »Mini-Titten!« zurück, um sie aufzumuntern, da niemand bestreiten kann, dass Rosa diesbezüglich bestens bestückt ist.

Rosa hat außerdem eine große Klappe, mit der sie uns beide Nick später vorstellt – und zwar mittags in der Kantine, wo wir in der Schlange zufällig hinter ihm stehen. Er trägt diesen scheuen Neuer-Junge-am-ersten-Schultag-Ausdruck im Gesicht, den man leicht bekommt, wenn man sich in diesem großartigen Kulturmonument befindet.

»Hi, ich bin Rosa Perry – tut mir leid, deinen Namen habe ich vergessen –, und das ist Marnie Rivers.«

»Dominic Sedley.« Er lächelt, und seine schönen dunklen Augen sehen in meine.

Ich habe eine Schwäche für derart dunkle Augen, schwarz wie Melasse, glänzend und beunruhigend in seinem schmalen weißen Gesicht. Ich hoffe, Rosa denkt nicht, dass ich für ihn schwärme, was alles so billig machen würde. Ich bin von Natur aus sehr romantisch, und Nicks Augen lösen schlagartig Gefühle in mir aus.

»Du hast hier vorher noch nie gespielt, oder?«, will Rosa wissen. »Bilde dir noch kein Urteil über das Hauptgericht, bevor du nicht die heutigen Reste gesehen hast – die kommen vom Restaurant oben und sind manchmal richtig lecker.«

»*Wirtschaft, Horatio, Wirtschaft*«, sagt Nick.

»Was?«

»Hamlet«, sage ich und stupse Rosa mit meinem Tablett in den Rücken. »*Das Geback'ne vom Leichenschmaus gab kalte Hochzeitsschüsseln.* Von diesem Typen … na, wie heißt er noch gleich? … Shakespeare!«

»Hach, du bist ja so eine Intellektuelle«, meint Rosa leichthin. »Ich kann mich an keine Zeile aus Stücken erinnern, in denen ich nicht gerade spiele – offen gestanden, habe ich genug Probleme, selbst WENN ich es tue.«

Jetzt sind wir damit beschäftigt, unser Essen auszusuchen. Rosa ist gierig und vergisst Nick, während sie ihr Tablett mit Frikadellen, Pommes, überbackenem Brokkoli und Apfelkuchen belädt. Das TV-Sternchen, das ein paar Plätze vor uns mit Salat und einer Flasche Wasser dasteht, wird sichtbar blass, als sie es sieht.

»Armes Kind«, murmelt Rosa ein wenig zu laut, »ich wette, sie hat seit Jahren keine ordentliche Mahlzeit mehr gegessen.«

Rosa hat ein gutes Herz und beschließt, das schlotternde Sternchen unter ihre Fittiche zu nehmen. Sie führt das Mädchen zu dem langen Tisch, den unsere Truppe mit Beschlag belegt hat (wir unterhalten uns gern mit Schauspielern anderer Produktionen, essen aber immer nur mit unseren eigenen Leuten), und beteiligt mich an ihren furchteinflößenden Versuchen, sie auszuhorchen. Das Mädchen heißt Lizzie. Sie hat einigen Aufruhr verursacht, als ihre Fernsehfigur ihren Ehemann umbrachte, und sie ist sehr hübsch – groß, naturblond und model-dünn –, aber so eingeschüchtert von diesem Ort, dass wir ihr vergeben. Nick sitzt am anderen Ende des Tisches, und ich höre fast auf, mir über ihn Gedanken zu machen.

Den Nachmittag verbringen wir mit Planungen für die Stellprobe (erste Bewegungsabfolgen, die ins Manuskript gezeichnet werden), und erst als wir um sechs entlassen werden, kann ich wieder mit ihm sprechen.

»Tja, tschüs dann«, sage ich. Nicht gerade originell – aber schließlich will ich ja auch nichts von ihm. Oder?

»Ja, tschüs«, erwidert er.

Auf meinem Nachhauseweg nach Gospel Oak laufe ich immer ein Stück. Ich bin nicht besonders sportlich, aber ich muss mich jeden Tag einige Male an der frischen Luft bewegen, sonst kann ich nicht denken. Gerade jetzt, wo ich den Großteil meiner Zeit in diesem unterirdischen Proberaum verbringe, ist das besonders wichtig. Manchmal nehme ich die U-Bahn von Waterloo bis Belsize Park, was dann etwa eine Viertelstunde von meiner Haustür entfernt liegt. Manchmal nehme ich auch den Vierer-Bus bis Dartmouth Park Hill und die Abkürzung durch den nächstliegenden Ausläufer des Hampstead Heath Park. Heute ist es der Bus, der in der Rushhour erträglicher ist. Er ist gerammelt voll, aber ich habe Glück und kann mir im oberen Stockwerk einen Platz ergattern.

Ich starre mit leerem Blick aus dem Fenster und überlege, was ich morgen anziehen werde. Nun, da bei der Arbeit die Möglichkeit einer Romanze besteht, reichen meine Jeans nicht aus. Ist meine weiße Bluse gewaschen? Falls ja und falls ich sie tatsächlich anziehe … ist das zu offensichtlich? Mein Sexleben gleicht momentan der Wüste Gobi – seit über einem Jahr gab es nicht mal etwas Lockeres. Seit meiner eher einseitigen Affäre mit einem unbedeutenden Stückeschreiber, noch auf der Schauspielschule damals, war ich nicht mehr richtig verliebt. Ich habe vergessen, wie es sich anfühlt und was genau man tut.

Pandora hält mich für ungewöhnlich – und ungewöhnlich gut dran –, weil ich im Allgemeinen nicht auf andere Schauspieler stehe. Das große Problem beim Sich-in-Schauspieler-Verlieben besteht darin, dass sie so gut darin sind, alle äußeren Anzeichen des Verliebtseins zu zeigen – Liebe, wie sie für den ersten Rang im Theater aussehen muss, oberflächlich, ohne Tiefgang. Die Liebe eines Schauspielers (wie ich Pan nach einer enttäuschenden Affäre am *Sheffield Crucible Theatre* einmal voll Bitterkeit erklärte) ist viel zu oft wie das Manna, das auf die Wüste fiel – fabelhaft, wenn frisch und heiß, furchtbar am Morgen danach.

»Je besser sie sind, desto mehr sind sie von sich eingenommen«, sagt Pan traurig (Pan vergöttert andere Schauspieler, und zwar in dem Maß, dass ich mich frage, ob dies vielleicht der Hauptgrund für sie war, zum Theater zu gehen). Mein erster Eindruck von Nick ist, dass er nicht zu diesen lobeshungrigen eitlen Pfauen gehört. Meiner Mutter – die immer wieder nachfragt, ob ich sicher bin, nicht lesbisch zu sein – würden seine bescheidene Art und sein unaufdringlich gutes Aussehen gefallen (die wirklich Schönen sind meist unerträglich).

Der Bus zuckelt durch verstopfte Straßen Richtung Norden. Als ich schließlich aussteige, blendet der warme Nachmittag gerade in den Abend über, und hinter mir verlässt noch jemand den Bus.

»Marnie.« Es ist Nick.

Wenn ein neuer Bekannter noch von Geheimnis umwittert ist, erscheinen Zufälle wie dieser wie ein Wunder. Sofort beginnt die Welt zu glitzern und zu schmunzeln. »Oh … ja, hallo!«

»Das sieht jetzt vielleicht so aus, als würde ich dir

nachspionieren. Aber ich schwöre, ich habe bis eben nicht gewusst, dass du überhaupt in diesem Bus bist.«

Ich lächle. »Wohnst du hier in der Gegend?«

»Nicht direkt, aber auch nicht weit. South End Green.«

»Ich wohne in Gospel Oak. Komisch, dass ich dich noch nie bei *Marks & Spencer* gesehen habe.«

(Tut mir leid, aber der Beginn einer Romanze ist immer langweilig, wenn man nicht dabei war.)

Wir gehen zusammen durch die Straßen voller Herbstlaub.

»Du musst nicht mit mir gehen«, sage ich. »Ich mache noch einen Umweg, weil ich eine Flasche Champagner kaufen will.«

»Ach, ist schon okay. Die frische Luft tut mir gut. Ist der Champagner für einen speziellen Anlass?«

»Ja, meine Untermieterin Pandora hat Geburtstag.«

»Pandora? Doch nicht etwa Pandora Thorpe?«

»Kennst du sie?«

»O ja, ich kenne Pandora«, erwidert er. »Wir haben letztes Jahr zusammen gearbeitet, in Manchester.«

»Tatsächlich? Dann hast du den Skandal ja hautnah miterlebt, oder?«

»Ja«, sagt Nick. »Es war sehr unterhaltsam. Der alte Knabe hat komplett den Verstand verloren und kam plötzlich mit neuen Zähnen und Toupet an.«

Ich muss lachen, weil Nick auf eine so stille, witzige Art erzählt, die sehr charmant ist, und weil Pandoras Liebesleben ungemein unterhaltsam ist. Bei der Manchester-Affäre ging es um einen sehr berühmten älteren Schauspieler mit zig Exfrauen und einer Nase wie eine reife Pflaume. Meine Mutter, die seit ihrer Jugend für diesen Schauspieler schwärmt, hat die Geschichte sehr genossen – ich musste ihr tägliche Updates per Telefon liefern.

»Das Ganze hat viel mehr Aufmerksamkeit auf sich gezogen als das Stück«, berichtet Nick. »Wir waren alle wie gebannt.«

»Wie ist er denn so? Ich habe ihn nie kennengelernt.«

»Sir Ronnie? Wir haben ihn immer ›Wachkoma‹ genannt, weil sich bei ihm nur eine Augenbraue bewegte.« Darüber müssen wir beide kichern – es geht doch nichts über Lästerei unter Schauspielern. Dann sagt Nick: »Ich habe nie erfahren, wie das Ganze endete. Wenn sie deine Untermieterin ist … Sehe ich das richtig, dass sie ohne ihn weiterleben musste?«

»Ja – seine Frau kannte das schon. Nach der Spielzeit dauerte es noch ungefähr einen Monat.«

»Ich bin froh, dass sie entschieden hat, nicht an gebrochenem Herzen zu sterben.« Sein Blick ist zärtlich und beunruhigend. »Sag ihr mal herzlichen Glückwunsch von mir.«

»Ach, komm doch zum Anstoßen vorbei.« Ich nutze die Gunst der Stunde. »Es liegt ja bei dir auf dem Weg.«

»Ich … das ist aber keine Party oder so was, oder?«

»Nein, nur ich und Pan und ihr Freund, und sie würde dich sicher gern sehen.« Ich füge noch hinzu: »Um die Wahrheit zu sagen, ist sie ein bisschen verschnupft, weil sie denkt, wir würden nicht genug Aufwand betreiben – es ist ihr Dreißigster.«

»Oh, dreißig«, sagt Nick, »das kann hart sein. Ich bin kurz nach Weihnachten dreißig geworden und war überrascht, wie viel es mir ausgemacht hat.«

»Ich habe sie noch nie so deprimiert erlebt. Letzte Nacht hat sie geweint, weil sie denkt, ihre Karriere sei vorbei und sie eine Versagerin – sie hatte jetzt eigentlich schon einen Oscar haben wollen.«

»Du bist noch nicht dreißig, oder?«

»Noch nicht«, sage ich. »Hast du dich wie ein Versager gefühlt?«

»Ich glaube nicht«, sagt Nick. »Eigentlich nur alt.«

»Komm trotzdem zum Anstoßen vorbei. Sie wird sich freuen, dich zu sehen.«

»Wenn du sicher bist, dass ich nicht störe …«

»Ganz sicher.«

»Okay, danke. Ich werde eine zweite Flasche Champagner beisteuern.«

Wir gehen in den Supermarkt und kaufen jeder eine Flasche Champagner einer anständigen Marke (Cava oder Prosecco würde Pan keines Blickes würdigen). Der Rest unseres Wegs ist ein Spaziergang durch Hampstead Heath. Ich gehe auf dem Teerweg, den grünen Abhang des Kite Hill auf der einen, Nick auf der anderen Seite, und fühle mich plötzlich auf verrückte und alberne Weise glücklich.

»Marnie«, sagt er.

»Hmm?«

»Ich überlege gerade … Bist du nach dem berühmten Hitchcock-Film benannt?«

»Natürlich nicht. Warum sollten mich meine Eltern nach einer Kleptomanin benennen? Das ist die Kurzform von ›Mariana‹ … aus ›Maß für Maß‹.«

»Und dem Tennyson-Gedicht … *Ich bin müde, müde, ich wollt', ich wäre tot.*«

»Das Lieblingsgedicht meiner Mutter. Sie war Englischlehrerin.«

»Ein schöner Name«, sagt Nick. »Und ich glaube, du gehörst zu den fünfundzwanzig Prozent der Schauspieler, die lesen. So wie ich.«

»Ich halte fünfundzwanzig für zu hoch. Die meisten sind Kulturbanausen wie Pandora, die nie was liest, außer wenn eine Rolle für sie dabei ist. Ich sage ihr ständig, sie sei ungebildet. Lesen, um sich ganz in etwas zu verlieren, ist ihr völlig fremd.«

»Das ist auch kein Konzept, mit dem sich Schauspieler wohlfühlen«, meint Nick. »Die meisten von uns haben das Gefühl, unsere Identität hängt am seidenen Faden und muss ständig neu bekräftigt werden – ich bin überzeugt, dass wir in erster Linie deshalb auf die Bühne wollen.«

Ich würde gern etwas erwidern, kann mich aber nicht erinnern, warum ich zum Theater wollte, und mag jetzt auch nicht darüber nachdenken. »War das für dich der Grund?«

»Ich kann mich nicht erinnern«, sagt Nick. »Entweder das oder meine grundlegende Abneigung gegenüber richtiger Arbeit.«

Wir gehen auf die Fußgängerbrücke zu, die über die Bahnlinie führt, vorbei am Spielplatz und der Laufbahn.

»Machst du es immer noch gern?«, frage ich.

»Meistens – wenn ich gerade spiele. Die Zeiten dazwischen werden härter. Ich kann eigentlich nichts anderes. Ich habe versucht zu schreiben.«

»Ich auch.« Ich bin immer vorsichtig, wenn ich das verrate, und versuche, wie beiläufig zu klingen.

Nick lächelt. »Das habe ich mir gedacht. Ich weiß nicht, warum … also, eigentlich weiß ich es doch. Du bist eher der still beobachtende Typ.«

Still beobachtend? Ist das gut – oder findet er mich langweilig?

Ich wohne in einem der Häuser nahe der Fußgängerbrücke. Ich bin dort aufgewachsen – das Haus gehört meinen Eltern, die sich im Ruhestand nach Madeira verzogen haben. Es ist eine große, gediegene, gemütliche Doppelhaushälfte aus rotem Klinker, und der Unterhalt bereitet mir oft genug Kopfschmerzen. Die Instandhaltungskosten sind enorm und lassen sich durch den Schauspieler-Mindestlohn gerade eben decken, aber Mum erwartet trotzdem, dass ich Miete zahle und mich außerdem mit den endlosen Klempnerproblemen herumschlage. (Ich könnte hinzufügen, dass das typisch für sie ist; ihre Berechnungen waren von Anfang an falsch und beruhten hauptsächlich auf Phantasien. Ohne Pan und ihren Freund wäre ich in echten Schwierigkeiten.)

Pan hört den Schlüssel und kommt zum Eingang, um mich zu begrüßen, einen großen Strauß tiefroter Rosen im Arm. Sie weint, genau wie heute Morgen, aber diesmal strahlt sie dabei vor Glück.

Wenn sie so ist, hat Pandora wirklich etwas Strahlendes an sich. Sie reißt alle Energie eines Raumes an sich und versetzt dich in einen Zustand der Passivität, so dass du sie beobachtest wie jemanden auf einer Kinoleinwand. Sehr zu ihrem Leidwesen ist Pan keine klassische Schönheit – mit ihren knapp ein Meter achtzig ist sie zu groß und, ohne direkt dick zu sein, dennoch irgendwie zu kräftig. Sie ist wie eine Statue – irgend so eine edwardianische Frauenfigur in langen Gewändern, die ein Provinzrathaus auf ihrem Haupte trägt. Alles an ihr ist etwas zu … übertrieben: die eifrige laute Stimme, die selbstbewusst geschüttelte, blondgefärbte lange Mähne – und ihre unerschütterliche Überzeugung, sie sei die beste Schauspielerin ihrer Generation, um die ich sie seit unserer gemeinsamen Zeit an der Schauspielschule beneide.

»Nochmals herzlichen Glückwunsch«, sage ich. »Ich habe einen alten Bekannten von dir mitgebracht, und wir haben beide Champagner dabei.«

»Nicholas!«, kreischt Pan und nimmt Dominic in den Arm. »Das ist ja unglaublich!«

»Um Himmels willen«, beschwere ich mich, »er heißt Dominic. Du hast doch erst letztes Jahr mit ihm gearbeitet!«

»Oh, tut mir leid, Dominic Sedley – entschuldige, ich habe dich immer mit Nicholas verwechselt, oder? Zu meiner Verteidigung kann ich anführen, dass ich gerade unter Schock stehe.«

Pan hält mir eine Hand vors Gesicht. Ich brauche ein oder zwei Sekunden, bis ich den blitzenden Ring an ihrem Finger entdecke. Pan ist verlobt.

Ich weiß, was von mir erwartet wird, also umarme und küsse ich sie. Dann überlasse ich meine schwärmende Freundin unserem Gast und gehe in die Küche, wo ich den glücklichen Verlobten entdecke.

»Luke – herzlichen Glückwunsch!« Ich nehme ihn in den Arm und senke meine Stimme. »War das die für morgen angekündigte Überraschung?«

»Ja, aber ich habe mich doch für heute entschieden.« Auch er spricht verhalten. »Du weißt schon … nach diesem Morgen …«

»Ist das ein echter Diamant?«

»Bist du wahnsinnig? Natürlich! Denkst du, ich würde etwas anderes wagen?«

»Oh, Marnie, es war unglaublich romantisch!«, schmachtet Pan, als sie in die Küche stürmt. »Er tat so, als wäre er krank, und kam von der Arbeit nach Hause, dann ist er mit mir im Park spazieren gegangen, bis Kenwood House, und ich war total mies drauf, weil ich so alt bin … da zieht er plötzlich mit großer Geste diesen göttlichen Ring hervor.« Sie drückt ihm einen Liebende-Ehefrau-Kuss auf die Wange.

Das Tolle an Luke Mosse-Parker ist, soweit es Pan betrifft, dass er kein Schauspieler ist. Pan hat es satt, sich in Schauspieler zu verlieben. Luke hat einen echten Erwachsenen-Job in einer der großen Banken der Stadt, und wenn er auch nicht der Typ Banker ist, der Millionen scheffelt, wird Pans Mutter nicht ihre üblichen Einwände hinsichtlich »Perspektiven« anbringen können. Und auch meine Mutter, die liebend gern eine Tochter wie Pan gehabt hätte, wäre entzückt.

Ich bin begeistert; Luke ist mit meilenweitem Abstand der netteste Freund, den Pan je hatte. Er ist sehr groß und schlank, mit kurzen grauen Haaren und Brille und einer meist männlich-besorgten Miene. Irgendwann in grauer Vorzeit hatte er mal vorgehabt, anglikanischer Priester zu werden, aber dann änderte er seine Meinung und ging in die Stadt – von Gott zum Mammon, wie er es immer bezeichnet. Trotz der grauen Haare ist er erst sechsunddreißig. Er hat eine Wohnung in Clapham, die er aber vermietet, und wohnt stattdessen hier. Ich hoffe, das glückliche Paar hat nicht vor, mich zu verlassen – ich werde keinen anderen Untermieter finden, der Wasserhähne reparieren kann.

Luke macht eine Flasche Champagner auf. Als sie leer ist, nimmt er die nächste. Mein Kopf schwimmt vom Alkohol und von der Nähe zu Nick, in den ich mich mit jeder Sekunde mehr verliebe. Wäre ich ein Flittchen, denke ich, und müsste ihn bei der Arbeit morgen nicht sehen, würde ich ihn am liebsten ins Bett zerren. Wenn er seine Zurückhaltung ablegt, ist er wunderbar witzig – er führt Beethovens »Ode an die Freude« als Bollywood-Tanz vor, bei dem der gute alte Ludwig sich im Grabe umdrehen würde, und aufgeschrieben sieht es überhaupt nicht lustig aus, aber wir haben vor Lachen geschrien. Es ist einer dieser Abende, von denen man sich wünscht, sie würden ewig dauern.

Nick geht um Mitternacht, nachdem wir auch noch eine dritte Flasche Champagner und zwei Flaschen Rotwein geleert haben, den die Männer zusätzlich mit Schnapsgläsern voll zweifelhaftem Koch-Cognac hinunterspülten. Er wiederholt mehrmals, dass es ein verdammtes Glück sei, dass er nicht mehr Auto fahren muss. Ich bringe ihn zur Haustür und merke plötzlich, wie betrunken ich bin – es fühlt sich an, als müsste ich aufrecht in einem Ruderboot laufen.

»Ich bin total besoffen«, sagt Nick. »Ich habe mich köstlich amüsiert. Du bist …« Er hält inne und küsst mich, lang und intensiv. »Gutnacht.«

2. Kapitel

»Ich war vollkommen überwältigt«, erzähle ich ihm – ich erwähne diesen Moment oft. Irgendwie hoffe ich, dass das Heraufbeschwören unseres ersten sorglosen Freudentaumels seine Isolation durchdringt. »Ich glaube, in die Küche bin ich zurückge*schwebt*. Pan warf mir vor, dich zu mögen, und meinte, sie würde wetten, dass du in mich verliebt wärst – als ich ins Bett ging, war ich im siebten Himmel.«

Ich halte inne, und die pelzige Stille kehrt zurück und hüllt mich ein. Ich lausche den Piepsern und dem Schnaufen des Beatmungsgeräts. Nicks Haar ist nicht mehr so wie früher. Ich strecke die Hand aus, um eine Strähne durch die Finger gleiten zu lassen – sauber, aber leblos. Es ist der einzige Teil von ihm, der tot aussieht.

»Aufgewacht bin ich allerdings nicht im siebten Himmel – ich hatte einen fürchterlichen Kater, so einen, wo einem alle Gelenke wehtun. Na, du weißt ja, dass ich nichts vertrage. Und wegen der reinen Zweitbesetzungs-Leseprobe am Vormittag hab ich dich erst mittags wiedergesehen. Weißt du noch, wie wir beide rot wurden, als wir uns trafen? Du Mistkerl hast kein Wort zu mir gesagt, was ich fast unerträglich fand. Du hast noch nicht einmal gelächelt.«

Ich unterbreche mich erneut, um Nicks Gesicht zu betrachten. Um das, was ich sehe, wie Nick aussehen zu lassen. Es ist mit ziemlich viel Zeug zugepflastert, einem ganzen Warenlager an Bandagen und Schläuchen. Ich blicke lieber auf den dunklen Schatten der nachwachsenden Barthaare auf seinen Wangen.

»Es ist Sonntag«, erzähle ich. »Ich habe mit Mum gesprochen. Mit Dad zu reden, habe ich auch versucht, aber du weißt ja, wie schrecklich er am Telefon ist. Er ist stocktaub, will es aber nicht zugeben. Mum dagegen … will über Gedichte sprechen. Genauer gesagt, will sie über Tennysons besten Freund Arthur Hallam sprechen. Wie du sicher weißt, ist Hallam überraschend an einer Hirnblutung gestorben, und durch seine Trauer wurde Tennyson zu dem Gedicht ›In Memoriam‹ inspiriert. Ja, genau: eine Hirnblutung. Sie sagte das zweimal, um sicherzugehen, dass ich es gehört hatte – na, du kennst sie ja. Ich sagte, warum hältst du mir Vorträge über viktorianische Poesie? Sie meinte, sie könne nicht anders, als es auf dich zu beziehen.

Ich wies darauf hin, dass Arthur Hallam an einer Hirnblutung gestorben sei, du aber nicht. Mum meinte, sie frage sich, ob Tennyson ›In Memoriam‹ auch dann geschrieben hätte, wenn sein Freund nicht tot gewesen wäre, sondern so wie du ins Koma gefallen. Sie meinte, wahrscheinlich nicht, weil dann nur so was wie ›Dein Schläuch' sind heut' so voller Schleim‹ herausgekommen wäre.«

Nick würde das gefallen. Er mag meine Eltern und kann sich über die gelegentlichen Taktlosigkeiten meiner Mutter amüsieren.

»Und nein«, füge ich hinzu, »sie weigert sich immer noch, eine Rückkehr nach London in Betracht zu ziehen, obwohl sie in einem Kuhstall leben und Dad ganz offenbar die Nase voll hat.«

Londons Sonntagsträgheit macht mich lethargisch. Ich habe nicht die Hälfte von dem geschafft, was ich heute tun wollte – läppische Dinge wie Waschen und Bügeln und sicherstellen, dass ich meinen Text für den morgigen Zweitbesetzungsdurchlauf von »Maß für Maß« kann.

»Ich schätze, ich gehe lieber«, sage ich mit Bedauern, als hätten wir eine sprühende Unterhaltung geführt. »Morgen früh ist der gefürchtete Textdurchlauf. Die Worte wollen mir neuerdings nicht so recht im Kopf bleiben.«

Ich erhebe mich und starre auf ihn hinunter. Plötzlich muss ich einen Anfall von Verzweiflung unterdrücken, der ohne Vorwarnung über mich hereinbricht. Die Tränen steigen hoch, und ich schlucke sie hinunter. Ich weine nicht. Wenn ich erst einmal anfange, kann ich nicht wieder aufhören (wie Tennyson sagen würde: *Brich, tief Gefäß eiskalter Tränen, die Gram zu Frost gemacht!*).

»Tut mir leid. Es ist nur so, dass manchmal …« Ich lasse mich wieder auf den Stuhl fallen. »Ich werde dir die Wahrheit sagen. Warum solltest du sie nicht hören, sofern du überhaupt irgendetwas hören kannst? Mum denkt, du bist tot und das hier sei eine sentimentale Farce. Sie sagt, ich solle meine Trauer durchstehen und dich gehen lassen. Warum sagen die Leute so was? Als würde ich dich gefangen halten. Mum sagt … und ich zitiere wörtlich: Warte nicht, bis er abgeschaltet wird, er könnte noch Jahre so liegen. Hinterher tat es ihr leid, sie meinte, sie hätte das wirklich nicht gern gesagt, wo sie dich doch so sehr mag, aber du seist eben nicht mehr du. Laut Mum hast du dich abgemeldet und das Gebäude verlassen, und ich schütte mein Herz in eine große Leere aus.« Ich spreche schnell, als würde ich Nick sagen hören, nun komm doch mal zum Punkt.

»Ich habe es dir gegenüber nie erwähnt, aber es ist nicht das erste Mal, dass sie das gesagt hat. Die Leute scheinen nicht zu wollen, dass ich weiter hoffe. Nick, wenn du noch da bist … irgendwo … wenn da noch ein winziges Fitzelchen von dir ist, das mich hören kann – bitte, versuch zurückzukommen.« Ich neige mich dicht an sein Ohr und senke die Stimme. »Ich wusste nichts von Liebe, bis ich mich in dich verliebt habe. Ohne dich zu leben, kann ich nur ertragen, wenn ich an die Möglichkeit glaube, dass du wieder aufwachst.«

Drei Tage nach dem betrunkenen Kuss bin ich allein im Haus. Pandora ist übers Wochenende nach Gloucestershire gefahren, um Lukes Eltern zu besuchen. Als sie gestern Morgen aufbrach, trug sie überraschenderweise Cordhosen, einen Seidenschal und eine Perlenkette, die sehr alt wirkte. Die Sachen hatte ich noch nie an ihr gesehen.

»Sie sah eins zu eins aus wie Prinzessin Anne«, erzähle ich meiner Mutter, als ich sie anrufe (übrigens rufe immer *ich* an, und zwar von einem Telefon, für das *ich* bezahle). »Sie hat dieses Bild, dass Lukes Eltern zum

Landadel gehören, und das ist ihre Interpretation der erwünschten Schwiegertochter.«

»Sie würde eine hervorragende Edelfrau abgeben«, seufzt meine Mutter. »Werden sie die Hochzeit da draußen feiern?«

»Ich weiß es nicht, da musst du sie fragen.«

»Ich vermute ja mal, dass du Brautjungfer wirst.«

»Da vermutest du falsch«, entgegne ich. »Pan hat mir schon erklärt, dass ich zu dünn bin. Sie will nur Brautjungfern, die dicker und hässlicher sind als sie.«

»Was für ein Blödsinn, sie sieht doch umwerfend aus!«, erwidert Mum energisch und unbedacht (natürlich kann Pandora in ihren Augen nichts falsch machen). »Ich habe ihr gesagt, dass wir zur Hochzeit kommen werden. Was ist mit dir, mein Schatz?«

»Was soll mit mir sein?«

»Wie geht es dir? Wo bist du gerade?«

»In der Küche.« Es ist Sonntagmorgen. Ich trinke Kaffee und lausche der Leere des Hauses. Die Sonne scheint auf den verkrümelten Esstisch und verwandelt das Marmeladenglas in eine bernsteinfarbene Lampe. »Wo bist du?«

»Auf der Terrasse. Ich gieße gerade meine Kräuter. Das Meer ist herrlich blau.«

»Wo ist Dad?«

»Oh, der ist losgefahren, um irgendwo englische Zeitungen zu suchen. Und er meint, von einem Supermarkt gehört zu haben, der unser Lieblings-Puddingpulver aus England verkauft.«

»Er hat Heimweh«, sage ich.

»Blödsinn«, tut sie das ab. »Welcher vernünftige

Mensch würde sich nach Gospel Oak sehnen, wenn er im Paradies leben kann? Wie läuft das Stück? Nie erzählst du was!«

»Wir haben gerade erst mit den Proben angefangen, da gibt es nicht viel zu erzählen.«

»Weißt du schon, was du tragen wirst?«

»Ich gehöre zu einer Gruppe Schäferinnen im Stil des achtzehnten Jahrhunderts.«

»Oh, wie reizend! Und was ist mit dem Mädchen, das in dieser Serie ihren Mann umgebracht hat? Taugt die was?«

Es klingelt an der Tür.

»Ich muss aufhören«, sage ich schnell. »Da hat jemand geklingelt.«

»An einem Sonntagmorgen? Das ist bestimmt nicht wichtig. Ich warte.«

»Nein«, entgegne ich bestimmt, während ich schon auf dem Weg zur Tür bin. (Ich spüre geradezu, wie dieser Anruf meinen Schauspieler-Mindestlohn wegfrisst …) »Bye – hab dich lieb. Grüße an Dad.«

Ich mache die Tür auf – und da steht Nick mit einem Blumentopf.

Ich habe nicht mit ihm gerechnet. Das ist die schönste Überraschung, die mir je passiert ist.

»Hi!« Ich kann meine Freude nicht verbergen und versuche es auch gar nicht.

»Ich wollte mich entschuldigen.«

»Wofür?«

»Ich war neulich Nacht ganz schön blau. Und dann habe ich dich betatscht.«

Ich werde rot. »Es war mehr ein Knutschen.«

»Na ja … ja. Also habe ich dir diese hübsche Begonie bei *Marks & Spencer* gekauft, um zu zeigen, dass ich mich auch benehmen kann.«

Es ist eine sehr hübsche Begonie, die Blüten aprikosenfarben mit rotem Rand. »Das wäre wirklich nicht nötig gewesen, aber sie ist wunderschön«, sage ich. »Komm rein, ich hab gerade Kaffee gekocht.« Ich führe ihn durch den vollgestellten Flur, in dem der alte Drahtesel von Dad und Lukes ultramodernes Fahrrad stehen sowie ein Meer von Stiefeln aus grauer Vorzeit.

»Die Küche gefällt mir«, sagt Nick. »So heimelig.«

»Wenn meine Eltern tot wären«, sage ich, »wäre dies ein fast gruseliger Schrein für sie. Tatsächlich leben sie auf Madeira.«

Er steht vor der Korkpinnwand. »Sind sie das da?« Er deutet auf das große Foto, das ich vor drei Sommern aufgenommen habe: ein Pärchen armer Irrer in mittlerem Alter und unvorteilhaften Shorts, die vor dem sonnenhellen Meer stehen und grinsen. »Die sehen nett aus.«

»Sie sind nett.«

»Meine sind beide tot. Du bist zu beneiden.«

»Oh, das tut mir leid.«

Nick lächelt mich an und setzt sich zu mir an den Tisch. »Ist schon okay, das ist viele Jahre her, und ich komme damit klar. Ich vergesse nur manchmal, dass andere Leute ihre Eltern noch haben. Wo sind deine Untermieter?«

»Übers Wochenende weggefahren.«

»Ich dachte mir schon, dass es verdächtig ruhig ist. In Manchester hatte ich die Garderobe direkt neben Pandoras, und da war es niemals langweilig. Bist du von Natur aus ein stiller Mensch, oder kommt das, weil du mit so jemand Lautem zusammenwohnst?«

»Meine Mutter ist auch ziemlich laut.« Ich schenke ihm Kaffee ein.

»Hm, schmeckt gut«, sagt er. »Ist das wirklich okay wegen ... du weißt schon ... neulich Nacht?«

Ich will nicht, dass er mich für eine verschmähte Jungfer hält. »Natürlich ist das okay. Wir waren doch alle sturzbetrunken.«

»Gott, ja, das ist das richtige Wort! Du hättest mich sehen sollen, wie ich nach South End Green zurückgetorkelt bin – so voll war ich schon lange nicht mehr. Und am Morgen hab ich mich gefühlt wie faulendes Fallobst.«

»Ich auch«, erwidere ich. »Ich vertrage nicht viel.«

»Das schlimmste war dann mein schlechtes Gewissen.« Nicks Augen sind wunderschön. »Ich hatte Angst, ich hätte meine Chance bei dir vertan. Du bist umwerfend. Mit den Umwerfenden vermassele ich es immer.«

»Du hast es nicht vermasselt. Du kannst es gerne wieder tun, wenn du willst.« Ich sage das leichthin, damit es auch als Witz durchgehen kann, falls er es witzig gemeint hatte, aber das hatte er nicht.

Eine Stunde später liegen wir Rotwein trinkend in meinem Bett.

»Das wollte ich schon von dem Moment an machen, als ich dich das erste Mal sah«, sagt Nick. »Wahrscheinlich hast du gleich bemerkt, dass ich den Blick nicht von dir lassen konnte. Ich habe mir alle möglichen ausgefeilten Pläne zurechtgelegt, um mit dir allein zu sein, nur damit ich deinen Mund beim Sprechen beobachten kann. Deine Augen strahlen, deine Stimme ist wie Flötenklang. Ich wollte dich zum Abendessen einladen. Wirst du trotzdem noch mit mir essen gehen, obwohl du mich schon nackt gesehen hast?« Irgendwo klingelt sein Handy. Nick stöhnt leise. »Oh, verdammt.«

In diesem Moment fällt mir ein, dass ich überhaupt nichts von ihm weiß, und da er Schauspieler ist, könnte das auch seine Freundin sein. Aber er sagt: »Das wird meine Schwester sein. Sie wohnt gerade bei mir. Ich habe ihr gesagt, ich gehe nur mal schnell zu einem Freund. Ich hatte ja keine Ahnung, dass ich mich verlieben würde.«

»Hast du das?«, frage ich. »Passiert dir das häufig?«

»Nein … Schau her: Ich bin nicht der Sir-Ronnie-Typ von Schauspieler. Das ist es, was du beim Klingeln gedacht hast, oder? ›Oh, Scheiße, das ist seine Frau!‹«

Ich muss lachen. »Ich weiß immer noch nicht, ob sie es war oder nicht.« Ich befinde mich im Stadium dümmlicher Zufriedenheit und bin nicht wirklich misstrauisch. Pandoras Maxime geht mir durch den Kopf, dass es beinahe unmöglich ist, sich nicht in einen Mann zu verlieben, der einen beim ersten Mal zum Orgasmus bringt. Nach dieser Maßgabe bin ich bereits heftig verliebt.

»Es gibt keine Frau«, sagt Nick. »Von meiner letzten Freundin habe ich mich vor einigen Monaten getrennt und lebe derzeit als echter Single. Abgesehen davon, dass ich zu den fünfundzwanzig Prozent der Schauspieler gehöre, die Bücher lesen, gehöre ich auch zu den fünf Prozent, die nicht wild durch die Gegend vögeln – nicht mal auf Tourneen.«

»Moment mal«, sage ich. »Jeder vögelt auf Tourneen – das zählt noch nicht mal als Untreue.«

Er grinst. »Tust du das? Sei ehrlich.«

»Nein, aber das kommt womöglich daher, dass ich noch nie mit jemand Attraktivem auf Tournee war.«

»Ich wüsste nicht, dass das jemals jemanden abgehalten hätte.« Nick nimmt mir das Glas ab und zieht mich in seine Arme. Ich bin wie betrunken von dem Gefühl seiner warmen nackten Haut auf meiner. »Marnie«, sagt er, »das war wirklich meine Schwester. Sie heißt Francesca und wohnt zurzeit mit ihrem Mann und ihrem Baby bei mir in der Wohnung. Klingt das ehrenhaft genug?«

»Sehr.«

»Jetzt musst du mir noch sagen, dass bei dir kein eifersüchtiger Anderer im Hintergrund lauert.«

»Nein, keiner.«

»Weil ich glaube, dass ich mich tatsächlich gerade in dich verliebe, und ich muss sicher sein.«

»Oh, da kannst du ganz sicher sein«, murmele ich in seine Halsbeuge. Als ob irgendein anderer Mann in der Welt es mit ihm aufnehmen könnte! Ich bete ihn an. Er fährt mit den Fingern über meine Wirbelsäule, und ich spüre die Resonanz in meinem Körper wie bei einem Instrument.

»Warte mal«, meint er. »Mir fällt da was ein: Pandora will bestimmt wissen, wie viele Punkte ich auf dem Wonnometer erreiche.«

»O Gott, du weißt von dem …?«

»Ich hab dir doch gesagt, ich hatte die Garderobe nebenan. Sir Ronnie bekam acht, soweit ich weiß.«

»Am Ende wurde er aber auf zwei runtergestuft.«

»Was gibst du mir?«

»Eine Neun.«

»Neun? Warum keine Zehn?«

»Eine Zehn kriegt keiner – eine Zehn ist so wahnsinnsphantastisch, dass es einen umbringt.«

Nick schiebt sich auf mich. »In diesem Falle … *sei gewahr, dass dein Untergang naht.*«

3. Kapitel

Wenn ich an Nicks Bett sitze, kann ich nicht an Sex denken – nicht, weil es in moralischer Hinsicht falsch erscheint, sondern weil das Ganze so abwegig und unmöglich geworden ist. Hat dieser weiße Körper je auf meinem gelegen? Hat er geseufzt und gestöhnt und Lust empfunden? *(Wahrlich, können diese bleichen Knochen leben?)*

Der Nachmittag draußen ist warm; ich bin auf dem Weg zum Theater, wo ich als Teil einer fleißigen, Möbel rückenden Gruppe im Zweitbesetzungsensemble von Ben Jonsons »Bartholomew Fair« spiele (der Produktion vor »Wie es euch gefällt«, bevor ich Nick kennenlernte). Ich bin wahrscheinlich die einzige Schauspielerin der Welt, die es aufrichtig genießt, Teil einer Gruppe zu sein – es ist geistig anspruchslos, und die elisabethanischen Tänze, die wir in dieser Inszenierung aufführen, machen ziemlich viel Spaß.

»Es ist ein schöner Tag heute«, erzähle ich Nicks Lidern (dem am leichtesten ansprechbaren Teil von ihm). »Wenn du wach wärst, würde ich den Abend mit dir verbringen wollen – am Kenwood House ist heute ein Open-Air-Konzert. Weißt du noch letztes Jahr? O Gott, unvorstellbar! Wir haben fast den Jahrestag dieses bedeutsamen Abends erreicht! Und noch unvorstellbarer ist, dass du vielleicht gerade irgendwo bist, wo du dich nicht daran erinnern kannst.«

Ich betrachte seine Augenlider genauer. »Das Bild muss doch irgendwo herumschweben: Wir vier beim Picknick auf der Wiese vor dem schönen weißen Haus ... Beethoven und Garnelencocktail ... das Orchester ein paar Kilometer entfernt auf der anderen Seite des Sees. Ich habe neben dir im Gras gelegen und zu den Sternen geschaut. Du hast meine Hand gehalten. Du hast mir zugeflüstert, du wärst noch nie so glücklich gewesen. Und du hast uns alle ständig zum Lachen gebracht, du warst ein Feuerwerk an Esprit.«

Ich lasse das schöne Bild zwischen uns in der Luft hängen und wünschte, ich könnte es ihm schicken, wo immer er auch sein mag.

»Für mich war alles perfekt – ich war so schrecklich in dich verliebt, und es war so romantisch ... obwohl es eigentlich nicht perfekt war, weil Luke und Pan nicht aufhören konnten, sich gegenseitig anzunörgeln, und der Korkenzieher ist durchgebrochen, und du musstest einen von den Leuten neben uns ausborgen. Ehrlich gesagt habe ich nie verstanden, was in dieser Nacht in dich gefahren ist – mir gegenüber warst du ausgesprochen lieb, aber Luke hast du geradezu gequält, so wie du vorgespielt hast, Pan anzugraben.

Und weißt du noch, wie wir auf dem Nachhauseweg getrennt wurden? Im Park war es stockfinster, und keiner von uns hatte an eine Taschenlampe gedacht. Luke und ich merkten plötzlich, dass wir einem bescheuerten Mann hinterhergelaufen waren, der uns immer im

Kreis führte, und als wir endlich nach Hause kamen, meinte Pan, wir sähen aus wie nach vierzig Tagen in der Wüste. Sie hatte sich den Daumen verbrannt bei dem Versuch, den Weg mit einem Feuerzeug auszuleuchten, und abgesehen von deinen ganzen anderen schweren Verfehlungen warst du in Hundescheiße getreten. Sie musste deine Schuhe in den Garten stellen, wo sie dann Ewigkeiten stehen blieben. Du hast dich anscheinend so scheußlich verhalten, dass du ein kleines Vermögen in Wiedergutmachungsblumen investieren musstest – Pan hat mir bis heute nicht genau erzählt, was du alles angestellt hattest.«

»Marnie, hi!« Karel, der netteste aus der Schwadron von Ärzten, die Nick am Leben erhalten, kommt ins Zimmer. »Ich hatte gehofft, dass ich Sie treffe. Wie geht es Ihnen?«

Er ist Anfang dreißig, klein, dunkel und stämmig, stark behaart und aufreizend gesund. Seine Eltern stammen aus Tschechien, und zu meiner Schande muss ich gestehen, dass ich seinen komplizierten Nachnamen nie richtig aussprechen kann. Es gefällt mir, dass er immer freundlich und so wenig sentimental ist.

»Hallo, Karel.« Früher hat es mir was ausgemacht, wenn er mich beim Erzählen irgendwelcher persönlichen Einzelheiten überraschte, jetzt nicht mehr.

Mit distanzierter Sorge studiert er die Anzeigen der Geräte. »Ich werde Ihnen nicht erzählen, wie es ihm geht«, erklärt er. »Das wissen Sie mindestens ebenso gut wie ich.«

»Weder besser«, sage ich, »noch schlechter.« Ich würde gern hinzufügen, dass ich das Gefühl habe, ihn zurückzulassen, und nicht weiß, wie ich es aufhalten soll. Manchmal wünschte ich, ich könnte ihm in die Unterwelt folgen (oder in die Zwischenwelt, wenn das der Ort ist, an dem er sich aufhält), wie Orpheus.

»Und wie geht es Ihnen?«

»Oh, mir geht's gut.«

»Im Ernst, Marnie«, sagt Karel. »Wie geht es Ihnen? Das ist keine leichte Aufgabe, der Sie sich hier stellen.«

»Es ist viel leichter, seit er hierherverlegt wurde. Ich wohne nur ein Stück die Straße runter.«

»Seien wir ehrlich: Es hat keine Veränderungen gegeben. Ich weiß, Sie wollen das nicht hören … aber es wäre vielleicht an der Zeit, langfristig zu denken.«

»Wie meinen Sie das?« Ich fühle, wie sich meine Kehle zuschnürt. Er kommt meiner schlimmsten Angst sehr nahe.

Nicht wenige Patienten mit Hirnblutung erlangen in den ersten Monaten das Bewusstsein wieder. Als es Nick passierte, war ich mir sicher, er werde zu diesen Menschen gehören. Aus einem Monat wurden zwei, dann drei. Nach sechs Monaten ist die Wahrscheinlichkeit der Genesung sehr viel geringer, und nach einem Jahr liegt sie fast bei null. Wir sind jetzt weit über die sechs Monate hinaus, und obwohl ich fest entschlossen bin, weiterhin positiv zu denken, lauert die Zukunft vor mir wie ein aufragender Eisberg im Nebel. Meine schlimmste Angst ist, dass sie es leid werden, auf ihn zu warten, und ihn einfach abschalten.

»Ich sage nur«, fährt Karel fort, »dass wir allmählich auch an die Zukunft denken müssen. Wir sprechen da vielleicht von Jahren.«

»Ja, natürlich«, erwidere ich automatisch – und füge stumm hinzu, dass wir auch von Tagen sprechen könnten.

Ernst betrachten wir Nicks regloses Gesicht, das durch die Bandagen und Schläuche entstellt wird, als wäre er selbst ein Teil der Geräte.

»Vielleicht möchten Sie mit seiner Familie sprechen«, sagt Karel – so sanft wie möglich, aber ich empfinde es trotzdem als brutal. Ich bin nicht die offizielle nächste Angehörige meines geliebten Freundes.

Die Haustür wird zugeschlagen. Pandoras Stimme ertönt: »Marnie!«

Es ist fast sieben. Nick und ich haben es zwar aus dem Bett geschafft, aber wir sind immer noch erkennbar postkoital – barfuß auf dem Sofa mit einem romantischen Snack aus Brot und Käse. Ich merke, dass ich dümmlich grinse.

»So, so«, meint Pan, »was haben wir denn da?«

»Hi, Pandora«, sagt Nick, »wie war das Wochenende?«

»Herrlich – das echte Land lässt den Park hier klein und schäbig aussehen. Luke lädt gerade alle möglichen Naturprodukte aus dem Wagen, und während er noch dabei ist, warne ich euch dringend davor, den Rhabarberwein zu trinken – seine Mutter macht ihn selbst, und er schmeckt fürchterlich.«

»Hat er viel zu tragen? Ich helfe ihm.« Nick zieht Schuhe an und geht nach draußen.

Als wir allein sind, frage ich: »Wie war es wirklich?«

»Mach dir keine Gedanken«, meint Pan munter. »Du hattest Sex.«

»Vielleicht …« Ich grinse.

»Wonnometer?«

»Neuneinhalb – ich bekomme gerade noch Luft.« Ich nehme die vollgekrümelten Teller und das Käsebrett und trage sie in die Küche zurück.

Pandora eilt mir nach. »Oh, du Glückliche! Ich hab fast gar keinen Sex gehabt … Luke ist ja so schon ziemlich gehemmt, aber im Haus seiner Eltern ist er vollständig prüde geworden. Ist das … du weißt schon … richtig ernst mit dir und Nick?«

»Ach komm, wir haben uns doch gerade erst kennengelernt.«

»Dumme Frage«, antwortet Pan selbst. »Du könntest keinen unverbindlichen Sex haben, selbst wenn dein Leben davon abhinge. Und du strahlst total.«

»Ich strahle?«

»Tu nicht so, als ob du nicht wüsstest, was ich meine. Du leuchtest von innen, als hättest du eine Lampe verschluckt. Deine Augen glänzen. Hatte ich nicht gesagt, du würdest dich wieder verlieben?«

»Ich hatte ganz vergessen, wie wunderbar sich guter Sex anfühlt«, gebe ich zu. Ich betrachte Pandora genauer. »Was, um alles in der Welt, trägst du da eigentlich?«

»Das hier?« Sie blickt auf ihre brandneue marineblaue Wachsjacke. »Die hab ich gestern gekauft, als wir in Cirencester waren.«

»Ich dachte, du wärst pleite.«

»Bin ich auch.«

»Die Jacke sieht teuer aus.«

»Ja, aber das ist eine echte *Cutler & Hilditch*, und die wird ewig halten – Joan hat ihre schon seit Urzeiten.«

»Lukes Mutter.«

»Ja.« Pandora scheint mir auszuweichen, und ich ahne, dass sie was verheimlicht. Bevor ich sie ins Kreuzverhör nehmen kann, kommen Nick und Luke herein. Sie schleppen Pappkartons, die sie auf dem Tisch abstellen.

»Tut mir leid, ohne das Zeug wollte Mum uns nicht gehen lassen«, meint Luke entschuldigend. »Das sind Chutney und Marmelade und andere Überreste vom Dorffest.«

»Und köstlicher Rhabarberwein«, sagt Pan und verzieht hinter seinem Rücken das Gesicht.

»Hör auf, hinter mir Grimassen zu schneiden«, sagt Luke. »Ich weiß genau, was du davon hältst.«

Sie lacht und wuschelt ihm durch das kurze, adrett geschnittene graue Haar. »Luke ist sauer, weil ich seinen Vater um ein paar Flaschen des Weins gebeten habe, den wir mitgebracht hatten. Hätte ich nicht gefragt, hätten wir den nie wiedergesehen.«

»Sie trinken eigentlich kaum Alkohol.«

»Du sagst es.« Pan dreht den Korken aus einer Rotweinflasche. »Da wurde großes Hallo um einen Drink vor dem Essen gemacht, und dann kriegten wir Sherry in Gläsern, klein wie Fingerhüte. Meine Eltern wären in Tränen ausgebrochen!«

Luke schmunzelt, aber ich spüre eine gewisse Spannung und freue mich schon auf Pandoras unzensierten Bericht über das Wochenende.

»Ich sterbe vor Hunger«, sagt Pan. »Habt ihr zwei Turteltäubchen schon an Abendessen gedacht?«

Luke seufzt. »Nach dem üppigen Essen bei uns?«

»Ich habe nicht so viel gegessen wie du – ich fand den Rhabarberkuchen etwas zu schwer. Warum bestellen wir uns nicht indisches Curry oder etwas anderes, das nicht vom Komposthaufen deiner Mutter stammt? Nick, du bleibst doch noch, oder?«

»Liebend gern«, antwortet er mit einem hintergründigen Lächeln in meine Richtung (das Pandora natürlich nicht entgeht).

»Was ist mit deiner Schwester?«, frage ich. »Wird sie nichts dagegen haben?«

»Auf keinen Fall! Die sind froh, wenn sie die Wohnung mal für sich haben.«

»Prima, dann wäre das ja geklärt«, meint Pan. »Luke, Schatz, du wirst meine Portion bezahlen müssen, aber ich verspreche, dass das jetzt kein typisches Muster für unsere Ehe wird.«

»Oh, das wird es bestimmt«, sagt Nick. Er lächelt Pandora an, aber mit einer gewissen Schärfe, als würde er sie nicht besonders mögen. Wie geht es mir dabei? Einerseits ist sie meine beste Freundin und Seelenverwandte, und ich will, dass Nick sie mag; andererseits fühle ich mich fast ein bisschen beruhigt, dass er sie nicht so toll findet … ausnahmsweise mag mich mal jemand lieber. Pans Art von Schönheit ist vielleicht gerade nicht in Mode, aber seit unserer ersten Woche an der Schauspielschule muss sie die Kerle quasi mit Stöcken abwehren, wobei ihre Liebesgeschichten in der Regel nicht lange dauern. So lange wie Luke ist noch keiner geblieben.

Luke sagt, er bestellt uns Essen, während er mal eben seine Mails checkt, und eilt nach oben.

»Armer Luke«, meint Nick. »Stellt euch vor, wir müssten sonntagabends noch einen Haufen E-Mails von der Arbeit checken. Aber was könnte da schon drinstehen – ›Schauspielert besser!‹?«

»Luke genießt das«, meint Pan und schenkt uns Wein ein. »All diese Arbeit! Er sagt, das weckt in ihm den Jagdinstinkt.« Sie streift ihre lächerliche neue Wachsjacke ab, hängt sie über eine Lehne und setzt sich auf einen anderen Stuhl. »Gott, bin ich froh, wieder hier zu sein!«

»Aber du konntest es doch gar nicht erwarten, aus London rauszukommen«, fühle ich mich gezwungen, sie zu erinnern. »Du hast gesagt, du würdest dich ja soo sehr nach weiten Feldern und frischer Luft und lauschigen Plätzen mit Blesshühnern, Enten und Reihern sehnen.«

»Und du hast dir all diese Klischee-Landklamotten besorgt«, fügt Nick hinzu, wiederum mit dieser gewissen Schärfe, mit der er sie aus- und nicht anlacht. »Allerdings ohne grüne Gummistiefel.«

Pan sieht ihn an und beschließt wohl, es sportlich zu nehmen. »Die hab ich absichtlich weggelassen, damit mich keiner auf end- und sinnlose Landspaziergänge mitnimmt.«

Wir setzen uns an den großen Küchentisch. Nick schiebt seinen Stuhl dicht neben meinen. Ich fühle mich beschwingt und benommen von seinem Geruch.

»Landspaziergänge sind nur erträglich, wenn sie in einem Pub enden«, sagt Pan. »Mal ganz unter uns: Das Wochenende kam mir unglaublich lang vor. Besonders am gestrigen Abend, der ungefähr zwei Jahre dauerte. Luke und seine Mutter wurden irgendwann ganz still und angespannt … Hinterher erzählte er, sie hätten einen kleinen Disput wegen des Verlobungsrings gehabt – als ob sie das irgendetwas angehen würde!«

»Disput?«, fragt Nick nach.

»Das war ihr Ausdruck, nicht meiner – und ihrem Verständnis nach wohl ein Äquivalent für ›fetten Streit‹. Lukes Eltern sind sehr reich und so geizig, dass der bloße Gedanke daran, Geld auszugeben, sie ganz nervös macht. Joan findet, mein Ring war zu teuer.«

»Hast du angeboten, ihn zurückzugeben?«, will Nick wissen.

»Natürlich«, erwidert Pan kühl. »Aber Luke meint, ich solle mich nicht weiter darum kümmern.«

»Tja – dann war's also kein durch und durch erfolgreiches Wochenende?«

Sie zuckt mit den Schultern. »Die erste Runde habe ich gewonnen.«

Luke kommt – mit gequältem Blick, wie mir scheint – wieder nach unten, und das Essen vom Inder wird geliefert. Nick und ich ziehen unsere Portemonnaies hervor, aber Luke hat schon die Kreditkarte gezückt und besteht darauf, uns einzuladen. Wir räumen die Inhalte der mitgebrachten Kartons in die Speisekammer, decken den Tisch und essen im Licht der Küchenlampen, das intensiver wird, je mehr das Tageslicht abnimmt. Nick legt seine warme Hand heimlich auf meinen Oberschenkel und drückt ihn leicht.

Ich merke, dass ich mir heftig wünsche, er möge die Nacht über bleiben und am Morgen mit mir aufwachen – gleichzeitig hoffe ich, nicht allzu verletzt zu sein, wenn er es nicht tut.

Während Luke mehrfach gähnt, reden wir ein bisschen über die Arbeit. Das bringt Nick und Pan dazu, sich an ihre gemeinsame Zeit in Manchester zu erinnern. Nick ist so dreist, die berühmte Affäre mit Sir Ronnie aufs Tapet zu bringen, und wiederum nimmt Pan es sportlich und lacht … sogar als Nick eine – gefährlich genaue – Parodie des knittrigen alten Schwerenöters abliefert, wie er sich im Text verheddert.

Nach dem Essen okkupiert Luke den Fernseher, und Nick zieht sich zurück, um mit seiner Schwester zu telefonieren – er wird die Nacht über hier bleiben, und ich versuche, ganz locker zu wirken, obwohl ich lauthals lossingen könnte. Pan und ich räumen die Spülmaschine ein und packen die Reste in den Kühlschrank.

»So, so«, meint Pan.

»Hör auf damit.«

»Jetzt ist es also passiert … die Liebe auf den ersten Blick.«

»Was redest du da?«

»So hab ich dich noch nie erlebt! Deine Freunde sind doch sonst eher wie Luke … also nicht, dass daran irgendetwas auszusetzen wäre …«

»Nun sei doch nicht so melodramatisch.«

»Im Ernst … Hast du dein Schicksal getroffen? Und falls ja – wann wirst du es Christine erzählen, und vor allem: was?«

Wir müssen beide schmunzeln. Christine ist meine Mutter, und Pan mag sie fast ebenso gern wie ich. Sie behauptet oft, sie würde meine Eltern ihren eigenen vorziehen.

»Ganz ruhig«, erwidere ich. »Ich denke nicht, dass es schon viel zu erzählen gibt.«

»Ich bewundere deine Vorsicht. Aber du willst, dass es was Ernstes ist, oder? Komm schon, gib's zu! Du bist verliebt!«

»Du weißt, dass ich mit dem Begriff Liebe nicht so um mich werfe wie du.«

»Das kommt daher, dass du auf deinen Sir Galahad wartest, deinen makellosen Ritter.« Pan schenkt sich Wein nach und wird nun, da sich der Alkohol bemerkbar macht, mit jeder Minute munterer. »Ich sage dir immer wieder: Solche Männer gibt es nicht. Wahrscheinlich ist auch Nick nicht so.«

»Und jetzt wirst du mir eine Menge Tratsch über ihn erzählen.«

»Nein, ich weiß keinen ... Ich will dich nur davor warnen, eine weitere Beziehung in den Sand zu setzen, nur weil du auf den verdammten Ritter in strahlender Rüstung wartest.«

Diese Diskussion hatten wir schon oft, und ich werde ungehalten. Ja, ich habe hohe romantische Ansprüche, aber ich hätte mich nicht so schnell in Nick verliebt, wenn ich nicht das Gefühl hätte, er wäre es wert. »Ich erwarte nicht, dass er Sir Galahad ist – sei nicht albern.«

»Du weißt also alles über ihn, oder was?«

»Ich weiß, dass wir dieselben Bücher mögen ... dieselbe Musik ...«

»Und er ist wirklich richtig Single – nicht bloß im Schauspielersinn ...«

Unglücklicherweise kommt Nick in diesem Moment dazu und hört das. Er lächelt, aber ich spüre, dass er ein bisschen verschnupft ist. »Ja, Pandora, ich bin wirklich richtig Single. Soll ich irgendetwas unterschreiben?«

»Okay, tut mir leid. Aber die Frage ist vollkommen berechtigt. Ich muss auf Marnie aufpassen, weil sie viel netter ist als ich, und das macht es moralisch verwerflicher, sie zu verletzen.«

Ihre Loyalität rührt ihn, und er lächelt. »Ich denke nicht im Traum daran, sie zu verletzen.«

»Gut«, sagt Pan bestimmt. »Ich war schon Hunderte Male schwer verliebt, und es hat nicht immer viel bedeutet, aber das ist nicht Marnies Stil.«

»Hör auf!« Ich schlage mit dem Geschirrhandtuch nach ihr. »Das klingt ja, als wäre ich eine alte viktorianische Gouvernante.« Pan meint es gut, aber dieses Bild von mir gefällt mir nicht besonders: so sehnsüchtig und jungfräulich wie bei Charlotte Brontë.

Luke kommt rein, gähnt und verkündet, er gehe ins Bett. Es sei Sonntag, und Menschen, die keine Schauspieler seien, müssten am nächsten Morgen aufstehen.

Pan sagt: »Ich komme in einer Minute nach.«

Er beugt sich über sie und küsst ihren Haarschopf. »Tu mir einen Gefallen und trampel dann nicht herum wie ein Elefant.«

»Liebling«, sagt Pan, »ich werde so leise sein wie ein kleines Mäuschen.«

Sie ist jetzt ganz entspannt, kocht uns allen Tee und liefert einen wahrheitsgetreueren Bericht des Wochenendes.

»Ich will ganz offen sein – aber sagt das dem armen Luke nicht weiter: Es war eine Katastrophe. Das Haus ist riesig und wunderschön, aber feucht und bitterkalt und stinkt nach Hunden und Rosenkohl. Die Badewannen brauchen einen Monat, bis sie vollgelaufen sind, und bevor ihr euch da schmucke Einzelwannen mit Standfüßen vorstellt: sie sind aus grünem Plastik! Ich verstehe wirklich nicht, wie Leute auf dem Land leben können! Was, zum Teufel, kann man da schon machen?«

Nick lacht laut auf – und diesmal nicht scharf oder unfreundlich. »O Gott, das klingt ja schrecklich – habt ihr euch auf dem Nachhauseweg gestritten?«

»Es war mehr ein Disput«, kontert Pan. »Luke meinte, ich hätte mich mehr anstrengen können, während ich ständig der Meinung war, ich würde mich ganz fürchterlich anstrengen. Ich habe ganze zwei Tage den Arsch zusammengekniffen – ich hätte Walnüsse knacken können.«

»Du konntest sie nicht um den Finger wickeln«, stelle ich überrascht fest. »Das passiert dir doch sonst nicht.«

»Glaub mir, ich hab's versucht; aber ich denke, sie hatten sich bereits entschieden, mich nicht zu mögen. Sie wollten, dass er seine letzte Freundin heiratet.«

»Eltern sind so«, meint Nick. »Ich hatte auch mal so ein Wochenende. Ihre Eltern waren völlig gegen mich. Ich hätte der heilige Franz von Assisi sein können, und sie hätten immer noch was zu meckern gefunden.«

Hm, interessant. Nick und ich hatten nicht genug Zeit, alle Details unserer jeweiligen Vergangenheiten zu offenbaren. »Geht es um die, die du fast geheiratet hättest?«

»Ich dachte, ich würde sie heiraten wollen«, sagt Nick. »Zum Glück hab ich es nicht getan.«

»Habt ihr euch wegen ihrer Familie getrennt?«, will Pan wissen.

»Nein, es gab eine Menge anderer Gründe. Lukes

Eltern werden schon damit klarkommen, da bin ich sicher.«

»Hm, das hat er auch gesagt. Anscheinend haben sie diese langweilige Trantüte Deborah vergöttert, und die Hunde auch, und sie hat ach so köstliches Zwetschgen-Chutney gemacht! Luke ist schrecklich loyal, was sie betrifft, aber am Ende hat er zugegeben, dass sie extrem dünne Lippen hatte und keinen Oralsex wollte.«

Nick und ich lachen, doch ich merke, dass ich mehr über die Frau wissen will, die er fast geheiratet hätte. Mir würde nicht im Traum einfallen, ihn danach zu fragen, aber er bringt das Thema selbst zur Sprache, als wir uns in meinem Schlafzimmer ausziehen.

»Es ist ganz eigenartig, wenn ich an das Wochenende mit Harriet denke«, sagt er. »Diese Wand aus Feindseligkeit, die dir entgegenschlägt, wenn die Eltern dich nicht mögen!«

Harriet, aha.

Der Name wird auf meine mentale Landkarte seiner Vergangenheit gesetzt. »Und warum habt ihr euch am Ende getrennt?«

»Ich weiß nicht, die üblichen Gründe ... Sie war ein ganzes Stück älter als ich.«

»Aber du hast seitdem noch andere Freundinnen gehabt.«

Nick zieht mich sanft unter die Bettdecke und nimmt mich in die Arme. »Ein oder zwei ... Keine, die dir das Wasser reichen könnte.«

»Das musst du nicht sagen.«

»Ich weiß, aber ich will es sagen.« Er greift über mich hinweg, um die Lampe auszuknipsen, und der Raum versinkt in das angenehme Halbdunkel, das Stadtmenschen beruhigend finden. »Sieh dir das Mondlicht an – ist das nicht romantisch?«

»Ich glaube, das kommt von den Straßenlaternen.«

»Unsinn, das ist Mondlicht. Und es ist *unser* Mond da oben: der Mond der Liebenden.«

4. Kapitel

Jemand sitzt auf meinem Stuhl. In monotonem Ton liest Luke etwas vor. Irgendwas an seiner Haltung erinnert mich daran, dass er beinahe Priester geworden wäre, aber er liest nicht aus der Bibel. Es ist ein Artikel aus *The Economist* über die Umstrukturierung der Schulden der Dritten Welt.

»Marnie.« Er steht auf, als er mich sieht, und wir umarmen uns. »Ich hatte gehofft, dich zu treffen – beinahe hätte ich eine SMS geschickt, um mich anzukündigen.«

»Es gibt keine Veränderung«, sage ich. »Immerhin geht es ihm nicht schlechter.« Ich höre selbst, wie hoffnungslos das klingt – ginge es Nick nur ein bisschen schlechter, wäre er tot –, aber ich bin stur. Ich gehe zum Bett und gebe Nick einen Kuss auf die Stirn. Für eine kurze Zeit hüllt mich sein Atemrhythmus ein, als wollte er mich mit sich ziehen wie ein treibendes Büschel Tang in einem Fluss.

»Und du sprichst immer noch mit ihm.«

»Ja«, erwidere ich schnell. »Meine Mutter hält mich für verrückt, genau wie Pan, aber ich spreche immer noch mit ihm. Das werde ich tun, bis mir irgendjemand definitiv beweisen kann, dass er nichts hört.«

»Ich halte dich nicht für verrückt«, sagt Luke. »Nicht,

wenn auch nur die geringste Chance besteht, dass er was mitbekommt. Es ist erschreckend schwierig, oder? Mir fällt nie ein, was ich sagen soll. Ich dachte, aus dem *Economist* vorzulesen, ist besser als gar nichts.«

»Das ist wirklich nett von dir«, sage ich. »Ich glaube nicht, dass du befürchten musst, ihn zu langweilen.«

Luke ist der Einzige außer mir, der Treue beweist. Das ermutigt mich nicht so sehr, wie es sollte; als Beinahe-Priester ist er es gewohnt, an das Unmögliche zu glauben. Aber seine Freundlichkeit ist echt, und plötzlich prickelt meine Nasenspitze mit der Androhung von Tränen.

»Ich hatte heute ziemlich früh Schluss«, sagt Luke. Sein Fahrradhelm, die Reflektorjacke und Hosenklemmen liegen in einem Haufen auf dem Boden neben seinem Rucksack. »Es ist ein wunderschöner Abend, und ich hatte Lust, mich durch den Verkehr zu kämpfen.«

»Ich komme direkt vom Proben; wir haben den Abend freigekriegt.«

»Laufen sie gut, die Proben?«

»Ja, danke.«

»Ich habe mit Pan gesprochen.« Er sagt es mit lockerer Stimme, erreicht aber nicht, dass es wie beiläufig klingt.

»Ach, ja?«

»Sie klang gut, dachte ich.«

Wir schweigen. Ich kann nicht widerstehen, Lukes bewohntes Gesicht mit Nicks leerem Schaufenster zu vergleichen.

»Tut mir leid, ich sollte nicht hier mit dir reden«, sagt Luke schnell. »Darf ich dich zum Essen einladen?«

Warum nicht? Seit einem trostlosen Abend vor einigen Monaten, kurz nach Nicks Zusammenbruch, war ich nicht mehr mit Luke essen. Vielleicht wäre es nett, mal wieder richtig mit ihm zu reden. »Du kannst gern zu mir kommen. Pan arbeitet.«

»Nein, ich würde lieber … Ich habe mein Fahrrad neben dem Griechen abgestellt. Lass uns da hingehen.«

Er sieht taktvoll zur Seite, während ich mich über Nick beuge und »Ich liebe dich« flüstere.

Das griechische Restaurant in der Nähe des Krankenhauses ist halbleer, und obwohl wir uns nicht ans Fenster setzen, fühle ich mich trotzdem beobachtet. Luke bestellt eine Flasche »phantastischen« – wie er mir versichert – Rotwein.

»Das schaffen wir doch gar nicht alles«, sage ich. »Und du musst bis ganz nach Camden Town zurückradeln – du wirst unter einen Lastwagen geraten.«

»Pan hat mich dringend gebeten, dich betrunken zu machen.«

»Typisch«, sage ich. »Sie versucht ständig, Alkohol in mich reinzuschütten.« Ich lächle und registriere, dass sie über mich gesprochen haben.

»Sie sagt, du kannst dich nicht mehr entspannen.«

»Wann habt ihr darüber gesprochen? Sie hat nie was erwähnt.«

Luke schiebt mir ein Weinglas herüber. »Und anscheinend schläfst du auch nicht mehr. Das hier könnte helfen – es geht doch nichts über einen kräftigen Italiener, der dich mal so richtig umhaut.«

»Ich muss nicht umgehauen werden.« Ich bemühe mich, nicht gereizt zu klingen. »Und natürlich schlafe ich. Ich weiß gar nicht, wovon sie redet.« Ich trinke einen großen Schluck des unerwünschten Italieners, um zu zeigen, wie normal ich bin. »Wie lange ist es her, seit wir uns das letzte Mal gesehen haben? Ich wundere mich eigentlich, dass wir uns im Krankenhaus nie über den Weg gelaufen sind.«

»Oh.« Luke räuspert sich – ein Zeichen, dass er verlegen ist. Die Augen hinter seiner Brille sind schiefergrau und sehen mich mit freundlicher Besorgnis an. »Ich habe mich bemüht, deine Zeiten am Theater zu berücksichtigen, so dass ich im Krankenhaus die Zeiten abdecken konnte, in denen du nicht da warst. Ich wollte nicht stören.«

Ich komme mir dumm vor – natürlich ist das der Grund, weshalb ich Luke im Krankenhaus nie begegnet bin. Ich bin so sehr auf meinen eigenen Stundenplan konzentriert, dass ich nicht mehr darauf achte, was um mich herum passiert.

»Das ist wirklich nett von dir«, sage ich. »Ich stelle mir immer vor, wie schrecklich es wäre, wenn Nick doch ein Bewusstsein hat und niemand da ist, der ihn kennt. Oder wenn mal irgendwas von ihm aufblitzt und niemand es merkt.« (Oder, füge ich im Stillen hinzu, wenn irgendein Teil von ihm weiß, dass er da immer ganz allein liegt.)

»Bisher ist aber noch nichts aufgeblitzt, oder?«

»Noch nicht.« Meine Sturheit baut sich zwischen uns auf wie eine Wand. Ich trinke noch einen Schluck Wein.

Ein Kellner bringt uns Pitabrot und unzählige kleine Teller mit leckerem Essen, das ich nicht will. Luke schenkt mir nach.

Ich möchte uns vom Thema Krankenzimmer wegbringen. »Ich bin jedenfalls froh, dass du mit Pan gesprochen hast. Sie ist im Moment gut drauf. Du weißt ja, wie anders sie ist, wenn sie arbeitet.«

»Ja, ich hab alles darüber gehört.« Er bringt ein Lächeln zustande. »Sie spielt die Titania im Sommernachtstraum, was immer eine Traumrolle für sie war – aber sie spielt es in diesem Theaterzelt, was natürlich meilenweit von der *Royal Shakespeare Company* entfernt ist. Ich habe auch von dem Typen im Ensemble gehört, der sie sexuell belästigt.«

»Ach, Blödsinn!« Ich finde meine Fassung wieder. »Ich werde dir die richtige Version erzählen. Er belästigt sie nicht – er hat sich unsterblich in sie verliebt, und sie ist sauer, weil sie nichts von ihm will, sondern auf einen anderen aus ist.«

Wir lachen. Luke leidet nicht. Irgendetwas beschäftigt ihn, aber es ist nicht Pan.

»Noch mal langsam von vorn«, bittet er. »Wer ist in sie verliebt?«

»Einer der Schauspieler. Er spielt den Bottom.«

»Bottom? Warte mal, das ist doch der Tölpel, der den Eselskopf bekommt.«

»Genau der. Pan sagt, er sei eine Knalltüte und fett dazu und dass er mit dem Eselskopf tatsächlich besser aussieht.«

»Nimm mal eins von diesen Käsedingern.« Luke schiebt mir den Teller hin. »Na, dann wünsche ich dem armen Kerl viel Glück.«

»Du bist gut davongekommen«, sage ich leichthin. »Pan gibt das mittlerweile sogar selbst zu. Ich bin froh, dass sie nicht mehr sauer auf dich ist. Ich wette, sie hat sich gefreut, dass du angerufen hast.«

»Sie hat mich angerufen«, sagt Luke, wieder ernst.

»Ach!«

»Gestern Abend.« Es scheint, als wollte er mir etwas sagen.

»Aha.«

»Tatsächlich wollte sie über dich sprechen. Sie macht sich Sorgen.«

»Du weißt, dass sie gern übertreibt.«

»Du hast extrem abgenommen«, stellt er fest.

Ich höre, wie ich versuche zu lachen. »Du kennst sie, sie ist besessen vom Gewicht anderer.«

»Sie denkt, du bist krank.«

»Sei nicht albern!« Es stimmt, dass ich viel dünner bin als sonst. Rosa sagt, mein Kopf sei zu groß für meinen Hals und würde so aussehen, als ob er jeden Moment abbrechen könnte, und das Oberteil meiner Schäferinnenbluse wird immer großzügig mit alten Strumpfhosen ausgestopft. Ich weiß nicht, wie oder warum das passiert ist, und es ist mir egal. Nick würde es nicht gefallen, aber das ist erst ein Thema, wenn er wieder aufwacht.

»Marnie, sie hat mich angerufen, weil sie die verrückte Idee hatte, dass du auf mich hörst, wenn schon nicht auf sie. Sie will, dass ich dich überrede, zu einem Arzt zu gehen.«

»Nicht das schon wieder«, falle ich ihm fast ins Wort. »Wir wissen beide, wie sie ist und wie gern sie aus einer Mücke einen Elefanten macht. Ich nehme an, ich sollte dankbar sein, dass sie dich angerufen hat und nicht meine Eltern.«

»Sprichst du nicht mit ihnen?«

»Doch, natürlich, ich verstehe mich großartig mit

ihnen, aber ich will nicht, dass Pan ihnen erzählt, ich würde hier in mich zusammenfallen.«

»Wenn ich verspreche, Nick jeden Tag zu besuchen«, meint Luke vorsichtig, »könntest du sie mal besuchen.«

Mein Hals tut weh. Ein großer Teil von mir sehnt sich danach, mit Mum und Dad auf den rauen Lavasteinen vor ihrer geliebten Hütte auf Madeira zu sitzen. Aber ich kann nicht.

»Ich kann nicht. Tut mir leid.«

»Okay, warum fragst du sie dann nicht, ob sie für ein paar Tage herkommen?«

»Ich glaube nicht, dass ich das ertrage.« Ich kann Luke nicht erklären, dass mein momentaner Tagesablauf, den jeder als schlecht für mich einschätzt, das Einzige ist, das mich einigermaßen bei Verstand hält.

»Marnie«, sagt er fast zärtlich. »Was sollen wir nur mit dir machen?«

»Wirklich, ganz ehrlich«, sage ich, »es geht mir gut.«

»Du siehst aber nicht gut aus. Ich glaube, Pan hat recht: Du solltest mal mit einem Arzt sprechen.«

»Sei nicht albern. Ich spreche mit viel zu vielen Ärzten.«

»Es kann nicht gut für dich sein, jeden wachen Moment in diesem Krankenzimmer zu verbringen.«

»Ich verbringe nicht … Was ist mit meiner Zeit im Theater?«

Luke sieht mich an. »Hör auf, nach ihm zu suchen. Du wirst ihn erst wiederfinden, wenn du zugibst, dass du ihn verloren hast.«

Diese Weisheit schmeckt unangenehm priesterlich. »Schon wieder einer, der mir sagt, ich solle ihn ›gehenlassen‹«, entgegne ich scharf. »Du denkst, Nick ist tot und sollte abgeschaltet werden.«

»Nein …«

Ich werde mich nicht über Luke ärgern. »Und es ist sowieso nicht meine Entscheidung; ich bin nicht seine nächste Angehörige. Das ist seine Schwester Francesca.«

»Aber du hast doch Kontakt zu ihr, oder? Und sie würde dich immer um Rat fragen, was ihn betrifft.«

»Francesca hat weder mit mir gesprochen noch Nick gesehen, seit es passiert ist.«

Luke ist erstaunt. »Ich dachte, sie stehen sich nahe.«

»Sie liebt ihn sehr und war ganz entsetzt über den Hirnschlag. Es ist sehr schwer für sie. Ihre Mutter ist an einer Hirnblutung gestorben, als sie Kinder waren, und Francesca war bei ihr, als sie im Garten plötzlich tot umfiel.«

»O Gott, wie schrecklich! Die arme Frau!«

»Vor ein paar Wochen wollte ich mit ihr sprechen, aber sie ist nicht mal ans Telefon gegangen – ich habe mit dem Ehemann geredet, der mich mehr oder weniger bat, bis auf Weiteres nicht wieder anzurufen.«

»Wie hast du dich dabei gefühlt?«

»Wie geohrfeigt.« Ich mache mir nicht die Mühe, nicht ehrlich zu sein. »Ausgeschlossen. Als würde ich nur zum Krankenhaus gehören.«

»Marnie, diese Isolation …«, Luke greift über dem Tisch nach meiner Hand, »ist nicht gut für dich.«

»Tja, so ist es nun mal. Ich muss mich damit abfinden. Sie liebt ihn und ist am Boden zerstört.«

»Wenn Nick den Anstand hätte zu sterben«, meint Francesca fröhlich, »würde ich seine Wohnung erben, und wir könnten uns etwas Nettes leisten.«

Nick reicht ihr einen Becher Tee. »Tja, Pech gehabt, Pupsi.«

»Okay, das ist vielleicht ein bisschen heftig – aber in dieser Stadt ein Haus zu suchen, macht einen völlig fertig.«

Nicks Schwester sitzt an einem Sonntagmorgen in meinem Wohnzimmer. Sie hat sich aus Nicks Wohnung ausgesperrt und ist gekommen, um seinen Schlüssel zu holen. Ihr Mann und ihr kleiner Sohn sind woanders unterwegs. Francesca ist Ende zwanzig und eine weibliche Version von Nick, allerdings nicht so, wie ich erwartet hatte. Ich hatte mir furchteinflößende französische Eleganz vorgestellt (sie leben in Paris), aber sie ist auf eine nette und normale Weise hübsch, mit Nicks langer schmaler Nase und dunklen Augen.

»Hmm, köstlich, dieser englische Tee«, sagt sie. »Das gehört zu den Dingen, die ich vermisst habe.«

»Ich kann es kaum erwarten, dass du wieder in London wohnst«, sagt Nick. »Ich habe es satt, immer den Eurostar nehmen zu müssen, wenn ich dich sehen will.«

»Wollen wir hoffen, dass wir etwas finden«, sagt Francesca. Zu mir gewandt, fügt sie hinzu: »Es ist schrecklich nett von Nick, dass er uns bei sich wohnen lässt. Seit er dich kennt, ist er immer erstaunlich gutgelaunt.«

Nick beugt sich von hinten über meinen Sessel und gibt mir einen Kuss aufs Haar. »Das stimmt, Marnie. Bevor ich dich kannte, bin ich bei der kleinsten Kleinigkeit in die Luft gegangen.«

»Im Ernst, du bist die Nettigkeit in Person«, betont Francesca. »Wir verwüsten deine Wohnung und langweilen dich mit all den Maklerdetails zu Tode.«

»Schwesterherz, ich sage es dir noch einmal«, meint Nick, »du wirst nichts finden, ehe du nicht aufhörst, in Gegenden wie Primrose Hill zu suchen … die du dir nicht mal leisten könntest, wenn ich tot wäre.«

Die Haustür wird zugeschlagen. Luke kehrt von seiner Laufrunde durch den Park zurück. Er steckt den Kopf durch die Tür. »Ach, 'tschuldigung … Hallo!«

Francesca wird vorgestellt.

»Ich gebe dir lieber nicht die Hand«, sagt Luke. »Ich komme gerade vom Laufen. Möchte noch jemand Tee?«

»Nein, danke, aber ich mache mal ein paar Kekse auf«, sage ich, da ich denke, dass Nick und seine Schwester vielleicht gern einen Augenblick allein wären. Sie erweckt den Anschein, als wolle sie über Immobilien sprechen.

Luke, in seiner kurzen Hose und dem Laufshirt, ist verschwitzt und noch ganz außer Atem. In der Küche stellt er eine braune Tüte aus der Konditorei auf den Tisch und trinkt Orangensaft direkt aus dem Karton. »Ist sie schon aufgestanden?«

»Nein.«

»Die Croissants sind ein Friedensangebot«, erklärt er. »Letzte Nacht habe ich was Falsches gesagt, und wir hatten einen blöden Streit.«

»Was hast du gesagt?«

Luke senkt die Stimme. »Marnie, kann ich dich etwas fragen? Weißt du, was für eine Art Hochzeit Pan erwartet?«

Ich wundere mich, dass er fragen muss. »Teuer und traditionell«, erwidere ich prompt.

»Oh.« Er wirkt beunruhigt.

»Weißes Kleid … Unmengen an Blumen … großes Zelt im Garten.«

»Oh. Ich hatte irgendwie nicht gedacht, dass sie so sklavisch konventionell ist.«

Ich lache und stöhne gleichzeitig. »Machst du Witze? Sie ist die konventionellste Frau auf diesem Planeten.«

»Ach, herrje.« Er sieht unglücklich aus. »Kein Wunder, dass sie sauer war.«

»Luke … nein!« Ich schüttele den Kopf, mehr aus Verzweiflung denn aus Ärger. »Sag nicht, du hast ihr eine bescheidene, kleine Feier vorgeschlagen!«

Erschöpft und deprimiert lässt er sich auf einen Küchenstuhl fallen. »Na ja … Ich habe schon erwähnt, dass ich es lieber ruhiger hätte.«

»Luke! Nein!«

Er lächelt gequält. »Ich habe noch nie einen Sinn in teuren Hochzeitsfeiern gesehen. Ich dachte wirklich, es wäre vollkommen in Ordnung, die Zeremonie im Kleinen abzuhalten und hinterher mit nur ein paar Leuten zu feiern.«

Das Wasser kocht, und ich gieße ihm mitfühlend einen Becher Tee ein. »Das war wirklich sehr dumm von dir. Hast du jemals mitbekommen, dass Pan irgendetwas klein und ruhig will? Gestern hat sie mindestens eine halbe Stunde lang mit ihrer Mutter telefoniert und erörtert, ob sie einen weißen Rolls-Royce oder eine Pferdekutsche nehmen soll. Das ist der Rahmen, um den es hier geht.«

Luke stöhnt.

»Ihre Mutter bevorzugt den Rolls, aber Pan findet, zu einer Landhochzeit passen Pferde besser.«

»Land? Ich dachte, ihre Eltern leben in Macclesfield?«

Die Naivität dieses Mannes ist zum Steinerweichen. »Luke, mein armer Junge, verstehst du denn nicht? Pan denkt nicht im Traum daran, in der Zweifamilienhaushälfte ihrer Eltern – im nachgemachten Tudorstil, mit einer Arztpraxis im Erdgeschoss – verheiratet zu werden. Sie setzt ganz auf eure herrschaftliche Villa in den Cotswolds.«

»Ach du Schande«, sagt Luke. »Ich hatte keine Ahnung.«

Ich finde ein noch nicht angebrochenes Paket Schokoladenkekse und drapiere sie für Francesca auf einem Teller.

»Wollen alle Frauen eine riesige Hochzeit in Weiß?«, will Luke wissen. »Willst du das?«

»Ich weiß nicht. Ich glaube nicht.« Meine Traumhochzeit mit Nick (natürlich träume ich davon) ist ein intimes, romantisches Durchbrennabenteuer nach Venedig oder dergleichen – impulsiv und voller Leidenschaft, mit Veilchensträußen, die hastig einem alten Weiblein auf der Straße abgekauft werden, und vielen anderen Klischees, die alle mindestens ebenso albern sind wie Pans Pferdekutsche.

»Natürlich will ich, dass Pan die Art von Hochzeit kriegt, die sie sich wünscht«, sagt er.

»Nein, willst du nicht.«

Er grinst. »Okay, ich will keine lächerlich teure Hochzeit. Exklusiver Partyservice, geliehene Smokings … ein

Albtraum! Das habe ich ihr letzte Nacht zu erklären versucht: Ich habe gesagt, ich hätte mich entschieden, den größten Teil des Geldes in den Verlobungsring zu investieren.«

»Du bist ein toter Mann«, prophezeie ich ihm.

»Wieso?«

»Du hast den Preis des Rings erwähnt. Das Croissant, das dich aus *der* Nummer wieder rausbringt, muss erst noch gebacken werden.«

5. Kapitel

Mitternacht. Ich sitze in der Küche und höre die Nachrichten auf BBC World Service. Im fernen Madeira tut mein schlafloser Vater wahrscheinlich genau das Gleiche, und ich finde die Verbindung zu dieser gottverlorenen Stunde sehr tröstlich. Ich kann nicht schlafen, weil ich dauernd an den unbeweglichen Nick auf seinem hohen Bett denken muss, der jetzt vielleicht merkt, dass ich nicht da bin … oder vielleicht überhaupt nichts merkt. Was ist schlimmer?

Die Haustür geht leise auf und zu.

»Marnie?« Pan kehrt vom Theaterzelt zurück, das gerade meilenweit entfernt im Ravenscourt Park aufgebaut ist. Sie platzt in die Küche, einen in Zeitungspapier eingewickelten Blumentopf in der Hand. »Ich wusste, du würdest noch wach sein.«

»Hi.« Ich bin sauer, dass sie mit Luke über mich gesprochen hat, aber auch erleichtert, nicht mehr allein zu sein. »Wie ist es gelaufen?«

»Für einen Werktag okay … der grässliche Gavin hat die lautesten Lacher bekommen.« (Der Bottom-Darsteller, der sich so heftig in die undankbare Pan verliebt hat.) Sie knallt den Blumentopf auf den Tisch und verteilt dabei einige Erdkrümel. »Der ist von ihm für dich.«

»Für mich?« Ich öffne das Zeitungspapier und sehe einen großen Topf gemischter Kräuter – Basilikum, Estragon und Salbei –, die frisch und intensiv duften.

»Die zieht er selbst. Ich habe ihm von dir und Nick erzählt.«

»Wie lieb von ihm! Aber musst du das überall herumerzählen?« Mir kommt der – unfreundliche – Gedanke, dass sie das Drama zu ihren Gunsten ausschlachtet.

»Du hast Luke gesehen?«

»Ja. Wir waren essen.«

»Wie geht es ihm? Hat er schon eine neue Freundin?«

»Warum hast du ihm erzählt, ich würde hier quasi zusammenbrechen?«

»Weil du das tust«, erwidert Pan ruhig. »Ich dachte, du hörst vielleicht auf ihn – du hast ihn immer viel mehr ernst genommen als mich.«

»Er war ganz lieb«, sage ich, »aber es war peinlich. Und ich weiß, warum du es gemacht hast, Pan ... Es gehört zu deiner Kampagne, mich davon abzuhalten, mit Nick zu reden.«

Ich habe das noch nie so deutlich ausgesprochen, und wir sind beide erschrocken.

Es herrscht Schweigen. Dann sagt Pan: »Das ist keine Kampagne ...«

»Du denkst, ich verschwende meine Zeit für nichts.«

»Marnie, du kannst nicht ewig trauern.«

»Aber ich trauere nicht.« Ich bin genervt. »Man kann nur um Tote trauern, und Nick ist nicht tot.«

»Tja, wie würdest du es dann nennen?«

»Ich halte Wache.« Ich weiß, das klingt erbärmlich, aber es ist mir egal.

»Lass uns heißen Kakao trinken.« (Pan hätte gern, dass ich irgendwelche Proteinmischungen trinke, um mich »wieder aufzupäppeln«. Da ihr das misslingt, drängt sie mir ständig Becher voll sirupstarker heißer Schokolade auf. Ich finde die süße Pampe ekelhaft, habe aber nicht die Kraft, sie abzulehnen.)

»Okay, aber diesmal bitte nicht mit Sahne«, wehre ich undankbar ab. »Das ist, als wollte man Haferbrei trinken.«

»Ich versuche, irgendwelche Nährstoffe in dich reinzubringen – ich bin schwer versucht, ein Foto zu machen und es Christine zu schicken.«

»Wage es ja nicht! Das meine ich ernst, Pan – Mum ist am Telefon schon schlimm genug. Sie ist sogar noch schlimmer als du. Den ganzen Tag sucht sie auf Wikipedia historische Persönlichkeiten, die Hirnblutungen hatten.«

»O Gott, sie ist die taktloseste Frau auf diesem Planeten.« Pan (die die skandalösen Entgleisungen meiner Mutter gewohnt ist) schüttelt den Kopf und rührt Kakaopulver in zwei Becher mit heißer Milch aus der Mikrowelle. »Du weißt, ich kann sie nicht anlügen, wenn sie nach dir fragt.« Sie quetscht irgendeinen Tubensirup in meinen Becher – der Löffel steht darin jetzt fast von allein. »Sie setzt mich einem ihrer berühmten Verhöre aus, und dann kann ich einfach nicht verhindern, ihr zu sagen, was wirklich los ist … und was ich wirklich denke.«

»Du denkst, sie sollten aufhören, ihn am Leben zu erhalten«, sage ich.

»Lass es doch bitte nicht immer klingen, als wäre ich das totale Arschloch.« Pan stellt die heiße Pampe vor mich hin. »Niemand erhält Nick am Leben. So, wie er ist, lebt er nicht … und du auch nicht.«

»Und?«, frage ich.

»Und was?«

Nick und ich gehen nach einem Probentag von »Wie es euch gefällt« über die Eisenbahnbrücke zu meinem Haus.

»Du weißt schon«, sage ich. »Bleibst du über Nacht?«

Wir gehen mit ein bisschen Abstand. Nick entfernt sich immer wieder ein Stückchen, um auf die Schienen zu spähen. »Oh.«

Mir sinkt der Mut. »Und?«

»Muss ich mich jetzt schon entscheiden?«

»Eigentlich nicht«, sage ich zögernd. »Ich würde es nur gerne wissen.«

»Aber das macht so ziemlich die Spontaneität kaputt«, sagt Nick. »Ich werde nervös, wenn ich denke, du erwartest nachher noch Sex.«

»Ich rede nicht von Sex! So seltsam es klingen mag, aber es gefällt mir einfach, mit dir zusammen zu sein … Zeit mit dir zu verbringen, neben dir aufzuwachen.«

»Das ist schön«, sagt Nick.

Jetzt rege ich mich auf. »Ich dachte, du bist gern bei mir.«

»Oh, das bin ich auch.« Er geht wieder neben mir. »Es ist nur so, dass ich es nicht immer ertragen kann … diesen Zirkus.«

»Was? Wovon sprichst du?« (Irgendwie weiß ich es aber.)

»Ehrlich gesagt spreche ich von Pandora … von der Atmosphäre, die sie schafft. Gott im Himmel – diese Frau macht mich völlig fertig!« Sein Ton ist leicht und höflich, wie immer, aber seine Worte klingen scharf. »Es ist, als würde man in einem Haus mit Lautsprecheranlage wohnen … Sie kann nicht mal eine Tasse Kaffee kochen, ohne es der ganzen Welt mitzuteilen. Sie ist die Personifikation dessen, was die Leute an Schauspielern hassen. Ganz ehrlich, ich verstehe nicht, was du an ihr findest. Ihr zwei seid … so verschieden.«

»Gegensätze ziehen sich an«, sage ich leichthin – auch wenn sich in mir der Widerstand zusammenballt. »Seit dem ersten Semester an der Schauspielschule sind wir beste Freundinnen. Ich war eine unscheinbare kleine Maus in einer Gruppe großspuriger Angeber, und Pan war die einzige Angeberin, die von mir Notiz nahm. Natürlich interessierte sie sich mächtig für sich selbst. Aber eben auch für mich. Und sie ließ es nicht zu, dass die großen Mädchen auf mir herumhackten.«

Darüber muss Nick schmunzeln. »Okay, aber ihr seid auch nicht an der Hüfte zusammengewachsen. Wenn sie mit Luke verlobt ist und Luke eine Wohnung besitzt – warum wohnen sie nicht da?«

»Ich denke, dass sie das irgendwann tun werden. Im Moment ist die Wohnung vermietet.«

»Oh.«

Was geht in seinem Kopf vor? Worüber sprechen wir hier wirklich? Ich beschließe, vom Thema abzulenken. »Ich werde es sehr bedauern, wenn sie ausziehen – sie sind super Mieter, und ohne sie könnte ich mir das Haus nicht mehr leisten.«

»Oh. Aber es gehört doch deinen Eltern … zahlen die nichts dazu?«

»Nein.«

»Oh.«

»Hör auf mit deinem ›Oh‹.« Ich bin jetzt richtig sauer. Wird er mich weniger lieben, wenn meine Eltern ärmer sind, als er angenommen hat? »Da du anscheinend über Geld sprechen möchtest, leg ich die Karten auf den Tisch. Wenn Pan und Luke ausziehen, muss ich andere Untermieter suchen, also wird immer irgendeine Art von Zirkus in meinem Haus los sein – es sei denn, ich vermiete die Zimmer an ein paar Nonnen.«

»Ich habe dich verärgert«, stellt er fest.

»Ja. Tut mir leid, dass mein Haus laut ist und du meine beste Freundin nicht magst. Wir könnten ja auch in deine Wohnung gehen.«

Dies halte ich für meine Trumpfkarte. Francesca und ihre Familie sind vor einigen Wochen nach Frankreich zurückgekehrt, so dass Nicks Wohnung in South End Green wieder frei ist, aber ich habe sie trotzdem noch nie gesehen.

Seine Reaktion ist etwas enttäuschend – er scheint nur verwirrt. »Ja, das könnten wir wohl … daran habe ich noch gar nicht gedacht. Sie ist ein bisschen klein. Dein Haus ist viel schöner.«

»Du könntest deine Wohnung vermieten und bei mir wohnen«, biete ich an. »Luke und Pan werden heiraten, und dann haben wir alles für uns.«

Ha! In Momenten wie diesen wünsche ich mir wirklich, ein Publikum zu haben.

»Ho«, sagt Nick, wie zu einem Pferd.

»Oder ich könnte mit in deine Wohnung ziehen.«

»Aber … meine Wohnung? Du hast sie doch noch nie gesehen.«

Wir gehen den Fußweg zu meinem Haus hinauf.

»Entspann dich«, sage ich. »Ich mache nur Spaß – und versuche, dir klarzumachen, dass meine verabscheuungswürdigen Untermieter zum Gesamtpaket dazugehören.«

Es ist etwas unglücklich, dass wir in einen Zirkus geraten, sobald ich die Tür aufschließe. In der Eingangshalle stehen haufenweise billige Koffer und schäbige Plastiktüten. Mum und Dad sind bei uns eingefallen – wie immer ohne jede Vorwarnung.

Mein Herz hüpft vor Freude, aber ich spüre Nicks Erschrecken. Aus der Küche dringen Stimmen – es klingt wie eine Diplomaten-Cocktailparty in vollem Gang, obwohl da nicht mehr als vier Leute sein können.

»Vielleicht sollte ich lieber gehen«, sagt Nick.

»Das sind meine Eltern – komm und sag wenigstens hallo.« Ich gebe ihm keine Zeit zu widersprechen, sondern schiebe ihn in die Küche.

Einen kurzen Augenblick lang sehe ich einen Schnappschuss meiner Eltern, wie sie einem Fremden erscheinen müssen. Dad ist ruhig und bedächtig, mit einem Kranz weißer Haare um einen großen kahlen Fleck auf dem Kopf. Mum wirkt wie eine ältere Version dessen, wie ich aussähe, wenn ich meine Haare nie kämmen würde. Beide tragen Wanderklamotten – weite, schlabbrige Shorts und marineblaue Fleecejacken. Die Süßen!

Ich umarme sie ohne Rücksicht darauf, was Nick von ihnen hält.

»Und das ist der wunderbare neue Freund, von dem wir schon so viel gehört haben«, sagt Mum.

»Von ›wunderbar‹ weiß ich nichts«, meint Nick, »aber ja, ich bin der neue Freund.«

»Christine Rivers«, sagt Mum und schüttelt kräftig seine Hand. »Mein Mann, Toby.«

Dad bleibt ungerührt sitzen. »Ich schätze, ich sollte die angebrachte Frage stellen: Sind Ihre Absichten ehrenhaft?«

»Nein«, antwortet Nick mit einem kleinen, geheimen Schmunzeln in meine Richtung, bei dem mir ganz warm wird.

»Hör auf, Tobes«, sagt Mum. »Willst du ihn vertreiben? Oh, Marnie, er hat ja so schöne Augen! Es gab Zeiten, da hätte ich für solche Augen alles aufgegeben.«

»Du bist diejenige, die ihn noch vertreiben wird«, schimpft Pan. »Hört auf, eure Tochter zu blamieren.«

Pan und Luke sind festlich gekleidet und auf dem Weg zu einem förmlichen Abendessen, das Lukes Büro veranstaltet. Mit seinen langen Beinen sieht Luke im schwarzen Anzug sehr elegant aus, und Pan ist einfach umwerfend. Sie trägt ein Shiftkleid aus burgunderrotem Samt, in dem ihre nackten Arme wie gemeißelter Marmor aussehen.

»Wow, Pan!«, sagt Nick. »Du siehst aber schick aus.«

»Ja, ist sie nicht hübsch?«, meint auch Mum. »Und Luke, du siehst auch so gut aus!«

»Danke«, sagt Luke artig.

»Wir können die Hochzeit ja kaum erwarten, stimmt's, Tobes?«

»Nein«, sagt Dad. »Wir zählen die Stunden.«

»Ach, sei still, Tobes – ich weiß, du meinst das sarkastisch!«

Ich habe die beiden seit über sechs Monaten nicht gesehen und frage mich, ob etwas anders ist oder ob ich es nach ihrer Abwesenheit nur deutlicher merke. Ist Mum meinem Vater schon immer so oft über den Mund gefahren? Er sagt ohnehin schon wenig und sitzt stattdessen mit gutmütiger Unergründlichkeit einfach da und hält sich an seinem Becher fest.

»Also, Nick«, sagt Mum, »bringen wir den peinlichen Teil gleich ein- für allemal hinter uns. Sie brauchen sich nicht unwohl zu fühlen, wenn Sie mit Marnie schlafen, nur weil wir hier sind. Wir sind sehr wohl in der Lage zu akzeptieren, dass sie erwachsen ist, und natürlich respektieren wir euren Freiraum.«

»Mum!«, schreie ich entgeistert auf.

Das ist so entsetzlich peinlich, dass Pan und Luke kichern müssen.

»Danke vielmals, Christine«, sagt Nick höflich. »Gut zu wissen, dass ich hier nach wie vor splitterfasernackt durchs Haus laufen darf.«

Daraufhin kreischt Mum los, und wir lachen alle.

Dad lächelt hintergründig. »Ach, tun Sie das auch immer?« Er mag Nick, was mich ausgesprochen glücklich macht.

»Die andere Sache ist«, fährt Mum fort, »dass ich Badezimmerprobleme vermeiden will. Dein Vater hört im Bad ja immer gern das Programm von *Today* zwischen sechs und halb sieben. Und dann gehe ich von sieben bis halb acht … Wie du weißt, brauchen die Abflüsse dazwischen eine halbe Stunde Pause.«

»Christine, setz dich hin und trink deinen Tee«, sagt Pan. »Willst du ihn wirklich verscheuchen?«

»Auf keinen Fall«, entgegnet Mum, die Nick mit offener Bewunderung anstrahlt.

»Dann hör auf, über Badezimmerzeiten zu diskutieren, und lass die Lasagne nicht anbrennen. Ich hoffe, es macht dir nichts aus, Marnie … Ich habe eine deiner Lasagnen aus dem Gefrierschrank genommen – sie braucht wohl noch zehn Minuten.«

»Nein, das ist super.« Ich strahle vor Dankbarkeit – gute, alte Pan, jetzt muss ich mir wegen des Abendessens keine Gedanken mehr machen. »Danke.«

Von draußen ertönt eine Hupe. Pan und Luke brechen zu ihrer Veranstaltung auf und lassen nur eine Duftwolke von Pans Parfüm zurück.

Nick ist absolut charmant – auf seine übliche ruhige, witzige Art. Mum, die sich leicht um den Finger wickeln lässt, vergöttert ihn schlichtweg. Beeindruckender ist noch, dass auch Dad von ihm angetan ist. Obwohl er nie etwas dazu sagt, ist mein Vater Schauspielern gegenüber im Allgemeinen recht misstrauisch.

Nach der Lasagne sagt Dad: »Ich setz mich dann mal vor den Fernseher.«

»Oh, Tobes!«, seufzt Mum. »Den ganzen Tag redest du schon davon.«

»Ich habe mich darauf gefreut, von meinem eigenen Sofa aus in meinen eigenen Fernseher zu sehen – ganz egal, was läuft.«

»Was siehst du denn am liebsten?«, erkundigt sich Nick – er und meine Eltern sind schnell zum Du übergegangen.

»Krimis«, sagt Dad. »Wo es zur Sache geht – kein Miss-Marple-Kram.«

Gemeinsam verziehen sie sich ins Wohnzimmer und schalten irgendwas Amerikanisches mit Autoverfolgungsjagden ein. Ich sitze in der Küche und beobachte Mum, wie sie alles, was ich umgeräumt habe, an seinen alten Platz zurückräumt. Das macht sie ganz unbewusst – sie wuselt nur glücklich und geschäftig herum und steckt ihr Territorium neu ab. Ich habe ein bisschen Schwierigkeiten, mir bewusst zu machen, dass ich eine erwachsene Frau mit einem Liebhaber bin und kein Teenager mit pickligem Schwarm.

»Natürlich heiraten die Leute heutzutage später«, meint Mum und räumt fröhlich die Geschirreinsätze in der alten Spülmaschine um.

»Hmm?«

»Ich war Mitte zwanzig, als ich geheiratet habe. Heutzutage scheinen alle zu warten, bis sie mindestens dreißig sind. Zu meiner Zeit wären Pan und Luke schon ein recht altes Hochzeitspaar gewesen.«

»Sag das bloß nicht Pan.«

»Du hast das beste Alter für Hochzeiten erreicht.« Sie sieht mich aufmerksam an. »Es kommt, wenn die Freunde um dich herum mit dem Heiraten anfangen, und es ist ansteckend. Meinst du, du wirst Nick heiraten?«

Ich habe das erwartet. »Ganz ruhig, wir haben uns doch gerade erst kennengelernt.«

»Aber du liebst ihn?«

»Kann sein.«

»Vor mir kannst du nichts verheimlichen, Marnie«, sagt Mum. »Das hier ist wie alle Liebesaffären und

Schwärmereien, die du je hattest, zusammengenommen.«

Meine diesbezügliche Vergangenheit ist nicht gerade bewegt, aber der Spruch sagt trotzdem eine Menge aus. Ich bin ein wenig überrascht, dass es so offensichtlich ist, wie wahnsinnig kitschig ich verliebt bin. Merkt Nick das auch?

Meine Eltern sind so taktvoll, als Erste zu Bett zu gehen. Ich erledige das ganze rituelle Ausschalten der Lichter und Verriegeln der Türen. Nick hat mit keinem weiteren Wort erwähnt, dass er zu sich in die Wohnung gehen will. Er sitzt angezogen auf meinem Bett und wartet auf mich.

»Hör zu, es tut mir leid«, sagt er.

»Warum? Was hast du gemacht?«

»Marnie …« Er spricht sehr leise – meine Eltern schlafen im Nebenzimmer. Er nimmt meine Hand und zieht mich neben sich aufs Bett. Sein markantes Gesicht im Schein der Lampe ist schön und ausdrucksstark. »Wir hatten unseren ersten Streit.«

»Du warst ziemlich ekelhaft«, sage ich.

»Ja, das gebe ich offen zu … ich war ein Arschloch. Ich hatte das Gefühl, allein sein zu müssen, und habe mich schlecht benommen, damit du mich rauswirfst … damit es dann dein Fehler wäre.«

Seine Ehrlichkeit gefällt mir, aber ich ärgere mich auch. »Ich wünschte, du hättest das einfach gesagt. Keiner zwingt dich, jede wache Minute mit mir zu verbringen.«

»Ich hätte auch nicht so gemeine Sachen über Pandora sagen sollen. Es war tatsächlich sehr lieb von ihr, sich um deine Eltern zu kümmern und ihnen Tee zu kochen, noch dazu in voller Abendgarderobe.«

Die Spannung verfliegt. Nick will hier sein, und er hat nicht die Absicht, mich zu verlassen. Denn das hatte ich natürlich befürchtet.

»Sie ist fast so was wie eine Schwester für mich«, sage ich. »Wir stehen uns so nahe, dass ich nicht das Gefühl haben will, sie verteidigen zu müssen.«

»Ich hab mich völlig idiotisch aufgeführt. Und gleichzeitig habe ich mich dafür gehasst, dir wehzutun.«

»Du kannst jetzt aufhören, dich zu entschuldigen.«

»Ich habe nur Panik bekommen, weil ich anfange, etwas zu erkennen.«

»Was?«

Nick springt auf – er hat eine fließende, geschmeidige Art, sich zu bewegen – und greift meine Hände. »Dass ich mich ernsthaft in dich verliebt habe.«

»Oh.«

Er lächelt. »Ist das alles, was dir dazu einfällt?«

Ich kann nur »Oh« sagen, weil mir die Tränen in die Augen schießen. Diese heftige körperliche Reaktion auf so viel Glück macht mich ganz erschrocken.

Zum ersten Mal in meinem Leben liebe ich einen Mann, der mich gleichermaßen liebt. Es ist einfach unglaublich. Ich hatte ehrlich nie damit gerechnet.

»Hast du mich nicht gehört, Marnie? Okay, ich werde es aufschreiben.« Er lässt meine Hände los, nimmt einen Lippenstift von meinem Frisiertisch und schreibt quer über den Spiegel: »ICH LIEBE DICH«.

Das Licht in meinem Innern bricht sich in einem dümmlichen, glückseligen Grinsen Bahn. »Oh, mein Liebster.«

»Ich liebe dich«, sagt Nick. »Und es wäre nett, wenn

du das jetzt auch sagen könntest, damit ich weiß, dass ich nicht meine Zeit verschwende.«

Tränen laufen mir über das Gesicht. »Du weißt, dass ich das tue.«

»Sag es.«

»Ich liebe dich.« (Ich habe das erst zwei anderen Männern gesagt und erkenne jetzt, dass ich es vorher nie so meinte.)

»Das war es, was mich so verrückt gemacht hat. Mir ist plötzlich klargeworden, dass ich ohne dich nicht leben kann.« Nick zieht mich in die Arme und legt seine warmen Hände auf meinen Po. »Es hat mich erwischt – ich bin dir hilflos ausgeliefert und habe das in keiner Weise kommen sehen. Anscheinend habe ich längst nicht so viel Kontrolle, wie ich meine. Du hast mich mir selber vor der Nase weggeschnappt.«

»Aber du weißt es«, sage ich. »Du weißt, wie sehr ich dich liebe.«

Er nimmt wieder den Lippenstift und malt ein Herz um die Worte auf dem Spiegel. Er durchsticht das Herz mit einem Pfeil und schreibt die Buchstaben D und M dazu.

6. Kapitel

Da hängt eine Nachricht für mich am Bühneneingang. »Liebe Marnie, ich sitze heute Abend im Publikum und komme nach der Vorstellung hierher. Harriet Craston.«

Das ist Nicks Harriet, die Frau, die er fast geheiratet hätte. Wir sind uns nie begegnet. Einmal, kurz nachdem es passierte, haben wir telefoniert. Sie wollte wissen, wie es mir geht. Was sie jetzt wohl will? Nick hat kaum von ihr erzählt … alles, was ich weiß, ist, dass sie älter war als er und ihre Familie nicht mit ihm einverstanden war.

Ich komme direkt aus dem Krankenhaus, und die Garderobe erinnert mich auch an eines. Hier herrscht die gleiche luftlose, künstliche Wärme, und es gibt durch Vorhänge abgeteilte Kabinen.

Rosa kommt mit einem Pappteller aus ihrem Abteil »Du warst nicht in der Kantine … ich habe dir ein Würstchen gerettet.«

Noch jemand, der sich Sorgen um mein Gewicht macht. »Danke, aber ich bin nicht wirklich in Stimmung für ein kaltes Würstchen.«

»Ich wette, du hast nichts zu Abend gegessen.« Rosa isst das Würstchen selbst und versucht gleichzeitig, besorgt auszusehen. »Eines Abends wirst du noch aus deinem Kleid fallen.«

»Du bist ja nur neidisch.«

»Na ja … klar«, sagt Rosa. »In gewisser Hinsicht hätte ich es natürlich auch gern, dass mir das passiert – dass all diese Pfunde einfach wegschmelzen –, aber lieber nicht, wenn Paul dafür im Koma liegen müsste.«

Paul ist ihr Ehemann. Ich ziehe mein Schäferinnen-Kostüm an und fühle Bitterkeit. Manchmal ist dieser Mangel an Sensibilität einfach unglaublich. Hat Rosa ihren Mann tatsächlich ins Koma gewünscht, um abzunehmen? Wäre ihr das wirklich lieber als eine Diät? Aber sie tut so was nicht absichtlich. Sie hat sich auf eine Weise an die Situation gewöhnt, wie ich es niemals können werde. Menschen, die nie in dieser Situation waren, können nicht nachvollziehen, wie es dein ganzes Leben und Sein in eine vollständig neue Form presst – fast ist es so, als müsstest du die täglichen Umgangsformen neu erlernen. Das normale Leben ist plötzlich ein anderes Land mit fremden Sitten und Gebräuchen.

Heute habe ich hauptsächlich mit der Krankenschwester gesprochen und nicht mit Nick. Sie hat seine Beine massiert, was ich nicht darf (und ich bin auch nicht sicher, ob ich das will), und wir haben über das Wetter geredet und von einer Party auf einem Schiff, die sie besucht hat. Sie hielt dabei einen seiner Füße fest, und es kam mir seltsam vor, dass die knochigen Gelenke seiner Zehen so vertraut und dennoch so leer aussahen. Ich liebe diesen Mann. Es macht mich krank, ihn zu vermissen. Wie kann ich da nicht dünn sein?

Nach der Vorführung gehe ich zum Bühneneingang. Der Bereich wimmelt nur so von Freunden und Familienangehörigen aller Schauspieler dieses Theaters.

Ich erkenne Harriet sofort. Sie steht abseits der anderen, gleich hinter der Tür. Ich bin ein bisschen erschrocken, wie alt sie ist – mindestens Mitte fünfzig –, und eine Sekunde später, wie schön sie ist – oder wie schön sie einmal gewesen sein muss. Sie hat blondes Haar, und ihre Haut über den hohen Wangenknochen und dem auch sonst perfekt modellierten Gesicht zeigt jede Menge kleine Falten, so dass es aussieht wie ein junges Gesicht in einem alten, zerkratzten Spiegel. Und sie hat diese Art von Eleganz, bei der ich mich staksig und ungelenk fühle.

Sie erwidert meinen Blick und lächelt scheu. »Marnie, hallo! Ich bin Harriet. Es ist schön, Sie endlich kennenzulernen.«

»Hallo.« Wir geben einander die Hand. Ihre fühlt sich kalt und knochig an.

»Danke, dass Sie mit mir sprechen. Wären Sie wohl so freundlich, mit mir etwas trinken zu gehen?«

»Natürlich.«

Wir gehen in eine der schickeren Bars im Theatergebäude. Harriet bestellt einen Gin Tonic für sich und ein Glas Wein für mich. Ich werde das Gefühl nicht los, mit einer Freundin meiner Eltern hier zu sitzen. Sie ist eine Generation älter als ich, und es ist mir unmöglich, sie als ehemalige Geliebte von Nick zu sehen.

»Das ist eine wunderbare Inszenierung«, sagt Harriet.

»Ja, es gab gute Kritiken.«

»Ich habe Dominic darin gesehen, wissen Sie?«

»Ach ja?« Davon weiß ich nichts.

»Ungefähr drei Wochen bevor … Sie wissen schon … bevor es passiert ist. Ich habe ihm nicht gesagt, dass ich da bin. Ich war mit einer Gruppe Frauen aus meinem Buchclub unterwegs, und es wäre komisch gewesen. Ich wollte ihm noch eine Karte schreiben, bin aber nie dazu gekommen.« Behutsam stellt sie ihr Glas ab. »Ich würde ihn gern sehen.«

»Bitte?«

»Im Krankenhaus.«

»Sie brauchen mich nicht um Erlaubnis zu fragen«, sage ich. »Es liegt nicht an mir zu entscheiden, wer ihn besucht.«

»Ja, aber Sie hätten da sein können. Ich wollte mich nicht aufdrängen. Ich dachte, ich sollte Sie vorher warnen.«

»Danke, das ist nett von Ihnen.«

»Ich weiß, dass Sie eine Menge Zeit mit ihm verbringen, mit ihm reden. Das hat mir seine Schwester gesagt – Sie kennen Francesca, oder?«

Sie erwähnt das wie nebenbei, und ich fühle mich furchtbar verletzt. »Sie hat mit Ihnen gesprochen?«

»Ich habe sie auf der Straße getroffen ... Meine Pariser Wohnung liegt ganz bei ihr in der Nähe. Ich glaube, sie wollte nicht mit mir reden.«

»Oh.« Ich spüre große Erleichterung. Ich hätte es nicht ertragen zu wissen, dass Francesca mit dieser Frau spricht und nicht mit mir.

Harriet fährt fort: »Sie war recht abweisend, aber sie konnte ja kaum weglaufen, wo wir uns schon mal gegenüberstanden. Sie sagte, sie habe Dominic nie besucht und fühle sich scheußlich deswegen, und dann meinte sie, Sie seien die Person, die ich fragen müsste.«

»Oh.«

Sie nippt an ihrem Glas. »Wie geht es ihm? Hat es irgendeine Veränderung gegeben?«

»Noch nicht. Er liegt da wie im Dornröschenschlaf und ist mit einem Haufen Maschinen verkabelt.«

Harriets schöne blaue Augen sind von einem feinen Netz an Falten umgeben. »Aber Sie geben die Hoffnung nicht auf.«

»Nein. Es besteht immer noch die Chance, dass es ihm irgendwann besser geht.«

»Ist das die medizinische Meinung oder nur Ihre?«

»Meine«, entgegne ich leicht schnippisch. »Die medizinische Meinung ist geteilt.«

»Ich finde es gut, dass ihm jemand die Treue hält«, sagt Harriet. »Sie haben ihn so geliebt.«

Geliebt – Vergangenheitsform. Die Leute machen das die ganze Zeit. Als hätte die Liebe aufgehört, als es passierte.

»Ich auch«, sagt Harriet. »Früher einmal. Hat er je davon gesprochen?«

»Eigentlich nicht.« Es ist gut möglich, dass diese Frau irgendeine Form sentimentaler Rückversicherung will. Von mir wird sie sie nicht bekommen.

»Francesca sagte, dass er Sie heiraten wollte.«

Sie sagt das ganz ruhig, und ich versuche, auf den Grund meines Weinglases zu blicken.

Nick hat tatsächlich vom Heiraten gesprochen, aber nur als eine Art Witz oder als etwas, das zu fern in der Zukunft liegt, um ernsthaft diskutiert zu werden. Offenbar meinte er es trotzdem ernst: Er hat es seiner Schwester gesagt – und ihr erzählt er bei allem die wahrste Version. Ich weine nicht, aber dies ist einer dieser Momente, die mich wie in einen Strudel hinabreißen können und gegen die ich ankämpfen muss, um nicht zusammenzubrechen.

»Das hat sie natürlich nicht auf der Straße erwähnt. Wir haben uns letztes Jahr getroffen, als sie in London war. Ich hatte mich nach Dominic erkundigt, und Francesca sagte, er habe sich verliebt. Anscheinend hatte sie ihn noch nie so glücklich gesehen.«

Ein Schauer durchfährt mich. Ich habe ihn glücklich gemacht. Wo immer er auch ist: Nick liebt mich und will mich heiraten. Umso wichtiger ist es, dass ich da bin, wenn er zurückkehrt.

»Das war zu einem gewissen Grad auch ein Vorwurf an mich.«

»Bitte?«

»Francesca hat mir wegen der Sache mit Dominic nie wirklich vergeben. Er hat Ihnen nicht erzählt, wie wir uns kennengelernt haben, oder?«

»Nein.« Und ich will es eigentlich auch nicht wissen – aber sie will es mir erzählen.

»Meine Tochter war – ist immer noch – Francescas beste Freundin. Sie sind zusammen zur Schule gegangen, damals, in der Wimbledon-Zeit, als sie noch bei ihren Großeltern von der Sedley-Seite wohnten.«

Ich bin erst bei der Hälfte in diesen Film eingestiegen. Mir wird bewusst, dass es da einen ganzen Kontinent an Nicks Leben »vor mir« gibt, und ich kenne gerade mal die Umrisse. Die Großeltern wurden ein- oder zweimal erwähnt, aber wir sind nie bis Wimbledon gekommen.

»Ich war geschieden«, sagt Harriet, »und einundvierzig. Nick war zwanzig.«

Das bedeutet, dass sie jetzt einundfünfzig ist. Eine

seltsame Vorstellung, dass Nick in einem anderen Leben mit ihr verheiratet sein könnte!

»Sie finden den Altersunterschied grotesk«, sagt Harriet bitter.

»Nein.« Doch, tue ich. Nick hatte mir nicht gesagt, dass sie die Mutter der besten Freundin seiner Schwester war und ganze zwanzig Jahre älter. Hat er sich in sie verliebt, weil er seine Mutter verloren hatte?

»Das fanden jedenfalls meine Kinder. Sie warfen Nick vor, hinter meinem Geld her zu sein und andere schreckliche Dinge. Es wurde immer offensichtlicher, dass es nicht funktionieren würde. Aber wir haben uns sehr geliebt.« Dann fügt sie hinzu: »Ich erzähle das, um Sie wissen zu lassen, dass ich ein wenig nachempfinden kann, was Sie durchmachen.«

»Oh.« Ich habe nicht das Gefühl, dass das ausreicht. »Danke.«

Ich will nicht darauf herumreiten – es ist geschmacklos, eine Hackordnung der Trauer zu erstellen –, aber Harriet hat keine Ahnung, was ich durchmache. Es liegen nicht dreiviertel ihrer Seele in einem Krankenhausbett.

»Ich kann nicht aufhören, an ihn zu denken«, sagt sie. »Ich habe neulich von ihm geträumt. Sie müssen mir sagen, wann eine gute Zeit ist, um ihn zu besuchen.«

»Jede Zeit ist recht«, erwidere ich. »Würde er nicht im Wachkoma liegen, wäre er sicher froh, Sie zu sehen.«

Harriet lächelt unsicher, da sie nicht weiß, ob ich es ernst meine. »Ich will es nicht länger hinausschieben. Es könnte meine letzte Chance sein.« Ihre einst schönen Augen füllen sich (zu meinem großen Verdruss) mit Tränen. »Um mich zu verabschieden.«

Ach, ich verstehe. Hier geht es um die Darstellung einer dramatischen Abschiedsszene. Falls ich da sein sollte, werde ich hinausgehen und einen Tee trinken. Ich werde nicht Publikum spielen.

Und dann befehle ich mir, mit dieser kindischen Eifersucht aufzuhören. Das Warten hat mich hart gemacht, auf eine Weise, die Nick nicht gefallen würde.

»Niemand kann mir mit einhundertprozentiger Gewissheit sagen, dass er nichts hört«, sage ich. »Ich will, dass er so viele Stimmen um sich hat wie nur möglich.«

»Wenn es noch eine Chance gibt, dass er aufwacht«, sagt Harriet, »ist es das sicher wert.«

Wir sitzen eine Weile schweigend da und trinken. Ich starre zum Nebentisch, an dem ein Mann und eine Frau entspannt zusammensitzen und lachen. Ich frage mich, ob sie verheiratet sind oder es vorhaben.

»Es war nicht nur der Altersunterschied, der zwischen uns stand«, sagt Harriet. »Wir waren nicht kompatibel. Ich mag es, wenn Dinge vorhersehbar sind, und er bekam Panik, wenn er sich verplant fühlte. Ich bin nicht wirklich mit seinen Anfällen von Widerborstigkeit klargekommen.«

Ich muss lächeln. »Sie meinen, wenn Sie Theaterkarten besorgt haben und er aus heiterem Himmel seine Meinung ändert und Sie etwas anderes unternehmen müssen.«

»Und die gelegentliche Untreue«, meint Harriet seufzend. »Das habe ich auch nicht ausgehalten.«

»Untreue?«, wiederhole ich dümmlich. Das passt so gar nicht ins Bild, und ich bin irritiert. »Nick?«

»Oh, ich bin sicher, bei Ihnen hat er das nicht gemacht. Der Therapeut, den ich hinterher hatte, sagte, ich müsse den offensichtlichen Grund anerkennen – dass es eine Rebellion gegen mein Alter war. Beide Male, als es passierte, hatte mein Sohn gerade Schwierigkeiten in der Schule, und ich war Nick gegenüber unaufmerksam. Ich muss ihm sehr alt vorgekommen sein.«

Ich bin entsetzt. »Wer ... ich meine, haben Sie sie gekannt?«

»Nein, es waren beides Mädchen, mit denen er zusammenarbeitete, und es ging immer nur um ein einziges Mal – eine Impulshandlung ... eine Nummer in der Besenkammer, um offen zu sprechen. Er hat hoch und heilig geschworen, es habe nichts bedeutet. Aber mir hat es was bedeutet.«

»Du verlogener Mistkerl! Bumsen im Besenschrank! Was hast du dir nur gedacht? O Gott, ich wünschte, du würdest aufwachen. Ich will alles wissen und dir eine Moralpredigt halten. Diese Frau hat mich kalt erwischt. Es war das Letzte, das ich von dir erwartet hätte! Du hast immer geschworen, du gehörst nicht zu diesen Schauspielern, die ständig durch die Gegend vögeln. Du hast mit all deinen früheren Beziehungen nicht hinterm Berg gehalten – okay, es waren einige –, aber ich kann nicht glauben, dass du das getan hast!«

Heute ist die netteste der Schwestern dran – Nina, halb nigerianisch, halb Londoner East End – und bringt mir eine Tasse Tee. Ich sehe auf Nicks Lider und Wimpern und auf die gezackten Schatten, die sie unter seine

Augen werfen. Um ihn herum piepsen und schnaufen die Maschinen.

»Du warst sehr jung«, sage ich. »Das ist die einzige Entschuldigung, die ich gelten lasse. Du warst kaum aus dem Teenageralter raus, und natürlich warst du erwachsener geworden, als wir uns trafen. Sonst würde ich mich damit quälen, jede einzelne Sekunde unserer Beziehung durchzugehen und zu überlegen, ob und wann du dich zu irgendeinem Zeitpunkt weggeschlichen hast, um mit irgendeiner anderen eine Nummer in der Besenkammer zu schieben.« Ich überlege einen Moment, »Du hast das nicht gemacht, oder? Du hast mir mehrere Male versichert, du hättest dich verändert, seit du mich kennst, und genau das war es, was du gemeint hattest. Jedenfalls … wenn du mich betrogen hättest, hätte ich es gemerkt. Ich hätte sie gerochen … Frauen können die andere immer riechen.«

Meine Feststellung hinterlässt keinen Eindruck. Es ist so leicht, hier in der Stille zu sitzen. Wenn ich nicht aufpasse, werde ich mich in ihr verlieren.

»Jedenfalls hat Harriet gesagt, dass sie dich besuchen kommt. Wenn dir das nicht passt, kannst du immer noch aufwachen.«

Die Maschinen seufzen, Nick seufzt, ich seufze. Hatte ich gehofft, dass es einen Funken auslösen würde, wenn ich mit ihm böse bin?

»Ich wünschte, sie wäre nicht zu mir gekommen«, gestehe ich. »Sie hielt sich für nett und umsichtig – aber eigentlich wollte sie mir sagen, wie viel von dir sie besessen hat. Sie wusste sogar mehr über unsere Beziehung als ich selbst.«

Niemand beobachtet mich in dem Glasabteil. Würde ich ihn töten wollen, könnte ich das ungesehen tun. Ich lege mein Gesicht auf seinen Oberarm, atme tief ein und versuche, Nicks Geruch zu finden. Es ist erschreckend, dass er nicht mehr nach sich selbst riecht, sondern nach Medizin und Sauberkeit und flüssiger Seife. Keine Pheromone sind mehr übrig. Sein Körper weist mich ab. Ich frage mich, ob mit seiner Seele auch sein Geruch wiederkehren wird.

7. Kapitel

Nick und ich haben gerade Sex gehabt, geduscht und noch mehr Sex gehabt. Mein Körper ist vollkommen gesättigt. Pan schildert ein weiteres bedeutsames Wochenende, und ich versuche, nicht unangemessen glücklich zu strahlen.

»Es war wie ein Desaster in Zeitlupe«, sagt Pan. »Als würde ein Glas vom Regal fallen – du siehst, wie es passiert, kannst es aber nicht aufhalten.«

»Aber deine Eltern sind doch so ungefähr die lockersten Menschen der Welt. Ich kann mir nicht vorstellen, dass jemand sie nicht mag.«

Pans Eltern sind beide Ärzte in Macclesfield, einem Vorort von Manchester. Sie sind fröhlich, geradeheraus, sehr gesellig und trinken gern mal etwas. Ich habe mich immer gut mit ihnen amüsiert und den anschließenden Kater gern in Kauf genommen.

»Tja, Lukes Eltern fanden meine offenbar schrecklich. Gott sei Dank war es nur ein Mittagessen und kein ganzes Wochenende! Mum hörte nicht auf, von ihrer Klinik für Familienplanung zu sprechen, und Dad hat unten in der Garderobe einen fahren lassen – und machte es dann noch schlimmer, weil er es erzählte.«

»Nicht im Ernst!« Ich krümme mich vor Lachen.

»Marnie, ich bin vor Scham fast gestorben!« Jetzt lacht sie ebenfalls. »Er kam ins Wohnzimmer und posaunte es lauthals aus.«

»Nein!«

»Lukes Eltern waren fassungslos.« Pan meint, dass der Medizinerberuf ihre Eltern wohl abgehärtet habe. »Mein Vater läuft in Macclesfield herum und diskutiert lautstark über anderer Leute Stuhlproben, aber mir wäre nie in den Sinn gekommen, dass er das vor meinen zukünftigen Schwiegereltern machen könnte. Was meinst du, wie viele Flaschen Rotwein wir mitnehmen sollen – reichen drei?«

Es ist ein heißer, ruhiger Augusttag. Pan und ich stehen in der Küche und packen ein Picknick für den Abend ein. Wir wollen durch den Heath Park bis Kenwood House gehen, wo neben dem See ein Freiluftkonzert stattfindet. London hechelt und glüht in der Hitze – die ganze Stadt hat sich von innen nach außen gedreht: Alle scheinen in ihren Gärten zu liegen, auf den Eingangstreppen zu sitzen oder träge aus dem Fenster zu hängen.

»Wir trinken doch nicht drei Flaschen«, sage ich. »Wir haben dann doch schon zwei Flaschen Champagner intus.«

»Ach, sei nicht so ein Weichei – es muss doch keiner fahren.«

»Ja, aber das ist dann eine Flasche pro Kopf. Wir müssen uns doch nicht komplett besaufen.«

»Ich will mich wohl besaufen.« Nick kommt herein. Er trägt ein sauberes Hemd und duftet herrlich nach Sex und sauberem Hemd. Er legt einen Arm um mich und küsst meinen Hals. »Das ist unser erster freier Abend seit Wochen, und ich will ihn so richtig genießen. Ich bin schon viel zu lange in einem glühend heißen Theater eingesperrt gewesen, wo mir unter meiner Barockperücke das Wasser nur so runterläuft. Du siehst übrigens phantastisch aus in dem Kleid.«

»Okay, ihr habt Sex gehabt«, sagt Pan. »Kein Grund, das so aufdringlich kundzutun.«

»Und du siehst auch toll aus, Pandora«, sagt Nick, »in voller Pracht und Größe.«

»Ach, hör auf! Ich weiß, ich bin fett, aber mir ist so heiß, dass es mir egal ist.« Pan trägt eine sehr kurze Hose und ein knappes Oberteil, das ihr an den Brüsten klebt. Ihre Beine und Arme sind endlos lang und sehr braun. Vor zwei Tagen hat sie ihre Arbeit für einen Film der *BBC Elstree Studios* beendet, wo sie »Cocktailbedienung 2« war. Seither vertieft sie im Garten ihre Bräune. »Ich denke, wir brauchen die dritte Flasche.«

»Wo ist Luke?«, will Nick wissen.

»Überprüft irgendwelche Tabellen oder so – er kommt gleich runter.«

Als Luke auftaucht, bemerke ich eine gewisse Ernsthaftigkeit auf seiner Stirn, die auf Anspannung und unterschwellige Genervtheit hindeutet. Er beobachtet Pan, wie sie eine große Kunststoffkühlbox (wo kommt die denn her?) mit Dosen voll Garnelensalat und kleinen Bechern mit Pannacotta von *Marks & Spencer* belädt.

»Oh«, sagt Luke. »Ich dachte, du wolltest Brote schmieren.«

»Sei nicht albern«, sagt Pan. »Ich gehe doch nicht mit einem Stapel selbstgemachter Käse-Gurken-Sandwiches und einer Tüte hartgekochter Eier zu einem Kenwood-Konzert.«

»Warum nicht? Das da muss ein Vermögen gekostet haben!«

»Versuch in die richtige Stimmung zu kommen, Liebling. Das soll eine Stadt-Version des Glyndebourne-Festivals sein. Auch die anderen werden luxuriöse Behälter mit Sachen von *Carluccio's* dabei haben.«

»Und diesen ganzen Alkohol brauchen wir auch nicht.« Luke weiß, dass er wie ein Spielverderber klingt und verstummt abrupt. Bei meinen Untermietern scheint es zu kriseln. Ich hoffe, er und Pan berappeln sich wieder. Ich will, dass alle so glücklich sind wie ich.

Das Schöne an der Sache ist, dass der ganze Weg zum Kenwood House durch den Park führt. Bepackt mit unseren Kästen und Taschen gehen wir über die Eisenbahnbrücke und an der Laufbahn vorbei zu den Teichen am Highgate. Die weiten Rasenflächen sind voller Leute, und wir sind nicht die Einzigen, die Richtung Kenwood marschieren. Als wir an den Teichen vorbeikommen, sind wir bereits Teil einer großen Meute, die den Hügel hinauf auf die Wäldchen um Kenwood House zusteuern.

Nick und Luke tragen die Flaschen, Decken und Pullover für später und gehen ein Stück vor uns. Pan schleppt die neue Kühlbox, und ich trage zwei Beutel mit Brot und diversen Snacks. Mein Geliebter strotzt nur so vor Energie. Er umkreist Luke wie ein Hund und kommt hin und wieder zu mir gelaufen, um mir einen Kuss auf die Lippen zu drücken.

»Luke nervt«, klagt Pan. »Er sagt nichts und sitzt einfach da wie eine unzufriedene Eule.«

»Womit ist er denn unzufrieden?«

Sie seufzt. »Vor allem mit mir. Ich gebe zu viel Geld aus und trage nicht genug Kleidung.«

»Du bist ja auch fast nackt.«

»Sieh dich mal um – alle sind nackt.«

»Ja, aber du schaffst es immer, nackter auszusehen als alle anderen.«

»Besten Dank«, sagt Pan. »Du klingst genau wie er.«

»Das Problem ist, dass du auf eine vulgäre Art absolut umwerfend aussiehst.« Das ist schlicht die Wahrheit; Pan hat lange Beine, ist braun und blond, und mindestens ein Mann geht nur deshalb hinter uns, um die Bewegung ihres wohlgeformten Hinterns zu beobachten.

»Offensichtlich, meinst du.«

»Offensichtlich ist gut«, erwidere ich. »Es ist nichts verkehrt daran, offensichtlich umwerfend auszusehen.«

»Luke findet mich nicht umwerfend.« Sie lässt sich nicht besänftigen. »Warum entlieben sich die Männer von mir?«

Ich erschrecke. Das hat sie mich noch nie gefragt, und ich weiß nicht, was ich sagen soll.

Sie beantwortet ihre Frage selbst. »Sie erwarten immer, dass ich mich ändere.«

»Tun sie das? Tut Luke das?«

»Er scheint gedacht zu haben, eine Verlobung würde mich in jemand anderen verwandeln – dass ich plötzlich mein wahres Ich zeige oder so. Aber das ist mein wahres Ich. Ich versteh nicht recht, was an mir falsch sein soll.«

»An dir ist nichts falsch«, sage ich schnell – doch ich staune über ihren Scharfsinn. Es stimmt, dass einige ihrer Freunde wollten, dass sie sich zurücknimmt, so als könnte sie plötzlich von Technicolor zu Schwarzweiß wechseln.

»Die Leute denken immer, ich schauspielere … tue so als ob«, sagt Pan. »Aber so bin ich – das einzige Ich, das es da gibt. Zu versuchen, mich zu ändern, wäre die wahre Täuschung. Soll ich mehr vortäuschen?«

»Nein! Du bist gut, so wie du bist.«

»Ich habe Angst, dass meine Ernsthaftigkeit nicht ernst genug wirkt.«

»Beeilt euch!«, ruft Nick uns zu. »Sonst sind alle guten Plätze weg.«

Wir gehen schneller, um Nick und Luke bis zum Eingang des Wäldchens einzuholen. Dies ist einer der schönsten Spazierwege in London: Der schmale Pfad zwischen den Bäumen öffnet sich plötzlich auf das weiße stattliche Herrenhaus und die weite, leicht abschüssige Rasenfläche, die bis zum See hinabführt. Am Wasser stehen lange Stuhlreihen, aber wir wollen unser Picknick weiter hinten abhalten, wo es schon ziemlich voll ist. Wir breiten unsere Decken unterhalb der breiten Terrasse von Kenwood House aus, und noch bevor ich sitze, hat Nick die erste Flasche Champagner geöffnet.

Wie unfassbar himmlisch es ist, an einem lauen Abend Champagner zu trinken und neben dem Mann, den ich liebe, im Gras zu liegen! In so einer Stimmung habe ich Nick noch nie erlebt. Er witzelt und schäkert und hat schnell heraus, dass es Luke nervt, wenn er so tut, als würde er mit Pan flirten. Er bittet die Familie neben uns ganz charmant um ihren Korkenzieher. Er liegt neben mir im Gras, flüstert mir liebevolle Nichtigkeiten ins Ohr und schafft es, eine meiner Brustwarzen zu streicheln, ohne dass jemand etwas sieht. Dazwischen trinkt er mit erstaunlicher Geschwindigkeit ein Glas Wein nach dem anderen und bringt auch mich dazu, mehr zu trinken, als ich es gewöhnt bin. Mein Kopf schwimmt, und ich starre zu den aufgehenden Sternen empor.

Sie spielen Beethovens sechste Sinfonie, die »Pastorale«. Wir halten Händchen, während der Ausblick – Haus, Gras, See – sich allmählich in der bläulichen und leicht betrunkenen Dämmerung auflöst. Die Dunkelheit kommt mit Anmut, und erst als das Konzert vorbei ist und wir unsere Sachen zusammenpacken, merken wir, dass wir ein Problem haben.

»Shit«, sagt Nick. »Wir hätten eine Taschenlampe mitnehmen sollen.«

Im Park gibt es keine Lampen. Wenn wir die nächste vorbeiführende Straße ansteuern, müssen wir einen Riesenumweg durch Highgate Village machen. Wir beschließen, es durch die Dunkelheit quer durch den Park zu wagen. Es gibt noch etliche andere Leute, die diesen Weg wählen.

Zuerst ist es lustig. Wir sind die totale Dunkelheit nicht gewöhnt, und die Luft ist voll von Kichern und unterdrückten Flüchen, während wir mit erhobenen Feuerzeugen herumlaufen. Der Weg, auf dem wir gekommen sind, ist verschwunden. Ich weiß nicht, wie es passiert ist, aber irgendwann haben Luke und ich die beiden anderen verloren. Ein gebieterischer Mann beharrt, er wisse den Weg, und wir gesellen uns zu der Gruppe, die sich für seine Führung entscheidet.

Luke umklammert meine Hand. »Ich kann nichts sehen und habe keine Ahnung, wo wir sind.«

»Macht nichts«, beruhige ich ihn. »In ein paar Stunden wird es hell – vielleicht sollten wir lieber stehen bleiben und einen Unterschlupf bauen.«

Der herrische Mann hat gelogen – der Ort, an dem wir schließlich herauskommen, ist nicht einmal in der Nähe des Ortes, den er versprochen hat. Luke und ich und der Rest der Gruppe ergeben uns in unser Schicksal und trotten den langen Weg ganz um den Park herum nach Hause – wenigstens gibt es hier Straßenbeleuchtung und gepflasterte Wege.

Luke wechselt die Tasche mit den leeren Flaschen von einer Hand in die andere. Nun, da ich ihn sehen kann, wirkt er müde und ein wenig sauer.

»Alles in Ordnung?«

»Oh … ja«, sagt er. »Ich komme mir nur dumm vor, das ist alles. Wenn ich zu Hause auf dem Land bin, nimmt jeder automatisch immer und überall eine Taschenlampe mit. Und ich habe meinen Orientierungssinn für besser gehalten – ich kann nicht fassen, dass wir mitten in der Großstadt fast eine Stunde orientierungslos im Kreis gelaufen sind.«

»Ich hätte nicht auf den Mann hören sollen, aber er klang sehr überzeugend.«

»Die Bewegung tut uns gut, nehme ich mal an.«

In einträchtigem Schweigen gehen wir die Highgate Road entlang. Es ist spät und kaum Verkehr.

»Hat Pan dir irgendwas vom Wochenende erzählt?«, erkundigt sich Luke.

Ich mag es nicht, wenn sie mich über einander ausfragen. »Sie meinte, es war eine Katastrophe.«

»Nun, das stimmt nicht«, erwidert Luke erstaunlich

bestimmt. »Lass mich diese Übertreibung korrigieren. Ein Erdbeben ist eine Katastrophe. Bei uns gab es lediglich einige gesellschaftliche Spannungen. Ihre Eltern waren bei meinen zum Mittagessen, und sie haben sich nicht so gut verstanden. Das ist alles, keiner ist gestorben.«

»Es war bestimmt nicht lustig.«

»Nein.«

»Arme Pan! Sie hat sich so gewünscht, dass alle sich mögen!«

Schweigen. Mein Akku ist leer, und Luke hat sein Handy ganz zu Hause vergessen. Ich kann nur hoffen, dass Pan und Nick es geschafft haben, aus dem Park hinauszufinden. Ich habe erfahren, dass mein sanftzüngiger Geliebter eine wilde Seite hat, und ich glaube, es gefällt mir. Trotz dieses blöden Umwegs schwirren mir immer noch seine burgundergeschwängerten Flüstereien durch den Kopf.

Wir biegen in die Mansfield Road ein.

»Marnie«, sagt Luke, »ich bekomme keine kalten Füße wegen des Heiratens, aber ich wünschte, ich könnte ihr diese Hochzeit ausreden. Es scheint sich mehr und mehr zu einem Streitpunkt zu entwickeln.«

Ich bin enttäuscht für Pan – wieder einer, der auf der Strecke bleibt. Manchmal bin ich tatsächlich die Erste, die es erfährt. Von Luke hätte ich anderes erwartet.

»Die Kosten«, souffliere ich.

Er zuckt zusammen. »Es geht nicht nur ums Geld, auch wenn sie einen Riesenbatzen investieren will und ich immer noch nicht sicher bin, wo das alles herkommen soll – sie hat wirklich übertriebene Vorstellungen davon, was ich verdiene. Außerdem weiß ich, dass das eingebildet und gemein klingt, aber es ist alles so schrecklich oberflächlich. Ich bin kein Schauspieler und verkleide mich nicht gern.«

»Für deine Hochzeit kannst du dich schon mal anstrengen … sie bittet dich ja nun nicht gerade, aus einer Torte zu springen.«

»Meine Eltern werden langsam ziemlich … ungehalten.«

»Ah.« Ich habe schon viel über ihren grenzenlosen Geiz gehört.

»Meine Mutter sieht nicht ein, warum wir in ihrem Haus heiraten sollen. Sie hat Pans Dad geradeheraus gefragt, warum sie die Feier nicht in Macclesfield ausrichten könnten.«

»Was hat er gesagt?«

»Er hat nur gelacht und gesagt, ihr Haus sei dafür zu sehr Müllhalde.«

»Na ja …« Ich erinnere mich an einige urkomische Abende bei den Thorpes. »Es ist ein bisschen chaotisch da, und ihr könnt keine Hochzeit in der Arztpraxis feiern.«

»Warum nicht? Mir würde das nichts ausmachen.«

»Aber Pan will es nicht.«

»Ich bin nicht mehr sicher, was sie überhaupt will«, entgegnet Luke. »Ich kann nicht glauben, wie taub und blind sie wird, wenn ich irgendetwas zu erklären versuche. Wenn ich das richtig verstanden habe, wollen ihre Eltern überhaupt nichts beisteuern – ihr Dad sagte mir, sein Bankberater nenne ihn ›Dr. Überziehung‹. Meine Eltern haben keine Tausende auf der hohen Kante – und wenn, dann würden sie sie nicht für Gartenzelte und Blumenarrangements ausgeben, und ich bezahle diesen ganzen Scheiß ganz sicher nicht.«

Ich kann das alles verstehen, und wenn ich nicht so beschäftigt mit Nick gewesen wäre, hätte ich Pan vielleicht warnen können – in ihrer Verliebtheit neigt sie dazu, sich in ihre Wunschphantasien zu verrennen. Ihr ist in keiner Weise klar, dass niemand, aber auch gar niemand bereit sein wird, ihre Traumhochzeit zu bezahlen. Das Problem ist nur, dass ich nicht wirklich auf ihrer Seite bin. Es tut mir leid für Luke, der sich, wenn er nicht aufpasst, in einen klassischen Cutaway gezwängt wiederfinden wird, komplett mit Zylinder.

»Nimm es ihr nicht übel«, erwidere ich. »Sie wird zur Vernunft kommen, sobald du konkrete Zahlen nennst. Aber dann wirst du ihr etwas anderes anbieten müssen, Luke – und wenn es eine romantische Hochzeitsreise ist.«

Er lacht resigniert. »Du willst, dass wir einen Kompromiss schließen. Ich soll einfühlsamer sein und sie vernünftiger.«

»Mehr oder weniger.«

Endlich erreichen wir meine Straße.

»Nick hat schon erzählt, wie weise du bist«, sagt er.

Ich bin gerührt. »Tatsächlich?«

»Er hat heute ganz schön viel getrunken, oder?«

Mir gefällt dieser Satz nicht. »Er war heute in ausgelassener Stimmung. Ich fand, es hat zur Musik gepasst.«

»Es war nur so überraschend«, meint Luke. »Er war geradezu … enthusiastisch – dabei ist er doch sonst ein eher kontrollierter Mensch.«

Pan wartet schon auf uns. Sie läuft uns durch die Eingangshalle entgegen und gibt Luke einen Kuss. »Du Dummkopf hast dein Handy vergessen. Wo, um alles in der Welt, wart ihr?«

»Wo ist Nick?«, frage ich. »Hast du ihn verloren?«

Sie verdreht die Augen. »Nee, das war mir nicht vergönnt. Der ist im Wohnzimmer ins Koma gefallen. O Mann, war der anstrengend!«

Ich weiß nicht, warum sie so verärgert ist. Ich gehe ins Wohnzimmer und erhoffe mir eine Erklärung. Alle Lichter sind an, eine Lampe ist umgekippt, und Nick liegt tatsächlich apathisch auf dem Sofa. Es klingt, als würde er knurren, aber er schnarcht. Ich berühre ihn an der Schulter, und er grunzt und zuckt … dann schnarcht er wieder.

Er wurde gewaschen und poliert und liegt da wie ein Stück Elfenbein. Ich beobachte die sanfte Auf- und Abbewegung seines Unterleibs und denke daran, wie dort die Muskeln bei einem Orgasmus kontrahierten. Jetzt bewegt er sich gar nicht mehr selbst, und er scheidet auch kaum mehr etwas aus. Er ist makellos geworden.

»Es ist Dienstagnachmittag, zehn nach drei«, erzähle ich ihm. »Ich habe den Nachmittag frei und gehe später zu ›Wie es euch gefällt‹. Heute Morgen habe ich die Mikrowelle geputzt und dann eine Tasse Kaffee aufgewärmt, und die schmeckte nach Meister Proper.«

Nick ist ein mittelalterlicher Heiliger, dessen Körper nicht verwesen kann. Er sollte in einem gläsernen Sarg liegen, der von flackernden Kerzen beleuchtet wird.

»Ich habe versucht, Mum anzurufen, aber ich glaube, die Verbindung funktioniert mal wieder nicht. Um ehrlich zu sein, will ich auch gar nicht mit ihr sprechen. Sie hat angefangen, mir Passagen aus ›In Memoriam‹ vorzulesen, und drängt mich zu ›trauern‹, was ich auf keinen Fall tun werde. Abgesehen von allem anderen wäre es furchtbar unhöflich, um dich zu trauern, während du noch hier vor mir liegst – und möglicherweise jedes Wort hörst, das ich sage. Wenigstens hat Pan aufgehört, mich zu bearbeiten. Sie kocht viel, um meinen launenhaften Appetit zu wecken. Der Mann, der für sie schwärmt, schickt mir weiterhin Kräuter und Gemüse, was schrecklich nett von ihm ist – sogar Pan gibt zu, dass er sehr gutherzig ist. Anscheinend zieht er das alles in seinem eigenen Garten in Highbury.«

Manchmal langweile ich mich selbst. Ist Langeweile ein Problem dort, wo Nicks Geist weilt? Begreift er all diese profanen Details meines Lebens als hilfreiche Verbindung zur Normalität, oder sind sie bedeutungslos geworden? Mir ist aufgefallen, dass ich langweiliger werde, wenn ich nicht über das rede, was ich wirklich denke.

»Ich war eifersüchtig auf Harriet, als sie sagte, sie hätte von dir geträumt. Warum erscheinst du nicht in meinen Träumen? Ich habe nur ein einziges Mal von dir geträumt – gewissermaßen. Ich bin morgens aufgewacht und habe deine Wärme hinter mir gespürt. Ich habe mich im Halbschlaf herumgerollt und bin dann richtig aufgewacht, als ich merkte, dass meine Arme leer waren. Normalerweise weine ich nicht, aber da habe ich geschluchzt wie ein enttäuschtes Kind.«

Nicks Hand liegt auf dem glatten weißen Laken. Ich

greife nach vorn und berühre seinen kleinen Finger. Als ich ihn streichle, fühlt er sich normal an, und meine Haut ist beruhigt. Er ist nicht tot. Er ist zwar auch nicht richtig lebendig, aber es bedarf nur eines kleinen Funkens, tief in den geheimnisvollen Windungen seines Gehirns, damit er wieder aufwacht.

»Manchmal«, so erzähle ich weiter, »ist es leicht, sich in eine Phantasie zu flüchten. Ich sehe sie so lebhaft vor mir, dass ich nicht glauben kann, dass sie nicht real ist. Ich stelle mir dieses Wunder jeden einzelnen Tag vor, seit es passiert ist. Manchmal habe ich das Gefühl, ich könnte es realer machen, wenn ich es mir nur in ausreichend Details vorstelle. Deine Lider flattern, dann schlägst du die Augen auf und siehst mich an, und ich weiß sofort, dass du wieder da bist. Du bist verwirrt über die ganzen Schläuche, aber ich bin hier neben dir und gebe dir Sicherheit. Ich beobachte, wie die Geräte zu neuem Leben erwachen und piepsen wie ein Nest Jungvögel. Die Schläuche werden entfernt, deine trockenen Lippen versuchen, meinen Namen zu formen … und ich bin überwältigt … selig vor Glück. Die ganze Welt ist von Licht erfüllt.

Und alle sagen, es sei ein Wunder. Wenn ich realistischer bin, dann weiß ich, dass es genau das ist, worauf ich warte – ein verdammtes Wunder.«

8. Kapitel

Ich nehme eine Tasse Tee mit ins Wohnzimmer, aber Nick ist nicht da. Das einzige Zeichen von ihm ist ein langgestreckter Abdruck in den Sofakissen. Ich nehme mein Handy, um zu sehen, ob er eine Nachricht hinterlassen hat. Nichts. Es ist der Morgen nach dem Freiluftkonzert, und ich bin sicher, dass er mit einem Kater aufgewacht ist. Ich bin unruhig. Obwohl er uns mit seinem sprühenden Charme betört hat, ist Pan seltsam reserviert.

Sie steht in der Küche, macht Toast und einen tragisch-trauernden Eindruck.

»Er ist nicht da«, sage ich.

»Gut.«

Das verstehe ich nicht ganz. »Er muss wohl frische Luft schnappen gegangen sein. Ist Luke auch weg?«

»Schon seit ein paar Stunden«, sagt Pan. »Er ist gegangen, bevor ich aufgewacht bin. Wann bist du heute dran?«

»Nicht vor zwei.« Ich nippe an dem Tee, den ich immer noch in der Hand halte. »Es sieht Nick gar nicht ähnlich, einfach so wegzugehen, ohne mir Bescheid zu sagen.«

»Ich vermute, er schämt sich«, meint Pan. »Und das sollte er auch, nach der Vorstellung gestern Abend.«

»Was hat er überhaupt gemacht?« Ich setze mich an den Tisch. »Ich kann ja schlecht sauer auf ihn sein, wenn ich nicht weiß, was er angestellt hat.«

Sie wirft mir einen unglücklichen Blick zu. »Unter anderem hat er gesagt, dass Luke mich nicht heiraten will.«

»Was? O Gott!« Es ist zu früh am Morgen für dieses Gespräch. Ich bin schockiert, dass Nick Pan gegenüber so gefühllos sein konnte – ich hatte vorgehabt, eine taktvolle Bemerkung darüber zu machen, was Luke mir zum Thema Hochzeit gesagt hat, und jetzt weiß ich nicht genau, welche Position ich vertreten soll.

»Ich habe das nicht so ernst genommen«, sagt Pan. »Er war voll wie eine Haubitze … ist im Dunkeln ständig hingefallen. Und er war genervt, weil wir dich verloren hatten und er mit mir gehen musste.«

Das klingt so gar nicht nach Nick. »Wir waren alle ein bisschen daneben.«

Pan sieht mich seltsam an und öffnet den Mund, als wollte sie etwas Wichtiges sagen.

Da klingelt es an der Tür. Pan schürzt die Lippen und geht, um aufzumachen. Kurze Zeit später höre ich sie lachen. Sie kommt mit einem Strauß rosa Rosen zurück, gefolgt von Nick. Er ist frisch gewaschen und rasiert, ganz der Alte, und hält einen zweiten Rosenstrauß in der Hand.

»Marnie, bevor du irgendetwas sagst … Ich habe mich gestern wie ein Idiot aufgeführt und krieche hiermit offiziell zu Kreuze.« Er gibt mir die Rosen. »Ich habe es geschafft, euch beide zu verärgern, was ein ziemlicher Rekord für mich ist. Ich bitte euch, mir zu vergeben.«

»Hm, das tust du wohl …« Ich muss lachen.

Er küsst meinen Hals. »Ehrlich, ich bin kein Säufer.«

»Du hast aber eine ziemlich gute Imitation von einem abgeliefert«, kommentiert Pan und rumort im Schrank herum auf der Suche nach einer Vase.

»Du vergibst mir doch auch, Pandora, oder?«

»Oh, ich vergebe jedem«, sagt Pan.

Sie lächelt ein wenig säuerlich, und ich frage mich, was er gestern sonst noch zu ihr gesagt hat.

Auf dem Weg zur Arbeit, während wir die lange Straße hinuntergehen, die Gospel Oak mit Haverstock verbindet, erzählt er ein bisschen mehr.

»Manchmal werde ich ungeduldig«, sagt er. »Ich weiß, das klingt lahm, und ich wünschte, ich könnte es besser erklären. Das kommt, wenn ich mich eingeengt fühle und mir die Gefühle anderer über den Kopf wachsen.« Schnell fügt er hinzu: »Nicht deine.«

»Gut«, sage ich ein wenig spitz, »ich will dich auf keinen Fall einengen.«

»Ich wäre gern mit dir allein gewesen. Würdest du heute Abend nach der Vorstellung zu mir in die Wohnung kommen?«

»Ja. Natürlich.« Ich will nicht zeigen, wie überrascht ich bin. Mir ist klargeworden, dass der Einlass in seine Privatsphäre für Nick einen großen Schritt in der Beziehung darstellt. »Wir müssen nicht immer zu mir gehen.«

»Danke.« Er lächelt und drückt meine Hand. »Ich habe aufgeräumt.«

»Das hättest du aber nicht müssen.«

»Ich hoffe, du findest meine Sachen nicht alle grässlich.«

»Tja, das kommt darauf an … Für eine lebensgroße

Kunstharzfigur von Gandalf könnte ich zum Beispiel wenig Begeisterung aufbringen. So eine hast du doch nicht, oder? Oder eins von diesen bauschigen, kackfarbenen Ledersofas?«

Er lacht, und der Ausdruck in seinen wunderschönen Augen ist betörend. »Marnie, du bist das Beste, was mir je passiert ist. Ich habe jetzt ein noch schlechteres Gewissen, dass ich auf deinem Sofa ins Koma gefallen bin. Bewusstlos zeige ich mich nicht gerade von der besten Seite. Ich verspreche, es kommt nicht wieder vor.«

»Na dann … hurra!«

»Ich habe einen Spuckefleck auf einem der Kissen hinterlassen.«

»Du meine Güte! Ich fürchte, das ist dann doch das Ende zwischen uns.«

»Im Ernst, Liebste«, sagt Nick. »Ich weiß, dass ich mich grauenhaft benommen habe.«

Wir haben die Straßenecke erreicht und gehen jetzt Haverstock Hill in Richtung der U-Bahn-Station Belsize Park hinauf. Die Luft ist stickig, ein Mief aus Schmutz und Hitze hängt über dem Verkehr, und das Laub ist dreckig und zerfleddert.

»Ich habe trotzdem noch das Gefühl, als hätte ich zwei Seiten auf einmal umgeblättert«, sage ich. »Bist du sicher, dass du sonst nichts mehr zu Pan gesagt hast? Du kannst jetzt genauso gut *alles* erzählen – irgendwann sagt sie es mir sowieso.«

Er seufzt einmal schwer. »Okay, ich habe ein bisschen die Kontrolle verloren.«

»Was soll das heißen?«

»Du hast doch gesehen, wie ich mit ihr herumgeschäkert habe – so getan, als würde ich sie betatschen und so … Na ja, auf dem Nachhauseweg im Dunkeln fand sie das nicht mehr lustig und zog es vor, beleidigt zu sein.«

»Oh.« Ich versuche, das auf eine Weise zu verarbeiten, bei der ich mich nicht unwohl fühle. Wäre es jemand anderes als mein himmlischer Geliebter, wäre ich sauer, dass er Pan hinter meinem Rücken »betatscht«. Aber Nick ist eigentlich nicht so – und er ist auf entwaffnende Weise bereit, seine Schandtat zuzugeben.

»Kaffee.« Er zieht mich in ein *Starbucks*.

»Wie kannst du bei dieser Hitze Kaffee trinken?«

»Nur eine riesige Menge Koffein wird mich heute durch die zwei Vorstellungen retten – normale Zivilisten haben keine Ahnung, wie grässlich sich ein Kater in voller Montur des achtzehnten Jahrhunderts anfühlt.«

Er bestellt sich einen Riesenbecher Cappuccino mit einem Extraschuss Espresso.

Auf dem stickigen U-Bahnsteig sagt er: »Ich weiß, ich schulde Pan eine etwas bessere Entschuldigung. Hat sie dir erzählt, was ich über Luke gesagt habe?«

»Irgendwas, dass er sie nicht heiraten will.«

Nick stöhnt verhalten. »Ich weiß nicht, was in mich gefahren ist.«

»Du warst betrunken und magst sie nicht besonders«, schlage ich vor.

»Luke hatte mich schon vollgelabert«, sagt Nick, »auf dem Weg zum Konzert. Er kam nicht darüber hinweg, wie viel sie für den Garnelensalat ausgegeben hatte, wo sie doch arbeitslos ist und von ihrem Dispokredit lebt. Möglicherweise habe ich ihm vorgeworfen, ein verklemmter Spießer zu sein.«

»Nick!«

»Komm schon, er ist der König der Verklemmtheit – und Pan ist das genaue Gegenteil. Sie werden sich gegenseitig in den Wahnsinn treiben.«

»Pan will einfach ein schönes Leben. Sich nicht einzugestehen, dass man arm ist, denkt sie, macht einen weniger arm.«

»Jedenfalls hoffe ich, sie weiß, dass es mir leidtut.«

»Die Rosen waren schon mal ein guter Anfang. Das ist die Sprache, die sie versteht.«

»Luke steht auf dich.«

»Was?« Das kommt völlig unvorbereitet. »Luke?«

»Dieser Mann wohnt mit dir in einem Haus, um Gottes willen! Warum sollte er nicht auf dich stehen?«

»Ja, aber Luke ist nicht so.«

»Alle Männer sind so.«

»Er ist kein Schauspieler.« Ich finde, das setzt der Diskussion ein Ende. »Und er liebt Pan.«

»Das muss ihn ja nicht davon abhalten, dir schöne Augen zu machen.«

»Sei nicht albern, Luke macht niemandem schöne Augen. Du willst doch wohl nicht ernsthaft behaupten, du wärst eifersüchtig?«

»Natürlich bin ich das«, erwidert Nick. »Ich hasse es, wenn du allein mit ihm bist. Ich hasse ihn dafür, dass er dich ansehen und mit dir sprechen kann, wenn ich es nicht kann. Ich hasse ihn für seine guten Absichten und seine grauen Haare und seine scheinbar endlose Sammlung langweiliger Krawatten.«

»Du bist vollkommen verrückt. Luke ist ein ganz lieber Kerl.«

»Hör auf, ihn zu verteidigen.«

»Warum? Das ändert doch nichts daran, wie ich für dich empfinde.«

»Ich will nicht, dass du Vergleiche ziehst«, sagt Nick. »Das erinnert mich daran, dass ich nicht gut genug für dich bin.«

Harriet trägt zu viel Kleidung. Ihre Lederjacke lässt das Zimmer unaufgeräumt und übervoll erscheinen. Sie steht aufrecht neben Nick und starrt in sein unbewegliches Gesicht. Von meinem Platz an der Tür aus sehe ich, wie sie eine Hand hebt, um sich über die Augen zu wischen.

Ich habe gesagt, ich würde sie dabei allein lassen, oder? Nun, ich habe meine Meinung geändert. Ich will nicht, dass sie Nick in ein weiteres Drama mitnimmt. Das hat sie sich nicht verdient – ich gestatte ihr nicht, die Witwe zu spielen. Ein Teil von mir verabscheut mich, weil ich so gemein bin, aber so ist es nun mal.

Sie ist sehr bewegt, das muss ich ihr lassen. Sie beugt sich über ihn, und auf seine glatte, starre Stirn fällt eine Träne. »Er sieht so jung aus«, sagt sie. »Wie jung er aussieht!«

Vorsichtig berührt sie seinen Oberarm, den Teil von ihm, an dem die wenigsten Apparate hängen. Dabei sieht sie aus wie jemand, der eine Schlange berührt und erwartet, dass sie kalt und glitschig ist … und sich dann wundert, wenn sie sich warm und lebendig anfühlt.

»O Gott.«

»Alles in Ordnung?«

»Nein, nicht wirklich … Es tut mir ja so leid.« Harriet tritt einen Schritt zurück und wischt sich erneut über die Augen. Mir fällt auf, dass sie das Taschentuch sofort parat hat. »Ich wusste, es würde nicht leicht sein.«

Ihre Lippen – wohlgeformt, aber von feinen, vertikalen Fältchen umgeben – verzerren sich vor echtem Schmerz, und ich werde weich. Sie sieht alt aus heute, meiner Mutter altersmäßig näher als mir.

»Und so ist er, seit es passiert ist?«, fragt sie nach.

»Ja.«

»Überhaupt keine Veränderung?«

»Nein.«

»O Gott.« Sie tupft sich erneut über die Augen. »Tut mir leid … er ist im selben Alter wie meine Tochter, was es noch schlimmer macht. Ich bin froh, dass seine Mutter das nicht sehen kann.«

Ich schweige. Alles, was ich von Nicks Mutter weiß, ist, dass sie an einem Subduralhämatom verstarb, als Nick neun war, und dass sie eine ähnliche Zeitbombe in sein Gehirn verfrachtet hatte.

Harriet gibt ein kehliges Schluchzen von sich. Sie weint jetzt richtig. Ich sehe, wie eine Träne in der Falte zwischen Nasenflügel und Mundwinkel entlangläuft.

»Tut mir leid … ich sollte besser … kann ich hier irgendwo eine Tasse Tee bekommen?«

Vor lauter Scham fühle ich mich gezwungen, nett zu sein – ich habe meinen Platz an Nicks Seite behauptet, also kann ich es mir leisten. »Ja, da gibt es ein sehr schönes Lokal in South End Green. Ich komme mit.«

»Danke«, sagt sie. »Ich glaube, ich könnte es jetzt nicht ertragen, allein zu sein.«

Sie braucht ein Publikum, aber es gibt keinen Grund, ihr das vorzuwerfen. Sie beugt sich noch einmal vor und drückt einen pathetischen Kuss auf Nicks unnormal glatte Stirn. Als würde sie sich von einem Leichnam verabschieden, denke ich voller Ungeduld.

Auf dem langen Weg durch die Korridore reißt sie sich zusammen. Als wir in den kühlen, bewölkten Nachmittag hinaustreten, hat sie ihr verweintes Gesicht getrocknet und das Taschentuch weggesteckt.

Sie bleibt stehen und atmet tief ein. »In Krankenhäusern ist es immer so heiß! Das hier tut gut.«

Ich weiß, was sie meint. Selbst nach all den Monaten fühle ich es noch, wenn ich in die gesunde Außenwelt zurückkehre. Ich begleite Harriet zu der feinen Konditorei, und wir setzen uns an einen runden Tisch am Fenster und trinken Tee.

»Ich wollte wirklich nicht so zusammenbrechen«, sagt sie. »Ich glaube, es war der Schock, ihn tatsächlich zu sehen.«

»Wenn man ihn nicht sieht«, sage ich, »ist es leicht, sich einzureden, dass er tot ist – und wenn man ihn dann sieht, wirkt er wie exhumiert.«

Harriet zuckt zusammen und sieht mich scharf an. »Aber es ist doch eine Art von Tod, oder?«

»Tod bedeutet Abwesenheit. Und wie Sie gesehen haben, ist Nicks Körper ganz sicher nicht abwesend.«

»Aber er war nicht da drin«, sagt Harriet. »Ich habe nichts von ihm gespürt. Er ist wie ein leeres Haus, in dem nur noch das Licht brennt. Entschuldigung, das war taktlos von mir. Möchten Sie etwas essen? Ich lade Sie natürlich ein – das ist das Mindeste, was ich tun kann.«

»Nein, danke – der Tee reicht vollkommen aus.«

»Werden Sie heute noch mal zu ihm gehen?«

»Wahrscheinlich. Ich rede gern mit ihm.«

»Ich wollte ihm auch etwas sagen«, meint Harriet, »aber als es so weit war, schien es mir falsch.«

»Am Anfang kommt es einem so vor.«

»Marnie, ich finde, was Sie tun, ist unglaublich tapfer.«

Die Leute erzählen mir, ich wäre tapfer, wenn sie mich eigentlich für blöd halten – wer außer einer Bekloppten redet schon mit einer Leiche? »Ich bin nicht tapfer. Ich tue nur, was getan werden muss. Wenn Sie Nick geheiratet hätten, würden Sie genau dasselbe tun.«

»Meinen Sie? Ich glaube, ich wäre nicht so romantisch.« (Nicht so bekloppt, meint sie.) »Und ich mache mir nicht vor, dass ihm der Klang meiner Stimme viel bedeuten würde. Aber wir haben uns sehr geliebt, früher einmal.«

»Ihre Familie war dagegen.«

»Vor allem meine Kinder«, sagt Harriet. »Ja, sie waren sehr aufgebracht – besonders Susannah, meine Tochter. Und aus der Distanz klingt es auch ziemlich schlimm. Zu meiner Verteidigung möchte ich anführen, dass Nick den ersten Schritt tat – nichts davon war meine Idee. Sie wissen, wie überzeugend er sein konnte … ich meine, wie störrisch, wenn er etwas wirklich wollte. Ich dachte immer, er hat sich in mich verliebt, weil ich so offensichtlich eine Mutterfigur war, aber es war komplizierter. Er suchte nach einer Göttin … oder einem Guru – irgendeinem weisen Orakel, das ihn vor dem Chaos beschützen könnte.«

Sie schenkt uns Tee nach, und ich frage mich, ob ich

Nicks weises Orakel bin, was mich deprimierend dumpf und bieder erscheinen lässt. Allerdings erinnere ich mich, dass er seinen Kopf gern auf meine Brust legt, weil mein Herzschlag so beruhigend sei wie das Meer – sagt er jedenfalls … oder hat er immer gesagt.

9. Kapitel

Nicks Wohnung erstreckt sich über den zweiten und dritten Stock eines roten Ziegelhauses mit Ladenlokal in South End Green. Sie ist spärlich möbliert, wie es bei Wohnungen von Single-Männern oft der Fall ist – sie fühlen sich unwohl damit, zu viel von sich preiszugeben, und im Gegensatz zu Frauen neigen sie nicht dazu, sich mit heimeligem Kleinkram zu umgeben. Es gibt eine Menge Bücher, ordentlich in Regale sortiert (in meinem Haus sind die Bücher außer Kontrolle geraten und brüten in jeder Ecke), und nette, aber wenig aufregende Bilder.

Als wir ankommen, lässt er alle Rollläden herunter, zieht sich aus und tanzt splitternackt durch die Wohnung, bis ich vor Lachen zusammenbreche.

»Freiheit!«, ruft er. »Keine Drama-Queen in der Küche … keine grauhaarigen Buchhalter auf der Treppe … nur du und ich, frei, um schmutzigen Sex zu haben, wo immer wir ihn wollen.«

Wir haben schmutzigen Sex auf dem Sofa im Wohnzimmer, auf der Treppe und schließlich in seinem Schlafzimmer. In seinem Bett, das nach sauberer Bettwäsche duftet, sage ich, dass ich ihn liebe, und falle in seligen Schlaf.

Am nächsten Morgen weckt er mich mit einem Becher

Tee und meinem Handy. »Jemand hat dir eine Nachricht geschickt.«

»Danke.« Verschlafen und mit dem Gefühl, in einem sorgenfreien Kokon des Wohlbehagens zu stecken, setze ich mich auf. Ich nehme mein Handy entgegen.

Die Nachricht ist von Pan. »Es ist aus – Luke ist weg«, steht darin.

Mit einem Schlag bin ich hellwach und nicht mehr sorgenfrei. »Oh, Scheiße.« Um ehrlich zu sein, ist mein erster Gedanke, dass ich eine verlässliche Einnahmequelle verliere und mich nach einem neuen Untermieter umsehen muss.

»Tja, das kommt wohl kaum überraschend«, meint Nick.

Mein zweiter Gedanke ist, dass die gute alte Pan am Boden zerstört sein muss. Ich schwinge die Beine über die Bettkante. »Ich gehe besser nach Hause. Sie ist sicher völlig aufgelöst.«

Nick stöhnt und küsst meine nackte Schulter. »Verlass mich nicht.«

»Ich muss wirklich … Du verstehst nicht, was das für eine Katastrophe ist.«

»Jetzt hat sie diese blöde Wachsjacke am Hals«, meint Nick. »Vielleicht kann sie die über die Kleinanzeigen in *Country Life* loswerden.«

»Komm schon, jemand muss sich jetzt um sie kümmern … Es muss gerade passiert sein …« Ich ziehe mich an. »Du hast ihm nicht gesagt, dass er Schluss machen soll, oder?«

»Gott, nein! So betrunken war ich nun auch wieder nicht!«

»Irgendetwas muss es ausgelöst haben … Tja, ich werde es bald wissen.«

»Ich werde duschen, Zeitung lesen und später nachkommen«, meint Nick kühl. »Wenn das Schlimmste vorbei ist.«

Ganz ehrlich: Obwohl ich ihn so sehr liebe, bin ich froh, dass Nick nicht dabei ist, als ich die Straße zu meinem Haus hinuntereile. Pans Stimmungen können die ganze Atmosphäre beeinträchtigen, und der Geruch von Verdammnis trifft mich schon am Gartentor.

Schluchzend sitzt sie am Küchentisch, den Kopf zwischen die Arme gelegt, das Haar offen und wirr auf dem Rücken über ihrem blauen Frotteemantel.

»Es ging nur ums Geld«, sagt sie. »Warum geht alles immer nur ums Geld?«

Meine Rolle ist die der einfühlsamen Trösterin; ich kenne das bereits. Ich koche eine Kanne Tee und packe eine neue Rolle Küchenpapier aus »Was soll dieses ganze Gerede von wegen ›Luke ist weg‹? Er kommt doch wieder, oder?«

»Nur, um den Rest seiner Sachen zu holen.« Pan stiert verloren vor sich hin. »Er ist zu seinem besten Schulfreund nach Islington gegangen.«

»Moment … Moment … Willst du etwa sagen, er hat dich einfach so verlassen?«

»Ich hab ihm gesagt, er soll sich verpissen. Er liebt mich nicht, und er will mich nicht heiraten.« Sie schnäuzt sich geräuschvoll die Nase. »Tut mir leid wegen der Miete, aber du brauchst dir keine Sorgen zu machen – ich werde den Scheiß-Ring verkaufen. Ich könnte mir denken, dass ich ihn zurückgeben sollte, aber ich will ihm wehtun, und sein empfindlichster Punkt ist offensichtlich seine Brieftasche.«

»Aber … warte mal … Luke ist nicht so!«

»Oh, doch, das ist er – er ist engstirnig und geizig und zu schwach, um gegen seine Eltern Partei für mich zu ergreifen. Er denkt, dass Hochzeiten nichts kosten dürfen – er findet, ich sollte in einer verdammten Mülltüte heiraten und den Empfang in einem Werkzeugschuppen abhalten.«

Ich empfinde starkes (und gerade ziemlich unpassendes) Mitgefühl für Luke. »Ach, komm, das hat er nicht gesagt.« Gleichzeitig habe ich ein schlechtes Gewissen. Könnte es sein, dass er meinen Rat auf diese Weise interpretiert hat?

»Es kam plötzlich, aus dem Nichts, im Morgengrauen«, sagt Pan. »Ich bin mit ihm aufgestanden, um Frühstück zu machen, und er fing an, über die Zeitschrift zu nörgeln, die ich auf dem Tisch liegen gelassen hatte.«

»Ein Brautmagazin?« (Die liegen überall im Haus herum.)

»Ja.« Fassungslos schüttelt sie den Kopf. »Die Bilder der Brautkleider regten ihn plötzlich furchtbar auf. Er wollte wissen, wie ich es rechtfertigen könne, mehrere tausend Pfund für etwas auszugeben, das ich nur einen Tag lang tragen würde.« Ihre Lippen zittern. »Und dann fragte er mich, wie ich dafür bezahlen wolle.«

»Oh.«

»Ich sagte, er hätte versprochen, die Hochzeit zu bezahlen. Er sagte, er hätte bestimmt nicht versprochen, ein Remake von ›Vom Winde verweht‹ zu finanzieren.«

»Oh.«

Pan reißt ein Stück Papier von der Küchenrolle ab. »Also ist jetzt alles aus.«

»Einfach so? Konntet ihr keinen Kompromiss finden?«

»Was meinst du? Eine billigere Hochzeit?«

»Na ja … ja – das muss doch kein Vermögen kosten.«

»Es geht inzwischen um mehr«, sagt Pan. »Im Grunde läuft es darauf hinaus, dass Luke lieber überhaupt nichts bezahlen und mich nicht heiraten will. Und wenn er so empfindet, kann ich nicht mehr mit ihm zusammen sein.«

»Aber das heißt doch nicht, dass ihr aufhören müsst, euch zu lieben!« Ich spreche als verliebte Frau – keine zehn Pferde würden mich von Nick trennen können, geschweige denn ein dummer Streit um Geld. »Schließlich kann sich das keiner von euch wirklich leisten …«

»Doch, Luke kann! Er tut vielleicht so, als wäre er so arm wie wir, aber letztes Jahr hat er einen dicken Bonus bekommen und den Fehler gemacht, mir davon zu erzählen.« Sie nennt eine Summe, bei der ich aufschreie. »Ich dachte, er würde jedem zeigen wollen, wie sehr er mich liebt.«

Das ist eine so irrige Annahme, dass ich an mich halten muss, um nicht wieder loszuschreien. So gern ich Pan auch mag, bin ich dennoch versucht, sie zu schütteln und ihr zu sagen, sie solle endlich erwachsen werden – Mädchen, die so denken, sind normalerweise acht Jahre alt und kaufen ihre Hochzeitskleider im *Disney Store*. Das ist so ein Punkt zwischen uns, bei dem mich ihre störrische Naivität zur Weißglut bringen kann. Aber ich will nicht, dass sie sich noch schlechter fühlt. »Das ist nicht Lukes Art«, sage ich.

»Nein, weil er zu gefühllos und geizig ist – er kann sich noch nicht mal verlieben, ohne die Kosten zu kalkulieren!«

»Hallo, Nick«, sagt Luke. »Ich entführe deine Freundin zu einem romantischen Abend unterm Sternenhimmel. Wir werden ›Ein Mittsommernachtstraum‹ sehen, in einem Zelt in Highbury Fields. Es stürmt und regnet in Strömen, aber ich werde mein Bestes tun, um sie in einem Stück wieder nach Hause zu bringen.«

Lächelnd sieht er in Nicks Gesicht, dann zu mir. Teils um meinetwillen und teils wegen des unfreundlichen Spätsommerwetters hat er sein Fahrrad zu Hause gelassen und uns ein Taxi gebucht, das uns vom Krankenhaus abholt. (Pan, die beschlossen hat, Luke für den geizigsten Mann auf Gottes Erdboden zu halten, täuschte einen Ohnmachtsanfall vor, als sie das hörte.)

Ich neige mich über Nick, um seine kühle, trockene Stirn zu küssen. »Ich wünschte, du könntest mitkommen«, murmele ich. »Gute Nacht, Liebling.«

Im Taxi peitscht der Regen gegen die Scheiben, und der Verkehr ist fürchterlich.

»Ich glaube nicht, dass Nick gern mitgekommen wäre«, sage ich, während wir uns in unserer regenumströmten Kapsel zentimeterweise vorwärtsbewegen. »Shakespeare im Zelt würde seine satirische Ader zum Vorschein bringen.«

»Darf ich fragen, wie es ihm geht?«

»Natürlich. Wobei ich ganz offensichtlich nicht behaupten kann, es ginge ihm prächtig. Es gab aber keine Verschlechterung.«

»Das ist gut.«

»Einer der Ärzte meint, er sei ein ›Kämpfer‹. Er sagt, es sei unmöglich zu erkennen, wer einen starken Instinkt dafür hat, am Leben festzuhalten.« (Das war Karel, der unerschütterliche Optimist.)

»Und wie geht es dir?«

»Ach … so wie immer.« Ehrlich gesagt bin ich es leid, diese Frage zu beantworten. Was denken denn alle, wie ich mich wohl fühle?

»Ich bin überzeugt, du bist noch dünner als letztes Mal«, sagt Luke. »Und du siehst müde aus.«

»Du auch«, gebe ich schnippisch zurück. »Ich war nur zu höflich, es zu erwähnen.«

»Entschuldige, ich wollte dich nicht kritisieren.« Er sieht auf die Uhr. »Ist dir klar, dass bald der Jahrestag meiner Trennung von Pan ist? Irgendwie kommt es mir noch gar nicht so lange her vor.«

»Nein, stimmt.« Es gefällt mir nicht, wie die Zeit voranschreitet. »Ich habe das immer noch lebhaft vor Augen.«

»Das Konzert in Kenwood … und diese sengende Hitze. Es ist, als würde man sich an eine andere Welt erinnern.« Er macht ein betroffenes Gesicht. »Entschuldige, das war jetzt vielleicht unsensibel … Für dich muss es der absolute Horror sein.«

»Du bist sehr lieb, Luke, aber du brauchst keine Rücksicht zu nehmen – tatsächlich habe ich kein Problem damit, mich zu erinnern.« (Ich verschweige, dass es mir auf eine idiotische Weise Hoffnung gibt. Als würde der bloße Akt des Erinnerns an einen gesunden Nick ihn am Leben erhalten.) »Und ich denke oft an den Abend zurück.«

»Du warst sehr glücklich. Und Pan und ich waren wie Hund und Katz. Urplötzlich haben wir uns in Fremde verwandelt. Es ging gar nicht mal so sehr um ihre lächerlichen Hochzeitspläne wie um die Erkenntnis, dass wir völlig unterschiedliche Vorstellungen haben.«

»Hast du es je bereut?«

Luke überlegt. »Zuerst habe ich sie sehr vermisst. Mein Leben ohne sie war plötzlich grau geworden, und ich hatte das Gefühl, unsichtbarer zu werden … was tatsächlich nicht nur ein Gefühl war. Einige Leute luden mich nicht mehr zum Abendessen ein, weil ich ohne die unvergleichliche Pandora gekommen wäre.«

»Aber …«, leite ich seinen nächsten Satz ein. Wir lächeln beide.

»Aber«, sagt Luke, »wir haben nicht zusammengepasst. Weißt du noch die Diskussion, die wir immer hatten … ob wir lieber ein ruhiges oder ein lautes Leben führen würden … und wie sie sich immer ganz klar für die laute Seite einsetzte?«

»Ich war immer für leise«, sage ich. »Und Nick auch, obwohl er meinte, gelegentliche laute Einschübe würden ihm auch gefallen, der Abwechslung halber.«

»Meine Eltern sind definitiv leise Menschen«, sagt Luke. »Ich fürchte, sie waren eher erleichtert, dass es mit Pan vorbei war. Und der ganze Zwischenfall hat eine große Diskussion über Geld ausgelöst – na ja, ich will jetzt nicht ins Detail gehen.« Sein schmales Gesicht wirkt gequält.

Ich frage mich, wie er es erträgt, mit Geld zu arbeiten, wenn ihm das Zeug solche Qualen bereitet. Es muss sein, wie mit Stacheldraht zu stricken.

Eine Sekunde später schäme ich mich. Ich bin in den letzten Monaten verbittert geworden – in irgendeiner hässlichen Ecke meiner selbst denke ich, dass ich alles so viel besser ertragen hätte, wenn es Luke anstelle von Nick passiert wäre. Das ist höchst unfair von mir. Luke mag vorsichtig mit Geld umgehen, aber er ist ein guter Mensch, der nett sein will, und seine Sorge um mich ist echt.

Highbury Fields ist eine große flache Wiese mitten in Islington. Luke nimmt mich unter seinen Schirm, während wir uns durch den peitschenden Wind kämpfen. Unser heutiges Theater ist ein orangefarbenes Zirkuszelt, dessen Segeltuchwände gefährlich flattern und das an den Befestigungsseilen zerrt, als wollte es wegfliegen. Daneben steht ein kleines Zelt mit einer Bar sowie zwei von innen beschlagenen Garderobenwohnwagen.

Wir gehen ins Barzelt, wo es nach nassen Turnschuhen riecht und nasse Regenmäntel gegeneinander reiben. Luke holt uns zwei Plastikgläser kalten Rotwein, und wir sausen durch den strömenden Regen, um unsere Plätze auf unbequemen Plastikstühlen einzunehmen. Erstaunlicherweise ist das Zelt sogar bei einem Wetter wie diesem dreiviertel gefüllt.

»Mein Füße sind patschnass«, sagt Luke. »Hoffentlich ist es eine feine kleine Kurzversion.«

Ich bibbere jetzt schon – ich hätte die Kälte der britischen Freilufttheater berücksichtigen und eine Decke mitbringen sollen … der Mann vor uns hat sich in

Schals und Decken gehüllt wie Nanuk, der Eskimo. Aber »Ein Mittsommernachtstraum« ist mein Lieblingsstück von Shakespeare, und diese Inszenierung hat trotz des prasselnden Regens aufs Zeltdach einen authentischen Hauch von Magie.

Die Feen tragen Chiffonflügel und lange, figurbetonte Kleider aus halbtransparentem Stoff, der jede Rundung zeigt und das Tragen von BHs verbietet: Pan klagt ständig, wie kalt ihr wird, aber sie sieht unglaublich aus. Ihre nackten weißen Arme und Schultern sind betörend, und ihr Haar glänzt wie ein goldenes Banner.

Der unbestreitbare Star des Abends ist allerdings Gavin Gomersall – der Schauspieler, der den Bottom gibt und der sich so heftig in Pan verliebt hat. Gavin ist lang und unförmig, mit traurigen Hundeaugen in einem Gesicht wie eine keimende Kartoffel. Er spricht mit kernigem Yorkshire-Akzent und ist auf brillante und mühelose Weise umwerfend. Die Schauspielerin in mir ist schwer beeindruckt und die Shakespeare-Liebhaberin verzaubert.

Hinterher kommt Pan zu uns ins Barzelt. »Gott im Himmel, ich habe eine Gänsehaut, als wär ich mit Golfbällen überzogen.«

»Du warst absolut wundervoll«, sagt Luke. »Fast hätte ich vergessen, dass ich am Polarkreis sitze. Und dieser Typ!«

»Du meinst natürlich Gavin«, sagt Pan und verdreht die Augen. »Der Einzige, den die Kritiker bemerkt haben. Ich fürchte, er wird darauf bestehen, mit uns essen zu kommen, und hoffe, das ist für euch okay. Er will dich kennenlernen, Marnie.«

Ich bin sehr neugierig, Gavin zu treffen, vor allem jetzt, da ich weiß, wie talentiert er ist. Er schlurft in einem schmutzigen Regenmantel ins Barzelt. Pan beschreibt ihn als »hässlich«, und er ist gewiss keine Schönheit – aber da ist etwas an diesem Komikergesicht mit seinen tragischen dunklen Augen, das man ganz fasziniert beobachten will.

Er ist scheu und wortkarg und verlegen, als Luke und ich seine Darstellung loben.

»Das ist Luke, der schreckliche Mensch, der mich vor dem Altar hat stehenlassen«, sagt Pan. »Und das ist Marnie.«

»Erfreut, dich kennenzulernen«, sagt Gavin ernst. »Pan hat mir alles von dir erzählt.«

»Ich habe dich nicht am Altar stehengelassen«, sagt Luke. »Übertreib mal nicht.«

»Ich wollte nur, dass du ein bisschen leidest.« Pan hat ihre Bühnenschminke abgerubbelt, und da sie mit niemandem ausgeht, für den sie schwärmt, hat sie sich nicht die Mühe gemacht, sich neu zu schminken. Sie sieht schön aus. »Im Ernst, es ist toll, dich zu sehen, und sehr nett von euch beiden, dass ihr euch das trotz des Wetters angetan habt – ich hätte das nicht gemacht, selbst wenn ich dafür bezahlt worden wäre.«

Wir gehen in eines der kleinen feinen Restaurants an der Upper Street zum Essen. Ich sitze Pan und Gavin gegenüber. Pan plaudert fröhlich mit Luke, und ich starre über den Tisch hinweg in Gavins ausdrucksstarkes Gesicht. Er ist der scheue Typ Schauspieler – den es tatsächlich gibt, so unwahrscheinlich es auch klingen mag.

»Du bist direkt vom Krankenhaus hierhergekommen«, sagt Gavin.

»Ja.«

»Geht's ihm gut, deinem Freund? Abgesehen vom Koma, meine ich.«

Ich muss schmunzeln. »Ja, danke.«

»Worüber hast du heute gesprochen? Pandora sagt, du erzählst ihm immer was.« Er sagt das freundlich – ohne den vorwurfsvoll-mitleidigen Tonfall, den ich bei anderen immer höre.

»Heute ging es ums Wetter«, sage ich. »Ich spreche oft vom Wetter, und ich weiß, das klingt langweilig. Aber da, wo er ist, gibt es kein Wetter, und ich will, dass er sich an die Außenwelt erinnert.«

»Das Wetter ist ein phantastisches Thema«, findet Gavin. »Ich könnte stundenlang darüber reden. Der Regen hat meinen Garten in einen Sumpf verwandelt.«

»Danke übrigens für die ganzen Kräuter und Gemüse.«

Sein Lächeln ist entwaffnend freudig und kindlich. »Das kam eigentlich von Pandora … Sie hat gesagt, du müsstest aufgemuntert werden.«

»Gavin ist klasse«, sage ich Pan, als wir wieder zu Hause sind. »Und er ist verrückt nach dir – eine Schande, dass du dich nicht für ihn interessierst!«

»Ich bitte dich – er sieht aus wie eine Kreuzung aus Basset Hound und Troll. Aber ich gebe zu, dass er sehr amüsant ist.« Sie drückt meine Hand. »Danke, dass ihr heute gekommen seid. Ich hoffe, es war keine zu große Anstrengung.«

»Überhaupt nicht, warum sollte es?«

»Na ja, du gehst sonst gar nicht mehr aus. Du hast dir einen Trampelpfad zwischen diesem Haus, dem Theater und dem Krankenhaus ausgetreten, den du nicht verlässt. Du hast gar keinen Spaß mehr.«

»Solange Nick so ist, wie er ist«, sage ich, »wird mein Leben nicht gerade vor Spaß strotzen.«

»Nein, natürlich nicht. Entschuldige.«

»Bitte nicht mit dieser Stimme.«

Sie hebt die Augenbrauen. »Welcher Stimme?«

»Als wolltest du eine Bekloppte aufmuntern.«

Ich bin gemein, aber Pan sieht mich freundlich an. »Du bist keine Bekloppte.«

»Ich weiß, du denkst, ich verschwende meine Zeit.«

»Ich bin nicht sicher, dass ich das noch denke«, sagt Pan. »Früher dachte ich, die ganze Zeit im Krankenhaus macht dich kaputt, aber Gavin meint, es ist vielleicht genau das, was dich aufrecht hält. Er sagt, die meisten Menschen würden nicht so viel Liebe in sich herumtragen.«

10. Kapitel

Meine Mutter denkt, sie beherrscht Portugiesisch. Sie hat einen Kurs des *Camden Institute* besucht, und jetzt stolziert sie selbstbewusst über den Wochenmarkt und gibt irgendwelches Kauderwelsch von sich. Dad läuft hinterher und übersetzt alles in eine Mischung aus Englisch und Zeichensprache, die weitaus effektiver ist. Heute überlasse ich sie ganz allein ihrem Schicksal. Sie sind einkaufen gegangen, und Nick und ich sitzen zwischen den bunten Blumenkübeln und Kräutertöpfen auf der Steinterrasse – dem ansehnlichsten Teil ihres Hauses an der Südostküste Madeiras.

Das Haus selbst ist ein flacher, zerfallener Schuppen hoch oben auf einem Felsvorsprung aus Vulkangestein über dem saphirblauen Meer. Die Sonne scheint warm, aber noch nicht heiß, und es ist sehr angenehm, mit einem Buch bewaffnet auf wackligen, rostigen Gartenstühlen zu sitzen und von der samtweichen Brise umweht zu werden. Wenn man darüber hinwegsehen kann, dass es nur eingeschränkt Elektrizität gibt und immer wieder Aussetzer beim Telefon, und dass wir auf einer klammen Matratze auf dem Steinboden schlafen, sind wir im Paradies. Wie Nick meint: »Ich liebe alles, was sie mit diesem Haus *nicht* gemacht haben.«

Es ist die erste Oktoberwoche, und bis zur nächsten Produktion in unserem Theater haben Nick und ich ein paar Tage frei. Nick hat unerwartet ein Wiederholungshonorar für einen TV-Krimi bekommen, in dem er letztes Jahr gespielt hat, und es in Flugtickets nach Funchal investiert. Sein dunkler Kopf ist umrahmt von den purpurroten, tanzenden Farbklecksen von Mums Prachtexemplar einer Bougainvillea. Er sitzt leicht stirnrunzelnd über sein Buch gebeugt, in dem es um die Schlacht bei Stalingrad geht. Ich lese die Gesamtausgabe von Jane Austen, mein Standard-Wohlfühlbuch.

Letzte Nacht hatten wir – trotz der Matratze – großartigen Sex. Die Erinnerung daran schwingt noch warm durch meine Adern. Hin und wieder hebe ich den Blick von »Emma« zu den Blumen, dem glitzernden Teppich des Meeres und Nick. Ich spüre, dass ich unglaublich glücklich bin – bestimmt befinde ich mich im glücklichsten Moment meines Lebens.

Das Problem mit dem Bewusstsein des eigenen Glücks ist, dass man plötzlich merkt, wie empfindlich man gegenüber Schmerz und Trauer ist.

Was, wenn ich ihn verliere … Hat nicht jeder diese Angst, wenn er liebt? Ich passe lieber auf, dass ich die Götter nicht in Versuchung bringe, reiße mich vom Anblick meines Freundes los und sehe wieder in mein Buch. Einen Moment später spüre ich, wie Nick den Kopf hebt, um mich zu betrachten. Wir lächeln uns an.

»Du bist schön«, sagt Nick.

Mein Haar ist ungewaschen, ich trage eine alte weiße Bluse und blaue Shorts, meine Beine sind blass und dünn, und ich fühle mich überhaupt nicht schön – aber wenn Nick das so sieht, wird es wohl stimmen.

»Wie lange, denkst du, werden sie weg sein?«, will Nick wissen.

»Sie können jede Minute zurückkommen.«

»Okay, dann werde ich dich jetzt nicht verführen … obwohl ich genau das gern tun würde.«

»Kann ich mir das für später aufheben?«

»Ja, ich glaube, das Gefühl wird sich halten«, meint Nick. »Sie sind wirklich nett, deine Eltern. Fast bin ich eifersüchtig. Ich muss immer daran denken, wie es wäre, wenn meine eigenen Eltern noch leben würden.«

»Es ist schön«, erwidere ich. »Selbst wenn sie nerven, ist es schön.«

»Nerven sie dich gerade?«

Ich lege mein Buch beiseite. »Ja, und weißt du, warum? Sie weigern sich zuzugeben, dass sie sich dieses Leben nicht leisten können. Sie haben gerade ausreichend Geld, um *ein* Haus instand zu halten. Würden sie Gospel Oak verkaufen, könnten sie hier leben wie die Könige, und würden sie dieses Haus verkaufen, könnten sie das Abwassersystem in London reparieren lassen. So aber ist die ganze Familie arm. Hast du gehört, wie die verrückte alte Eule mich gestern um mehr Miete gebeten hat? Dad meinte nur: ›Beachte sie gar nicht‹ … Ich weiß nicht, auf wen ich hören soll. Es ist, als würde man zwei Radios im Haus haben, die auf verschiedene Sender eingestellt sind. Und jedes Mal, wenn mein armer Dad den Mund aufmacht …«

»Sei still, Tobes!«, imitiert Nick die Stimme meiner Mutter.

Es klingt perfekt, wie er das nachmacht – aber wann ist dieser Satz ihr Markenzeichen geworden? Wenn ich meine Eltern mit Nicks Augen betrachte, muss ich zugeben, dass mir irgendetwas zwischen ihnen ein schlechtes Gefühl bereitet.

»Ich wünschte, sie würde damit aufhören. Ich wünschte, Dad würde ihr mehr Paroli bieten. Ich glaube, er hat sich darauf getrimmt wegzuhören. Ich mache mir ehrlich Sorgen, wenn ich daran denke, dass die beiden allein hier unten sind und einer ständig Befehle bellt und der andere nicht hinhört.«

Darüber muss Nick lachen; er hat sie wirklich lieb gewonnen. »Meine Großeltern haben das auch immer gemacht. Ich glaube, das liegt am Alter. Wenn Menschen Jahre um Jahre zusammen sind, schleift sich eben eine gewisse Routine ein. Ich gehe davon aus, dass wir im Alter auch so werden.«

»Vorausgesetzt, wir sind dann noch zusammen«, sage ich, obwohl ich nicht die Absicht habe, ihn jemals gehen zu lassen.

»Natürlich sind wir das.« Nick zieht mich aus meinem Stuhl und schiebt die Hände unter meine Bluse, auf meine nackten Brüste. »Und wir werden genauso wie deine Eltern – aber du wirst die Ruhige sein und ich derjenige, der dir unentwegt sagt, du sollst still sein. Nur, dass ich es *so* mache.«

Er legt seinen Mund auf meinen. Dann führt eins zum anderen, und wir lieben uns (ein zarter Euphemismus) gleich dort auf der Terrasse. Meine Eltern kommen zu früh zurück, und Nick behält den restlichen Nachmittag über ein gebrauchtes Kondom in der Tasche. Immer wieder steckt er seine Hand in die Tasche, und ich muss lachen, sogar mit vollem Mund. Ich liebe ihn wie wahnsinnig. Dieser Tag ist perfekt.

Ich wünschte, er würde aufwachen. Dies ist einer der Momente, in denen ich mit ihm reden muss. Er ist ein außergewöhnlicher Zuhörer. Wenn er wach ist, scheint er mit seinem ganzen Selbst zu lauschen.

»Warum schaltet Mum ihr Handy nicht ein? Es liegt nicht am Signal, das Signal ist gut … sie hat das verdammte Handy ausgeschaltet. Sie muss doch wissen, dass ich hier fast durchdrehe. Und das sieht ihr gar nicht ähnlich – normalerweise ist sie diejenige mit dem Kommunikationsdrang. Selbst wenn sie in einem anderen Land ist, findet sie Mittel und Wege, sich einzumischen. Aber jetzt kommt gar nichts, schon fast eine Woche lang. Pan meint, dafür gebe es sicher irgendeine ganz langweilige Erklärung, aber ich merke, dass sie sich auch Sorgen macht. Stell dir vor, sie hatten einen Autounfall oder sind bei einer ihrer albernen Wanderungen in eine Schlucht gestürzt … wenn es überhaupt Schluchten auf Madeira gibt. Soll ich die Polizei verständigen? Das Britische Konsulat?«

Ich berühre sanft sein Augenlid, als wollte ich eine Staubfluse entfernen. Ich streiche mit der Fingerspitze über seine Wimpern. Dann ziehe ich die Hand fort, bevor ich der Versuchung nachgebe, sein Auge zu öffnen. Ich habe das schon mal gemacht, und da ist niemand zu Hause.

»Es ist fast sieben Uhr abends. Heute Nachmittag hatten wir die erste Kostümprobe für ›Maß für Maß‹, und ich bin auf dem Weg nach Hause. Draußen ist es ziemlich kühl, und das ist wieder etwas, das ich nur schwer ertragen kann. Es bedeutet, dass die Zeit vergeht – es ist wieder Herbst, und irgendwie hatte ich immer gedacht, du wärst bis jetzt wieder wach. Oder tot.«

Plötzlich ist mir heiß, und ich brauche dringend kaltes Wasser.

»Der Jahrestag naht, und ich habe Angst davor. Da ist etwas so Unverrückbares an einem ganzen Jahr … wenn etwas seit einem Jahr so ist, dann fängt es an, wie dauerhaft auszusehen. Wenn du nach einem vollen Jahr aufwachst, besteht eine höhere Wahrscheinlichkeit für ernsthafte Hirnschädigung. Die Zeit ist unser Feind, und wir dürfen uns nicht vormachen, dass sie stehenbleibt. Ich versuche, nicht in eine Routine zu verfallen … ich meine, in die Gewohnheit, das hier zu akzeptieren, als würde es sich niemals ändern. Du strengst dich doch an, oder? Du liegst nicht nur da und lässt alles an dir vorbeirauschen? Um Gottes willen, Nick, wenn du mich überhaupt hören kannst: nur zuzuhören ist nicht genug – es wird Zeit, dass du ein bisschen mithilfst, anstatt die ganze Arbeit mir zu überlassen.«

Nein, das ist blöd … als würde ich ihm vorwerfen, faul zu sein.

»Entschuldige«, sage ich zerknirscht, »aber ich werde allmählich richtig sauer auf dich. Es würde dir ähnlich sehen, dass du dir einfach deine Zeit nimmst, während alle anderen um dich herum durch brennende Reifen springen. Natürlich bereue ich die Zeit nicht, die ich mit dir verbringe, aber meinst du nicht, ich sollte auch mal was dafür bekommen? Hast du irgendeine Vorstellung, wie undankbar das ist? Nein, ich erwarte keinen Dank – und auch keine Medaille –, aber du gibst mir ja nicht mal das kleinste Zeichen, dass du noch hier bist, und ich komme mir vor wie ein Vollidiot.«

Der Krankenpfleger, den ich nicht kenne, ist kurz vor dem Ende seiner Schicht und sieht mich durch die Glaswand von Nicks Kabine hindurch an. Ich beschließe, zu gehen und mich meinem leeren Haus zu stellen. Ich bin sehr müde, was möglichweise am Wetterumschwung liegt. Am Ende der Straße ist ein kleiner Laden, in dem ich Milch und einen Laib Brot kaufe.

Warum brennt im Wohnzimmer das Licht? Pan muss unerwartet früh von den Filmaufnahmen ihrer Poirot-Episode zurück sein (in der sie eine Rolle namens »Junge Kammerzofe« spielt). Ich öffne die Haustür.

»Pan?«

»Marnie?« Die Stimme aus der Küche gehört Dad.

Ein kurzer Moment ungläubigen Staunens – was tun sie hier so plötzlich? –, dann stürme ich am Fahrrad und an den Stiefeln vorbei, um ihn in die Arme zu schließen. Er sitzt mit einem Becher Tee und der Zeitung in seinem üblichen Stuhl am Küchentisch, und es ist, als wäre er nie fort gewesen.

»Wie schön! Warum habt ihr mir nicht gesagt, dass ihr kommt? Wo ist Mum?«

»Die ist noch auf Madeira«, sagt Dad.

»W-was?« Ich bin verwirrt und ein bisschen erschrocken. »Es geht ihr doch gut, oder? Ich habe die ganze Woche versucht, sie anzurufen …«

»Es geht ihr prima«, sagt Dad betont. Er mustert mich von oben bis unten. »Was hast du mit dir angestellt? Du bist Haut und Knochen.«

»Warum ist sie nicht mitgekommen? Sie kommt doch immer mit dir mit.«

»Tja, diesmal eben nicht.«

Ich verstehe das nicht und lasse mich sprachlos auf einen Stuhl fallen.

»Du hast dramatisch an Gewicht verloren, mein Schatz«, sagt Dad. »Diese Sache mit Dominic … Wir hätten dich nicht allein lassen dürfen.«

»Dad, was ist los?«

»Nichts«, sagt Dad und nimmt einen Schluck Tee. »Ich weiß nicht genau.«

»Du hast sie verlassen.« Mir wird ganz kalt. Ich hätte nicht gedacht, dass der Albtraum, in dem ich mich befinde, noch schlimmer werden könnte.

»Technisch gesehen könntest du das so ausdrücken, da ich beschlossen habe, ohne sie herzukommen. Aber sie hätte gern mitkommen dürfen – sie wollte es einfach nicht.«

»Aber warum?«

»Weil«, sagt Dad, »ich nicht nach Madeira zurückgehe. Ich will diese Insel nie wiedersehen.«

»Oh.« Ich kann wieder ein wenig leichter atmen. Das hier ist immer noch schrecklich, aber es ergibt allmählich einen Sinn. Schon seit Monaten leidet er unter Heimweh – ich hätte es kommen sehen müssen. »Ich hatte keine Ahnung, dass du es so sehr hasst.«

»Ich hasse es nicht, aber ich lebe da nicht gern. Das Essen ist grässlich, und wir sind so abgeschnitten von allem, dass wir genauso gut auf dem Mond leben könnten. Ich habe mein warmes, gemütliches Haus in London vermisst.«

»Mum muss kochen vor Wut.« Ich kann mir den Sturm der Entrüstung gut vorstellen – meine Mutter besteht darauf, dass Madeira das Paradies ist.

»Ja, sie kocht«, sagt Dad ganz ernst – aber mit einem Hauch von Unerbittlichkeit, der darauf hindeutet, dass er nicht nachgeben wird (ich erinnere mich an seinen Gesichtsausdruck, als ich elf war und darum bettelte, mir Löcher in die Ohren stechen lassen zu dürfen).

»Was willst du machen?«

»Fürs Erste werde ich die Zentralheizung genießen, bequeme Möbel, anständigen Tee, ordentliches Fernsehen und allen anderen Komfort der Zivilisation. Und dann, dachte ich, könnte ich mir einen Hund anschaffen.«

»Einen Hund?«, wiederhole ich etwas dümmlich.

»Ich weiß, die arme alte Cora ist schwer zu ersetzen.« (Cora war unser geliebter Golden Retriever, der vor sieben Jahren gestorben ist.) »Was ich wirklich vermisse, sind die langen Spaziergänge durch den Kenwood Heath Park. Mit einem Hund bemerkt man dann viel interessantere Sachen.«

»Aber was ist mit Mum?«

»Hmm?«

»Dad, sie kann da doch nicht allein bleiben.«

»Das habe ich ihr auch gesagt. Sie hat mir vorgeworfen, rücksichtslos ihre Träume zu missachten.« Er späht in meinen leeren Becher. »Lass uns noch einen Tee kochen.«

»Ich mache das.«

»Bleib du sitzen, Schätzchen – du siehst aus, als müsstest du dich dringend ausruhen.« Dad steht auf, um den Kessel anzustellen und wirkt dabei gleichzeitig zufrieden und ein wenig trotzig.

Mein Vater ist ein stilles Wasser – irgendwie geheimnisvoll. Früher hat er als Beamter gearbeitet, in einem Bereich, wo er hinsichtlich der Staatssicherheit zu Stillschweigen verpflichtet war. Das hat seine Neigung zur Geheimniskrämerei noch verstärkt.

»Ich werde mit Mum reden«, kündige ich an, »sobald sie sich so weit beruhigt hat, um mit mir zu sprechen.«

»Sie wird dich vermutlich erst mal ignorieren, weil sie ahnt, dass du auf meiner Seite sein wirst.«

Bin ich auf Dads Seite? Ja, das bin ich. Ich mag eine erwachsene Frau von achtundzwanzig Jahren sein, aber ich bin einfach müde. »Ich wünsche mir, dass ihr beide wieder nach Hause kommt. Ich habe mir schon Sorgen gemacht, dass ihr noch einen Winter da drüben bleiben wollt. Und ich vermisse euch.«

»Das beruht auf Gegenseitigkeit, und Mum vermisst dich mehr, als sie zugibt. Sag ihr, wie sehr du sie brauchst. Das sollte reichen. Wie läuft es mit den Proben?«

»Sehr gut. Heute Nachmittag hatten wir Kostümprobe, was immer interessant ist. Es verleiht dem Spiel der Leute noch mehr Tiefe.«

»Du arbeitest zu hart.«

»Sei nicht albern – du sagst doch immer, einen Schauspieler, der an Überarbeitung stirbt, wird es niemals geben.«

Dad schmunzelt zwar, aber er meint es trotzdem ernst. »Du musst auf jeden Fall Bescheid sagen, wenn ich irgendetwas für dich tun kann. Es würde mir beispielsweise große Freude machen, durch das schöne große *Marks & Spencer* zu streifen – wo zumindest ein paar der Angestellten Englisch sprechen, wie ich annehme.«

»Das ist gleich neben dem Krankenhaus«, sage ich. »Du könntest Nick hallo sagen.«

»Ah«, meint mein Vater.

»Morgen ist der Technik-Durchlauf, der kann Gott weiß wie lange dauern. Es wäre schön, wenn ich weiß, dass jemand bei ihm vorbeischaut.«

»Ah«, wiederholt Dad. »Du gehst immer noch jeden Tag hin, oder?«

»Mehr oder weniger.«

»Gab es denn … irgendeine Verbesserung?«

»Nein.«

»Überhaupt keine?«

»Er ist stabil.«

»Stabil.« Wenn er Worte auf diese Weise wiederholt, hängt ein großes unsichtbares Fragezeichen in der Luft.

»Das ist sehr gut«, fahre ich bekräftigend fort. »Die Tatsache, dass es ihm nicht schlechter geht, ist extrem positiv.«

»Guter Gott«, meint Dad traurig, »noch schlechter kann es ihm doch gar nicht gehen!«

»Okay, du musst ihn nicht besuchen, aber bitte versuch nicht, mich davon abzuhalten.«

»Ich würde nicht im Traum daran denken, dich davon abzuhalten, aber ich frage mich, ob du das noch realistisch siehst.«

Zum ersten Mal fällt mir auf, dass ich Mums Hartnäckigkeit geerbt habe und ihre Abwehrhaltung gegenüber der Realität, wenn sie ihr nicht gefällt. Was, wenn meine tägliche Ansprache an Nick meine Version ihrer Hütte auf Madeira ist?

»Natürlich tue ich das«, gebe ich aufgebracht zurück. »Jemand muss doch da sein … seine Verbindung zur Außenwelt aufrechterhalten. Du erwartest doch wohl nicht von mir, dass ich ihn allein lasse?«

»Offen gesagt«, entgegnet Dad, »sehe ich nicht, welchen Unterschied du bewirkst.«

Ich muss ein paarmal durchatmen, damit meine Stimme nicht zittert. »Darum geht es nicht. Denk doch mal eine Minute darüber nach! Stell dir vor, er wacht auf, und niemand ist da … keine Freundin, keine Schwester, keine Freunde … von allen abgeschrieben, die ihm einmal wichtig waren …«

Mein Vater mustert mich mit distanziertem, nüchternem Mitleid. »Ich verstehe«, sagt er. »Es wurde höchste Zeit, dass wir nach Hause kommen.«

11. Kapitel

»Ich habe mit Mum gesprochen«, erzähle ich Nick zwei Tage später. »Sie wurde ziemlich sauer, weil ich ihr nicht zustimmen wollte, dass Dad an einem Nervenzusammenbruch leidet. Ich sagte, ich fände nichts Verrücktes daran, nicht auf Madeira leben zu wollen. Sie fing dann wieder an, dass sie sich jahrelang ihr perfektes Rentnerleben erträumt hätten und Dad sie nun darum betrügt. Ich merkte an, dass es kein perfektes Leben ist, wenn es Dad nicht gefällt. Da ließ sie sich dann ellenlang über das Meer und den Himmel und die makellose Perfektion des mediterranen Lichts aus.«

Heute bin ich besserer Laune. Es ist beruhigend zu wissen, dass Dad zu Hause ist.

»Aber Dad habe ich seit Jahren nicht mehr so fröhlich erlebt. Gestern bin ich ungefähr um Mitternacht nach Hause gekommen, und da saß er mit Pan und Gavin Gomersall am Tisch – als Mittelpunkt ihrer kleinen Party. Okay, nicht direkt Mittelpunkt, aber ungewohnt vergnügt. Er genießt es, wieder in London zu sein, und Mum muss das einfach akzeptieren. Dad meint, sie will nur aus Stolz da unten bleiben. Ich wünschte, sie hätten das alles schon vor deiner Hirnblutung geklärt, dann hätte ich gleich zu dir ziehen können.«

Die einzige Sache, die mich beunruhigt, erzähle ich ihm nicht: Dads unausgesprochene Kritik dessen, was er meine »Hingabe« nennt. So, wie er es sagt, werde ich sofort widerborstig. Ich fahre ihn genauso an, wie ich Pan anfahre. Er hat es nicht direkt gesagt, weil er mir nicht wehtun möchte, aber ich weiß, er hält das alles für vollkommen sinnlos, und dann beginnt tatsächlich der Zweifel an mir zu nagen.

Denkt irgendjemand außer mir, dass das hier einen Sinn hat? Im Theater ist Sam, der Direktor, der Einzige, der sich noch nach Nick erkundigt. Alle anderen haben mehr oder weniger entschieden, dass ich eine harmlose Irre bin … wie die Frau in einem der anderen Ensembles, die glaubt, sie wäre in einem früheren Leben eine römische Sklavin gewesen. Ich weiß ganz sicher, dass sie über mich reden – ein paarmal wurde es auffallend still in der Garderobe, als ich reinging. Ich weiß auch, dass man vor Fremden mit dem Finger auf mich zeigt … auf die hauseigene Wahnsinnige … wie das Phantom der Oper: Das ist die arme Kreatur, die am Leichnam ihres Geliebten vor sich hin faselt.

Neulich, als ich in der Küche an der Spüle stand und in den Garten und zum Park hinaussah, kam mir ein Satz in den Sinn:

Ich weiß nicht, wie ich das durchstehen soll.

»Ich weiß nicht, wie ich das durchstehen soll«, gestehe ich Pan. »Die Heimlichtuerei macht mich ganz fertig.«

Ich raune das in einem der langen fensterlosen Korridore des Theaters leise in mein Handy.

»Halt bloß durch«, antwortet Pan, »sonst fühle ich mich schlecht, weil ich es verraten habe.«

»Nein, ich bin dir unendlich dankbar«, sage ich bestimmt. »Du kennst mich so gut. Wir sollten lesbisch werden und heiraten.«

»Vergiss nur nicht, überrascht auszusehen – überrascht und begeistert. Jetzt muss ich aber los – er hat mir eine ellenlange Liste aufgedrückt. Es wird dir gefallen, das verspreche ich.«

Es ist Ende Oktober und mein neunundzwanzigster Geburtstag, und Nick hat nach der Vorstellung eine »Überraschungsparty« organisiert. Pan weiß, dass dies eine meiner schlimmsten Ängste ist, so dass sie, obwohl sie eigentlich Mitverschwörerin sein soll, mich schon weit im Voraus gewarnt hat. Jetzt muss ich entscheiden, wie sehr ich mich herausputzen darf, ohne preiszugeben, dass ich davon wusste.

Doch auch ohne Pans Verrat hätte ich geahnt, dass da was im Busch ist. Rosa nebelt die Garderobe mit Parfüm ein und zwängt ihren kurvig-gedrungenen Körper in ein enges rotes Cocktailkleid.

»Du siehst schick aus«, bemerke ich unschuldig.

»Ich geh auf eine Party«, antwortet Rosa.

»Oh, schön!« Ich ziehe den Vorhang meines Abteils zu, um Lippenstift aufzutragen und die hübsche Granatkette anzulegen, die Nick mir am Morgen geschenkt hat. Wegen der Party bin ich etwas nervös, aber bisher war es ein wunderbarer Tag – ich habe morgens schon Kaffee, Brioches und Sex im Bett bekommen.

Er wartet am Bühneneingang. Ein paar andere aus der Truppe tun so, als würden sie sich verabschieden, und Nick lädt mich auf ein Glas Sekt in die Theaterbar ein, um allen Zeit zu geben, vor uns nach Gospel Oak zu düsen.

Der Moment, in dem das Licht angeht und alle »ÜBERRASCHUNG!« rufen, ist genauso grässlich, wie ich ihn mir vorgestellt habe. Allerdings ist er dann auch schnell vorbei, und ich muss gar keine Überraschung heucheln. Inmitten der jubelnden Truppe im Wohnzimmer sitzen Mum und Dad, die ich vor Weihnachten nicht erwartet hatte.

»Du weißt, wie schlecht ich darin bin, Geheimnisse zu bewahren«, sagt Mum. »Beinahe hätte ich dir verraten, dass wir kommen.«

»Ich dachte, *eine* Überraschung halte ich lieber noch zurück«, flüstert Pan.

Das ganze Ensemble ist versammelt. Rosa trägt eine Schürze und teilt Lancashire Lamm-Eintopf aus, Pans Spezialität. Pan selbst schenkt ein und macht dem Mann, der den Orlando spielt, schöne Augen – wieder mal einer, für den sie schwärmt.

»Brauchst dich nicht bei mir zu bedanken«, flüstert sie mir zu. »Seit eurer Premiere überlege ich schon, wie ich ihn ins Haus kriege …«

Auf dem Wohnzimmertisch steht ein Büffet mit Brot, Käse und Salaten sowie eine große Torte mit Schokoladenguss und einer symbolischen Kerze – gebacken von Rosa, die, wie so viele üppige Menschen, phantastisch kochen und backen kann. Sie ist mächtig stolz, dass sie es geschafft hat, die riesige Torte heimlich in die Garderobe zu schmuggeln, ohne dass ich etwas merke. Sobald das erste Tamtam vorbei ist, kreisen die Getränke, und ich bin plötzlich ausgesprochen froh, dass das alles passiert.

Ich habe weitaus mehr getrunken, als ich gewöhnt bin, und wanke leicht benebelt in die Küche.

Nick hat die Arme um Pan gelegt, was nicht weiter eigentümlich wirken würde, wenn er sie nicht so schnell wegnähme.

Ich mustere die beiden. Pan wird puterrot, aber Nick lächelt mich an. »Ich habe mich gerade bei Pan bedankt, weil sie die Hauptarbeit übernommen hat.«

»Oh«, sage ich.

»Sie hat alles Aufwändige erledigt, insbesondere deine Eltern vom Flughafen abzuholen.«

»Oh.«

Pan wird nicht häufig rot, und ich frage mich, warum sie so verlegen ist. »Du kennst mich doch. Wenn es um Partys geht, kann ich so richtig ranklotzen.«

Mum schwirrt herein und hat diesen leicht glasigen Gesichtsausdruck, der bedeutet, dass sie begeistert und leicht beschwipst ist. Sie genießt die Gesellschaft der vielen Leute um sich herum – warum nur will sie unbedingt all ihre Tage mit meinem schweigsamen Vater und ein paar Pflanzenkübeln verbringen?

»Pandora, da bist du ja«, sagt Mum. »Ich möchte, dass du mich diesem Mann vorstellst ... dem aus der Zahnpastawerbung ... ›Reicht Putzen wirklich aus?‹ ... Weißt du, wen ich meine?«

»Na klar, aber erwähn das bloß nicht«, sagt Pan, während sie sich allmählich erholt. »Er ist nicht gerade stolz darauf.«

Sie führt Mum aus der Küche. Ich bin mit Nick allein und versuche mich zu erinnern, was ich von ihm wollte.

Nick bringt mich durcheinander, indem er den Arm um mich legt. »Pan hat dich vorgewarnt, oder?«

»Hmm?«

»Du hast nicht überrascht genug ausgesehen.«

Ich lache und lehne mich gegen ihn, beschwipst und vergnügt. »Ich bin die schlechteste Schauspielerin der Welt. Aber ich mag keine Überraschungen …«

»Das hat sie auch gesagt, deshalb habe ich ihr die Erlaubnis gegeben, dich zu warnen.«

»Was … du wusstest, dass ich es wusste? O Gott, mir wird ganz wirr im Kopf. Warum haben wir nicht einfach eine ganz normale Party gefeiert?«

»Die Leute freuen sich, wenn sie ›Überraschung‹ rufen dürfen, und dann fängt alles schon mal gut an. Und wenn du offiziell nichts davon weißt, musst du dir keine Gedanken um die Vorbereitung machen. Du hättest dich verpflichtet gefühlt, vorher aufzuräumen und sauberzumachen, und uns war das egal.«

»Ach, hör auf.«

»Meine liebste Marnie, du bist ein schrecklicher Pedant. Und wahrscheinlich hättest du es mir ausgeredet.«

»Tja, das hätte ich vielleicht.«

»Und? Bist du jetzt nicht froh, dass wir das gemacht haben?«

In meinen Augen brennen Tränen – sein Blick ist so unendlich liebevoll. »Es ist absolut phantastisch. Und du bist es auch.«

»Heute Morgen stand ein interessanter Artikel in der Zeitung«, erzähle ich und lege eine Hand auf seine. »Ein hundertzwanzig Kilo schwerer Rugby-Spieler hatte einen Schlaganfall, und als er wieder aufwachte, war er schwul. Der Neurologe sagte, das könne durch Veränderungen im Gehirn ausgelöst worden sein. Natürlich habe ich mir vorgestellt, wie es mir als Freundin dieses Mannes gehen würde. Das hört sich an wie eine von diesen bittersüßen Wahlmöglichkeiten, die die jüngste Prinzessin in den Märchen immer bekommt – dein Liebster wird zwar wieder aufwachen, aber als total schwule Socke. Ich habe mich gefragt, wie wohl eine schwule Version von dir ausfallen würde.«

Heute ist mein dreißigster Geburtstag. Das erscheint mir sehr reif und erfahren, gleichzeitig aber auch altjüngferlich, besiegt und steinalt. Ich will ganz bestimmt keine besondere Aufmerksamkeit darauf lenken, und Nicks Zustand bietet mir die perfekte Entschuldigung, um nicht zu feiern. Es ist Sonntag, und ich habe den Tag sehr ruhig verbracht. Dad (der immer noch hier ist und sich mit jedem Tag heimischer fühlt – zum wutschnaubenden Ärger der weit entfernten Mum …) hat mir einen großzügigen Buchgutschein geschenkt. Von Pan bekam ich ein silbernes Armband, und Mum hat mir ein Seidentuch geschickt, zusammen mit einer eingeschnappten, aber dennoch liebevollen Glückwunschkarte.

»Ich bin dreißig«, sage ich, jedoch ohne große Überzeugung. »Du würdest wollen, dass ich eine Party gebe. In meinem alternativen Leben, in dem du keine Hirnblutung hast, würde ich jetzt zu Hause sitzen, mich schminken und das neue Kleid anziehen, dass ich extra gekauft hätte. Manchmal sehe ich dieses alternative Leben so deutlich vor mir, dass ich fast glaube, in einer anderen Dimension existiert es tatsächlich.

Darin erobern wir beispielsweise die Welt im Sturm. Wir sind so berühmt wie Laurence Olivier und Vivien Leigh. Ich habe schon seit Ewigkeiten nicht mehr übers Schauspielern phantasiert ... nur, wenn ich mit dir spiele. In der teuersten Version meiner Phantasie sind wir sowohl reich als auch berühmt und haben ein riesiges Haus, in dem wir glamouröse Partys schmeißen und eine Theaterdynastie gründen, wie die Redgraves. Wenn ich eine realistischere, erdige Phantasie will, heirate ich dich einfach, werde schwanger, wir verkaufen deine Wohnung und kaufen uns irgendwas mit einem kleinen Garten. Über Kinder haben wir nie gesprochen, oder? Das muss ein Nebeneffekt der dreißig sein ... plötzlich fange ich an, in Kinderwagen zu gucken.«

Das letzte Baby, das ich gesehen habe, war Francescas, während ihres Aufenthalts zur Haussuche. Nick und ich hatten Francesca und die Familie zu einem stürmischen Spaziergang auf den Kite Hill mitgenommen. Ihr Mann, blond mit leicht schroffen Gesichtszügen, heißt Adam. Ihr Sohn Oliver, damals achtzehn Monate, ist ein süßer kleiner Zwerg mit dunklen Augen. Ich habe mich nach außen hin weniger interessiert gezeigt, als ich es tatsächlich war. Ich wollte nicht den Eindruck erwecken, Nick auf Vatertauglichkeit zu testen. Aber es bedurfte nicht viel Phantasie, sich ihn mit unserem Kind auf dem Arm vorzustellen.

»Sollten wir uns je dafür entscheiden, dürften wir nicht mehr allzu lange warten. Ich muss zugeben, dass ich schon überlegt habe, ob wir etwas von deinem Sperma einfrieren lassen könnten – aber es erscheint mir doch als sehr verzweifelter Weg, ein Leben auf die Welt zu bringen. Und ich bin sowieso nicht sicher, ob ich das ohne dich will.«

Im Märchen weckte der hübsche Prinz die schlafende Prinzessin mit einem Kuss – vielleicht könnte ich Nick mit einem Orgasmus wecken. Die schrecklichen Schläuche überall würden das allerdings schwierig machen, wenn nicht gar unmöglich. Zum Rhythmus der Piepser stelle ich mir den lebensrückführenden Blowjob vor.

Auf dem Weg nach draußen treffe ich Karel.

»Hallo, Marnie«, sagt er, während er die übliche robuste Gesundheit und Energie ausstrahlt. »Nina hat mir gesagt, dass Sie hier sind.« Er ist auf dem Nachhauseweg und für die Außenwelt gekleidet. »Wie geht es Ihnen?«

»Danke, gut.« Ich will ihm nicht sagen, dass ich Geburtstag habe, geschweige denn, dass es der dreißigste ist – der Mann hat auch so schon genug Mitleid mit mir. »Gehen Sie heute Abend aus?«

»Ja, Essen bei meiner Mutter. Wir treffen uns jeden Sonntag und essen seltsame tschechische Kohlgerichte.«

»Tja, dann viel Spaß!«

»Ich hatte gehofft, dass ich Sie treffe … Dr. Dunlop will mit Ihnen sprechen.«

»Oh.« Das ist der Arzt, der dafür verantwortlich ist, dass Nick am Leben gehalten wird. »Wieso?«

»Ich weiß nicht genau … Routine-Fallbesprechung, nehme ich an. Und Sie sind die einzige Person, mit der er sich besprechen kann. Die Schwester weigert sich anscheinend, überhaupt mit jemandem zu reden.«

»Okay.« Ich spüre diese kalte Beklemmung in der Brust: Ich habe Todesangst vor schlechten Nachrichten. »Wann soll ich zu ihm gehen?«

»Machen Sie einfach für morgen etwas aus, wenn Ihnen das passt.«

»Okay. Danke.«

Karel tanzt beim Weitergehen fast und pfeift vor sich hin.

Ich kann mir nicht erlauben, darüber nachzudenken, was Dr. Dunlop mit mir besprechen will. Ich kann nicht erlauben, dass es die Routine stört, die mich bei Verstand hält.

Vor dem Haupteingang des Krankenhauses, neben der verloren wirkenden Gruppe von Leuten, die in Bademänteln dastehen und rauchen, wartet Pan auf mich.

Meine Anspannung droht übermäßig zu werden, aber sie lächelt. »Ich nehme dich in Gewahrsam – es ist dein Dreißigster, und das muss gefeiert werden. Toby und ich haben ein kleines Treffen organisiert.«

»O nein!«

»Ein kleines Treffen, keine Party – und keine Überraschung, da ich dich ja hiermit vorwarne.« Sie fasst meinen Arm und zieht mich vom Krankenhaus fort. »Nur ein paar harmlose alte Freunde plus ein paar Flaschen Champagner plus Lancashire-Lamm-Eintopf. Und ich fürchte, ich konnte Gavin nicht abwimmeln.«

Gavin und Pan spielen nicht mehr Bottom und Titania, aber er schmachtet sie immer noch an und stellt sich ihren Bosheiten gegenüber taub – obwohl mir aufgefallen ist, dass diese Bosheiten weniger werden. Es ist unmöglich, Gavin nicht zu mögen.

»Wer noch?«

»Rosa – aber ohne Paul, weil der weg ist – und Luke.«

»Du hast Luke eingeladen?«

»Er hat sich selbst eingeladen«, erwidert Pan. »Er hat sich an deinen Geburtstag erinnert und mich angerufen, um zu fragen, ob wir etwas machen.«

Das grässliche, kalte, leere Gefühl in meinem Brustkorb wird besser. Die Menschen sind nett zu mir – ich sollte zumindest versuchen, mich dessen würdig zu erweisen. »Das ist wirklich sehr nett von ihm.«

»Und das sind alle, ich verspreche es – eine absolut unbedrohliche Feier ohne jede Überraschung.«

Es ist der Tag vor Halloween, und die Fenster der Häuser in meiner Straße sind mit Geistern und Kürbissen dekoriert. Mein eigenes Haus hat seinen ganz eigenen Charakter fast vollständig wiedererlangt, seit mein Vater da ist. Durch seine unerschütterliche Präsenz fühle ich mich auf kindliche Weise getröstet.

Diesmal ruft niemand »Überraschung« – die Gäste sitzen einfach am Küchentisch. Rosa hat mir wieder eine ihrer herrlichen Schokoladentorten gebacken. Luke schenkt mir einen üppigen Strauß dunkelroter Rosen. Gavin überreicht mir mit feierlicher Miene eine Schachtel kandierte Kastanien des Pariser Delikatessengeschäfts *Fauchon* (Pan muss ihm gesagt haben, wie sehr ich diese Dinger liebe. Nick hat das nie verstanden).

»Ich habe in Paris gedreht«, sagt er.

»Er arbeitet ständig«, sagt Pan. »Von seinem Film habe ich dir erzählt, oder? Er hatte eine große Rolle. Dass er wie eine geschmolzene Wachsfigur aussehen und seine Fingerknöchel über den Boden schleifen lassen muss, hat ihn nicht im Mindesten zurückgehalten. Und er kriegt eine Mordsgage!«

Gavins eigentümliches Gesicht verzieht sich zu einem Grinsen, so als würde sie ihm Komplimente machen. »Es war ein Riesenspaß, aber ich vermisse das Theater.«

»Keine Fachgespräche, bitte!«, ruft Rosa.

»Ich glaube, Schauspieler können gar nicht anders«, bemerkt Dad. »Ich habe schon so viel von Marnie und Pan gehört, dass ich wahrscheinlich sogar mitreden könnte. Und ich muss sagen, dass es auch ziemlich witzig ist, wenn man jemanden im Fernsehen sieht und weiß, mit wem er alles schläft.«

Luke sitzt neben mir. Es ist schön, dass er da ist. Er hat seine Business-Klamotten an, die Krawatte aber abgenommen. Als die Unterhaltung zerfasert, dreht er sich lächelnd zu mir. »Ich hoffe, dein Geburtstag war nicht zu schmerzhaft.«

»Nein, dreißig zu sein, ist okay … im Gegensatz zu Pan hatte ich mir ja nicht vorgenommen, bis dahin einen Oscar zu haben.«

Sein Blick wandert weiter zu Pan, die am anderen Tischende Hof hält. »Dreißig zu werden, hat mich überhaupt nicht gestört, aber die Vierzig scheint mittlerweile ungemütlich nahe, und ich bin nicht sicher, wie ich mich dabei fühle. Wie geht es dir, Marnie? Ich will diesmal nicht schimpfen – ich frage nur.«

Ehe ich mir eine Antwort überlegen kann, klingelt mein Handy. Es ist Mum.

»Grüß sie von mir«, meint Dad gelassen.

Ich gehe mit dem Handy ins Wohnzimmer.

»Das habe ich gehört«, sagt Mum. »Ich spreche aber

nicht mit ihm und denke nicht mal im Traum daran, ihm eine Nachricht zu schicken. Zeigt er irgendwelche Anzeichen, dass er zurückkommt?«

»Nein.«

»Wart's nur ab, er wird es nicht lange aushalten. Bald wird er anfangen, sich nach dem Meer und dem Himmel zu sehnen.«

»Das wird er nicht, Mum – und ich wünschte, du würdest mir glauben. Aber du fehlst ihm.«

»Blödsinn!«

»Und mir auch.«

»Ach, mein Schatz«, klingt Mum jetzt weicher. »Ich hoffe wirklich, dass du einen schönen Geburtstag hast ... Ich denke jede Sekunde an dich.«

»Danke für das Tuch, es ist wunderschön.«

»Das Grün hat mich an deine Augen erinnert. Als du geboren wurdest, waren sie schieferblau, und du hast über den Rand deiner Decke gestarrt wie eine kleine weise Eule.«

»Mum, fühlst du dich da unten nicht einsam? Ich kann es kaum ertragen, wenn ich mir dich da ganz allein in dieser Hütte vorstelle.«

»Tja, natürlich ist es einsam – dank Dad, der das hier einfach alles aufgegeben hat.« Aus der Ferne klingt ein Seufzen. Ich habe aber das Gefühl, dass sie anfängt einzuknicken. »Wir haben das hier zusammen aufgebaut, Marnie. Deshalb tut es so weh.«

»Aber er hat nicht aufgehört, dich zu lieben. Er vermisst dich.«

»Wenn das so ist, wieso kommt er dann nicht zurück? Aber lass uns das nicht wieder alles durchkauen ... Ich habe angerufen, um dir noch persönlich zu gratulieren, mein Schatz. Hattest du einen schönen Tag?«

»Wunderschön.«

»Ich hoffe, du hast dir frei genommen.«

»Es ist Sonntag.«

»Ich meinte nicht das Theater – ich meinte das Krankenhaus.«

»Oh. Ich nehme mir nicht ›frei‹ von Nick.«

Wieder ein ferner Seufzer. »Nein, natürlich nicht – ich hätte wissen müssen, dass dich immer noch der Friede flieht.«

»Das ist mein Geburtstag, Mum … Bitte keinen Tennyson!«

Ich höre sie leise lachen. »Also gut, dieses eine Mal verschone ich dich … mein armer Schatz … dein Freund liegt im Koma, dein Vater hat deine Mutter verlassen …«

»Er hat dich nicht verlassen, Mum. Wenn du mir wirklich etwas zum Geburtstag schenken willst, dann sprich mit ihm. Bitte.«

»Ich wusste, du würdest für ihn Partei ergreifen«, sagt Mum. »Du weigerst dich einzusehen, wie unfair er sich verhält. Sag ihm, wenn er mit mir reden möchte, dann weiß er ja, wo er mich findet.«

»Du bist es, die unfair ist.« Ich nehme bei dieser Frau, die mich bald noch wahnsinnig macht, kein Blatt mehr vor den Mund. »Warum sollte Dad extra Flugtickets kaufen, um dir zu sagen, dass er in Gospel Oak leben will?«

»Ich bin einfach schrecklich enttäuscht, Marnie. Mein Leben kommt mir in diesem Moment wie eine einzige Enttäuschung vor.«

Das ist ein bedeutsames Bekenntnis. Meine Mutter leidet unter der allgemeinen und frei zugänglichen Enttäuschung, die so viele mittelalte Frauen heimzusuchen scheint. Wenn sie ein wenig mehr vor sich hin gebrütet hat, wird sie sich eingestehen müssen, dass es nichts mit Madeira zu tun hat. Das alles tut mir zwar leid für sie, aber ich werde allmählich ungeduldig.

Wir verabschieden uns liebevoll, und als die Verbindung abbricht, wird mir ganz kalt, weil ich sie vermisse. Ich kann mit meiner Mutter reden, aber ich kann sie nicht sehen. Die Umkehrung des Problems, das ich mit Nick habe.

Die Wohnzimmertür wird leise geöffnet, und Dad kommt mit einem Glas Champagner herein. »Geht es ihr gut, ja?« Er drückt mir das Glas in die Hand. »Dumme alte Eule … Sie weiß, dass sie diesmal nicht gewinnen kann.«

»Ich glaube, sie knickt allmählich ein.«

»Gott sei Dank«, meint Dad leise. »Ich hoffe, du bist nicht böse wegen der Party.«

»Nein, natürlich nicht, das war lieb von euch.«

»Im Krankenhaus alles okay?« Noch deutlicher wird er sich nicht nach Nick erkundigen.

»Der leitende Arzt will mit mir reden.«

»Ah.«

»Ich weiß, was du denkst.«

In seinem Blick liegt Zärtlichkeit. Sanft drückt er meine Schulter. »Du und deine Mutter, ihr seid die zwei stursten Frauen der Welt. Du kannst auch nicht gewinnen, und das weißt du.«

Ich fahre meine Abwehr hoch – ich habe ein Geschick

dafür entwickelt, Angriffe wie diesen abzuwehren – und lasse nicht zu, dass er noch etwas sagt, indem ich mein Glas Champagner nehme und zur Party zurückkehre.

12. Kapitel

Es ist Mitte November, und ich habe den Tag bei Dreharbeiten am Stadtrand von London verbracht. Es ist eine Mischung aus Drama und Dokumentarfilm über lange Verlobungszeiten in der viktorianischen Ära. Ich musste nichts weiter tun, als nachdenklich mit einer altertümlichen Haube auf dem Kopf vor einem weißen Hintergrund zu stehen. Im fertigen Film wird jemand aus dem Off das Gedicht »Lang Versprochen« von Thomas Hardy lesen – eines von Mums Lieblingsgedichten.

Ich bin heute Abend nicht im Theater. Ich gehe mit einer Tüte Lebensmittel und einer Flasche Wein nach Hause. Nick steckt mitten in den Proben für »Phädra« (er langweilt sich fürchterlich und behauptet, er könne es nur überstehen, weil er sich die ganze Zeit grässliche Todesarten für Racine überlegt). Er lebt jetzt offiziell mit mir zusammen. Wir verwandeln uns langsam und genüsslich von Geliebten zu Partnern. Seine Wohnung in South End Green ist vermietet, und wir sind finanziell existenzfähig. Das Leben ist herrlich.

Beziehungsweise *wäre* es, wenn Nick sich besser mit Pan verstehen würde. Nick macht kein Geheimnis daraus, dass er Pan als störend empfindet. Meine bisherige Reaktion bestand darin, dass ich gedroht habe, die Miete anzuheben. In dem Moment, da ich die Tür öffne, weiß ich schon, dass sie wieder gestritten haben. Die Atmosphäre ist angespannt.

»Hallo«, rufe ich.

Keiner antwortet, aber ich bin sicher, dass beide hier sind. Schnell gehe ich in die Küche – und es ist so furchtbar, dass ich laut aufstöhne.

Pan, das Gesicht vom Weinen verzerrt, stopft wütend ein paar Sachen in einen großen Koffer.

»Pan? Was zum Teufel …?«

»Tut mir leid, Marnie.«

»Was ist los?« Ich stelle meine Einkäufe auf den Boden.

»Ich kann hier nicht bleiben. Ich habe die Botschaft endlich verstanden und ziehe aus.«

»Nein!«, rufe ich. Das ist furchtbar. Pan steht mir so nahe wie meine Mutter. »Du … du kannst nicht …«

Als sie meinen Schock bemerkt, beruhigt sie sich ein wenig. »Es tut mir leid, Marnie … Du weißt, ich will das nicht, aber es funktioniert einfach nicht. Ich kann nicht hier bleiben, wenn es so läuft.«

»Wovon sprichst du? Um Himmels willen – kannst du mir nicht sagen, was passiert ist? Wo ist Nick?«

Pan macht wieder ein böses Gesicht. »Ich habe keine Ahnung. Vor etwa einer halben Stunde ist er rausgestürmt mit den Worten, er würde wiederkommen, wenn ich weg bin.«

Ich weiß inzwischen, dass mein Geliebter auch mal aufbrausend sein kann, aber das hier sieht ihm gar nicht ähnlich. Ich habe keine Ahnung, wie es so weit kommen konnte.

»Das ist mein Haus«, sage ich, »und ich bin der einzige Mensch, der das Recht hat, dich rauszuwerfen. Setz dich. Wir warten, bis er zurückkommt, und sprechen uns in Ruhe aus.«

»Ich kann nicht bleiben, es funktioniert nicht«, sagt Pan. Sie meint es wirklich ernst. »Es tut mir leid, Marnie – ich will nicht dafür verantwortlich sein, dass deine Beziehung in die Brüche geht.«

»Sei nicht albern! Wie solltest du das schaffen?«

»Ich kann keine Nacht mehr unter demselben Dach verbringen wie dieser Arsch.«

Ich zucke zusammen – das Wort trifft mich wie ein Schlag. Ich sollte etwas sagen, um ihn zu verteidigen, aber ich bin verwirrt. »Hat Nick dir wortwörtlich gesagt, du sollst ausziehen?«

»Ja«, sagt Pan. Sie hastet ins Wohnzimmer und fängt aus irgendeinem Grund an, die Sofakissen auszuschütteln und zurechtzuklopfen. Mit halbem Auge nehme ich wahr, dass sie durcheinander sind wie Kraut und Rüben, aber ich bin gerührt, dass Pan das Haus, das sie verlässt, noch aufräumen will.

Draußen wird gehupt. Pan nimmt ihren ausgebeulten Koffer. »Ich komme noch mal und hole den Rest meiner Sachen.«

»Pan, warte … wohin gehst du denn jetzt?«

»Zu Rosa. Die suchen immer Untermieter.« Sie schleift den Koffer bis zur Haustür, wo sie ihn plötzlich fallenlässt und mich fest in den Arm nimmt. »Tschüs.«

Sie steigt ins Taxi und fährt weg – unfassbar! Verblüfft und betreten bleibe ich in meinem leeren Haus zurück. Es ist dunkel und kalt, und ich schalte zu viele Lampen an. Ich weine ein bisschen, aber ich bin zu verstört, um die Lage zu begreifen.

Und ich bin sauer auf Nick, obwohl ich mir immer wieder sage, dass jede Geschichte zwei Seiten hat und es eine logische Erklärung geben muss. Ich gehe in die Küche und versuche mit zitternden Händen, die Spuren von Pans überstürztem Aufbruch zu beseitigen. Ich stelle das Abendessen, das ich mir zubereiten wollte, in den Kühlschrank. Ich bin zu aufgewühlt, um zu essen.

Zwei Stunden vergehen, bis Nick nach Hause kommt. ZWEI STUNDEN. Er ruft mich nicht an, und es würde mir nicht im Traum einfallen, ihn anzurufen. Ich bringe den Rest der zerwühlten Sofakissen in Ordnung. Pan hat einen Gin Tonic im Kühlschrank stehen, und ich trinke ihn direkt aus der Dose, während ich blind in den Fernseher starre.

Die Haustür wird zaghaft zugeworfen. »Nick?« (Ich hege die wilde Hoffnung, dass es Pan ist.)

»Hi, Marnie.« Nick kommt ins Wohnzimmer. Er hat getrunken. Er sieht müde und auf verstörende Weise jung aus. »Ist Pandora weg?«

»Ja … ich kam gerade noch rechtzeitig, um sie ins Taxi springen zu sehen. Vielleicht kannst du mir sagen, worum es bei all dem eigentlich geht.«

»Ach, herrje«, stöhnt Nick. Er entfernt sich in die Küche.

Ich folge ihm; er wühlt in der Schublade nach einem Päckchen der starken Schmerztabletten, die er ständig in sich hineinschaufelt. Er hat Kopfschmerzen, aber in diesem Moment ist mir das egal.

»Herrgott nochmal, warum will mir keiner eine klare Antwort geben? Ich kann nicht glauben, dass du die Frechheit hattest, Pan rauszuwerfen. Was, um alles in der Welt, hat sie getan?«

»Ich wusste, du würdest sauer sein«, sagt Nick. Er setzt sich hin wie ein Strafgefangener zum Verhör.

»Tja, da liegst du ganz richtig. Wie konntest du es wagen? Im Grunde genommen bist du derjenige, der gehen sollte.« Es schnürt mir die Kehle zu. Gerecht ist gerecht, aber ich hasse die Vorstellung, ihn zu verlieren.

Er seufzt und sieht mich mit seinen hübschen, herzzerreißend eindringlichen dunklen Augen an. »Ich weiß. Willst du mich jetzt rauswerfen?«

»Nein. Ich will uns einen Tee kochen. Aber das heißt nicht, dass ich nicht wütend bin. Und fassungslos.«

»Du weißt doch, wie das ist, Marnie … Pan geht mir einfach schrecklich auf die Nerven.«

»Das ist ihr vollkommen klar, und sie hat sich wirklich bemüht, dir aus dem Weg zu gehen … nicht, dass sie das müsste! Sie hat hier weitaus länger gewohnt als du.«

»Ich weiß.«

»Sie hat dich als Arsch bezeichnet.«

»Ich hab mich auch wie einer benommen.«

Ich kann so nicht weitermachen. Ich koche uns zwei Becher Tee, und wir sitzen in deprimierter (und in meinem Fall leicht verstörter) Stille da und trinken.

»Ich wünschte, ich könnte es erklären«, sagt Nick. »Wir zwei waren heute allein im Haus, und Pan schien hier alles … zu verseuchen.«

»Was soll das denn heißen?«

Er zuckt mit den Schultern. »Zuerst die endlos langen Telefongespräche. Dann das laute Singen. Dann verbringt sie eine Stunde im Bad und verwandelt es in einen Regenwald. Dann fläzt sie sich ins Wohnzimmer und hat dabei nichts als dieses T-Shirt an, das ich nicht mag – überall Haut und Fleisch. Sie war überall. Ich konnte ihr nicht ausweichen. Ich fürchte, ich habe sie beleidigt.«

»Ach, Nick.«

»Falls es ein Trost ist«, fügt er leise hinzu, »sie hat es mir mit gleicher Münze heimgezahlt. Es war der heftigste Streit, den ich je mit jemandem hatte. Tatsache ist, dass ich mich zu sehr daran gewöhnt habe, allein zu wohnen – was aber keine Entschuldigung sein soll. Ich weiß, dass das alles vollkommen meine Schuld ist.«

»Und was willst du jetzt deswegen unternehmen?«

»Ich weiß es nicht.« Nick scheint genauso schockiert über sein Verhalten zu sein wie ich.

»Ich hatte einen ewig langen Tag und würde jetzt gern ins Bett gehen«, sage ich, »aber ich bin immer noch unendlich sauer auf dich.« Ich verlasse das Zimmer und schalte dabei alle Lichter aus: Ich war noch nie so böse auf ihn, und obwohl ich ihm sicher irgendwann vergeben werde, bin ich jetzt noch nicht dazu bereit. Das Haus fühlt sich falsch an. Es ist furchtbar, mitten in einem Streit ins Bett zu gehen. Wir durchlaufen alle üblichen Rituale mit eisigem Schweigen, und als ich die Nachttischlampe ausschalte, liegen wir in zahnpastageschwängerter Feindseligkeit steif nebeneinander unter der Decke.

Ich frage mich, wie es Pan geht. Ich habe das schäbige Zimmerchen in Chiswick gesehen, das Rosa und ihr Mann ständig zu vermieten versuchen. Arme alte Pan – dies war ihr Zuhause, seit sie als Studentin bei uns einzog, und sie ist Teil der Familie geworden. Was soll ich Mum und Dad nur sagen?

Im Halbdunkel rollt sich Nick plötzlich zu mir herum und zieht mich in die Arme. Dankbar schmiegen sich unsere Körper aneinander.

»Marnie, du musst mir helfen«, murmelt Nick. »Ich kann es nicht ertragen, wenn es so zwischen uns ist. Es tut mir leid, dass ich dir das angetan habe. Ich liebe dich so sehr, und wenn du mich mit diesen großen, vorwurfsvoll leuchtenden Augen ansiehst, komme ich mir vor wie Staub. Ich kriege einfach diese Anfälle von … ich weiß nicht … Überempfindlichkeit, so dass mich alles aufregt und ich dann austeile. Ich war felsenfest davon überzeugt, dass ich keine Sekunde länger dieselbe Luft atmen kann wie Pan. Natürlich habe ich mich wie ein Arschloch verhalten – und was mich daran wirklich fertigmacht, ist der Abstand zu dir.«

Er weint, das habe ich noch nie erlebt. Dann ist er in mir, und der Sex ist drängend und verzweifelt. Seinen Kopf auf meiner Brust, falle ich in unruhigen Schlaf.

Es ist seltsam, dass man im Bewusstsein des Elends überhaupt schlafen kann, aber zu schlafen bedeutet nicht, dass man es vergisst. Man liegt wie unter einem Gewicht, und wenn man aufwacht, merkt man, dass es weiterhin dort lauert. Ich wache allein auf, die Sonne scheint, und ich stelle überrascht fest, dass es halb elf ist. Nick und ich haben heute zwei Vorstellungen von »Wie es euch gefällt«, und selbst wenn wir nichts über die Situation verlauten lassen, so wird es Rosa doch vor allen herausposaunt haben.

Ich werde noch ein bisschen wacher und sehe eine

Vase mit weißen Rosen – Nicks Anfälle der Reue beleben die Geschäfte der umliegenden Floristen. Daneben steht eine Karte mit der Aufschrift: »Liebste Marnie, tut mir leid, dass ich so ein …«, es folgt die grobe Zeichnung eines Hinterteils, »… bin. In Liebe, Liebe, Liebe, N.«

Mistkerl – wenn du denkst, ein paar Rosen könnten wiedergutmachen, wie du meine beste Freundin behandelt hast … Was hast du eigentlich gegen Frieden?

Ich ziehe meinen Morgenmantel an. Zu meiner Überraschung höre ich auf dem Weg nach unten Pans Stimme. In einem Anflug von Hoffnung stürze ich in die Küche. Pan sitzt da und trinkt Kaffee aus ihrem üblichen Becher, ist aber hinter dem üppigen Strauß dunkelroter Chrysanthemen kaum zu sehen.

»Pan!« Absurderweise breche ich in Tränen aus – auch wenn ein Teil von mir den beiden einfach nur die Köpfe zusammenschlagen will. Das Haus ist ruhig und sonnig wie ein Garten nach einem Sturm.

Sie springt auf, um mich zu umarmen. »Ich bin wieder da … und es tut mir leid, dass ich gestern Abend so ein Theater gemacht habe.«

Nick – unrasiert und in denselben Klamotten wie gestern – küsst mich und reicht mir einen Becher Kaffee. »Sag ihr, dass du mir verziehen hast.«

Pan verdreht die Augen, doch sie lächelt. »Ich schätze schon.«

»Sag es richtig.«

»Ich vergebe dir, okay? Marnie, ich vergebe deinem furchtbaren Freund.«

Vor Erleichterung muss ich kichern. »Heißt das, wir können einen ganz normalen Tag haben?«

»Besser als normal«, meint Nick.

»Tja, Gott sei Dank!« Ich setze mich an den Tisch. »Hübsche Blumen.«

Pan lacht. »Er ist bis nach Chiswick rausgefahren und stand um sieben Uhr früh auf Rosas Türschwelle. Sie wäre sicher auch sauer gewesen, aber er hat sie in die Blumenorgie mit einbezogen.«

»Und ich wette, sie hat das Drama genossen«, sage ich. »Ich wette, sie hat inzwischen die gesamte Schauspielergilde angetwittert.«

»Paul fand es köstlich«, sagt Pan. »Er hat Nick immer wieder auf den Rücken geklopft und gesagt: ›Gut gemacht, Junge, eine Eins mit Sternchen für deine Anstrengung‹, also habe ich mich wieder herbringen lassen.«

»Pan, das war echt großherzig von dir«, meint Nick.

»Nein, war's nicht … du hättest das Zimmer mal sehen sollen, das ist wie das schwarze Loch von Kalkutta, und sie berechnen geradezu ein Vermögen dafür.« Sie liefert eine amüsante Beschreibung von Rosas häuslichen Arrangements, und alle Angespanntheit zwischen uns Dreien ist verschwunden. Der gestrige Nick mag ein schlechter Traum gewesen sein – jetzt ist mein furchtbarer Freund wieder ganz sein gewohntes charmantes Selbst.

In der Garderobe sagt Lizzie, unser TV-Sternchen: »Ha-ha, Marnie hat sich gestritten.«

»Es hatte nichts mit ihr zu tun«, sagt Rosa. »Marnie würde sich nie zu so etwas Vulgärem wie einem Streit herablassen.«

»Wie ich höre, bist du um sieben geweckt worden«,

sage ich. »Pan bedankt sich sehr und will dich und Paul demnächst zu einem Drink einladen.«

»Oh, das ist schön«, sagt Rosa und mustert im Spiegel ihr Achtzehntes-Jahrhundert-Dekolleté. »Um die Wahrheit zu sagen, bin ich ganz froh, Pandora nicht mehr als Untermieterin zu haben. Sie ist wirklich nett, aber Paul musste ihr andauernd auf die Möpse starren.«

13. Kapitel

Ich bin in der Buchhandlung in South End Green und starre, ohne etwas zu sehen, auf ein Regal mit Reiseführern, während in meinem Kopf ein Orkan wütet. Alles, was ich sehe und fühle, ist Schmerz. Wie bin ich hierhergekommen? Keine Ahnung. Ich bin taub vor Angst.

»Marnie!« Luke steht neben mir, eine Tüte Bücher im Arm. »Wie geht es dir?«

Das ist eine Frage, zu der mir erst einmal nichts einfällt. Ich versuche, eine Antwort zu formulieren, aber es ist, als blickte ich in einen leeren Raum.

»Ähm … Marnie?« Sein Gesichtsausdruck verrät, dass er beunruhigt ist. Der Himmel weiß, wie meiner aussieht.

»Hi«, sage ich.

»Ist alles in Ordnung?« Luke berührt meinen Arm. »Du stehst hier seit etwa zehn Minuten wie in Trance.«

»Ach ja?«

»Jedenfalls bin ich froh, dass ich dich treffe. Ich hatte geschäftlich in der Gegend zu tun und überlege, Nick einen Besuch abzustatten.«

»Von da komme ich gerade«, sage ich. »Dr. Dunlop wollte mich sprechen – er ist der leitende Arzt.«

»Oh.«

»Es macht mir nichts aus, noch mal hinzugehen. Ich

wollte nur mal etwas frische Luft schnappen. Ich konnte nicht mehr klar denken.«

Ich finde, ich klinge gefasst, aber Luke lässt seine Hand weiterhin auf meinem Arm liegen. »Mein Auto steht um die Ecke. Lass mich dich nach Hause fahren, und du kannst mich auf einen Tee einladen.«

»Okay, wenn es dir nichts ausmacht …« Jetzt, wo Luke da ist, fühle ich mich stärker mit der wahren Welt verbunden und eher in der Lage, mit ihr klarzukommen.

Er bringt mich zu seinem Wagen (sein Fahrrad ist natürlich für Geschäftstreffen ungeeignet) und fährt das kurze Stück zu meinem Haus.

»Pan ist nicht da«, höre ich mich selbst sagen, während ich die Haustür aufschließe. »Sie macht einen Workshop bei der *Royal Shakespeare Company* – mein Dad wird übrigens höchst satirisch, wenn er Schauspieler über ›Fortbildung‹ oder gar ›Arbeit‹ reden hört.«

Ich bin überaus froh, dass mein Vater nach Hause gekommen ist. Momentan kommt es mir vor, als wäre ich zu vollständigem Erwachsensein nicht in der Lage. Der Nachmittag ist bewölkt und winterlich, und es ist tröstlich, die Küche so warm und erleuchtet vorzufinden.

»Luke, was für eine nette Überraschung«, sagt Dad.

»Ich habe Marnie zufällig in der Buchhandlung getroffen«, sagt Luke und lehnt sich vor, um Dad die Hand zu schütteln.

Langsam und andächtig nimmt Dad die Lesebrille ab und faltet seine Zeitung zusammen. »Wo du schon mal hier bist, musst du einen Tee trinken.«

»Ich koche einen«, sage ich und greife nach dem Teekessel.

»Nein, du nicht«, sagt Dad. »Wenn ich zulasse, dass du mir den Rücken kehrst, verstehe ich dich noch weniger.«

Ich würde gern widersprechen, aber Luke ist hier. Wir setzen uns an den Tisch, und Dad bereitet mit unendlicher und fast irritierender Sorgfalt auf traditionelle Weise den Tee in der alten braunen Teekanne zu, die er auf Madeira so schrecklich vermisst hat.

Es ist seltsam, wenn ich daran denke, dass Luke hier mal gewohnt hat. Er ist sehr zurückhaltend, kann aber auch nicht umhin, in seine alte Rolle zurückzufallen. Er nimmt die Krawatte ab und legt die Füße auf den Stuhl neben sich.

»Luke, musst du nicht wieder ins Büro?«, erkundigt sich Dad. »Ich dachte, ihr Banker in der City arbeitet die ganze Zeit.«

»Heute nicht. Das Meeting, das ich gerade hatte, war kürzer als erwartet, und für heute bin ich fertig.«

»Das ist ja schön«, meint Dad. »Du solltest Marnie irgendwohin zum Essen ausführen. Sie kann ein bisschen Ablenkung gut gebrauchen.« Er sieht mich an. »Ich verstehe nicht, warum du in der Buchhandlung warst. Ich dachte, du hättest eine Verabredung mit Dr. Dunlop.«

Die Dunkelheit, die ich zu verdrängen versucht hatte, umhüllt mich erneut. »Die hatte ich auch.«

»Und?«

»Oh … er wollte vor allem, dass ich mit Nicks Schwester rede. Es ist ziemlich merkwürdig, dass sie in keine Entscheidung einbezogen ist, die Nick betrifft.«

»War das alles?«

Mein Hals ist wie zugeschnürt. »Mehr oder weniger.«

»Er muss doch gesagt haben, warum er mit Dominics Schwester sprechen will«, sagt Dad. »Er wird dich doch sicher nicht im Dunklen lassen, wo du die ganze Zeit da bist.«

»Nein, natürlich nicht. Und es ist auch gut, dass sie … ihr wisst schon … auf dem Laufenden gehalten wird.«

»Hm«, meint Dad. »Ich verstehe nicht, wieso du nur für diese Information einen Termin machen musstest.«

»Wie geht es Christine?«, will Luke wissen. »Hat sie schon eingelenkt?«

Es ist typisch für ihn, auf taktvolle Weise das Thema zu wechseln. Er merkt, dass ich es nicht mehr ertragen kann.

Womöglich merkt Dad das auch. »Hm«, sagt er wieder. »Es geht ihr hervorragend, Luke. Obwohl sie immer noch auf diesem gottverlassenen Felsen hockt, hat sie beschlossen, wieder mit mir zu reden. Es ist wie die Verhandlung bei einer Geiselnahme – wir arbeiten daran, sie bis Weihnachten nach Hause zu bekommen.«

Die Wirklichkeit ist wieder einmal verdrängt worden.

Luke erzählt Dad etwas über die Bankenkrise, und ich merke, dass ich es sehr angenehm finde, ihn hier zu haben. Er ist vehement gegen die Kürzung von Sozialleistungen und ereifert sich über Banker und ihre Riesen-Boni. Wir sitzen um den Tisch, und alles ist familiär und behütet.

»Ich würde gern das Beste aus meinem frühen Feierabend machen«, sagt Luke. »Also folge ich deinem Rat, Toby, und führe Marnie zum Essen aus. Und du bist herzlich eingeladen, uns zu begleiten.«

»Das ist wirklich lieb von dir«, erwidert Dad, »aber

ich will nicht das fünfte Rad am Wagen sein und bin sowieso schon verabredet. Gavin kommt vorbei, um mir seinen neuen Plan für die Gartensüdseite zu zeigen.«

Gavin Gomersall und Dad haben inzwischen auf der Grundlage von Gärten, Kricket und (in Gavins Fall) der Nähe zu Pan unerwartet Freundschaft geschlossen. Pan sagt, sie wisse nicht, ob sie darüber lachen oder weinen soll, obwohl ich vermute, dass sie sich freut.

»Ihr könntet zum Griechen gehen«, fügt Dad hilfsbereit hinzu.

»Nicht zum Griechen«, sagt Luke, als wir draußen sind. »Es gibt ein tolles neues Restaurant in der Charlotte Street. Ein Kunde von mir hat mich neulich dorthin mitgenommen, und ich habe schon nach einem Grund gesucht, um nur mal zum Spaß dort essen zu gehen.«

Mir ist es egal, wo wir essen. Offensichtlich will mich mein Vater über den doofen Dr. Dunlop ausfragen, und ich bin dankbar für diese Chance, es noch mal hinauszuschieben. »Fürs West End bin ich aber nicht richtig angezogen.« Ich trage meine üblichen Jeans und Pullover, und geschminkt bin ich eigentlich nur bei der Arbeit.

»Sei nicht albern«, sagt Luke, »du siehst hübsch aus.«

Wir fahren in die Charlotte Street – langsam, weil Luke ein vorsichtiger Fahrer ist und ständig versucht, die Bedürfnisse der Fahrer vor sich wie auch hinter sich zu berücksichtigen. In London, wo jeder versucht, in die erste sich bietende Lücke zu drängen, ist dies ein undankbares Unterfangen.

Es ist immer noch früh, und wir sind praktisch die

einzigen Gäste des schicken kleinen Restaurants. Luke studiert eine ganze Weile die Weinkarte und bestellt schließlich eine Flasche mit langem französischem Namen und Datum, und seine Ernsthaftigkeit bringt mich zum Schmunzeln.

»Du lässt es aber krachen«, sage ich.

»Ja, nicht wahr?«, meint Luke. »Etwas ungeplant zu machen, verwandelt mich immer in einen tollkühnen Draufgänger.«

»Du solltest öfter mal vorbeikommen. Wir vermissen dich.«

Er lächelt. »Und ich vermisse dein Haus. Was nimmst du?«

Ich habe keinen Hunger, bestelle aber zwei Gänge. Der Wein kommt, vom Kellner ehrfurchtsvoll kredenzt. Alles, was ich dazu sagen kann, ist, dass er rot ist.

»Anschmiegsam und vollmundig«, verkündet Luke.

»Prost«, entgegne ich.

»Nachhaltig, wie Nick sagen würde.«

Ich lache kurz auf. »Bevor er ihn wie Limonade runterstürzt.«

»Wie geht es ihm – ich meine wirklich? Ich konnte sehen, dass du mit Toby nicht darüber sprechen wolltest – und mir musst du auch nichts sagen, wenn dir nicht danach ist. Aber wenn ich irgendwie helfen kann …«

Niemand kann helfen außer Götter oder Zauberfeen. »Du hast mich in einem schlechten Moment aufgegabelt. Das Treffen mit Dr. Dunlop war grässlich.«

»Oh.«

»Nicht wegen ihm, er ist wirklich sehr nett. Aber er hat mich nicht auf einen kleinen Plausch zu sich bestellt.

Er wollte, dass ich Francesca eine Nachricht übermittle. Sie müssen mit ihr über die Zukunft reden.«

»Die Zukunft«, wiederholt Luke. »O Gott.«

»Er denkt nicht, dass Nick wieder aufwacht. Es bestehen schwere Beeinträchtigungen beider Gehirnhälften, und dann sagte er noch was von Subarachnoidal-Sowieso – keine Hirnstammaktivität … Ich konnte das alles nicht mehr aufnehmen. Ich war mitten in meinem schrecklichsten Albtraum. Und ich weiß nicht, was ich machen soll. Ich will für ihn kämpfen.«

»O Gott, das tut mir so leid.«

»Aber wie soll ich kämpfen? Ich kann ihn doch nicht sterben lassen.«

Wir schweigen.

»Vielleicht …«, beginnt Luke.

»Nein! Findet denn sonst niemand auf der Welt, dass es unerhört ist, jemanden umzubringen, der nicht tot ist? Ich fürchte, ich muss Francesca anbetteln, ihn nicht aufzugeben. Es muss doch irgendeinen juristischen Einspruch geben, den wir stellen können.«

»Hör auf«, sagt Luke ernst und hält eine meiner Hände fest. »Es ist nicht fair, seinen Körper am Leben zu halten, wenn sein Gehirn tot ist.«

Das tut weh wie ein Säurebad. Ich ziehe meine Hand weg. »Woher willst du wissen, dass es tot ist?«

»Marnie, der arme Kerl hat seit fast einem Jahr kein einziges Lebenszeichen von sich gegeben. Stell dir vor, es wäre möglich, ihn ewig am Leben zu erhalten – was wäre dann mit dir?«

»Mit mir wäre alles prima, solange sich nichts ändert.«

»Veränderungen sind aber ein Teil des Lebens. Manchmal ist es sinnlos, gegen sie anzukämpfen.«

»Kein Priestergeschwätz, bitte.«

»Das ist kein Priestergeschwätz, das ist gesunder Menschenverstand. Es tut mir leid, aber siehst du denn nicht, was das mit deinem Leben macht? Nicht mal das Theater interessiert dich noch. Du bist eine aktive professionelle Schauspielerin, der das Schauspielern scheißegal ist.«

»Um es mal beschissen klar auszusprechen«, sage ich kühl, »Nicks Situation hat mein Leben komplett versaut. Ich weiß nicht, warum du so redest, als ob ich eine Wahl hätte.«

»Nimm einmal an, Nick wäre an dem Tag gestorben«, sagt Luke, »und du hättest ihn beerdigt und ordentlich um ihn getrauert.«

Ich weigere mich, darüber nachzudenken. »Er ist nicht gestorben. Er hatte immer noch einen Puls, als er ins *St. Thomas* eingeliefert wurde.«

»Stell es dir nur einmal vor«, beharrt Luke. »Du wärst jetzt bereit, jemand anderen kennenzulernen. Du hättest dich nicht mit diesem endlosen Wartespiel arrangiert.«

»Aber er ist nicht gestorben.« Mein Hals fühlt sich wund an, während ich das sage. »Er ist nicht tot.« Ich weiß, was Luke denkt, obwohl er bisher zu rücksichtsvoll war, es deutlich auszusprechen.

»Vielleicht ist es Zeit, ihn gehen zu lassen. Vielleicht ist es das Liebevollste, was du für ihn tun kannst.«

Bin ich nicht liebevoll? Was, wenn meine Liebe zu Nick keine Rettungsleine ist, sondern die Falle eines Wilderers, die ihn am Knöchel packt? Nein … ich werde mir das nicht anhören.

»Du liegst falsch«, sage ich zu Luke. »Wäre Nick gestorben, wäre ich jetzt nicht bereit für jemand anderen. Ich hätte ein gebrochenes Herz.«

»Ich liege hier und ärgere mich über Weihnachten«, sagt Nick. »Und ich vermisse dich jetzt schon. Ich habe verlernt, allein zurechtzukommen.«

»Liebling, du weißt, dass ich dich gern hierbehalten würde, aber du musst Francesca besuchen.« Wir sind das schon mehrmals durchgegangen. »Und ich kann nicht mit dir nach Paris fahren, weil ich Mum und Dad erwarte und meine Großtante.« Ich setze mich neben ihn aufs Bett und halte ihm den Tee hin, den ich mitgebracht habe. »Aber jetzt sag: Wie geht es dir?«

Nick richtet sich auf und verzieht das Gesicht. »Viel besser. Wie spät ist es?«

»Kurz nach fünf.«

»Ich sollte aufstehen, sonst kommen wir zu spät.«

»Ist mit dir wirklich wieder alles in Ordnung?«

»Ach Gott, ja«, meint Nick knapp. »Das wird schon gehen.«

»Ich rufe uns ein Taxi … Ich habe Bargeld abgehoben.«

»Marnie, du bist ein Engel.« Er nimmt den Tee. »Eigentlich geht es mir sogar ganz gut. Es ist immer herrlich, wenn der Schmerz aufhört … wenn der Un-Schmerz anfängt. Dann kommt diese große Ruhe.«

Nick hatte einen seiner heftigen Kopfschmerzanfälle. Kurz nach dem Mittagessen musste er sich plötzlich in die Küchenspüle übergeben und ist dann nach oben gekrochen, um sich auszuschlafen. Ich weiß, dass der Schmerz jetzt vorbei ist – seine Stirn ist weiß und glatt, und er strahlt Erleichterung aus.

»Tut mir leid wegen der Schweinerei«, sagt er.

»Mach dir keine Gedanken – Pan hat sich darum gekümmert.«

»Das war lieb von ihr.«

»Sie sagt, sie ist mit Hunden und Babys aufgewachsen, und Kotze macht ihr nichts aus.« Ich schiebe eine Hand unter die Decke, um seinen warmen Bauch zu berühren. »Bist du wirklich sicher, dass du das schaffst?«

»Ich freue mich nicht gerade darauf, aber ich kann den Gedanken nicht ertragen, hier zu sein, während alles ohne mich läuft.« Er gähnt. »Ich habe noch Zeit zu duschen, oder?«

»Ja, und wenn du Hunger hast, ist auch noch genug Zeit, dass wir etwas essen.«

»Ich glaube nicht, dass ich stark genug bin, um schon wieder zu essen. Ich will nur in deiner Nähe sein. Wie soll ich über Weihnachten schlafen, wenn ich dich nicht neben mir habe?«

14. Kapitel

Ich merke, dass ich mich innerlich auf eine Szene vorbereitet habe – etwas Bedeutsames wie etwa das Zusammentreffen der beiden Königinnen in Schillers Maria Stuart –, aber dieses lang erwartete und gedanklich mehrfach durchgespielte Treffen verläuft überraschend unspektakulär.

»Du hast Sagenhaftes geleistet«, sagt Francesca. »Tut mir leid, dass ich so nutzlos bin. Aber ich habe mir nicht zugetraut, ihm gegenüberzutreten, und ich bin auch noch nicht sicher, ob ich es jetzt kann. Adam findet, ich sollte es tun. Er denkt, es würde mir helfen, es zu glauben.«

Sie ist ruhig und blass und verängstigt, aber ihre verhaltene Art zu sprechen erinnert mich (auf grausame Weise, was aber nicht ihre Schuld ist) an Nick.

»Du solltest dich nicht gezwungen fühlen, ihn zu sehen, wenn du nicht damit klarkommst«, sage ich. »Wir können auch gleich zu Dr. Dunlop und Dr. Waldhurst gehen.«

»Und du wirst dabei sein, ja? Ich werde keine einzige Frage beantworten können … oder sonst irgendetwas Vernünftiges sagen.«

Ich hatte mir Sorgen gemacht, ob ich überhaupt das Recht habe, bei ihrem Treffen anwesend zu sein, und jetzt rührt es mich, dass Francesca mich ganz bewusst dabei haben will. Die Tatsache, dass sie die offizielle, die benannte nächste Anverwandte ist, schmerzt mich schrecklich, und ich bin von der schieren Ungerechtigkeit überwältigt. »Keine Sorge, sie sind beide sehr nett. Du brauchst keine Angst zu haben, irgendwelche Fragen zu stellen.«

Ich hatte mit Francescas Mann telefoniert, und er hatte versprochen, mit ihr zu reden. Ich habe mit den Ärzten einen Termin vereinbart, und sie ist für einen Tag angereist. Zuerst treffen wir uns bei mir, um noch einen Tee zu trinken – und damit es bei unserer Ankunft im Krankenhaus nachher so aussieht, als würden wir einander gut kennen. Inzwischen bin ich über den Schock hinweg, dass ich nach dem Öffnen der Haustür ein Gesicht sah, das mich unglaublich an ihren Bruder erinnert – vor allem die Augen.

Als ich sie über den Tisch hinweg mustere, sehe ich, dass sie älter aussieht als das letzte Mal, und ihr Mund ist vor Anspannung fest zusammengepresst.

»Ich komme mir wie ein Feigling vor«, sagt Francesca. »Ich weiß, es muss schrecklich für dich gewesen sein – ich habe dich mit allem alleingelassen. Es tut mir leid.«

»Das muss es nicht. Ihn zu sehen ist nicht schlimmer, als ihn nicht zu sehen. Ich meine … selbst wenn ich ihn jeden Tag sehe, gibt es Momente, in denen ich immer noch mit mir ringen muss, um es zu glauben.«

»Ich auch«, sagt sie. »Ich habe geträumt, dass er mich anruft und fragt, warum ich ihn nicht öfter besuche. Und in meinem Traum gebe ich alle möglichen Gründe an, nur nicht den wahren.«

(Das ist das zweite Mal, dass Nick in jemandes Traum auftaucht. Warum erscheint er nicht in meinen Träumen?)

»Ich bin weinend aufgewacht«, erzählt sie weiter.

(Ich glaube nicht, dass ich überhaupt auch nur ein Mal zusammengebrochen bin, seit es passiert ist. Ich hebe meine Tränen für eine besondere Gelegenheit auf.)

»Sprichst du noch mit ihm?«

»Ja«, antworte ich, »erst heute Morgen war ich da.«

»Was sagst du so?«

»Nicht viel – ich versuche schon seit Monaten nicht mehr, interessant zu sein.«

Heute Morgen habe ich ihn eindringlich gebeten zurückzukommen. Es ist komplizierter geworden: Meine Angst, dass sie Nick abschalten, vermischt sich mit einer lächerlichen Aufregung. Ich habe ein Fernsehdrama gesehen, in dem ein Komapatient, als all seine Schläuche entfernt wurden, plötzlich aufwachte. Mein rationales Ich weiß, dass das bei Nick nicht passieren wird, aber ich kann diese Phantasie nicht kontrollieren. Manchmal ist sie so stark, dass ich den Moment, in dem sich seine Augen öffnen und der alte Nick zum Vorschein kommt, tatsächlich sehen und fühlen kann. Er hat mich geliebt – was passiert mit der Liebe? Das ist eine ganz einfache Frage, aber eine ganz große. Existiert seine Liebe für mich noch irgendwo?

»Du bist wirklich sehr tapfer«, sagt Francesca.

Wir sitzen eine Weile schweigend da. Der Wasserhahn tropft, und auf der anderen Seite der Eisenbahnschienen bellt laut ein Hund.

»Du weißt, worüber die Ärzte mit mir sprechen wollen.«

»Sie nennen es ›über die Zukunft reden‹«, sage ich. »Aber natürlich geht es darum, dass es keine gibt.«

»Ja«, sagt Francesca. »Sie wollen, dass wir ihn sterben lassen.«

»Und – ich weiß, das klingt furchtbar – sie haben seine Organe im Visier.« Das tut mir so sehr weh, dass ich es so scharf ausdrücken muss. Die Geier kreisen über ihm und warten nur darauf, sich über sein Herz, seine Leber, seine Nieren, die Hornhaut seiner Augen herzumachen.

»Oh … Gott.« Der Schmerz vertieft die neuen Falten in ihrem schmalen Gesicht.

Ich bin ein eifersüchtiges Monster und habe unfreundlich mit jemandem gesprochen, der Nick ebenso liebt wie ich. Ich schäme mich, wie egoistisch ich geworden bin – die Trauer hat mich offenbar nicht edler gemacht.

»Sie werden es nicht so formulieren – und ohne deine Erlaubnis können sie auch nichts machen.«

»Nein«, entgegnet sie schwach. »Um die Wahrheit zu sagen, habe ich an so etwas gar nicht gedacht. Ich habe mir nie gestattet, so weit vorauszudenken.«

»Denk nicht daran, wenn du es nicht willst.« Das wäre mir nur recht; ich bin nicht bereit, jemanden Nicks Schrottwert schätzen zu lassen.

»Ich werde mich nie daran gewöhnen, ohne ihn zu leben«, sagt Francesca. »Er war der Einzige, der noch da war. Jetzt sind sie alle weg.«

Ihre Eltern sind fort, ihre Großeltern und nun ihr Bruder. Ich habe genug Mitgefühl übrig, um auch ihr noch etwas abzugeben, und obwohl ich ihr sagen will, sie solle Nick nicht begraben, bevor er gestorben ist, schenke ich ihr nur ein hoffentlich freundliches Lächeln und biete noch einen Tee an.

»Ja, bitte«, sagt sie.

Pan ist arbeiten gegangen, und Dad hat sich auf meine Bitte hin zurückgezogen. Ich habe noch nie mit Francesca gesprochen, ohne dass Nick dabei war, und will ihr meine volle Aufmerksamkeit schenken. In gewisser Hinsicht will ich, dass wir uns lieben. Ich will, dass wir vor Dunlop und Windhurst als gemeinsame Front auftreten.

Unser Termin ist um halb eins. Es ist Anfang Dezember, aber sonnig und außergewöhnlich mild. Francesca und ich gehen die Straße zum Krankenhaus entlang.

»Schön ist es hier«, sagt Francesca. »Wir hätten hier gern etwas gekauft. Aber es war alles zu teuer, und am Ende haben wir uns für ein weiteres Jahr in Frankreich entschieden.«

(Wenn Nick stirbt, wird sie seine Wohnung erben. Ich bin sicher, auch sie ist sich dessen bewusst, aber keine von uns ist so geschmacklos, es zu erwähnen.)

»Nick wäre sauer gewesen«, sagt sie. »Er hat uns dauernd gedrängt, wieder nach London zurückzukommen, und ist auch nicht gern nach Paris gefahren, um uns zu besuchen. Das war eins der Themen, das mit Sicherheit einen Streit auslösen konnte. Wir haben uns schon manchmal gestritten.«

»Wo bist du?«, will Nick wissen.

»In meinem Schlafzimmer«, antworte ich. »Mum und Dad und Auntie Sue sind unten und sehen sich einen

James-Bond-Film an. Sie haben mich widerstrebend gehen lassen, um mit dir zu telefonieren. Ich bin so vollgestopft mit Essen, dass ich mich kaum bewegen kann.« Ich lege mich aufs Bett und bin unglaublich glücklich, Nicks Stimme zu hören. Es ist Weihnachten, und ich habe ihm schon für das offizielle und für das private Geschenk gedankt. Das offizielle Geschenk, das vor meiner weltfremden Großtante geöffnet werden konnte, ist ein Paar Goldohrringe mit Amethysten. Das private Geschenk ist Unterwäsche aus Seide, und er hat ein vollbeschriebenes Blatt Papier – mit Zeichnungen – dazugelegt, was er alles tun will, wenn ich sie trage (zum Beispiel: »Figur 2: beiseiteschieben, um harten Schwanz einzuführen«). »Und bei dir?«

»In Sicherheit auf dem Dachboden«, sagt Nick. Francescas Wohnung nahe der *Sorbonne* hat ein zusätzliches Zimmer auf dem Dachboden, das ursprünglich für das Hausmädchen gedacht war. »Tut mir leid, letzte Nacht konnte ich nicht richtig reden – wir hatten eine Dinnerparty und sind anschließend zur Mitternachtsmesse in *Notre Dame* gegangen.«

»Wow – damit kann ich nicht konkurrieren. Wir waren im Gottesdienst in *All Hallows* Gospel Oak.«

»Hasst ihr euch schon gegenseitig?«

»Nein. Das kommt normalerweise erst am zweiten Feiertag. Wir vertragen uns noch ganz gut.«

»Ihr habt genug Platz, um euch aus dem Weg zu gehen«, sagt Nick. »Um ehrlich zu sein, schmolle ich hier oben, weil Francesca und ich uns ein bisschen gestritten haben und uns wieder beruhigen müssen.«

»Worum ging es?«

»Zunächst einmal um Geld. Sie beklagte sich über die Hauspreise in London, und ich sagte, sie solle aufhören, über etwas zu jammern, das sie sich nicht leisten kann. Sie schien der Meinung zu sein, ich müsste ihr helfen, und war sauer, als sie erfuhr, dass ich meinen Anteil des Geldes, das unsere Großmutter uns hinterlassen hat, ausgegeben habe. Und dann führte meine selbstsüchtige, verschwenderische Lebensweise zu einer allgemeinen Diskussion über meinen kompletten Mangel an Moral. Die Vergangenheit wurde ausgekramt, Beschimpfungen wurden ausgesprochen.« Ich höre ihn am anderen Ende leise lachen. »Mit anderen Worten: eine typische Familienweihnacht – es ist ehrfurchtgebietend, an alle identischen Streitereien rund um den Globus zu denken, die zur selben Zeit ablaufen.«

»Habt ihr euch am Ende wieder vertragen?«

»Oh, ja … das tun wir immer. Ich bin nur schlechtgelaunt, weil ich dich vermisse. Mit dir wäre das öde kleine Zimmer bestimmt erträglich – ich glaube, selbst im Himmel würde ich noch Heimweh nach dir haben.«

»Hallo, Nick«, sage ich. »Francesca ist hier.«

Auf einmal bin ich mir nicht mehr sicher, ob das alles richtig ist. Francesca bleibt im Türrahmen zu der Glaskabine auf der Intensivstation stehen und verzieht das Gesicht zu einer Maske des Schreckens.

»Francesca?«

Sie gibt einen erstickten Laut von sich, mehr als ein Schluchzen – wie ein Stuhl, der über den Boden schabt.

»Alles in Ordnung?« Die Frage hängt dumm in der Luft. Die Maschinen seufzen und blinzeln uns an, und ich bemerke ein einzelnes graues Haar an Nicks linker Schläfe.

Francesca keucht erneut und duckt sich aus dem Zimmer. Sie läuft aus der Station, und ich muss ihr hinterherjagen – dieser Ort ist ein Irrgarten, und es besteht die Gefahr, dass wir uns verlieren. Ich erwische sie in der Nische neben den Fahrstühlen, sie zittert und weint – und ich hasse mich dafür, dass ich ihr das antue. Ich habe nur an Nick gedacht und versucht, sie für den Kampf um sein Weiterleben zu gewinnen. Und nun bin ich erschrocken über den Schmerz, den ich verursacht habe. Ich bin an diesen Ort gewöhnt, er ist ein Teil von mir geworden. Ich habe vergessen, dass die Trauer nicht allein mir gehört.

Ich hatte die vage Idee, ich könnte Francesca noch zum Essen einladen, aber sie ist nicht in der Verfassung, in einem Lokal zu sitzen. Ich gehe mit ihr den kurzen Weg zurück zu meinem Haus. Sie weint auf diese grässliche, innere, intime Weise, die nicht nach Trost verlangt und ihn auch ablehnen würde, falls man ihn anböte. Hierfür gibt es keinen Trost – ich hätte mich erinnern müssen. Ich empfinde tiefe Reue und mache mir gleichzeitig ganz praktische Sorgen ums Essen. Wäre es unverschämt, jemandem, der in Frankreich lebt, ein Omelette anzubieten?

Als ich die Haustür öffne, riecht es nach Essen, und ich höre leises Gemurmel aus dem Küchenradio. Entgegen unserer Abmachung ist Dad wieder da. Ich bin sauer – heute entgleitet aber auch alles meiner Kontrolle –, muss aber zugeben, dass er mit der Situation besser zurechtkommt als ich.

»Francesca … wie schön, Sie zu sehen«, sagt er und nimmt ihre Hand, um sie zu schütteln, drückt sie dann aber nur ganz fest. »Ach, meine Güte … was für ein Schock für Sie!«

Zu meiner Überraschung öffnet er eine Flasche Wein – normalerweise trinken meine Eltern nie etwas vor achtzehn Uhr, genauso wenig, wie sie im Schlafanzug herumlaufen.

»Sie hätten zu keiner besseren Zeit kommen können«, fährt Dad fort. »Ich habe gerade etwas Nudelsoße warm gemacht. Ich weiß, ich habe versprochen, bis drei Uhr wegzubleiben, mein Schatz, aber ohne Hund ist es im Park nicht wirklich schön.«

Francesca hört auf zu weinen. Mit Dad kann sie viel leichter reden als mit mir.

»Er sah so falsch aus«, sagt sie. »Ich dachte, er würde aussehen, als ob er schläft. Aber er sieht … wie jemand ganz anderes aus. Ein Fremder. Ein Toter.«

Das ist so ungeheuerlich, dass ich kaum die Nudeln hinunterbekomme, die ich im Mund habe.

»Meine Frau und ich mochten Dominic sehr gern«, sagt Dad.

»Er mochte Sie auch sehr gern«, sagt Francesca. »Das letzte Mal, als ich ihn sah, erzählte er mir, wie nett Sie sind.«

»Letztes Weihnachten«, sage ich.

»Ja.« (Francesca empfindet das nicht als Vorwurf, aber Dad wirft mir über seine Brille hinweg einen strengen Blick zu.) »Es ging ihm ganz wunderbar … er war lustig und voller Energie … im einen Moment noch zu Scherzen aufgelegt, im anderen zu ernsthaften Diskussionen … so voller Leben. Marnies Anruf war der totale Schock.«

»Schrecklich«, sagt Dad. »Sie Ärmste. Ich hoffe, das Treffen mit den Ärzten war keine allzu große Qual.«

Ihre dunklen Augen spiegeln Trauer. »Sie waren wirklich nett, aber sie haben mich gewarnt, dass die Prognose nicht gut ist. Sie glauben, er ist tot, und sie mussten darauf hinweisen, dass er ein Bett auf der Intensivstation belegt. Wenn sie beschließen, ihn weiter am Leben zu erhalten, wird er in eine Einrichtung zur Langzeitpflege überführt werden müssen.«

»Ach, herrje.« Dad sieht mich scharf an. Er hat schon immer gewusst, was ich bislang verheimlicht habe. »Das muss sehr schwer für Sie sein.«

Ich lege meine Gabel beiseite, ich kaue auf Asche. Schwer für sie? Sie wird nicht diejenige sein, die nach *Potter's Bar* rausfährt, wohin sie drohen, ihn zu bringen.

»Noch ist nichts entschieden«, sagt Francesca.

»Sie waren so taktvoll, nichts von der Organspende zu erwähnen«, werfe ich ein.

»Tja, das ist gut.« Dads liebevoller Blick steht im Kontrast zu meinem bösartigen Mangel an Taktgefühl – was ist nur in mich gefahren? »Francesca, nehmen Sie noch etwas Wein.«

Er fährt sie zur King's Cross Station und lässt mich demonstrativ zurück.

Ich bleibe allein mit mir und meinem Spiegelbild – kein schöner Anblick.

Ich bin eifersüchtig, weil mein Vater Mitleid mit ihr

hat und mir nicht die Rolle als Hauptherzgebrochene überlässt. Ich bin egoistisch, weil ich Francesca nur deshalb ermutigt habe herzukommen, um meine Belange zu unterstützen, und weil ich niemandem – nicht einmal Nicks Schwester – erlaube, eine so tragische Figur abzugeben wie ich. Meine störrische Wache sollte mich zumindest zu einem besseren Menschen gemacht haben, aber sie hat mich nur bitter gemacht und deformiert.

Das über die Organspende hätte ich nicht sagen sollen. Ich wollte Francesca nur daran erinnern, dass sein Herz immer noch schlägt.

Die Stille erscheint mir anklagend. Ich beschäftige mich mit dem Einräumen der Spülmaschine und dem Abwischen von Tisch und Arbeitsfläche. Dad kommt zurück, und ich wappne mich gegen eine seiner sanft klingenden, aber ätzenden Anklagen.

Er lässt seine Schlüssel in die Schüssel auf der Kommode fallen. »Schmeiß den Wasserkessel an, mein Schatz.«

»Hat Francesca ihren Zug erwischt?«

»Ja, sie hatte noch ewig Zeit. Sie wollte, dass ich dir danke sage.«

Ich wende mich ab, um den Kessel zu füllen. »Ich hätte sie nicht zwingen sollen, ihn zu sehen – sie war noch nicht bereit dafür.«

»Tatsächlich«, meint Dad, »hat sie mehrmals betont, wie froh sie ist, es getan zu haben. Sie sagt, es habe ihr wirklich geholfen.«

15. Kapitel

»Nach der Aufführung konnte ich nicht schlafen«, erzähle ich Nick. »Ich habe den Fernseher eingeschaltet und eine ganz schreckliche Sendung gesehen. Eine Dokumentation über eine Krypta in Sizilien, in der die Wände mit gruseligen mumifizierten Leichen behängt waren – alle ganz braun und schrumpelig und in die zerschlissenen Gewänder gekleidet, in denen sie aufgebahrt worden waren. Sie sahen nicht wie Menschen aus – eher wie Puppen oder Bilder. Alles, was von ihren Gesichtern übrig war, war eine Art transparenter Schicht über einem Schädel. Haben die Leute es wirklich gut gefunden, diese erbärmlichen Parodien ihrer früheren geliebten Angehörigen zu betrachten? Ich sah zwar ihre Überreste, aber der Tod schien mir dadurch noch endgültiger.

Der Tod ist ein Drecksack, oder? Jetzt hängen diese Leichen immer noch an den Wänden, und die Leute, die einst kamen, um sie zu betrauern, sind zu Staub geworden – weil man das heute nicht mehr macht, nicht mal in Sizilien. Also, ich hätte in alledem natürlich einen kuriosen Zusammenhang sehen können, aber Tatsache ist, dass ich nicht mit einer mumifizierten Leiche rede. Tatsache ist, dass es Menschen gibt, die aus einem tiefen Koma wieder aufgewacht sind, manchmal erst nach mehreren Jahren.

Jedenfalls hat diese Dokumentation mir nicht gerade beim Einschlafen geholfen. Aber eigentlich ist es Francesca, die mir Sorgen macht. Ich hoffe, du erinnerst dich nicht mehr an ihre Reaktion, als sie dich hier liegen sah. Sie hat es nicht so formuliert, aber wenn du die Wahrheit wissen willst: Sie hält dich für tot. Sie redet in der Vergangenheit von dir. Sie will dich abschalten lassen, Nick, so sieht es unterm Strich aus. Natürlich spricht sie das nicht offen aus, aber ich spüre es – sie hat mich später angerufen, um mir zu danken, dass ich ihr geholfen hätte, ›mit der Situation besser klarzukommen‹, und ich weiß, dass die Leute so was sagen, wenn jemand gestorben ist. Aber du bist nicht gestorben. Du könntest jeden Moment aufwachen. Um Himmels willen, Nick, wenn du da irgendwo herumschwebst und das alles hörst … bitte, bitte, bitte, bitte …

Ich bitte nicht mehr für mich – ich will, dass du für dich selbst kämpfst. Letztes Jahr um diese Zeit war ich eine glückliche Frau mit einer Zukunft, auf die ich mich freuen konnte. Jetzt habe ich keine Freude mehr … nur Furcht … und eine Leere, über die ich nicht nachzudenken wage. Du hast mich gehört. Ich habe immer versucht, bei dieser Sache nicht egoistisch zu sein. Erinnerst du dich an die DVD, die wir mal gesehen haben, die Verfilmung von ›Das Ende einer Affäre‹? Der Mann wird von einer Bombe getötet, und seine Geliebte verspricht Gott, dass, wenn er wieder leben darf, sie ihn für immer aufgibt. Ich glaube nicht an Gott, aber genau das habe ich auch versucht.

Sehr geehrte unbarmherzige, römisch-katholische Graham-Greene-Version eines Gottes, du kennst mich nicht, aber mein Freund liegt im Koma, und wenn du ihn zurückbringst, dann schwöre ich, dass ich ihn aufgebe. Es wäre mir egal, wenn er sich unsterblich in eine andere verliebt … ich wäre einfach glücklich, dass er lebt. Mit freundlichen Grüßen und so weiter …

Wobei ich nicht weiß, ob ich dann glücklich wäre. Harriet konnte deine Angewohnheit, mal eben andere Frauen in Besenkammern zu vögeln, nicht ertragen, aber ich glaube nicht, dass ich mich darum scheren würde, wohin du deinen Schwanz steckst. Es wäre die Liebe, die ich vermisse – nicht der Sex, sondern die Wärme … die Seele, die meiner ein Echo gibt. Das ist es, was mir Qualen bereitet, Nick – wie Tennyson sagen würde (Mum hat ihn erst heute Morgen wieder zitiert), *dies Nichts, wo Herz auf Herzen ruht und warme Händ' gefasst, gedrückt.*«

Die Stille ist enorm. Es sind Geräusche um mich – Gemurmel, Geräte und gedämpfte Schritte –, aber diese sind nur ein nadelstichgroßer Lichtpunkt, der in der Leere flackert, und alles dahinter ist ein großes schwarzes Nichts. Die Erinnerung daran, wie glücklich wir waren, macht den Schmerz nur schlimmer.

»Mein Liebster«, flüstere ich, »mein Glück.« Ich streichle ihn mit Koseworten, wie er es mich in wachem Zustand nie tun ließe. »Mein Geliebter. Mein Engel.«

Es fühlt sich nicht so an, als hätte ich heute viel Zeit hier verbracht, und ich erschrecke, als ich auf dem Weg nach draußen die Uhr im Eingangsbereich sehe. Habe ich tatsächlich über eine Stunde lang Liebe in diesen Strudel der Zeit geworfen?

Ich habe es durch einen weiteren Tag geschafft, das ist das Wichtigste. Nick lebt immer noch, und morgen könnte der Tag sein, an dem er wieder aufwacht.

Nick zieht mich in den Schatten des Betonpfeilers vor dem Bühneneingang und küsst mich.

»Noch mal alles Gute zum Geburtstag«, sage ich. »Wie läuft's?«

Er schiebt seine Hände unter mein Kleid. »Gar nicht schlecht.«

»Hast du Angst?«

»Wenn die Presse da ist, habe ich immer Angst – in der letzten Stunde musste ich dreimal pinkeln gehen. Wollen wir hoffen, dass wir sie nicht alle zu Tode langweilen.«

Es ist ein bedeutsamer Tag – Nicks einunddreißigster Geburtstag sowie die offizielle erste Vorstellung von »Phädra«. Nick spielt Theramen, den Erzieher des Hippolytus. Die Rolle ist gut, aber Racines Langatmigkeit gefällt ihm nicht, und die neue Übersetzung ärgert ihn. Allerdings merkt man ihm nichts davon an … er sprüht geradezu vor Energie.

»Du wirst phantastisch sein«, sage ich. »Alles Gute!«

Ich gehe um das Gebäude herum zum Haupteingang und verbringe die nächsten Stunden pflichtschuldig mit dem Besuch einer Inszenierung, die, offen gesagt, recht langweilig ist. Aus irgendeinem Grund ist sie in das Jahr 1890 verlegt. Die Frau, die Phädra spielt, ist hochgelobt und hübsch, und es entsteht eine echte sexuelle Spannung, wenn sie ihre illegitime Liebe zum Stiefsohn gesteht, aber ansonsten zieht es sich hin. Nick sieht schlank und fabelhaft aus in seinem Gehrock mit Vatermörder, und er spielt extrem gut – in einer der längeren Rezensionen könnte er sogar erwähnt werden.

Nach dem Applaus und den Umarmungen hinter der Bühne springen Nick und ich in ein Taxi, um vor den Gästen in Gospel Oak anzukommen. Die Premierenparty in meinem Haus abzuhalten war natürlich Nicks Idee. Alle beteiligen sich an den Getränken, so dass ich mich über die Kosten nicht beschweren kann, aber Gastgeberin zu sein macht mich nervös – wenn Nick nicht wäre, würde ich es nicht machen. Pan, die noch im Grab die Kontaktfreude in Person sein wird, war natürlich dafür, ebenso wie Mum – die schwelgt in der Vorstellung, dass Schauspieler in Scharen durch ihr Haus strömen, und wünschte, sie könnte es sich leisten, so kurz nach Weihnachten schon wieder herzufliegen. Ich musste versprechen, sie anzurufen, wenn die Party in vollem Gang ist.

Pan ist zu Hause geblieben, um alle möglichen Sachen auf Tabletts zu verteilen und die Gläser auszupacken, die wir vom Getränkehändler geliehen haben. Es ist die größte Party, die wir je gegeben haben, und Pan hat echt geschuftet – sie und Nick haben stundenlang diskutiert, bis ich das Gefühl bekam, wenigstens sechs verdammte Partys durchlebt zu haben. Als wir jedoch ankommen und das Haus glänzend, duftend und quasi mit weit ausgebreiteten Armen vorfinden, bin auch ich von dem Zauber gefangen.

Pan trägt ihr burgunderrotes Shiftkleid aus Samt und

ist ein bisschen verärgert, dass sie sich nichts Neues leisten konnte, aber sie sieht umwerfend aus. Sie holt Kanapees aus dem Ofen, und ich helfe ihr, sie auf den besten Servierplatten meiner Eltern anzurichten. Nick öffnet Flaschen und schenkt Wein ein. Die Gäste kommen, und in der nächsten halben Stunde laufe ich mit Mänteln hin und her. Ich beobachte Nick, der sich durch die lärmende Menge im Wohnzimmer schiebt, und denke, wie gut er doch aussieht.

In der ersten Verschnaufpause rufe ich Mum an. Auf Madeira ist es mitten in der Nacht, aber sie wartet schon ungeduldig und bittet mich, den Hörer hochzuheben, damit sie die Ausgelassenheit hören kann. Dann ziehe ich mich in den Wirtschaftsraum zurück, damit ich *sie* hören kann.

»Oh, das klingt nach Spaß«, sagt Mum. »Fast vermisse ich das alte Haus. Was hast du an?«

»Das kurze Schwarze, aus Seide. Ich finde es ja ein bisschen hausbacken, aber Nick gefällt es.«

»Und wie geht es ihm?«

»Ziemlich blau.«

»Ich meine: Hat er den Eindruck, dass es gut gelaufen ist?«

»Er war sehr gut, und den Zuschauern schien es zu gefallen, aber ich glaube, er hat recht mit der neuen Übersetzung – die tut Racine keinen Gefallen.«

Mum kichert. »Ja, ich habe immer das Gefühl, es wäre schade, dass den alten französischen Klassikern nicht mehr Aufmerksamkeit geschenkt wird … bis ich dann einen sehe. Hast du schon gehört, was ihr als Nächstes spielt?«

»Es geht das Gerücht, dass es ›Maß für Maß‹ sein könnte.«

»Oh, wie schön!«, ruft Mum. »Vielleicht spielst du ja deine Namensgeberin in ihrer einsamen Hütte. Bist du glücklich, mein Schatz?«

»Wahnsinnig glücklich!« Ich sage so etwas meistens halb im Scherz, aber diesmal ist es schlicht die Wahrheit. Ich schicke Mum auf Madeira ins Bett und verlasse den Wirtschaftsraum, gerade als Nick die Treppe herunterkommt.

Er nimmt mich fest in die Arme und drückt mich in den weichen Mantelberg auf dem Geländer. »Gott, ich liebe es, wie sich deine Haut unter dem Kleid anfühlt! Wünschst du dir nicht, dein ganzes Leben könnte so sein, und es gäbe niemals einen Morgen danach?«

Wir befinden uns beide in der beschwingten, albernen Phase des Betrunkenwerdens. Ich drücke meine Hand über der Hose auf seinen Schwanz. Er ist halbwegs hart, und Nick strahlt sexuelle Energie aus.

»He, he, du Flittchen«, sagt Nick und schiebt meine Hand weg. »Warte nur bis später – da geb ich dir mehr Schwanz, als du vertragen kannst.«

Aus dem Wohnzimmer ruft jemand nach ihm, und wir gehen zur Party zurück, um »Happy Birthday« zu singen. Dann laufe ich in die Küche, um mehr Wein zu holen.

Pan kommt die Treppe herunter und legt sich einen ihrer Ohrringe an. »Dieses Kleid ist zu eng – ich kann kaum sitzen.«

»Du hast ›Happy Birthday‹ verpasst«, sage ich.

»Ich habe vom Badezimmer aus mitgesungen – wow,

der Wein geht ja gut weg!« Auf der Küchentheke stehen die Flaschen mittlerweile in langer Reihe. Mit geschickten Handgriffen öffnet Pan zwei weitere (sie kann das besser als ich – ihr Dad hat sie mit vierzehn angelernt, und jetzt kann sie jedes Behältnis öffnen, das Alkohol enthält).

»Wo ist dein Glas, Marnie?«

»Keine Ahnung. Wird schon wieder auftauchen.«

»Willst du noch Wein?«

»Ich sollte aufhören«, antworte ich. »Ich bin viel zu glücklich, und das bedeutet, dass ich betrunken bin.«

Sie schenkt zwei Gläser Rotwein ein. »Vielleicht bist du einfach nur glücklich.«

»Sieh dir das Durcheinander an … morgen früh werde ich überhaupt nicht glücklich sein!«

»Ich werde heute Nacht noch alles aufräumen«, verspricht Pan.

»Dann wärst du ein Engel.«

»Es würde mich beschäftigen … du weißt, dass ich nach Partys nie schlafen kann.« Sie beugt sich vor, um die sauberen Gläser aus der Spülmaschine zu räumen – und stöhnt dabei leise über ihr zu enges Kleid.

Nick kommt rein und kann nicht widerstehen, ihr scherzhaft in den Po zu kneifen.

»Verpiss dich.« Sie schlägt mit einem Holzlöffel nach seinem Arm. Normalerweise würde sie über so etwas lachen, aber jetzt röten sich ihre Wangen vor Ärger.

»Du hättest nicht dieses Kleid anziehen sollen«, sagt Nick. »Da kannst du dir genauso gut ein Schild auf den Hintern kleben: ›Kneif mich!‹«

»Sei kein Sexist«, sage ich.

»Pandora, du bist sogar noch schöner, wenn du wütend bist«, meint Nick.

Widerstrebend muss sie lachen. »Hey, geh bloß zurück zu deiner Party. Du bist ein grässlicher Gastgeber.«

»Verdammt, ist das alles an Wein?« Er mustert die Flaschenreihe. »Soll ich losgehen und noch welchen holen?«

»Nein«, sage ich. »Sonst bleiben alle die ganze Nacht.« (Und ich komme nie mit dir ins Bett.) »Außerdem hat alles zu.«

»Ich könnte locker einen Supermarkt finden, der durchgehend geöffnet hat.«

»Ich lasse dich nicht betrunken durch London fahren«, entgegne ich. »Du wirst einen Unfall bauen und umkommen – noch ehe du eine einzige Rezension gelesen hast. Ich habe neben Michael Bellington gesessen, und ich schwöre, er hat während einem deiner Auftritte etwas aufgeschrieben. Du willst doch nicht sterben, ohne es gelesen zu haben, oder?«

»Oh, die weise Marnie … stets mein Leitstern und mein guter Engel!« Nick drückt mir einen Kuss auf den Mund und entschwindet wieder zur Party.

»Ich wünschte, er würde mich nicht so als Spielverderber dastehen lassen«, sage ich zu Pan. »Mal ehrlich … Ich bin keine Spaßbremse, oder?«

»Gott, nein!«

»Alles okay bei dir?«

»Ja, natürlich.«

»Du gehst bei Partys sonst nie in die Küche«, sage ich. »Das muss daher kommen, dass du zur Abwechslung mal an niemandem interessiert bist. Das ist eine ganz neue Konstellation – normalerweise bist du doch entweder schwer verliebt oder schwer dabei, es zu werden.«

Sie lächelt gezwungen. »Das kommt eher, weil ich alt werde. All die netten sind schon vergeben.«

»Das hat dich doch früher nicht zurückgehalten … Gibt es tatsächlich niemanden, den du seiner Frau entreißen möchtest?«

Normalerweise würde Pan darüber lachen und eine gepfefferte Antwort geben, aber heute sagt sie nur: »So was tue ich nicht mehr.«

»Nein, natürlich nicht … Hör zu, ich mache ja nur Spaß. Was ist los? Nick hat dich doch nicht wieder geärgert, oder?«

»Ach, darum kümmere ich mich nicht mehr«, meint Pan leichthin. »Das hat ja doch nichts zu bedeuten.«

Sie räumt mit langsamen, gleichmäßigen Bewegungen die Spülmaschine weiter aus, und ich nehme nur am Rande wahr, dass sie ihren dunkelroten Lippenstift nachgezogen hat und die Haut um ihren Mund rot und rau aussieht.

Das Problem mit dunklem Lippenstift ist, wie ich ihr immer wieder sage, dass er am Ende alles vollschmiert. Pans Lippenstift taucht an mehreren Gläsern auf, an zwei Bechern und auch ein paar Messern. Er ist außerdem an Nicks Hals und seinem Hemdkragen.

»Du meine Güte«, rufe ich, »das ganze Haus ist voll damit!«

16. Kapitel

Der Jahrestag rollt auf mich zu wie eine Dampfwalze. Im wirklichen Leben, dem nach meinem glücklichen Leben mit Nick, ist es kurz vor Weihnachten. Ich habe versucht, es zu ignorieren, aber die Zeichen drängen und zwängen sich überall auf – Karten hängen an den gläsernen Trennwänden auf der Intensivstation und Weihnachtsschmuck überall, wo es hygienemäßig erlaubt ist.

Letztes Jahr um diese Zeit war ich auf eine Weise glücklich, die ich mir heute nicht mehr vorstellen kann. Das Wetter draußen ist trübe, und ich fühle mich innerlich trübe. Als ich heute Nachmittag auf die Station kam, zog Nina gerade die Laken auf Nicks Körper zurecht, und ich erhaschte einen kurzen Blick auf seinen Penis mit dem unsäglichen gelben Schlauch, der sich daraus hervorwindet. Er wirkt schlaff und klamm und verletzlich – gar nicht wie der Körperteil, den ich kenne und liebe.

Ich sollte etwas zu ihm sagen, aber ich setze mich schweigend neben das Bett. Ich kann nicht über den Katheter sprechen. Ich kann auch nicht über das schreckliche Schweigen zwischen mir und Francesca sprechen – seit sie mir gesagt hat, er solle abgeschaltet werden, haben wir nicht mehr miteinander geredet. Heute ist er besonders unerreichbar, und ich muss darum kämpfen, mir vorzustellen, wie er eigentlich ist. Ich denke an den unglaublichen Sex, den ich nach der Geburtstagsparty mit diesem Körper hatte – die Energie und Fülle haben mich noch tagelang erröten lassen.

»Du warst sagenhaft im Bett«, erzähle ich ihm. »Ich meine, du warst sehr gut beim Sex. Ich wünschte, ich könnte in diesem Moment glauben, dass das etwas ist, was du wieder tun wirst. Aber ich bin heute nicht gut drauf, und alles sieht ziemlich hoffnungslos aus. Mum weigert sich immer noch nachzugeben – und das drückt uns allen auf die Stimmung. Dad will auch nicht einlenken. Er sagt, er müsse doch verrückt sein, ein Haus mit Zentralheizung wieder aufzugeben.

Und obwohl ich mich bemühe, nicht mehr zu lauschen, als ich muss, weiß ich doch, dass sie wegen mir streiten. Dad denkt, er kann mich nicht alleinlassen, und Mum denkt, das sei lächerlich. Sie hat es sich in den Kopf gesetzt, dass du für die nächsten zwanzig Jahre so sein wirst und will nicht zulassen, dass meine Krankenwache ihr Leben beeinträchtigt – sie hält es für eine gefühlsduselige Verirrung.

Ich frage mich, ob ihr ganzer Streit nicht mehr mit dir zu tun hat als mit Mums Fixierung auf Madeira. Dein Hirntrauma hat sie beide offenbar mehr mitgenommen, als sie zugeben. Die Menschen denken nicht gern über ›die vier letzten Dinge‹ nach … was wir der Kirche nach in der Adventszeit tun sollten: Tod, Jüngstes Gericht, Himmel und Hölle. Aufmunternd, oder?

Der Tod ist etwas, worüber nachzudenken ich tunlichst vermieden habe, und ich weigere mich auch, mich mit den anderen drei auseinanderzusetzen. Während man hier ist, betreffen sie einen ohnehin nicht. Keiner kann das Datum deines Jüngsten Gerichts benennen, geschweige denn, dich in die Feuer der Hölle verdammen. Ich bin sehr dankbar, dass ich an so etwas nicht glaube – es ist unnötiger mentaler Ballast.

Es ist halb sechs, und ich bin auf dem Weg nach Hause vorbeigekommen. In den nächsten Tagen gibt es keine Vorstellungen, weder ›Maß für Maß‹ noch ›Wie es euch gefällt‹, stattdessen war heute der Workshop für die örtlichen Schulen, der den meisten wohl viel Spaß gemacht hat, denke ich … Ich bin mit dem Bus nach Hause gefahren und habe auf dem Weg Lammkoteletts gekauft. Dad meint, Pan und ich leben nur von Nudeln und Hasenfutter, und er will auch mal Fleisch.«

Ich habe totes Fleisch in der Tasche, während ich dein lebendes besuche.

Um mich zu vergewissern, berühre ich Nicks Hand mit ihren unglaublich sauberen Fingernägeln. Ich küsse das dünne, glatte, weiße Fleisch seiner Stirn. Und dann nehme ich meinen Mantel und meine Einkaufstasche und mache mich – beruhigt durch die Vertrautheit des Ganzen – auf den Weg nach Hause.

Aus der Küche höre ich Stimmen und habe sofort die Hoffnung, dass es Mum ist – aber es stehen keine Berge ausgeleierter Koffer in der Eingangshalle, und die Stimmen sind beide männlich.

»Luke!« Zum ersten Mal am heutigen Tag lichtet sich die schwarze Wolke.

Er steht auf und gibt mir einen förmlichen Kuss. Er riecht gut – nach teurer Seife und gesundem Mann.

»Hallo, Marnie. Entschuldige, dass ich schon wieder hier bin.«

»Er hat den Wasserhahn im Gästeklo repariert«, erklärt Dad.

»Dann wird er jetzt heil bleiben«, kommentiere ich. »Du hast schon immer ein gutes Händchen für die Installationen hier im Haus gehabt.«

Luke steht in Hemdsärmeln da, und sein kurzes graues Haar ist verstrubbelt. Er wirkt entspannt und gutgelaunt, und sein Gesicht sieht unverhältnismäßig jung aus. »Das Klempern bei euch habe ich geradezu vermisst«, sagt er. »Es war immer eine faszinierende geistige Herausforderung … wie das Glasperlenspiel.«

»Ich hatte keine Ahnung, dass die Rohre in solch einem Zustand sind«, meint Dad.

»Das kann ich gar nicht verstehen«, erwidere ich, »wo ich euch das in den letzten drei Jahren doch regelmäßig ein Mal pro Woche erzählt habe. Ist noch Tee da?«

»Ich koche frischen«, sagt Dad. »Bei dir bin ich nicht sicher, dass du das gerade gut hinkriegst.« Mit langsamen, bedächtigen Bewegungen setzt er Wasser im Kessel auf und geht zur Spüle, um seine heilige Teekanne auszuspülen. »Was machst du so, Luke? Erzähl mir Neuigkeiten aus der wahren Welt … in letzter Zeit sehe ich immer nur diese überdrehten Theatertypen.«

Am Ton seiner Stimme erkenne ich, dass er das Thema wechselt. Bevor ich kam, haben sie über mich und Nick geredet.

»Die wahre Welt ist ziemlich langweilig«, erwidert Luke. »Ich verbringe viel Zeit mit anderen Typen in Anzügen. Gibt es Neues von Christine?«

»Es bewegt sich definitiv etwas«, sage ich. »Sie erklärt jetzt, sie werde zurückkommen, wenn sie ihren Roman zu Ende geschrieben hat.«

»Aber da hätte ich jetzt keine allzu großen Hoffnungen«, meint Dad. »Sie schreibt diesen Roman, seit Marnie ein Baby war.«

Luke lächelt mich an. »Worum geht es?«

»Tja, das kommt drauf an«, sagt Dad und gießt behutsam Wasser auf die Teeblätter. »In der letzten Version wird es vermutlich um einen unsensiblen Grobian von Ehemann gehen, der auf den Träumen seiner Frau herumtrampelt.«

»Und eine mysteriöse einsame Frau, die in einer Hütte auf einem Felsen lebt«, füge ich hinzu. Mums Prosa ist eine Mischung aus Wunschdenken, Selbstmitleid und Vorwürfen und ohne Lachanfälle kaum zu lesen. »Und es wird jede Menge Zitate von großen Dichtern geben.«

»Tennyson«, schlägt Luke vor.

»Haufenweise.« Ich spüre, wie ich mich allmählich entspanne – als würde sich ein Knäuel verhedderter Wolle abrollen. Luke ist im Kern so gesund und gutartig, dass ich merke, wie eigenartig wir anderen in diesem Haus geworden sind – Dad mit seiner Weigerung, die Situation zu dramatisieren, Pan in ihrem – trotz Gavins unablässigen Aufmerksamkeiten – seltsam zölibatären Zustand und ich, die ich mein halbes Leben mit einem Geliebten verbringe, der im Koma liegt.

»Aber sie wird zurückkommen«, sagt Dad ernst. »An Weihnachten sind wir immer hier. Letztes Jahr habe ich mir zum ersten Mal eingestanden, dass ich nicht wieder weg wollte. Du meine Güte, das scheint gar nicht so lange her, oder?«

Wir schweigen eine Weile, während wir uns an das letzte Jahr erinnern.

Letztes Jahr um diese Zeit bekam Nick von irgendjemandem eine Tüte Schokolade geschenkt, mit einem kleinen Spielzeugweihnachtselfen daran. Der Elf trug eine winzige Weihnachtsmannmütze, und Nick setzte sie oben auf seinen Schwanz – ich bin fast gestorben vor Lachen.

Dad stellt die Teetassen auf den Tisch.

»Danke«, sagt Luke. »Ich habe zu Mittag was getrunken und bin ganz ausgedörrt.«

»Du – hast mittags getrunken?« Ich muss lachen, und das nicht nur freundlich. »Kann dies der Mann sein, der mal gesagt hat, tagsüber zu trinken sei unmoralisch?«

Er wirkt verlegen, obwohl er ebenfalls lacht. »O Gott … das habe ich tatsächlich gesagt, oder? Ich fürchte, das kam daher, dass Pan den Puritaner in mir geweckt hat. Und wenn ich mich recht erinnere, hat sie morgens um elf schon die Weinflaschen entkorkt. Ich habe heute etwas getrunken, weil ich von der Sorte Klient eingeladen wurde, die beleidigt ist, wenn man nicht trinkt. Um diese Jahreszeit gibt es überall viel zu viel zu trinken.«

»Ah, diese gezwungenen Festivitäten«, sagt Dad.

»Tatsächlich ist das einer der Gründe, weshalb ich hier bin«, sagt Luke. »Marnie, ich möchte dich um einen Gefallen bitten. Am Freitag ist das Weihnachtsessen meiner Firma, und ich habe mich gefragt, ob ich dich als meine Verabredung mitnehmen könnte?«

»Mich?«

»Na, mich meint er nicht«, sagt Dad.

»Das ist eine von diesen Feiern, bei denen man unbedingt jemanden mitbringen muss, sonst wird es ganz schrecklich«, fährt Luke ganz ernst fort. »Wenn ich allein aufkreuze, werde ich wie ein gequälter Single aussehen, und sie haben mich sowieso schon als nerdigen einsamen Wolf abgestempelt. Aber wenn ich dich mitnehme, besteht zumindest ansatzweise die Chance, dass ich mich amüsieren werde.«

Du liebe Zeit, er meint es ernst. »Tja, das ist wirklich nett von dir«, sage ich, »aber ich mache so was eigentlich nicht gern. Warum fragst du nicht Pan?«

»Er fragt dich«, sagt Dad. »Und ich bin der Meinung, dass es dir mal guttun würde, so richtig auszugehen. Du hast an dem Abend keine Vorstellung, das habe ich schon überprüft. Also, wenn es nach mir geht, gehst du mit!«

»Wie schafft er es, vier nasse Handtücher zu hinterlassen?«, will Nick wissen. »Sogar Pan kriegt nur zwei durchweichte Handtücher bei einem Durchgang hin.«

»Er ist groß«, sage ich. »Da ist viel Masse zu trocknen.«

Wir sitzen in meiner Garderobe auf dem Sofa unter dem Fenster und trinken Kaffee. Gerade ist eine Matinee von »Wie es euch gefällt« gelaufen, und bald folgt die Abendvorstellung. Nick trägt eine Halbperücke, die hinten an seinem eigenen Haar befestigt ist, um ihm einen Pferdeschwanz des 18. Jahrhunderts zu ermöglichen. Ansonsten ist er ganz normal in Jeans und Hemd gekleidet. Ich trage lediglich mein Kattunkorsett und einen Unterrock. Abgesehen von Rosa, die hinter dem zugezogenen Vorhang in ihrem eigenen Abteil sitzt, sind wir allein.

Nick lässt sich über Hugo aus, den strammen, Rugby spielenden jungen Schauspieler, der Pans neuesten Liebhaber gibt. Es stimmt, dass Hugo viel Raum einzunehmen scheint, aber ich mag ihn ganz gern. Er ist ein liebenswürdiger Mensch mit einer lauten vornehmen Stimme und einem permanent rot angelaufenen Gesicht.

»Und ich wünschte, ich müsste nicht ständig seine bisonartigen Grunzlaute hören, wenn er Sex hat«, sagt Nick.

Er imitiert das Grunzen, und ich schnaube vor Lachen und versprühe dabei Kaffeetröpfchen. Als sie gestern Nacht über uns loslegten, bekamen wir hysterische Krämpfe.

»Du bist bloß eifersüchtig«, kommentiere ich. »Du fühlst dich dadurch minderwertig.«

»Du Flittchen, du willst nur seinen Körper.«

»Es ist ein sehr schöner Körper, wenn man auf so welche steht«, sage ich. »Aber manche Frauen bevorzugen eben kleinere Penisse.«

Rosa hinter ihrem Vorhang kichert.

Nick greift in mein Korsett und drückt eine meiner Brüste. »Je lauter das Stöhnen, desto kleiner der Schwanz. Da wünschte ich ja fast, Pan wäre beim guten alten Luke geblieben, der wahrscheinlich überhaupt niemals Sex hatte, und wenn, dann ohne Geräusche.«

»Hugo ist sehr nett«, erwidere ich. »Und Pan gibt sich wirklich Mühe, ihn nicht so oft allein herumliegen zu lassen. Du scheinst ein Problem damit zu haben, deine Unterkunft mit anderen Männern zu teilen.«

»Blödsinn, überhaupt nicht ... Du kannst in meiner Garderobe nachfragen«, sagt Nick. »Ich teile nur nicht gern das Haus mit einem Mann, der ständig meine Freundin angafft.«

»Ach, Nick ... nicht schon wieder. Warum sollte Hugo mich angaffen?«

»Weil er ein Mann ist und du schön bist – und zwar von einer ganz heimtückischen Schönheit, die man erst bemerkt, wenn man ihr verfallen ist.«

»Das klingt jetzt aber ein bisschen zu subtil für Hugo.«

»Vielleicht«, meint Nick. »Irgendwie glaube ich nicht, dass er Professor war, bevor er Schauspieler wurde. Aber das hat nichts mit Intellekt zu tun ... oder mit Tugend. Luke ist beinahe Priester geworden, und das hat ihn auch nicht davon abgehalten, dich anzugaffen.«

»Luke gafft nicht, dafür ist er viel zu höflich.«

»Marnie, ich habe seinen Blick gesehen. Dieser Mann hat unendlich für dich geschwärmt, und immer wenn ich auftauchte, wünschte er, ich würde tot umfallen – auf die höflichste aller Arten. Er konnte es gerade so eben ertragen, mit euch beiden zusammenzuleben, als du noch keinen Sex mit jemand anderem hattest. Tatsächlich denke ich, dass er es sogar genossen hat – die eine von euch hatte er für Sex und die andere für Gespräche – ein Traum vieler Männer.«

»Nick, du redest Blödsinn.«

»Nein, tut er nicht«, ertönt Rosas Stimme von hinter dem Vorhang. Sie schiebt ihn beiseite. »Es ist für einen heterosexuellen Mann körperlich unmöglich, mit einer einigermaßen attraktiven Frau zusammenzuwohnen und keinen Sex mit ihr zu wollen. Würde Nick Pandora nur ein bisschen mehr mögen, hätte er sie längst besprungen.«

Er verzieht das Gesicht. »O Gott … hör bloß auf.«

»Ich spreche aus Erfahrung«, fährt Rosa fort. »Das einzige Mal, das Paul mich je betrogen hat, war, weil er und sie während seiner Zeit in der *Royal Shakespeare Company* in derselben Hütte in Stratford wohnten. Er sagte, sie sei nicht mal besonders attraktiv gewesen und mir nicht im Mindesten gewachsen, aber die Intimität des Zusammenwohnens machte sie nach und nach unwiderstehlich. Er sagte, es war unvermeidlich.«

»Na, ich weiß nicht … unvermeidlich?«, meint Nick schmunzelnd »Das hängt doch von der Frau ab.«

»Du hast ihm vergeben«, sage ich (und versuche, überrascht zu wirken für den Fall, dass Rosa nicht weiß, dass die gesamte Schauspielerschaft des Landes über diesen Vorfall informiert ist).

Rosa sieht mich scharf an. »Natürlich – wir lieben uns doch, oder? Und es war offensichtlich, dass er sie nicht geliebt hat. Ich war schrecklich wütend und habe ihn eine Nacht im Gartenhaus schlafen lassen, aber wir hätten uns deswegen doch nicht getrennt.«

»Eine ausgezeichnete Einstellung«, sagt Nick. »Paul ist ein glücklicher Mann.«

»Es war pragmatisch«, sagt Rosa. »Wir waren verheiratet, und wir hatten die Wohnung – Vergebung war billiger.«

»Wie weise – ich werde mir eine Scheibe davon abschneiden, wenn Marnie mich mit Hugo betrügt.«

»Ach, hör doch auf«, sage ich. »Du weißt, dass ich dich nie betrügen würde – ich fürchte, du hast mich für immer an der Backe kleben.«

17. Kapitel

»Hey, das ist ein Witz, oder?«, meint Pan.

»Wieso?«

»Das kann nicht dein Ernst sein. In diesem alten Putzlumpen willst du ausgehen?«

»Was stimmt damit nicht?« Sie meint mein schwarzes Seidenkleid, das Nick so gern mochte und das noch immer mein offizielles bestes Kleid ist.

»Also, erst einmal ertrinkst du fast darin … und dann siehst du damit furchtbar altbacken und ernst aus … und zehn Jahre älter.«

»Oh, danke, dass du mein Ego so aufbaust.« Ich bin gerade in die Küche gegangen, wo ich darauf warten will, dass Luke mich zur Weihnachtsfeier seiner Bank abholt, und finde, dass ich eigentlich ganz gut aussehe. »Etwas anderes hab ich nicht.«

»Toby, ich frage dich als Mann: Sieht Marnie altbacken aus?«

Dad hebt sein ehrwürdiges Haupt aus der Zeitung, um mich zu begutachten. »Ein bisschen schlicht, schätze ich.«

»Du solltest Abendgarderobe tragen«, konstatiert Pan. Sie legt die Kartoffel beiseite, die sie gerade schält (Gavin kommt vorbei, um mit Dad Kricket zu schauen, und sie kocht den beiden Käuzen Abendessen). »Für den Fall, dass du's vergessen hast: Das bedeutet lang und extravagant und sexy – auch wenn du nur mit dem guten alten Luke ausgehst. Und wo ist dein Make-up? Um Gottes willen, Marnie!« Indigniert schüttelt sie den Kopf. »Leg doch wenigstens ein bisschen hübschen Schmuck an!«

»Aber die Kette ist von Nick.«

»Und auch ganz schön, aber für diesen Anlass ABSOLUT unpassend – du gehst doch nicht zu einem Vortrag! Wir reden hier von einem feinen Abendessen mit Tanz. Willst du etwa mit der Bedienung verwechselt werden? Geh sofort nach oben und zieh dir was anderes an!«

Ich lache, während ich mich gleichzeitig über sie ärgere. »Was denn? Das ist das einzige schicke Kleid, das ich habe. Und Luke kommt in einer Viertelstunde.«

»Okay … das kriegen wir hin.« Pan reißt sich die Schürze herunter, packt mich am Handgelenk und imitiert eine Polizeisirene.

»Au … was hast du vor?«

Sie zieht mich bis nach ganz oben in ihr Zimmer, das vor Klamotten nur so überquillt: Sie quellen aus dem Kleiderschrank, ergießen sich aus Schubladen, stapeln sich auf Stühlen. Pan besitzt Outfits für jeden Aspekt ihrer Persönlichkeit (und noch mehr, wenn man's genau nimmt). Es wirkt wie ein einziges Chaos, aber sie weiß genau, wonach sie sucht. Sie rupft ein glitzerndes Kleid nach dem anderen aus dem Kleiderschrank und wirft es aufs Bett.

Ich bleibe an der Tür stehen. Was will sie mir jetzt aufdrängen?

»Dieses hübsche weinrote Kleid mit den Plisseefalten«, sagt sie, als ob sie mich gehört hätte. »Erinnerst du dich? Ich habe es gekauft, nachdem ich diese Lebensmittelvergiftung hatte … und dann nur ein einziges Mal getragen, weil mein Arsch sofort wieder fett wurde, sobald ich etwas aß.«

Jetzt holt sie ein dunkelrotes Kleid hervor, das wie ein langer Schlauch aus fein plissierter Seide aussieht.

»Sollte ich das nicht erst noch bügeln?«

»Nein! Das soll so zerknittert aussehen – beeil dich!«

Ich knöpfe mein schwarzes Seidenkleid auf, das mir mittlerweile tatsächlich zu groß ist. Pan hat natürlich recht: Ich habe mir keinerlei Mühe gegeben. Diese Sprache habe ich verlernt.

»Arme hoch!«

Kleinlaut hebe ich die Arme. Kühler Stoff umhüllt mich. Das Kleid ist tiefer ausgeschnitten, als mir lieb ist, aber durch die knitterigen Fältchen schmiegt es sich überraschend gut an meine Figur.

»Schuhe aus«, kommandiert Pan.

»Die sind doch okay.«

»Sind sie NICHT! Du brauchst Absätze … wie bei deinen schwarzen Wildlederpumps. Die bringe ich gleich mit nach unten.« Sie mustert mich mit zusammengekniffenen Augen. »Kette ab.«

»Aber die Granate passen doch gut … Die hab ich von Nick.«

»Und wenn du sie vom Papst persönlich hättest … Das Ding ist zu blass.«

Mürrisch nehme ich die Kette ab. Es bleibt keine Zeit, sentimental zu werden – Pan nimmt sie mir weg und hängt sie an den Spiegel ihrer Frisierkommode.

»Warte mal …« Jetzt versucht sie, mir irgend so ein dickes, vulgäres Goldding umzuhängen.

»Ich weiß, du findest es ordinär, aber zum Kleid passt das hervorragend.«

»Lass mich sehen …« Ich stelle mich vor ihren langen Spiegel. »Scheiße.«

Ich bin wie verwandelt – opulent, elegant, betucht. Ich erkenne mich kaum wieder. Während ich mich ungläubig anstarre, gibt Pan mir ihr schwarzes Samtjäckchen, in dem ich versinke. Sie reißt es wieder runter (das alles hat bisher etwa zehn Minuten gedauert) und stopft mich in eine kurze Kaschmirjacke, deren Violett die Farbe des Kleides angeblich »unterstreicht«.

Unten klingelt es an der Tür.

»Mein Werk ist vollbracht«, erklärt Pan. »Marnie, du siehst göttlich aus.«

Wir gehen noch kurz in mein Zimmer, um die genehmigten Schuhe zu holen. So hohe Absätze habe ich schon seit Ewigkeiten nicht mehr getragen, und ich muss auf der Treppe aufpassen.

»Hi, Luke«, sagt Pan.

Luke sieht umwerfend aus in seinem Smoking – jetzt erst wird mir bewusst, was Pan mir für einen riesigen Gefallen getan hat. Mit diesem eleganten Mann hätte ich unmöglich in meinem ausgeleierten schwarzen Seidenkleid ausgehen können.

Er gibt ihr einen Kuss und lächelt mich an. »Wow! Du siehst phantastisch aus!«

»Das muss ich auch sagen.« Dad streckt seinen Kopf durch die Wohnzimmertür. »Du bist ein echter Hingucker.«

»Danke«, sage ich zu Pan, während ich mir den hübscheren meiner beiden Mäntel schnappe. »Vielen, vielen Dank.«

Pan schnappt mir den Mantel weg und drückt mir ihren antiken Pelzmantel in die Hand (Gott weiß, was das mal war, als es noch lebte).

»Hey … bist du sicher?«

»Klappe«, sagt Pan nur. »Natürlich bin ich das. Ich wünsch dir einen grandiosen Abend – und sei froh, dass du hier nicht mit den Kricket-Fanatikern rumhängen musst!«

Luke hat sein Taxi warten lassen. Als wir losfahren, merke ich, dass ich ungewohnt schüchtern bin. Mir fällt auf, wie sehr das hier wie eine richtige Verabredung aussieht. Ich bin wieder Teil eines Paares, zumindest nach außen hin. Wir sind nur zu zweit unterwegs, und niemand steht zwischen uns.

»Du machst wirklich ganz schön was her«, sagt er. »Mein Ansehen im Büro wird dramatisch steigen.«

Um die Stimmung zu lockern, erzähle ich ihm von Pans Zwangseinkleidung. »Nur ihr ist es zu verdanken, dass du nicht mit einer der hässlichen Schwestern zum Ball gehen musst.«

»Womöglich hätte ich das gar nicht bemerkt«, kommentiert Luke. »Aber natürlich fällt mir auf, wie umwerfend du aussiehst. Im Ernst, das ist supernett von dir. Meine Kollegen gehören zu den Typen, die zu jungen Frauen ›Fräulein‹ sagen, und sie werden dich für unendlich glamourös halten.«

»Ach, hör auf!« Ich will, dass es locker zwischen uns ist, so wie damals, als wir noch unter einem Dach wohnten. »Du weißt doch, dass das bei mir alles nur Täuschung ist – Pan ist die wahrhaft Glamouröse von uns.«

Er lächelt, aber das seltsam förmliche Gefühl ist wieder da. Als professionelle Schauspielerin sollte ich wissen, welchen Unterschied ein Kostüm bewirkt. Schweigend fahren wir ins West End. Es fühlt sich komisch an, abends unterwegs zu sein und doch nicht zur Arbeit zu fahren. Die Schaufenster leuchten und verwirren mich. Es sieht aus, als wären die Straßen voll von Gruppen lachender Frohnaturen, die nichts anderes im Sinn haben als Spaß. Alles scheint irgendwie zu glitzern, und ich bekomme Herzklopfen.

Luke legt seine Hand auf meine. »Alles in Ordnung?«

»Tut mir leid … Wahrscheinlich starre ich auf die Lichter der Großstadt wie das letzte Landei.«

»So eins wie ich?«

»Oh … natürlich, wie konnte ich das nur vergessen? Übrigens hat Pan diese blöde Wachsjacke nie getragen. Jetzt habe ich sie mir geschnappt … im Park sieht sie direkt elegant aus.«

»O Gott.« Er lacht reumütig. »Das scheint schon Jahre her zu sein.«

»Die Beinahe-Märchenhochzeit auf dem Lande …«

»Hör bloß auf … Pan war ja so wütend. Sie hat mir vorgeworfen, ich sei ein fieser Drecksack, der jedes Vergnügen hasst.«

Das ist typisch für Pan, und mit zeitlichem Abstand kann man darüber lachen. Sie war schon immer das Bindeglied zwischen uns, und allmählich löst sich die leichte Unbehaglichkeit auf.

Luke streckt seine langen Beine aus, wie er es in unserer Küche immer gemacht hat. »Ich vermute ja mal, dass ich auf der Wonnometerskala gefallen bin.«

»Ja, ich fürchte, du bist auf eineinhalb runtergestuft worden.«

»Das scheint mir aber doch ein bisschen krass. Es gab Zeiten, da lag ich bei achtdreiviertel.«

»Entschuldige, aber das war nicht deine persönliche Bestmarke. In der Nacht nach der Verlobung hast du es auf neun geschafft.«

»Du weißt entschieden zu viel über mich, Marnie.«

Das Taxi bringt uns zu einem der großen, glänzenden, unpersönlichen modernen Hotels, die sich um Hyde Park Corner drängen. Ich bin noch dankbarer als zuvor, dass Pan sich um mein Outfit gekümmert hat – verglichen mit den anderen Frauen an der Garderobe bin ich eher schlicht gekleidet. Ich trage den gewagteren meiner beiden Lippenstifte auf.

Bevor wir uns zum Essen setzen, gibt es in der Bar einen Cocktailempfang. Von einem Tablett nehme ich mir ein Getränk, das erschreckend gut schmeckt. Luke stellt mich einigen Männern vor, deren Namen ich auf der Stelle wieder vergesse. Ich lerne drei Ehefrauen, eine Verlobte und eine Freundin kennen. Jede von ihnen hat lange blonde Haare. Alle lachen und sind ausgesprochen freundlich. Ich habe ein neues Getränk in der Hand.

»Setzen wir uns einen Moment.« Luke führt mich zu einem kleinen Tisch am Rand der Bar. »Du wirkst ein bisschen überwältigt. Tut mir leid, wenn ich dich ins kalte Wasser geworfen habe.«

»Sie scheinen alle sehr nett zu sein.«

Er senkt die Stimme. »Sie sterben vor Neugier, ob

du meine neue Freundin bist. Ich habe ihnen nichts erzählt.«

»Du meinst über Nick.« Ich merke, dass ich froh darüber bin. Ich will in dieser Umgebung nicht über Nick reden und bin schon gar nicht in der Stimmung, fremden Leuten die Situation zu erklären.

»Ich fand, ich hätte nicht das Recht dazu«, sagt Luke. »Und ganz ehrlich: Ich will, dass sie glauben, ich könnte eine so atemberaubende Frau wie dich an Land ziehen. Das geschieht ihnen nur recht – sie hatten mich schon als erbärmliche männliche Jungfrau abgeschrieben.«

Das Kompliment macht mich fast sprachlos, und ich versuche, es mit einem Scherz herunterzuspielen. »Wenn die wüssten, dass sie die ganze Zeit mit einem Mann zusammenarbeiten, der auf der Wonnometerskala eine fast tödliche Neun erreicht hat!«

»Willst du noch einen Drink?«

»Im Moment nicht.«

»Eine weise Entscheidung – zum Essen gibt es noch Wein und Cognac.«

»Ich fühle mich angenehm beschwipst und sehr weihnachtlich.«

»Das ist schön«, meint Luke. »Fühl dich bloß nicht schuldig deswegen.«

»Nein, schuldig fühle ich mich nicht … eher von der Realität abgekoppelt.«

»Dazu sind Partys doch da. Ich versuche, die Realität des bevorstehenden Weihnachtsfests mit meinen Eltern zu ignorieren. Die Atmosphäre ist im Moment ein wenig angespannt.«

»Warum angespannt?«

»Ach, nichts Ernstes.« Er schweigt einen Moment und scheint nachzudenken. »Man könnte es eine kleine Familienunstimmigkeit nennen.«

»So was kenne ich. Weigert sich deine Mutter auch, von Madeira zurückzukommen?«

Das köstliche Getränk wirkt. Wir lachen beide.

»Hauptsächlich geht es um Geld, aber das ist nicht alles.« Er rückt seinen Stuhl näher an meinen. »Es gibt ein Riesenproblem mit dem Dach vom Haus meiner Eltern, und es wird eine Menge kosten, es reparieren zu lassen.«

»Und sie finden, du solltest das zahlen.«

»Ja«, antwortet Luke. »Ich weiß nicht, ob Pan dir von dem Bonus erzählt hat, den ich letztes Jahr bekommen habe?«

»Natürlich hat sie das. Ich weiß mehr darüber als du.«

»Es waren jetzt keine Unsummen, und in diesem Jahr werde ich sicher nichts annähernd Vergleichbares bekommen – aber nach normalen Maßstäben war es ein fetter Betrag. Und meine Eltern sind nicht mehr so wohlhabend, wie sie mal waren. Sie finden, ich sollte das Dach bezahlen, weil das Haus ja irgendwann mal mir gehören wird. Und dann sind wir in eine Art ideologischen Abgrund gefallen. Das Problem ist nämlich, dass ich nicht sicher bin, ob ich in einem riesigen Landhaus leben will – immer vorausgesetzt, dass ich mir das überhaupt irgendwann leisten kann. Diese Art zu leben gehört in eine andere Ära. Es ist nicht mehr stimmig.«

»Hast du ihnen gesagt, sie sollen es verkaufen? Ich weiß, dass du es nicht gutheißt, wenn Leute einen Lebensstil pflegen, den sie sich nicht leisten können.«

Er lächelt. »Jetzt reibst du mir schon wieder meine eigenen Sprüche unter die Nase. Komme ich wirklich als ein so aufgeblasener Wichtigtuer daher?«

»Sei nicht albern. Du hast eben Prinzipien.«

»Das ist wohl dasselbe, wie wenn du einem fetten Menschen sagst, er habe schwere Knochen. Also gut, manchmal bin ich ein aufgeblasener Wichtigtuer – ich weiß zumindest, dass Nick das dachte. Er hat mich mal Spaßbremse genannt. Aber ich fühle mich einfach nicht wohl mit dem Bild des reichen Mannes mit Herrenhaus.«

»Also hast du dich geweigert, ihnen das Geld zu geben.«

»Ja. Ich habe damit etwas anderes vor, und das Dach ist mir im Grunde herzlich egal.«

Er wirkt verlegen, und ich werde neugierig. »Nicht zu fassen, dass du das Geld noch nicht ausgegeben hast. Was willst du damit machen?«

»Ich werde einen Großteil davon weggeben.«

Verwundert fahre ich zusammen, so als hätte Luke mir gerade eröffnet, er wolle Drachen töten gehen. »Wem? Der Wohlfahrt?«

»Ja.« Er wirkt fast ein bisschen trotzig.

»Aber das ist doch toll.« Vielleicht liegt es an den zwei Cocktails, aber seine Großzügigkeit treibt mir die Tränen in die Augen. »Das ist mit das Schönste, was ich je gehört habe.«

»Ach, komm.«

»Wohin gibst du es?«

»Wenn es dich wirklich interessiert, erzähle ich das gern. Es gibt einen Typen, der ein richtiges Vermögen verdient, und er hat beschlossen, achtzig Prozent davon wegzugeben. Er hat eine Art Gruppe gegründet –

ganz locker, keine Massenbewegung oder so. Wir sind einfach ein paar Stadtmenschen, die ein anderes Leben führen wollen. Wir wollen mit beiden Füßen auf dem Boden bleiben und so leben, dass wir nicht Unsummen von Geld verpulvern. Aber einige Leute scheinen das als Kritik zu empfinden. Sie halten Altruismus für eine Art geistige Umnachtung.«

»Aber doch sicher nicht deine Eltern, oder?«

»Sie haben es nicht in aller Deutlichkeit ausgesprochen, aber ich merke, dass sie das überhaupt nicht verstehen.«

»Sie sollten eher stolz auf dich sein«, stelle ich fest. »Ich finde, du bist wie der edle Sir Galahad.«

Er lacht und windet sich ein bisschen. »Hör auf.«

»Ich finde, das ist die Art von geistiger Umnachtung, die tatsächlich eine Extremform von Gesundheit ist.«

»Pan hat mir mal gesagt, dass du noch romantischer wirst, wenn du was getrunken hast.«

»O Gott, die alte Petze – aber ich schätze, sie hat recht. Sollen wir rübergehen?«

Die Bar ist fast leer – außer uns sind schon alle an der Tür. Luke wirkt irritiert, woran ich merke, wie intensiv er nur auf mich geachtet hat. Nick hat behauptet, er würde auf mich stehen. Ich werde rot. In letzter Zeit habe ich an Sex nur in der Vergangenheitsform gedacht, und auf einmal kribbelt mein ganzer Körper vor neu entfachtem Verlangen.

Wir stellen uns ans Ende der Schlange und sind die Letzten, die an einem der etwa zwölf runden Tische ihre Plätze einnehmen. Nach den zwei Cocktails trinke ich ein Glas Weißwein, und wir werden allesamt lustig und albern. In der kurzen Pause zwischen Nachspeise und Kaffee gehe ich zur Toilette und bin von dem lebhaften, beschwipsten Anblick meines Spiegelbilds ganz überrascht. Eine der blonden Frauen ist mitgekommen und erkundigt sich, wie ich mit Luke »zusammengekommen« sei. Ich murmele etwas davon, dass ich ihn schon ewig kenne, und obwohl ich nicht richtig betrunken bin, ist es etwas schwieriger als sonst, gerade zu gehen. Ich trinke eine winzige Tasse heißen schwarzen Kaffee. Ich bin unglaublich müde. Morgen sind zwei Vorstellungen von »Maß für Maß«, und der Lärm macht mich fertig.

Luke legt mir eine Hand auf die Schulter. »Lass uns gehen, solange wir noch ein Taxi kriegen.«

Seine Kollegen am Tisch rufen, er sei »langweilig«.

»Setz dich wieder hin, du trübe Tasse!«

Ein paar der betrunkeneren Männer schlagen auf den Tisch und rufen: »Geh rrannn!«

»Das hat nichts zu bedeuten«, kommentiert Luke, als wir durch das hell erleuchtete, glänzende Hotelfoyer gehen. »Und ausgelacht zu werden ist besser, als mit ihnen mithalten zu wollen. Die werden jetzt noch Stunden dasitzen und sich Alkohol in den Kopf schütten.«

Es ist noch vor elf, und draußen stehen etliche schwarze Taxis in einer langen Reihe. Wir suchen eines aus und atmen beide erleichtert aus, als es anfährt.

»Marnie, hab tausend Dank, du warst großartig. Hat Louise versucht, dich auszufragen?«

Anscheinend ist das die Frau, die mir zur Toilette gefolgt ist. »Ein bisschen. Ich habe sie nicht angelogen, es aber sehr vage gehalten. Ich habe nur knapp der Versuchung widerstanden zu sagen, du hättest mich für diesen Abend gebucht.«

»Du bist jedenfalls ein Schatz«, sagt Luke dankbar. »Und du siehst … du siehst wirklich … absolut umwerfend aus. Alle werden denken, dass wir nur so früh gegangen sind, um Sex zu haben.«

Er muss betrunkener sein, als ich dachte. »Schlag ruhig in diese Kerbe, wenn du möchtest. Ich werde die Leute ja wohl nie wiedersehen – du kannst also gern alle erdenklichen schmutzigen Details beschreiben.«

Ich meine das lustig, aber er lacht nicht, sondern sieht mich nur an. Wieder beginnt der Sex zwischen uns zu flirren.

Ich lenke das Thema auf die wohltätige Gruppe, und schon ist Luke kein Fremder mehr. Den Rest der Fahrt über erzählt er von dem Mann, der so viel Geld verdient, dass er es sich leisten kann, das meiste davon wegzugeben, ohne seinen komfortablen Lebensstil aufzugeben. Das Taxi hält vor meinem Haus.

»Also dann …«, meint Luke.

»Danke für den wundervollen Abend«, sage ich. »Du brauchst nicht mit auszusteigen.«

»Das gehört aber zu den Grundregeln des höflichen Verhaltens«, erwidert Luke. »Du hast zu viel Zeit mit Schauspielern verbracht.« Er steigt aus und öffnet mir mit ironischer Verbeugung die Tür. »Und jetzt begleite ich dich zu deiner Haustür.«

Vom Gartentor bis zur Tür sind es nur wenige Schritte. Lautes Gelächter tönt uns entgegen – Pans Gejohle in Altlage und das seehundartige Bellen meines Vaters. Ich fische den Schlüssel aus meiner Tasche.

»Nochmals danke«, sage ich.

Wir bewegen uns zum Abschiedskuss aufeinander zu. Ich spüre noch, wie Lukes Mund etwas unbeholfen über meine Lippen fährt … dann überspringt der Film, in dem wir spielen, ein paar Bilder – ohne zu wissen, wie es passiert ist, küssen wir uns richtig. Er hat die Arme um mich geschlungen, und wir knutschen wie die Teenager.

Ich höre Dads Stimme in der Eingangshalle. »Marnie?«

Wir fahren auseinander, atemlos, als wären wir gerannt.

Dad öffnet die Tür – er trägt eine Schürze mit dem Union Jack und eine passende Kappe. »Hallo, mein Schatz! Luke, willst du noch reinkommen? Wir feiern unseren Sieg.«

»Nein, danke«, sagt Luke. »Gute Nacht.«

»Gute Nacht.«

Meine Stimme klingt normal, und im Garderobenspiegel sehe ich auch vollkommen normal aus. Aber innerlich fühle ich mich, als würde ich in Flammen stehen – als wäre meine äußere Hülle entfernt worden, so dass man sehen kann, was darunter alles abläuft.

Aus dem Wohnzimmer ruft Pan: »Hast du dich volllaufen lassen?«

»Ja, ich bin voll wie eine Sandhaubitze … oder heißt das Strandhaubitze?« Ich will nicht, dass Pan mein Gesicht sieht. »Ich geh lieber ins Bett, bevor ich zusammenbreche.«

Mein Zimmer ist sicher und vertraut. Ich wünschte, ich könnte die Bilder vertreiben, die mir durch den Kopf schwirren, von Lukes festem Körper auf meinem. Nick hatte recht, er steht wirklich auf mich. Und vor allem: Ich stehe auf ihn.

Aber das würde ich nicht, versichere ich Nick im Geiste, wenn du hier wärst. Ich würde ihn nicht einmal ansehen, wenn du hier wärst … aber das bist du nicht.

18. Kapitel

»Das ist wirklich komisch mit Erinnerungen«, sagt Nick. »Ich gehe jetzt schon davon aus, dass ich diesen Tag im Rückblick perfekt finden werde. Dabei ist er nicht perfekt, weil es das gar nicht gibt … aber ich wette, in meiner Erinnerung werde ich die Tatsache, dass meine Füße erfrieren, einfach ausblenden.«

»Meine erfrieren auch.« Ich versuche, meine eiskalten schmerzenden Zehen in den Stiefeln zu bewegen. »Aber ich bestehe trotzdem darauf, dass ich diesen Tag genieße. Ich bin richtig froh, dass ich mich habe überreden lassen.«

Heute Morgen hat Nick mich dazu gedrängt, etwas ganz Spontanes zu tun. Als er aufwachte, sehnte er sich plötzlich nach dem Meer, und jetzt stehen wir am Hafen von Whitstable an einem zugigen Verkaufsstand vor glitschigen Haufen von Fisch. Es ist der Fang des Tages, den die Fischer eingebracht haben. Ich hatte mich darauf eingestellt, den Tag in Gospel Oak zu verbringen, nun aber habe ich Fischerboote beobachtet und mich beim Spaziergang am steinigen Strand dem peitschenden eisigen Wind ausgesetzt.

Ich hasse ungeplante Ereignisse und wollte nicht herkommen. Die Zugfahrt, die uns meilenweit durch schäbige Vororte führte, fand ich blöd. Ich fand auch blöd, dass wir heute Abend eine Vorstellung von »Wie es euch gefällt« haben – ich bin ziemlich sicher, in unserem Vertrag steht etwas davon, dass wir London an Aufführungstagen nicht verlassen dürfen.

Jetzt aber, wo ich hier bin, genieße ich den Anblick der endlosen grauen See unter dem grauen Januarhimmel. Der böige Wind riecht nach Salz und Fisch und der moosigen Unterseite von Steinen. Ich fühle mich atemlos vor Glück, teilweise vom Ankämpfen gegen den Wind, hauptsächlich aber, weil ich ausnahmsweise einmal begreife, wie sehr es sich lohnt, etwas spontan zu tun (nun ja, meine Traumhochzeit könnte spontan sein, aber das ist dann auch schon das Einzige).

»Hab ich doch gesagt«, meint Nick. »Manchmal ist es gut, aus seiner Routine auszubrechen. Das verwirrt die Götter.«

»Vielleicht ist das der Grund, weshalb ich mich ein bisschen lasterhaft fühle.«

»Du vielleicht! Ich fühle mich nicht im Mindesten lasterhaft. Ich habe das Meer gebraucht, und es gab keinen guten Grund, die Fahrt hierher aufzuschieben. Stell dir vor, ich hätte es für Samstag geplant und wäre Freitag tot umgefallen? Das hier könnte meine letzte Chance sein.«

»Deine Philosophie hat ein paar Schwachstellen«, entgegne ich, »und scheint mir nur eine Entschuldigung für Genusssucht zu sein.«

»Was ist an Genusssucht auszusetzen?« Nick drückt mir freundlich den Arm. »Apropos: Wir sollten ein paar dieser hässlichen Dinger essen.«

»Ach, muss das sein? Ich will nicht den restlichen Tag

über tote Fische mit mir herumtragen. Das wird bis in die Theatergarderobe stinken.«

»Sei nicht albern, ich spreche doch nicht von Kaufen und Kochen … Ich habe uns zum Mittagessen einen Tisch reserviert.«

Whitstable ist ein charmanter kleiner Ort, und es gibt mehrere gute Restaurants am Hafen. Nick führt mich zu einem hübschen, mit Holzverschlägen gegen das raue Wetter geschützten Gebäude, ein paar Meter vom Fischmarkt entfernt. Drinnen ist es warm und trotz der Jahreszeit rappelvoll. Wir setzen uns an einen Tisch mit Marmorplatte und Blick aufs Meer, essen Wolfsbarsch und trinken Weißwein. Reinstes Glück.

»Ein Glas«, sage ich vernünftig.

»Zwei«, erwidert Nick. »Wir können auf dem Heimweg wieder nüchtern werden. Hör auf, dich zu kasteien, nur weil du ein schlechtes Gewissen hast.«

»Du bist ein ganz schlechter Einfluss für mich.«

»Tatsächlich halte ich mich eher für einen guten Einfluss. Du brauchst jemanden, der dich hin und wieder aus der Reserve lockt.«

»Ich liebe Routine. Ohne sie hätte das Leben keine Form.«

»Du bist ein Kontrollfreak – wenn du könntest, würdest du jede Sekunde im Voraus planen.«

Ich weiß, dass er zum Teil recht hat, und gehe in die Defensive. »Ich mag eben keine schockierenden Überraschungen.«

»Schockierende Erlebnisse können wunderbar sein«, entgegnet Nick. »Sich zu verlieben ist ein Schock – Stress kann auch in angenehmer Form in Erscheinung treten.«

Da bin ich mir nicht so sicher. Die Zeit vergeht, und ich sehe immer wieder nervös auf die antike Bahnhofsuhr über der Theke. Nick ist die Ruhe selbst. Er besteht darauf, nach dem Essen einen starken Kaffee zu trinken und sich noch einmal durch die Windböen am Strand zu kämpfen. Den Zug nach London erwischen wir ein paar knappe Minuten vor Abfahrt.

»Ich hab doch gesagt, alles wird gut«, meint Nick. »Kannst du dich jetzt entspannen?«

»Ja, sobald wir losfahren. Aber so richtig entspannt bin ich erst, wenn ich sicher in meiner Garderobe sitze.«

»Aber du bist froh, dass wir das gemacht haben.«

»O ja! Solange es nicht zur Gewohnheit wird.«

»Ich bin gegen Gewohnheiten, so ist das nun mal«, sagt Nick. »Heute ging es allein darum, mich aus der Routine rauszuschütteln. Ich hätte dich in Gospel Oak lassen und Pan mitnehmen sollen – die ist bei spontanen Sachen viel besser.«

»Im Moment nicht«, merke ich an. »Sie ist deprimiert wegen Hugo.«

»Hm«, meint Nick. »Sie hat ihn aber nicht geliebt. Sie hasst es einfach, keinen Freund zu haben.«

Zehn Tage zuvor hat Hugo mit Pan Schluss gemacht und ist zu seiner vorigen Freundin zurückgekehrt. Ich hoffe sehr, dass es nicht an Nicks Kampagne konstanter unterschwelliger Unhöflichkeit lag. So sehr ich den Mann auch mochte und Pans Recht auf ein Sexualleben respektiere – das Haus ist ohne ihn wesentlich ruhiger.

»Pan hätte sich einfach ins Abenteuer gestürzt. Sie hätte die Romantik des winterlichen Meeres verstanden.«

»Gott, du redest einen Scheiß!«

»Ich fühle mich vollkommen leicht. Ich habe das Gefühl, als hätte man mir die Augäpfel rausgenommen und saubergeschrubbt. Ich hätte nichts dagegen, wenn meine Asche an genau diesem Strand verstreut wird.«

»Okay, ich werde daran denken.«

»Wo soll deine verstreut werden?«

»Ach, Gott, ich weiß nicht.« Darüber möchte ich jetzt wirklich nicht nachdenken. »Ich bin nicht sicher, dass ich so was Unordentliches will. Du kannst meine Asche in einer Urne auf dem Kaminsims aufbewahren.«

»Für meine zweite Frau wäre das aber ziemlich deprimierend«, meint Nick.

»Nach mir wirst du keine Frau mehr haben wollen. Du wirst in untröstlichen Kummer versinken.«

»Na ja … aber das Leben geht doch weiter.«

»Deins nicht. Du wirst wie der Mann in dem Horrorfilm – du wirst meine wunderschöne Leiche in einem gläsernen Sarg aufbewahren und mich dann immer anstarren, während du Orgel spielst.«

»Okay«, meint Nick. »Und wenn ich als Erster abtrete, musst du Schwarz tragen und meine Asche oben von der Klippe streuen.« Er greift in meine Tasche, um die Zeitung herauszunehmen, die ich heute Morgen für ihn einstecken musste. »Und wenn du dich dann tröstest, indem du gleich mit Luke ins Bett springst, komme ich zurück und verfolge dich.«

Gestern, am 23. Dezember, kam eine knappe, mürrische SMS von meiner Mutter mit der Ankündigung, sie werde uns über Weihnachten besuchen.

Dad ist ebenso erleichtert wie ich, obwohl er vorgibt zu grollen. »Der Himmel weiß, was sie für den Flug bezahlen musste. Dank ihrer Halsstarrigkeit fliegt sie am teuersten Tag des ganzen verdammten Jahres.«

Jetzt haben wir Heiligabend, es ist Nachmittag, und ich bin in Camden Town, um Mum im völlig überteuerten Bioladen die luxuriöse Körperlotion zu kaufen, die sie so sehr mag. Der Preis ist mir egal – dass sie kommt, macht mich so glücklich, wie ich schon seit Monaten nicht mehr war. Hoffnung weht durchs Haus wie eine Sommerbrise, und das Schmücken unseres Last-Minute-Weihnachtsbaums habe ich Dad überlassen.

Auf dem Gehsteig vor dem Geschäft stehe ich plötzlich vor Luke.

»Hi«, rufe ich übermäßig herzlich. Ich werde rot und bin froh, dass wir beide zu beladen mit Einkaufstüten sind, um uns zu küssen oder die Hand zu geben.

»Ich dachte, du hättest gesagt, du wärst mit all deinen Weihnachtseinkäufen fertig.« Auch er wirkt verlegen. Die Erinnerung an den Kuss an der Haustür hängt zwischen uns.

»Mum kommt heute.«

Luke freut sich. »Das ist toll – für immer?«

»Sie droht damit, gleich wieder abzureisen, aber wir ziehen es vor, ihr nicht zu glauben.«

»Das freut mich wirklich. Sag ihr frohe Weihnachten von mir.«

»Danke, das werde ich.«

Auf dem Gehsteig ist Gedrängel, und wir werden immer wieder angerempelt. Ich merke, dass ich meine Verwirrung mit dümmlichem Grinsen überspiele. Die Erkenntnis, dass Luke ein attraktiver Mann ist, hat sich entgegen meiner Erwartung gehalten. Nick hat sich immer über seine grauen Haare lustig gemacht, aber heute bin ich ganz überrascht, wie jung er aussieht, lebendig und voller Energie.

»Tja, also …«, meint Luke.

Ein Kinderwagen schiebt uns beinahe auf die Straße.

Vielleicht liegt es an Weihnachten oder daran, dass Mum nach Hause kommt, oder an der feierlichen Stimmung im Allgemeinen, aber ich fühle mich seltsam beschwingt.

»Wir könnten noch einen Kaffee trinken gehen«, sage ich. »Falls du noch Zeit hast, bevor du nach Gloucestershire aufbrichst.«

Luke lächelt. »Ich fahre erst am Abend … aber die Cafés sind alle überfüllt. Warum kommst du nicht mit zu mir? Ich wohne gleich um die Ecke.«

»Oh …« Was spricht eigentlich dagegen? Wir haben das kleine Unbehagen überwunden, das die betrunkene Knutscherei ausgelöst hatte, und sind jetzt einfach wieder Freunde.

»Ich weiß, was du denkst«, sagt Luke. »Und ich verspreche, dass es kein Instantkaffee wird … Bei der Tombola neulich Abend habe ich die Espressomaschine gewonnen.«

(Das ist es nicht, was ich denke. Ich schiebe meine eher viktorianischen Gedanken beiseite, ob es schicklich ist, mit einem funktionierenden Penis allein zu sein, und zwinge mich, an das Weihnachtsessen zurückzudenken. Jetzt erinnere ich mich, dass die Männer irgendwann regelrecht gezwungen wurden, Lose für eine Wohltätigkeitstombola zu kaufen.)

»Herzlichen Glückwunsch«, sage ich.

»Sie macht wunderbaren Kaffee, aber die Ironie ist, dass ich so ein Ding normalerweise nie gekauft hätte. Und nun hat sie mich sogar das Doppelte gekostet.«

»Ja, aber jetzt kannst du sie mit reinem Gewissen benutzen.« Ich habe zwar noch nicht gesagt, dass ich mitkomme, aber wir marschieren schon mal los. Kurz darauf biegen wir von der Hauptstraße in eine breite Nebenstraße mit malerischen, tadellos gepflegten alten Häusern ein. Dies ist ein Abenteuer, mit dem ich heute nicht gerechnet habe.

Luke hat sich eine Erdgeschosswohnung mit Garten gekauft, die perfekt zu ihm passt – freundlich, gut ausgestattet, heimelig und in keiner Weise angeberisch. Das große Wohnzimmer mit Küchenbereich geht auf einen ummauerten Garten hinaus. Es tut gut, der Masse der Kauflustigen zu entfliehen. Ich stelle meine Taschen ab und setze mich aufs Sofa. Hinter der Küchentheke zeigt Luke mit ernster Miene auf seine hübsche neue Espressomaschine, die hochmodern aussieht und eine extra Düse zum Milchaufschäumen hat.

»Wahnsinn«, sage ich. »Dafür würde ich dich heiraten.«

»Ihr Frauen seid ja so oberflächlich. Möchtest du Cappuccino oder Latte Macchiato?«

»Cappuccino, bitte.«

Er macht mir einen Cappuccino, der ausgezeichnet

schmeckt. Ich lehne mich gegen die Kissen. »Es ist wirklich schön hier … Ich fühle mich schon ganz erholt.«

»Das ist gut«, meint Luke. »Hast du heute eine Vorstellung?«

»Nein, bis zum neuen Jahr habe ich ganz frei. Was ist mit dir?«

»Ich werde am 27. schon wieder arbeiten.« Er lächelt. »Ich wusste, ich würde es nicht länger als zwei Tage bei meinen Eltern aushalten.«

»So schlimm? Das tut mir leid.«

»Ich will nicht übertreiben … In meiner Familie wird nicht lautstark gestritten oder so. Eine kalte Atmosphäre und angespannte Stille werden das Äußerste sein.«

»In meinem Haus wird bestimmt keine Stille herrschen. Meine Mutter wird Dad die volle Breitseite geben.« Ich bemühe mich, immer weiter zu reden. »Und zwischendurch wird sie sicher Zeit finden, meine Haushaltsführung zu kritisieren. Wobei uns das ziemlich egal ist … Alle Zeichen sprechen dafür, dass sie bald nachgeben wird.«

»Irgendwie wusste ich, dass sie am Ende zurückkommen würde«, sagt Luke. »Und ich bin froh darüber. Ich muss immer daran denken, dass es dein erstes Weihnachten mit Nick im Krankenhaus ist.«

»Ja. Daran muss ich auch immer denken.«

»Besuchst du ihn morgen?«

»Natürlich. Und heute Nachmittag auch. Ich bin gestern nicht gegangen, weil wir zwei Vorstellungen hatten.« (Ich zögere es außerdem hinaus, Nick von meiner Verabredung mit Luke zu erzählen. Das ist vielleicht albern, aber was, wenn er mich doch hören kann?)

»Äh … Marnie …«, sagt Luke. »Es tut mir leid, wenn ich neulich ein bisschen … falls ich mich zu sehr …«

»Ach, mein Gott … das ist schon okay. Du musst dich nicht entschuldigen. Wir waren beide betrunken.«

»Ich nicht. Ich war vollkommen nüchtern.«

»Na, du hast dich aber wie ein perfekter Gentleman verhalten.«

»Das tut mir auch leid.«

Wie passieren solche Dinge? Er kommt zum Sofa und küsst mich. Keine weiteren Erklärungen … selbst während er es tut, sage ich mir, dass ich nicht anders kann. Mein Gewissen liegt gefesselt und geknebelt in der Ecke, und Nick ist in den hintersten Winkel meines Bewusstseins geschoben. Alle Wahrnehmung, die ich gerade habe, geschieht auf meiner Haut.

»Ich konnte an nichts anderes denken«, sagt Luke. »Seit Monaten schon bin ich ganz fürchterlich verknallt in dich, und der Kuss hat mir den Rest gegeben.«

Ich bin nicht stolz auf das, was ich tue – aber es fühlt sich so großartig an, so herrlich, dass es mir egal ist. Luke ist eine Offenbarung. Sein Körper ist fest und muskulös, und jede einzelne meiner ausgedörrten Zellen vibriert.

Danach liegen wir schweigend zusammen, und da wir nicht reden, scheint es ganz natürlich, dass ich meinen Kopf gegen seine warme Schulter lehne. Er hält mich in seinen Armen. Warm.

Geborgen und schläfrig lausche ich den Geräuschen auf der Straße. Jemand eilt auf hohen Absätzen vorbei und lacht. Autos fahren vorüber. Es wird dunkel.

»Marnie.«

Der schöne Teil musste enden. Es wird Zeit, sich dem zu stellen, was ich gerade getan habe.

Wenn mein Geliebter lebt – so wie ich es ständig allen sage, die mir zuhören –, dann habe ich ihn gerade betrogen.

19. Kapitel

»Marnie, liebste Marnie …« Luke küsst meine Stirn. »Das war wunderschön. Ich hoffe … du hasst mich doch nicht, oder?«

»Natürlich nicht.«

»Und dich selbst darfst du auch nicht hassen. Du hast niemanden verletzt.«

Ich versuche, locker zu reden. »Es ist ja nicht gerade so, dass er dahinterkommen wird.«

»Im Ernst: Ist alles in Ordnung? Ich fühle mich schäbig.«

»Nicht«, sage ich. »Du hast nichts Falsches getan. Du hast eine absolut weiße Weste.«

Er lässt nicht zu, dass ich es so leichthin abtue. »Ich wusste, dass du vergeben bist«, sagt er leise. »Ich fände es schrecklich, wenn du denkst, ich hätte … die Situation ausgenutzt, nur weil Nick … Ich meine, ich weiß, du würdest mich keines Blickes würdigen, wenn er … Na ja, du weißt schon.«

»Aber das ist er nicht«, sage ich einsam.

»Ich tue so etwas nicht oft«, sagt Luke. Er hebt seine Hand und streichelt mein Haar, was einen abermaligen Schauer körperlichen Glücks durch meinen neu erwachten Körper schickt. »Ich sagte, ich wäre verknallt in dich, aber das stimmt so nicht ganz. Die Wahrheit ist, dass ich viel mehr empfinde.«

Mein Körper hört nicht auf mein reuiges Hirn. Mein Körper ist durchdrungen von Wärme, und als er das sagt, kann ich nicht anders, als mich an ihn schmiegen. Ich bin müde und traurig, und ich will hierbleiben. Mit Luke im Bett zu liegen sollte mich schockieren und erschüttern, aber es fühlt sich unglaublich richtig an. Und das ist das wahrhaft Schockierende.

»O Gott«, sage ich. »Eine schöne Bescherung!«

»Du bereust es, oder?«

»Nein! Es war großartig … und du bist es auch.« Ich werde Luke nicht anlügen. »Ich kann gar nicht fassen, wie sehr ich auf dich stehe. Ich dachte, so was könnte nie mehr passieren.«

Er lacht leise und küsst mich noch einmal. »Du bist ein Schatz … aber du sollst wissen, dass ich mir vollkommen über deine Situation im Klaren bin und es dir bestimmt nicht schwerer machen werde. Ich bin hier. Das ist alles.«

Mein Körper will weinen und sich an ihn klammern, aber mein Verstand erringt bald wieder die Kontrolle. »Du musst nichts weiter sagen … Lass uns kein Drama daraus machen.«

»Ich fühle mich aber dramatisch«, sagt Luke ganz ernst. »Falls du dir das vorstellen kannst.«

Wir lächeln uns an, viel weniger unbehaglich jetzt, und setzen uns auf. »Es ist spät«, sage ich. »Du solltest bald zu deinem Drama aufs Land fahren, sonst kommst du vor Mitternacht nicht mehr an.«

»Ach, das wird schon gehen. Um diese Uhrzeit ist der

Verkehr nicht mehr so schlimm.« Luke schwingt seine langen Beine aus dem Bett. »Ich bringe dich nach Hause.«

»Ich wollte den Bus nehmen.«

»Komm schon, Marnie … ein Gentleman, der dich gerade vernascht hat, lässt dich nicht mit dem Bus nach Hause fahren. Wie ich schon sagte: Du hast viel zu viel Zeit mit Schauspielern verbracht.« Luke zieht sich an. »Außerdem ist es kein Umweg. Das Auto ist schon vollgepackt und startbereit.«

»Hätte ich mir denken können, dass du voll durchorganisiert bist.«

»Das war ich, bis du mir über den Weg liefst.«

Ich greife nach meiner Jeans und dem Pullover. In meiner Hosentasche klingelt mein Handy. Schuldbewusst ziehe ich es hervor.

»Dad?«

»Hallo«, sagt mein Vater ruhig. »Wo bist du nur, um alles in der Welt? Im Krankenhaus, richtig?«

»Oh … äh … Ich habe in Camden jemanden getroffen, und wir sind Kaffee trinken gegangen.« Luke und ich lächeln uns an.

»Pass auf, du musst etwas für mich erledigen. Ich habe eine Gans bestellt, die abgeholt werden muss – beim Schlachter in Highgate Village.«

»Was?«

»Eine Gans, Marnie – für das Essen morgen. Sie ist schon bezahlt, aber du musst sie für mich abholen. Ich weiß, das ist jetzt blöd, aber die haben nur noch eine Stunde geöffnet, und ich kann selbst nicht hingehen.«

»Ist mit dem Auto alles in Ordnung?«

»Ja«, sagt Dad. »Mit dem Auto ist alles okay. Ich kann nur im Moment nicht aus dem Haus.«

»Geht es dir gut?«

»Alles gut, ja. Ich habe jetzt keine Zeit, es zu erklären. Kannst du's machen?«

»Natürlich …«

»Gut. Danke.«

»Aber was ist denn los?«

»Tschüs«, sagt Dad. In der Sekunde, bevor die Verbindung abbricht, höre ich einen komischen, hohen Ton, den ich nicht identifizieren kann.

»Was ist los?«, will Luke wissen. »Kann ich etwas tun?«

»Ich muss in Highgate eine Gans abholen, bevor der Metzger zumacht.«

»Ist alles in Ordnung?«

»Ach, du Schande! Jetzt weiß ich, was das war …« Ich weiß nicht, ob ich lachen oder weinen soll. »Das war das Fiepen eines Hundes! Deshalb kann er nicht aus dem Haus … er hat sich einen kleinen Hund gekauft!«

»Du machst Witze!«

»Ich habe ganz bestimmt ein Fiepen gehört. Ich wette mit dir, um was du willst, dass er einen Hund gekauft hat.«

»Das hat er doch schon eine Weile angedroht«, erinnert mich Luke.

Wir lächeln.

»Mum wird ausrasten«, sage ich, obwohl ich mir nicht wirklich Sorgen mache und mir die Vorstellung von einem Hund im Haus sogar gefällt. »Sie wird sagen, dass er versucht, sie zu manipulieren.«

»Vielleicht beendet das ja ihren Streit«, spekuliert

Luke und lacht. »In diesem Fall ist es das Risiko wert. Ich kann's kaum erwarten, den Hund zu sehen. Komm schon, ich fahre dich nach Highgate.«

»Wenn du sicher bist, dass es für dich nicht zu spät wird …« Was zu Hause passiert, verdrängt meine Gedanken hinsichtlich des Betrugs an Nick. Ja, ich würde gern gebracht werden.

»Natürlich nicht. Komm!«

Wir verlassen Lukes Wohnung, und er schließt gründlich ab. Sein marineblauer Volvo steht direkt vor der Tür, und er fährt mich die kurze Strecke ins Highgate Village. Mir ist auf einmal ganz leicht und beschwingt zumute – mein Körper summt noch vom Sex, in jedem Fenster glitzert Weihnachtsbeleuchtung, und alle Leute, die die überfüllten Gehwege entlanglaufen, lächeln.

Zehn Minuten vor Ladenschluss lässt Luke mich beim Metzger aussteigen. »Geh du rein – ich versuche, einen Parkplatz zu finden.«

Dads Gans ist das letzte Stück Fleisch im ganzen Geschäft. Ich nehme den schweren Pappkarton entgegen und gehe wieder vor die Tür. Mir ist fast schwindelig vor Glück. Ich weiß nicht, wie lange es dauert, bis ich Luke höre, der vom Auto aus ruft.

»Tut mir leid … Ich konnte keinen Parkplatz finden, deshalb musste ich noch eine Runde drehen.«

Ich quetsche den Karton hinter den Vordersitz und steige ein. Im Wagen riecht es nach Luke, und das erinnert meinen Körper an den Sex, den wir gerade hatten. Er scheint dasselbe zu spüren, denn er beugt sich zu mir und küsst mich auf den Mund.

»Das ist wirklich lieb von dir«, sage ich.

»Das mache ich nicht, weil ich lieb bin, sondern weil ich die Zeit mit dir genieße.« Er formuliert es als schlichte Tatsache, nicht als Kompliment.

»Wie hübsch dieser Teil von London ist«, sage ich. Es klingt ein bisschen einfältig, aber ich meine es ernst – mir war vorher nicht bewusst, wie schön es in Highgate West Hill ist. Für den Bruchteil einer Sekunde stelle ich mir vor, wie es wäre, zu Lukes Wohnung zurückzufahren und noch mehr Sex zu haben. Doch dieser Gedanke ist unmöglich in die Tat umzusetzen, also schiebe ich ihn beiseite.

»Sieh dich nur an – du strahlst geradezu«, sagt Luke und lächelt mich an. »Auf jeden Fall habe ich dich aufgemuntert.«

Das ist die Untertreibung des Jahrhunderts. »Ja«, sage ich, »du bist der Grund, weshalb ich mich phantastisch fühle.« Das muss ich ihm sagen – es ist schlicht die Wahrheit. Ich hatte alles über Sex vergessen, er war einfach kein Thema mehr gewesen.

»Geht mir ähnlich. Meine Eltern werden sich wundern, warum ich das dumme Grinsen nicht mehr aus dem Gesicht kriege.«

»Solange du nicht …« Ich kann den Satz nicht beenden.

»Ich weiß«, sagt Luke. »Du gehörst immer noch zu Nick – ich habe dich nur ausgeliehen.«

»Das kann die reinste Qual werden«, sagt Nick. »Es kann so stumpfsinnig werden, dass uns komplett der Lebenswille verlässt. Oder so bieder und moralisierend, dass ich auf die Bühne springe und jemanden umhaue. Du gibst mir besser eine deiner Listen mit taktvollen Bemerkungen, die man machen kann, ohne zu lügen.«

An einem frostigen Januarabend hasten wir die Tottenham Court Road entlang zu einem Freien Theater, das in einem Keller versteckt ist. Rosas Ehemann Paul hat dort ein neues Stück inszeniert, und Rosa hat jeden, den sie kennt, gebeten, zu kommen und den Zuschauerraum aufzufüllen. Paul ist der einzige Schauspieler – es ist ein Ein-Personen-Stück über eine Geisel, die an einen Heizkörper gekettet ist.

»Normalerweise kann man immer irgendetwas Gutes sagen«, antworte ich. »Wenn es wirklich so furchtbar ist, mach einfach die Augen zu und denk an die anschließende Party.«

»Du bist viel netter als ich. Ich fange dann immer an, die zwei Stunden zu bereuen, die ich nie zurückkriegen werde. Stell dir vor, es wäre mein letzter Tag auf Erden, und ich würde Schlag Mitternacht tot umfallen. Ich würde mich mächtig ärgern, dass ich meine letzten Stunden damit verbracht habe, Paul an eine Heizung gekettet zu sehen.«

Wir biegen in eine Seitenstraße ein. Das Theater befindet sich am Fuß einer Eisentreppe. Oben hängt ein Plakat mit dem Schwarzweißbild eines zusammengekauerten Paul in Unterhose, darüber das Wort »FREI«.

»Toll«, brummt Nick. »Ich spüre jetzt schon, wie meine kostbare Lebenszeit zu verrinnen beginnt wie der Sand in einer Sanduhr.«

Rosa löst sich aus der Gruppe dichtgedrängter Menschen im Vorraum, und Nick legt sein entwaffnendstes Lächeln auf. Er ist immer noch unverschämt, präsentiert sich aber mit einem Charme, der besser ist als Höflichkeit. »Armer alter Paul … das Foto ist ja echt beschissen.«

Sie kichert, als er sie um die Taille fasst und neckisch kneift. »Ja, es ist wirklich deprimierend. Ihr dürft nicht erwarten, dass es was zu lachen gibt – oder auch nur zu schmunzeln.«

Nick und ich begrüßen ein paar Freunde und Bekannte. Mittlerweile haben wir uns offiziell als Paar etabliert, und die Leute sprechen uns als Einheit an: Nick-und-Marnie. So etwas ist mir noch nie passiert, und ich muss zugeben, dass es mir gefällt. Ich fühle mich sexy damit, Nicks offizielle Freundin zu sein, so als würde etwas von seinem intensiven Sexappeal auf mich abfärben.

»Guck nicht so betroffen«, sagt Nick, als wir auf unserer Holzbank im vollgepfropften Zuschauerraum sitzen.

»Es beruht auf einer wahren Geschichte«, merke ich an und halte ihm das schlecht gedruckte Programm vor die Nase. »Nur ein böser Mensch wäre nicht betroffen.«

Er grinst mich an und drückt meinen Oberschenkel. »Ich liebe dich dafür, wie wichtig du das nimmst.«

»Jeder nimmt das Thema Geiseln wichtig.«

»Wir wissen alle, dass wir das müssten, aber du tust es wirklich. Und trotzdem hast du dich entschieden, in dieser so leichtfertigen Welt zu leben – das trägt zu deinem Mysterium bei.«

»Hör auf … du schaffst es, dass ich mir wie ein Langweiler vorkomme.«

»Wenn ich mich langweile, werd ich dir einfach auf die Brüste starren.«

Die Lichter erlöschen, und die etwa hundert Zuschauer versinken in Schweigen. Im Schatten bewegt sich etwas, und als die Beleuchtung angeht, sehen wir den guten alten Paul, der mit dem Fußknöchel an einen Heizkörper gekettet ist und nichts weiter trägt als eine kunstvoll auf gebraucht getrimmte Unterhose.

»Hübscher Schlüpfer«, flüstert Nick mir ins Ohr.

»Ihm muss ganz schön kalt sein«, flüstere ich zurück.

Es wird tatsächlich nichts zu lachen geben. Pauls Figur ist mit falschem Blut verkrustet und mit aufgemalten blauen Flecken übersät. Ich lehne mich gegen Nicks Schulter und fühle mich fast schuldig, dass ich so glücklich bin, während sich etwa zwei Meter vor uns das Leid der Welt ausbreitet. In so kleinen Theatern arbeitet das Publikum zwangsläufig fast ebenso hart wie die Schauspieler, und ich widme dem Stück, das sich als sehr interessant erweist, meine volle Aufmerksamkeit.

»Paul ist phantastisch«, sage ich am Ende der ersten Hälfte. »Du musst zugeben, dass es viel besser ist, als du befürchtet hast.«

Nick murmelt etwas Unverständliches.

»Wie bitte?«

»Ich fühl mich nicht gut.«

»Hast du Kopfschmerzen?«

»Nein«, sagt Nick. »Ich weiß es nicht.«

»Bleib sitzen, ich hole dir Wasser.«

»Nein, ich brauche frische Luft.« Sein Gesicht sieht blass aus und irgendwie komisch – farblos und wächsern. Unsicher steht er auf und stolpert auf dem Weg zur Tür sogar.

»Liebling?« Ich hole ihn ein und fasse ihn am Ellbogen. »Was ist los?« Ich mache mir Sorgen – Nicks Augen sehen seltsam aus. »Entschuldigung … Vorsicht, bitte … Entschuldigung …« Seine Schuhe bleiben an den Kanten der Eisenstufen hängen.

Als wir draußen in der bitterkalten Nacht stehen, schwankt er ein bisschen und fällt dann auf den Gehsteig. Er plumpst dabei so laut, dass die zwei Männer, die in der Nähe stehen und rauchen, erschrocken zusammenfahren.

»Nick …« Ich knie mich auf dem schmerzlich kalten Bürgersteig neben ihn hin. Ich weiß nicht, was los ist, und ein kleiner Teil von mir denkt, dass er das vielleicht nur vorspielt – aber im Grunde weiß ich sofort, dass es echt ist. Sein weißes, regloses Gesicht macht mir Angst. Ich merke, dass ich an seinen Hemdknöpfen herumfummele und ihm auf die Wangen klopfe. Ich bin so erschrocken, dass ich völlig hilflos bin.

Die beiden Männer treten ihre Zigaretten aus, und einer von ihnen schiebt mich sanft beiseite, um Nick auf professionellere Weise zu begutachten. Er überprüft, ob ihm etwas im Hals steckt, fühlt seinen Puls an der Halsschlagader und macht all die Dinge, die auf dem eselsohrigen Erste-Hilfe-Plakat aufgezeichnet sind, das in meinem Wäscheschrank hängt.

Irgendwann öffnet Nick wieder die Augen, und ich atme erleichtert auf.

»Alles in Ordnung?«, fragt der kompetente Mann freundlich. »Setzen Sie sich noch nicht sofort auf – Sie waren kurz ohnmächtig … wahrscheinlich, weil das Stück ein Haufen linkes Geseire ist.«

»Ich glaube, ich rufe besser einen Krankenwagen«,

sage ich und greife in meine Handtasche, um das Handy zu holen. »Bleib liegen, Nick …«

»Ach, verdammt …« Nick setzt sich auf. Sein Gesicht ist immer noch unnatürlich blass, hat aber dieses Wächserne verloren. »Ich brauche keinen Krankenwagen, mir geht's gut.« Er merkt, dass er auf dem Gehweg sitzt und uns eine Gruppe von fünf, sechs Leuten neugierig beobachtet. Er wirkt verärgert und kommt auf die Füße. »Ehrlich, mir geht's gut. Danke.« Er schüttelt dem kompetenten Mann die Hand.

Im Theater klingelt die Glocke zur zweiten Hälfte. Zögernd streben die Gaffer zur Treppe.

Jetzt stehen wir allein draußen. Nick fröstelt und lehnt sich gegen das Geländer.

Ich fasse ihn am Arm, der steif und unbeweglich herunterhängt. »Ich finde immer noch, dass du zu einem Arzt gehen solltest. Du hast mich zu Tode erschreckt.«

»Nein, bitte … es ist so schon peinlich genug. Ich kann nicht glauben, dass mir das passiert ist.«

»Ist denn jetzt wirklich alles in Ordnung?«

»Ja«, sagt er ein bisschen verärgert. »Vielleicht war mir zu heiß oder so was. Bitte mach weiter kein Aufhebens darum. Alles ist wieder gut.«

»Lass uns nicht wieder zurückgehen, da unten kriegt man kaum Luft.«

Er sieht mich von der Seite an und schmunzelt. »Wir haben die perfekte Entschuldigung, die zweite Hälfte zu schwänzen. Ich liebe so etwas … da hab ich immer das Gefühl, ich hätte eine Stunde extra geschenkt bekommen. Und? Was sollen wir damit anfangen?«

»Wir könnten nach Hause gehen.« Ich habe meinen

Schock überwunden, werde mich aber besser fühlen, wenn wir sicher zu Hause sind. Mit Nick zusammenzuleben hat meinem Zuhause eine neue Dimension verliehen. Jetzt ist *er* mein Zuhause, und ich empfinde eine besondere Art von Gelassenheit, allein wenn ich weiß, dass er da ist … bei mir, wo er hingehört.

20. Kapitel

Ich hätte heute ins Krankenhaus gehen sollen. Es ist der erste Heiligabend ohne ihn, und ich habe ihn im Stich gelassen. Soll ich jetzt noch los?

Eher nicht, ich rieche noch nach Sex.

Vielleicht bringt es ihn zum Aufwachen, wenn ich nach Sex mit einem anderen rieche. Plötzlich habe ich das Bild vor Augen, wie Nick jäh zu sich kommt und ein Schnauben der Entrüstung ausstößt.

Es ist nicht das schlechte Gewissen, das mich abhält. Der Sex hat die reale, lebendige Welt zu einer greifbaren Versuchung gemacht. Meine Solovorstellungen auf der Intensivstation (an Nicks Bett gefesselt statt an eine Heizung) beinhalten eine Sinnlosigkeit, die ich plötzlich nicht ertragen kann.

Ich schicke ihm mental eine Nachricht: Ich werde morgen kommen – tun wir nicht so, als würde es einen großen Unterschied machen … weder für dich noch für mich oder sonst jemanden. Wenn du irgendwie die Macht hast zu wissen, was ich getan habe, dann wirst du auch wissen, dass ich es nie gemacht hätte, wenn du wach wärst.

Luke hält vor meinem hellerleuchteten Haus. Im Erkerfenster des Wohnzimmers glitzert ein Weihnachtsbaum.

»Dad war fleißig«, sage ich.

Einen Augenblick lang sitzen wir beide nur da und lauschen dem Verklingen des Motorengeräuschs.

»Ich bin immer noch nicht sicher, ob ich dich nicht doch um Verzeihung bitten soll«, sagt Luke.

»Bitte nicht. Das ist nur peinlich. Danke fürs Bringen.«

»Ich komme eben noch mit rein und sage hallo. Ich will wissen, ob du recht hattest mit dem Hund.«

Er nimmt den Karton vom Rücksitz und trägt ihn zur Haustür – und ich gerate in Panik, weil ich fürchte, dass Pan noch da ist. Was ist mein normaler Gesichtsausdruck? Wenn ich mit strahlendem Gesicht und Luke auf den Fersen hineingehe, wird sie es sofort erraten. Sie soll nicht wissen, dass ich Nick betrogen habe.

In der Eingangshalle steht ein Haufen schäbiger Plastiktüten, und mir geht das Herz auf. »Mum!«

Ja, sie ist wieder da. Meine sture, schrullige Mutter ist nach Hause gekommen, und das ganze Haus seufzt vor Erleichterung.

Einen Moment später habe ich die Arme um ihre marineblaue Fleecejacke geschlungen und atme den süßen, pudrigen Duft ihres chronisch unordentlichen Haares ein. Alles ist gut: Die dumme alte Eule strahlt vor Freude von einem Ohr zum anderen. Unsere warme, unaufgeräumte Küche wirkt überfüllt, aber das ist gut so – niemand nimmt großartig von Luke Notiz. Dad, Pan und Gavin Gomersall stehen über einen flachen Korb auf dem Küchentisch gebeugt. Im Korb liegt die alte Häkeldecke, die früher unserer Cora gehörte, und eine große Woge von naivem Optimismus wirft mich fast um.

»Jetzt sieh nur, was der alte Narr hinter meinem Rücken gemacht hat«, sagt Mum liebevoll.

»Deshalb konnte ich die Gans nicht abholen«, erklärt Dad. »Ich konnte Fafner nicht allein lassen.«

Vorsichtig und zärtlich nimmt er das kleine goldbraune Samtknäuel hoch: ein Golden-Retriever-Welpe, der so klein ist, dass er in seine beiden Hände passt.

»Alberner Name«, meint Mum. »Stell dir vor, du musst den im Park rufen.«

»Ich habe ihn nach Fafner aus Wagners ›Ring‹ benannt«, erklärt Dad, der ebenfalls über das ganze Gesicht strahlt. »Er mag wohl klein sein, aber ich glaube, in Wahrheit ist er ein Drache.«

»Der kleine Scheißer hat mich gebissen«, sagt Gavin und hält einen bepflasterten Finger hoch.

»Wir haben es nur zu zweit geschafft, seine Zähne wieder auseinanderzukriegen«, sagt Pan und lacht. Sie ist ein absoluter Hundefan und sieht wunderhübsch aus … glücklicher, als ich sie seit Monaten gesehen habe, wie mir plötzlich auffällt. Was hat Gavin hier eigentlich um halb sieben am Heiligabend zu suchen?

Ich sehe sie an und hebe fragend die Brauen. Sie wird rot.

Sie hat nicht gewittert, dass ich Sex hatte, weil sie zu sehr mit ihrem eigenen beschäftigt ist. Du meine Güte, seit wann steht sie doch auf den guten Gavin? Das Leben hält plötzlich wieder neue Wendungen bereit, und ich bin wie betäubt.

»Ich fahre nicht mit dem Zug nach Hause«, beantwortet Pan meine unausgesprochene Frage. »Gavins Eltern leben in Manchester, und er nimmt mich im Auto mit.«

»Oh«, sage ich. »Wie praktisch.«

Fafner – der kleine Hund mit dem großen Wagnernamen – gibt dasselbe jaulende Fiepen von sich, das ich am Telefon gehört habe. Ich strecke die Hand aus und streichle seinen kleinen weichen Kopf.

»Ach, ist er nicht süß«, gurrt Mum. »Ist er nicht ein süßes kleines Hundchen?« Ehrfürchtig nimmt sie ihn Dad ab und drückt ihn gegen ihre Fleecebrust. Dad und ich lächeln uns an – jetzt wird sie nicht mehr nach Madeira zurückfliegen. Fafner ist die perfekte Entschuldigung, die sie brauchte, um nachzugeben und bei uns zu bleiben.

»Luke«, sagt Dad. »Das ist wirklich nett von dir, dass du unsere Gans abgeholt hast – wie gut, dass du Marnie zufällig getroffen hast. Möchtest du ein Glas Wein?«

»Nein, danke, ich muss noch fahren«, erwidert Luke. »Aber ich trinke gern einen Tee.«

Dad geht zum Wasserkessel, und Mum legt Fafner zurück auf die Decke – ein kleiner Hausgott in seinem Schrein. Luke und Gavin beginnen ein Gespräch über den Verkehr. Pan drängt mich aus dem Zimmer unter dem Vorwand, die Gans in unseren schmutzigen, spinnwebigen Keller zu verfrachten, wo es immer kalt ist.

»Du wirst es nicht glauben«, raunt sie mir ins Ohr. »Aber ich kann dir auch nicht erklären, wie es passiert ist.«

(Oh, ich würde alles glauben.)

Wir erreichen den Fuß der alten, splittrigen Holztreppe, und sie stellt den Karton mit der Gans ins Regal – auf den freien Platz, wo vorher der Hundekorb gestanden hat. »Ich habe Gav zufällig in Covent Garden getroffen, und er hat angeboten, mich nach Hause zu fahren – aber statt hierherzufahren, nahm er mich mit zu sich, er hat eine Wohnung in Highbury, nicht im schönen Teil, aber die Wohnung ist toll, und er hat den schönsten kleinen Garten, den du je gesehen hast. Und dann haben wir ein Stück Früchtekuchen gegessen und Tee getrunken …«

»Und eins führte zum anderen?«, schlage ich vor.

Wir kichern. Pan ist vollkommen aufgedreht. »Also, wenn du die Details willst … Er hat mich plötzlich geküsst, als ich den Mund noch voll Kuchen hatte, und ich habe ihn nicht abgewehrt, weil ich plötzlich merkte, wie sehr mir das gefiel, und er hatte den größten Ständer, den du je gesehen hast.«

»Wonnometer?«

Ihre Stimme klingt ernst und ehrfürchtig. »So dicht an zehn, wie du erreichen kannst, ohne zu sterben.«

»Wow.« Das hat es noch nie gegeben! Die von Pan vergebenen Wonnometerwerte liegen sonst eher unterhalb der Mitte.

»Marnie, er ist phantastisch.«

»Was – Gavin? Der Mann mit einem Gesicht wie frittierte Zwiebeln? Der Mann mit einem Körper, der aus den Überresten aus Frankensteins Labor zusammengenäht wurde?«

»Ich weiß, ich weiß … aber es war mehr als Sex. Ich hatte ein so starkes Gefühl von Liebe, dass es wehtat … Marnie, er ist ein absoluter Schatz … viel zu gut für mich.«

»Wow!« Kein Wunder, dass sie mich nicht mit Fragen über Luke gelöchert hat – sie ist völlig benommen und verliebt. »Das klingt verhängnisvoll. Du hast noch nie gedacht, jemand wäre zu gut für dich.«

»Gavin ist anders. Und sein Gesicht sieht tatsächlich sehr hübsch aus … wenn man es sich genau ansieht.«

Sie hört selbst, wie komisch das klingt, und wir müssen wieder loskichern.

»Ehrlich … er hat genau solche Augen wie Fafner. Ich kann nicht fassen, wie lange ich gebraucht habe, um das zu merken.«

Im Türrahmen oben an der Treppe wird es dunkel.

»Mädchen! Was macht ihr da unten?«, ruft Mum. »Kommt hoch und esst Kuchen mit uns.«

»Wir kommen«, rufe ich. Und Pan flüstere ich zu: »Ich bin so froh, dass sie wieder da ist.«

»Ich auch«, sagt Pan. »Sie hat zugegeben, wie sehr sie dich braucht.«

Wir gehen zu Tee und Weihnachtsküchlein nach oben. In dieser speziellen Zeitblase herrscht das perfekte Glück. Als ich Luke ansehe, der sich geruhsam über den Tisch lehnt, um Fafners kleinen samtigen Kopf zu streicheln, spüre ich ganz überraschend eine Woge von Zärtlichkeit. Ich empfinde etwas für ihn. Pan strahlt, und Mum ist wieder da. Ich hatte ganz vergessen, wie schön das Leben sein kann.

Ich öffne die Augen, und das erste, was ich sehe, ist ein Strauß leuchtend orangefarbener Gerbera, die fast meinen Wecker vom Nachttisch drängen. Auf einem Stück abgerissenem Papier steht: »Guten Morgen, Liebling, und danke für den Blowjob!«

Es ist fast neun Uhr. Ich hatte den Wecker auf halb acht gestellt – der Blödmann hat ihn deaktiviert, damit ich ausschlafe. Eigentlich weiß er, dass ich es nicht mag, wenn mein Tagesplan ohne Vorwarnung umgestellt wird, aber natürlich muss ich trotzdem schmunzeln. Ich liebe es, wenn er mir Blumen schenkt. Ich gehe unter die Dusche und ziehe mich an.

Nick ist in der Küche, räumt die Spülmaschine aus und summt vor sich hin.

»Guten Morgen«, sage ich. »Hübsche Blumen.«

»Nur, was du verdient hast, Prinzessin.«

»Und was soll das wiedergutmachen? Was hast du angestellt?«

Nick lacht leise. »Das verletzt mich jetzt aber – ich schenke dir doch nicht nur Blumen, wenn ich ein schlechtes Gewissen habe!«

»Doch, das tust du. Du hast deinen Dispo wieder komplett ausgereizt, oder?«

»Nein, hab ich nicht, du undankbare Schreckschraube. Ich wollte nur deiner perlenschönen Haut huldigen, deinen achatfarbenen Augen, deiner taubengleichen Stimme …«

»Ach, was auch immer … Gib mir einen Kaffee.« Ich bin erleichtert, dass ich mit seinem Konto unrecht hatte – mein eigenes muss sich erst noch von dem Schock der Steuernachzahlung erholen. »Heute zweimal ›Phädra‹, oder?«

»Erinnere mich bloß nicht daran!« Nick füllt den Wasserkessel. »Racine, so weit das Auge reicht!«

Ich weiß, wie er sich fühlt. Gestern hatte ich zwei Vorstellungen von »Bartholomew Fair«, nach denen ich völlig fertig war. Das und der Sex … kein Wunder, dass ich so lang geschlafen habe!

»Ich koche dir noch ein spätes Nachtmahl, wenn du nach Hause kommst«, biete ich an.

»Du bist ein Schatz! Du weißt, dass ich völlig ausgehungert sein werde.«

»Ich hab sowieso nichts anderes zu tun.«

»Das ist unglaublich nett von dir.«

»Ist Pan eigentlich da?«

»Nein, die ist irgendwohin gegangen.«

»Oh.« Sie hat nichts auf den Kalender geschrieben, und ich frage mich, was sie wohl macht.

Nick gibt mir eine Tasse Kaffee und setzt sich zu mir an den Tisch. »Ich habe dich gestern vermisst. Das ist der wahre Grund für die Blumen.«

Gestern Morgen wollte er wieder nach Whitstable fahren, aber ich hatte meine zwei Vorstellungen, und er hat seine heute, also ist er allein gefahren.

»Ohne dich war es nicht dasselbe«, sagt er. »Alles wirkte weniger interessant, und es war schrecklich feucht – die Luft war nicht so eisig. Als ich dich angerufen habe, war ich schon ewig lange wieder hier.«

»Egal … wir können noch mal hinfahren, wenn das Wetter besser ist«, sage ich. »Im Frühling muss es wunderschön dort sein.«

»Das können wir wohl, aber der springende Punkt ist doch, es nicht zu planen – wir müssen es spontan machen.«

Ich versuche, die Titelseite vom *Guardian* zu lesen. »Was ist das nur immer mit dir und der Spontaneität?«

»Ich gebe dem Leben gern die Möglichkeit, mich zu überraschen.«

»Weshalb du auch nicht gern über die Zukunft nachdenkst …«

»Ich weiß, du denkst, ich hätte Angst vor einer endgültigen Bindung«, sagt Nick. »Aber das ist es überhaupt nicht. Ich fühle mich total an dich gebunden … und an unsere Beziehung. Aber da muss noch eine Spur von Ungewissheit bleiben … das Auch-Mögliche. Ich mag keine Straßensperrungen.«

»Nick, bist du sicher, dass du mir nicht irgendetwas sagen willst? Solchen Blödsinn erzählst du normalerweise, wenn du ein Geständnis machen musst.«

»Ich versuche nur, es dir zu erklären. Ich kann so sein wie jetzt und dich gleichzeitig auch lieben.«

»So wie was? Wovon redest du, um alles in der Welt?«

Er lächelt. »Ich versuche, mich dafür zu bedanken, dass du so viel Geduld mit mir hast. Wenn ich zu blödsinnigen Seeabenteuern aufbreche, bin ich froh, hinterher wieder zu dir nach Hause kommen zu können. Das ist alles.«

»Tja … okay.« Ich kenne das. Ich spüre Nicks Liebe wie eine wärmende Zentralheizung. »Aber jetzt sei still und lass mich die Zeitung lesen.«

»Ich will dich nicht davon abhalten.«

Ich lese Zeitung, während Nick sein Vorstellungsvorbereitungsritual durchläuft. Er murmelt Textzeilen, wandert herum und sammelt seine Garderobenausrüstung zusammen, die aus Textbuch, Wasserflasche, Halspastillen und Notfall-Schmerztabletten besteht. Er braucht ewig, aber ich kenne das schon. Ich koche neuen Kaffee.

Um elf kommt er mit seinem Rucksack in die Küche (Männertaschen findet er schwul). »Ich geh dann mal.«

»Es ist noch ziemlich früh, oder?«

»Die Besetzungsliste wird aushängen – bevor ich nicht weiß, was los ist, habe ich keine Ruhe.«

Sie besetzen »Hamlet«, und es gab das Gerücht, dass Nick den Laertes bekommen könnte … Er ist ganz wild darauf, wieder mal Shakespeare zu spielen.

»Ich drück dir die Daumen«, sage ich. »Aber ich bin sicher, dass du ihn kriegst. Sam hat es dir ja praktisch schon gesagt.«

»Drück trotzdem weiter … Machst du Spaghetti Bolognese heute Abend?«

»Ja, wenn du das möchtest.«

»Das möchte ich.« Nick nimmt mich in die Arme. »Ich liebe dich. Langweile dich nicht zu sehr ohne mich.«

Zwei Stunden später ruft er aus dem Theater an. »Ich hab sie – heute Nacht wirst du vom heißesten Laertes gevögelt, der jemals Strümpfe trug.«

»Nick, das ist phantastisch!«

»Hol eine Flasche Wein!«

»Ja, wir feiern«, sage ich. »*Lasst unsäglich Freude herniederregnen …*«

»Ich liebe dich. Bis später.«

An dem Abend, während ich das Hackfleisch für die Bolognese-Sauce anbrate, klingelt mein Handy. Es ist der Inspizient, der mich informiert, dass Nick im Krankenhaus liegt.

21. Kapitel

»Stille Nacht, heilige Nacht!«, singt Mum. Sie sitzt am Küchentisch, Fafner auf einem Kissen auf dem Schoß, und singt ihm zwischen einzelnen Schlucken Portwein (von *Marks & Spencer)* etwas vor. »Alles schläft, einsam wacht …«

Ich stehe an der Spüle und schrubbe den Bräter, in dem wir die Bratkartoffeln geröstet haben. Dad sitzt im Wohnzimmer vor dem Fernseher und döst, wobei ihm seine blaue Papierkrone über ein Auge gerutscht ist. Gerade haben wir drei – ganz förmlich am Esstisch im hinteren Teil des Wohnzimmers – ein mächtiges, fettes Weihnachtsessen gefuttert. Ich selbst habe nicht viel gegessen, aber die Gans macht sich trotzdem bei jedem Ausatmen bemerkbar. Ich trinke eine Tasse von Dads extrastarkem Tee.

Ich würde nicht sagen, dass meine Eltern sich wie Flitterwöchner aufführen (zudem habe ich nie versucht, mir ihre Flitterwochen im Detail vorzustellen), aber ich merke, wie sehr sie sich darüber freuen, wieder zusammen zu sein. Die Atmosphäre im Haus ist wie früher, als der Schuppen auf Madeira noch nichts weiter war als eine vage Idee, die Mum hin und wieder anklingen ließ. Gleich werde ich aufbrechen und Nick besuchen.

Wenn er mich hören kann, wird er froh sein zu erfahren, dass meine Mutter ihr unpraktisches, sonnenverdörrtes Rentnerdasein im Land der Myrten und Zypressen aufgegeben hat. Puh und hurra!

»Endlich ist er eingeschlafen, der Süße«, sagt Mum. »Hör dir nur sein herzallerliebstes Schnarchen an! Möchtest du, dass Dad dich mit dem Auto zum Krankenhaus fährt?«

»Nein, danke. Ich muss ja nur die Straße runter.«

»Aber es ist schon dunkel.«

»In diesem Teil der Welt gibt es Straßenbeleuchtung, Mum. Ich werde von keiner Klippe stürzen.«

»Du brauchst nicht gleich sarkastisch zu werden. Schenkst du mir noch ein Gläschen Portwein ein? Ich will den kleinen Faffie nicht stören.«

Ich stelle den Bräter ins Abtropfgestell und fülle Mums Glas nach.

»Hach … süß, wie er beim Träumen immer schnuppert! Wovon mag so ein Hundewelpe wohl träumen?«

Irgendwo in den Tiefen meiner Handtasche klingelt mein Handy.

»Ich wette, das ist Pan«, sage ich. »Die sind inzwischen sicher sternhagelvoll.« Ich gehe dran, ohne auf die Nummer im Display zu achten. »Frohe Weihnachten, du Schnapsnase.«

»Äh … Marnie?«, sagt eine männliche Stimme, die ich nicht erkenne.

»Ja?«

»Hier ist Karel, vom *Royal Free.*«

»Hallo«, sage ich automatisch.

Alles steht still. Ich atme kaum noch.

»Marnie, es tut mir furchtbar leid«, sagt Karel. »Ich habe gerade mit Dominics Schwester gesprochen, aber ich finde, ich bin es Ihnen schuldig, Sie persönlich zu informieren.«

»Oh.« Ich höre meine eigene Stimme wie aus großer Entfernung.

»Ich fürchte, bei einem Fall wie diesem muss man auf ein Ereignis wie dieses vorbereitet sein. Dominics Herz ist stehengeblieben, und wir … Marnie, es tut mir furchtbar leid, aber … wir konnten nichts mehr für ihn tun, er ist tot.«

»Okay«, sage ich knapp. »Ich bin sofort da.«

»Marnie …«

Ich schalte das Handy aus, als hätte es mich gebissen. Ich will, dass alles wieder normal ist. Mein Puls rast.

Tief durchatmen.

Mum lächelt auf den Hund hinunter. »Wer war das?«

Ich kann es ihr nicht sagen. »Ach, nur einer der Ärzte.«

Sie sieht abrupt auf. »Ist alles in Ordnung?«

Ich beginne bereits zu denken, ich hätte mir das Ganze nur eingebildet. Vielleicht habe ich etwas falsch verstanden? Vielleicht ergibt das alles trotzdem noch einen Sinn. Nichts sieht in irgendeiner Weise anders aus. Ich bin so fest in meiner Routine verwurzelt, dass jegliche Veränderung unvorstellbar ist.

»Marnie?«

»Ich werde nicht lange weg sein.« Geschäftig schnappe ich mir meine Tasche. »Wenn ich weiß, was los ist, melde ich mich.«

Ein Teil von mir weiß, dass es dumm ist, aber ich kann es niemandem sagen, bevor ich es nicht selbst glaube. Ich muss die Wahrheit hinauszögern. Ich ziehe Pans Wachsjacke über und eile in die kalte Dunkelheit hinaus. Die Straße ist verlassen, und die tiefe Stille ist unheimlich. Ich haste über den leeren Bürgersteig und spüre dieses große gefrorene Nichts in meinem Innersten, das alles wie einen Traum erscheinen lässt. Äußerlich sind all die kleinen Orientierungspunkte wie immer. Ich hake sie einen nach dem anderen ab, während ich daran vorbeigehe – der Schaukasten mit der gesprungenen Glasscheibe an der Kirche, das Haus mit den altertümlichen Vorhängen, das Haus mit der teilweise geschmolzenen Mülltonne, das Haus, in dem immer die orangefarbene Katze im Fenster sitzt.

South End Green ist ein stummer Platz mit verschlossenen Läden. Ein einzelnes Auto fährt übertrieben langsam die Pond Street entlang. Alles sieht tot aus, denke ich. Als mir dieses Wort in den Sinn kommt, beginne ich vor Panik zu zittern und renne fast den restlichen Weg.

Der Haupteingang des Krankenhauses ist wie immer geöffnet, die Rezeption ist warm und hell erleuchtet, aber leer. Das Café und der kleine Laden sind geschlossen. Die Ambulanzen sind geschlossen. Die Stationen sind nur zur Hälfte belegt, und es arbeitet nur die Hälfte des Personals. Ich ziehe die Wachsjacke aus und gehe mit schnellen Schritten zur Intensivstation, wo es normaler aussieht. Hier herrscht dieselbe tiefe, konzentrierte Stille, überprüfen dieselben Krankenschwestern die Anzeigen der Geräte, liegen dieselben reglosen Körper.

Aber Nick ist nicht hier. Sein separates Glasabteil ist leer. Ein leeres Bett mit einem einzelnen zerwühlten Laken steht seltsam isoliert mitten im Raum. Die Schläuche und Drähte sind verschwunden. Ein paar graue Geräte stehen an der Wand, die Rückseite nach vorn gedreht.

Der Schock trifft mich so heftig, dass ich ganz fassungslos bin – eigentlich warte ich darauf, dass irgendjemand kommt und sagt, dass alles nur ein riesiger, schrecklicher Irrtum war.

Eine der Schwestern – Jenny, ein dünnes Mädchen mit blondgefärbten Haaren, das ich bisher noch kaum kennenlernen konnte – sieht mich durch die Glaswand an und legt ihr Klemmbrett weg. Sie kommt zur Tür.

»Wo?«, frage ich dumm. »Was ist passiert?«

Sie fasst mich am Ellbogen und führt mich aus dem leeren Abteil zum Schwesternzimmer in der Mitte der Station. Sie lässt mich auf ihrem Stuhl sitzen, während sie jemanden anruft.

»Dr. Plotschi-Plitsch kommt sofort«, sagt sie.

»Wer?«

Ihr Mundwinkel zuckt. »Karel.«

»Oh.« Seinen Nachnamen verstehe ich nie.

Und jetzt brauche ich es auch nicht mehr.

Nein, nein, nein.

Es muss doch eine Möglichkeit geben, damit das hier nicht passiert.

»Marnie.« Karel ist da, nimmt mich in den Arm und hüllt mich in eine benebelnde Wolke aus Aftershave und Schweiß. Sein rosiges, frisches Gesicht ist verzerrt. »Es tut mir ja so leid. Ich wollte hier sein, wenn Sie kommen … Wir haben ihn auf eine Nebenstation gebracht.«

»Kann ich … ihn sehen?«

»Ja, natürlich.« Er legt einen Arm um meine Schultern

und führt mich durch aufzischende Doppeltüren in einen langen weißen Korridor. »Sie sollen wissen, dass es nichts gab, das wir noch für ihn tun konnten. Und es bestand vorher auch keine Möglichkeit, Sie zu informieren.«

»Was hat seine Schwester gesagt?«

Die Frage scheint ihm unangenehm. »Sie klang sehr mitgenommen.«

»Sie haben gesagt, er ist jung und stark.« Ich weiß nicht, warum ich noch debattiere, aber ich kann nicht anders. »Sie haben gesagt, er ist stabil.«

»Ja«, sagt Karel. »Aber ich habe auch immer wieder darauf hingewiesen, dass sein Zustand im Grunde genommen instabil ist. Es ist vor fast einem Jahr passiert, und er ist nicht mehr zu Bewusstsein gekommen. Es tut mir sehr leid.«

Wir stehen vor einer schlichten weißen Tür. Ich spüre, wie sich mein Körper vor Angst versteift. Ich habe keine Ahnung, was mich gleich erwartet.

Karel öffnet die Tür. Der Raum ist weiß und karg und grell erleuchtet, mit einem Fenster, das auf einen dunklen Innenhof hinausgeht. Ein Bett steht da, auf dem unter einem weißen Laken ein ausgestreckter Körper liegt. Wie klein er ohne all seine Kontrollgeräte aussieht – ein kleiner, schmaler, regloser Körper.

»Okay?« Karel beobachtet mich aufmerksam.

Ich nicke, woraufhin er behutsam das Laken zurückschlägt.

Da ist nichts, wovor ich hätte Angst haben müssen. Dies ist nur Nick, der mehr nach ihm selbst aussieht, als er es seit Monaten getan hat. Bartstoppeln überziehen sein Kinn und die Oberlippe mit einem Schatten. Man kann nicht behaupten, er sähe schlafend aus – seine Augen sind zu sehr geschlossen, und sein Mund hat die falsche Form. Aber das hier ist eindeutig Nick. Oder wahrscheinlich sollte ich sagen: Es sind seine Überreste.

Ich habe noch nie eine Leiche gesehen.

Ich berühre Nicks Stirn – sie ist kalt wie Lehm. Ich streiche sanft sein dunkelbraunes Haar zurück und spüre mit meiner Handfläche, dass alle Spannkraft weg ist. Sein Herz blieb stehen, während ich nur wenige Kilometer entfernt unseren Christmas Pudding flambierte.

Ich habe mich nicht verabschiedet.

Ich bin gestern nicht hier gewesen. Wäre ich gestern hergekommen, hätte ich ihn ein letztes Mal sehen können. Aber ich habe ihn vergessen.

Ich will Frieden in seinem Gesicht finden, aber da ist … nichts. Meine Verzweiflung ist so intensiv, dass ich sie als körperlichen Schmerz wahrnehme, irgendwo mitten in meinem Brustkorb.

Mein Liebster.

Bitte sei an einem Ort, an dem du mir vergeben kannst.

Der Schmerz steigt mir in den Kopf und presst Tränen aus meinen Augen. Ich spüre nicht, dass ich weine, aber ich sehe, dass Tränen auf sein regloses Gesicht tropfen wie auf einen Stein. Dies ist der Moment, in dem ich spüre, wie mir das Herz bricht. Er war so schön, und jetzt ist er fort. Was bleibt, ist nur ein Behältnis, eine Hülle … ein leeres Bonbonpapier, eine abgebrannte Feuerwerksrakete.

»Marnie.« Mein Vater ist da. Ich weiß nicht, wie er hergekommen ist. »Ach, mein Schatz, es tut mir ja so leid. Mum hat es geahnt, als du so aus dem Haus gestürzt bist … Mein armes Mädchen, es tut mir so schrecklich leid.«

Dass ich meinen Dad hier sehe, überzeugt mich schließlich, dass alles echt ist und nichts mehr getan werden kann. Er steht neben mir und sieht auf Nick hinunter, und in seinen Augen liegt eine Traurigkeit, für die ich ihn in diesem Moment sehr, sehr liebe.

»Er ist gestorben«, sage ich. »Er ist tot.«

»Ja«, sagt Dad. »Jetzt ist alles vorbei.«

Ich will dagegen reden – Nick ist zwar tot, aber es wird nie vorbei sein. Ich wünschte, Dad wäre erstaunter oder wütender, aber er ist ganz ruhig, als würde das hier jeden Tag passieren.

»Vielen Dank«, sagt er zu Karel. »Ich werde mich später wegen der Beerdigung bei Ihnen melden. Seine Schwester lebt im Ausland – ich werde ihr so viel wie möglich abnehmen. Sonst gibt es niemanden.«

»In Ordnung«, sagt Karel. Er strahlt eine robuste Gesundheit aus, die fast taktlos ist. Sein Gesicht spiegelt seine Gefühle, und unter seiner rosigen Haut rauscht das Blut. Nicks weißes Gesicht ist auch weiterhin einfach nur leer.

»Ich denke, du kommst jetzt besser mit nach Hause«, sagt Dad. »Ich habe Mum angerufen, sobald ich Bescheid wusste, und sie wartet.«

»Nein.« Ich kann ihn nicht verlassen. Ich weiß, dass ich ihm dann für immer den Rücken kehre.

»Marnie, sie warten darauf, ihn wegzubringen. Es ist vorbei, mein Schatz. Lass uns nach Hause fahren.«

»Wo bringen sie ihn hin? Ich will mitgehen.«

Karel räuspert sich. »Das wäre … nicht unbedingt angemessen.«

»Sie müssen ihn in die Leichenhalle bringen«, sagt Dad so sanft wie möglich, aber dennoch mit der Stimme, die keinen Widerspruch duldet. Er redet nicht gern um Sachen herum. Die Worte treffen mich mitten zwischen die Augen. Sie schieben den Mann, den ich liebe, in einen Kühlschrank, damit er nicht verdirbt … wie einen Hering. Der Mittelpunkt meines Albtraums ist wie das Auge eines Sturms, und ich bin wie benommen von der Unwirklichkeit des Geschehens.

Dann heißt es nun wohl Abschied nehmen.

Ich beuge mich vor und drücke ihm einen Kuss auf die Stirn. Ich kann nicht auf Wiedersehen sagen. In meinem Kopf kann ich ihn nur anflehen, nicht zu gehen.

22. Kapitel

Das hier ist etwas, das ich meinem schlimmsten Feind nicht wünsche – wie ich mit ganz und gar leeren Händen aus dem Krankenhaus gehe, in dem ich absolut nichts mehr zu tun habe.

»Komm weiter, komm«, sagt Dad. Er nimmt meine Hand, so wie er es früher gemacht hat, als ich noch ein kleines Mädchen war. Ich bin sehr froh, dass er hier ist und sich um mich kümmert. Er sagt nicht viel – was gibt es schon zu sagen? –, aber ich bin mir seiner unerschütterlichen Zärtlichkeit bewusst.

Seinen Wagen hat Dad mit rechtswidriger Kühnheit nur wenige Meter neben dem Haupteingang geparkt. Er hilft mir auf den Beifahrersitz wie einer Behinderten (wobei ich mir etwas dumm vorkomme, aber ich lasse ihn), und wir fahren das kurze Stück durch die leere Dunkelheit.

Durch den heulenden Sturm hindurch, der in meinem Kopf wütet, muss ich ständig kontrollieren, wie es mir geht. Die Realität des Geschehenen ist ein schwarzes Loch, das mich einsaugen wird, wenn ich es zulasse. Ansonsten bin ich von meiner eigenen Ruhe überrascht. Ich wusste nicht, wie es ist zu trauern, aber so hatte ich es mir nicht vorgestellt.

Unsere Haustür steht offen, und gelbes Licht strömt nach draußen. Mum wartet. Sie weint und zieht mich in ihre Fleece-flauschigen Arme.

»Liebe, liebe Marnie, mein liebes kleines Mädchen … ich wünschte, ich hätte dich davor bewahren können.«

Irgendwo hinter ihr knallt es, gefolgt von einer Runde fiependem Welpengebell.

»Ach, herrje«, sagt Mum. »Da lasse ich ihn nur eine Minute allein, und schon macht er den Luftballon kaputt.« Sie hastet in die Küche zurück und hält dabei meine Hand umklammert, als würde ich gleich wieder weglaufen.

Verärgert kläffend sitzt Fafner in seinem Korb, und aus seinem Mund hängen Fetzen eines gelben Luftballons. Meine Mutter lässt mich los, um sie herauszuklauben, und drückt das rebellische Tier an ihren Busen. »Ungezogener Lümmel, ich hätte wissen müssen, dass er ihn zerbeißt. Marnie, Schätzchen … Wie geht es dir?«

»Nicht, Mum … Es geht mir gut, ich bin nicht krank.«

»Ich wusste es, als ich dein Gesicht sah. Und dann bist du losgerannt … mein armer Schatz.«

»Ich glaube, was wir jetzt alle brauchen«, sagt Dad, während er die Autoschlüssel langsam und mit Bedacht in ihre Schale auf der Kommode legt, »ist eine gute Tasse Tee.«

»Toby-Tee«, sage ich. »So hat Nick ihn immer genannt – stark genug, um einen Safe zu knacken.« Ich muss mich an alles erinnern, um ihn einzufangen, ehe er ganz davonfliegt.

Es herrscht Schweigen, und meine Eltern sehen sich an.

»Gott sei Dank bin ich nach Hause gekommen«, sagt Mum. »Ich hatte so ein Gefühl, dass es wichtig ist. Vielleicht hatte ich ja eine Vorahnung … autsch!« Fafner hat sie in die Schulter gebissen, und sie muss ihm den Fleecestoff aus den Zähnen ziehen.

»Setz ihn lieber wieder ab«, meint Dad. »Er ist übermüdet.«

»Er klettert aber immer wieder aus dem Körbchen.«

»Ja, weil du immer wieder mit ihm spielst. Er wird die Botschaft bald verstehen, dass die Party vorbei ist.« Mit festem Griff nimmt Dad ihr den sich windenden Welpen aus dem Arm und legt ihn auf die Häkeldecke. Unglaublich: Nach nur ein oder zwei Kläffern schläft Fafner ein. Meine Mutter und ich staunen über Dads Talent zu wissen, was zu tun ist.

»Ich habe Dominic sehr gern gehabt«, sagt Mum. Erneut nimmt sie meine Hand in Gewahrsam und setzt sich mit mir an den Tisch. »Er war ein toller junger Mann. Aber auch wenn er nicht so toll gewesen wäre, hätte ich ihn gemocht, weil er dich offensichtlich so sehr geliebt hat. Schon das erste Mal, als ich ihn sah – hier in dieser Küche –, ist mir aufgefallen, wie er dich ansieht …«

»Er war viel zu jung.« Dad stellt mir einen Becher dunkelbraunen Tee hin. »Und natürlich ist es ein Schock für dich. Ob man es nun erwartet hat oder nicht – der wirkliche Tod ist dann doch verdammt brutal. Allerdings habe ich auch das Gefühl, dass es für ihn eine Erleichterung war. Was für ein Leben hatte er denn noch?«

»Er wusste nicht, wo er war«, sagt Mum. »Er wusste nicht, was passiert. Am Ende wirst du vermutlich einsehen, dass er eigentlich schon an dem Tag gestorben ist, als er den Hirnschlag hatte.«

»Christine«, sagt mein Vater.

»Warum soll ich es nicht sagen? Marnie kann jetzt endlich anfangen zu trauern.«

»Ich weiß nicht, was das bedeuten soll«, sage ich. »Willst du eine Startpistole abfeuern oder so etwas?«

»Sei nicht albern, ich sage dir nicht, was du tun sollst. Aber du hast irgendwie in der Schwebe gehangen.«

»Zumindest«, sagt Dad, »hat jetzt die Unsicherheit ein Ende.«

»Ja.« Das ist logisch, aber nicht ganz wahr. Ich habe keine Unsicherheit gespürt. Nie habe ich die sture Überzeugung verloren, dass Dominic zurückkommt. Auch jetzt habe ich sie noch nicht ganz verloren – ich habe immer noch das Gefühl, ich könnte mit ihm kommunizieren, wenn ich den Schlüssel dazu hätte. Es muss etwas geben, das ich tun kann.

Ich stelle meine Tasse ab. »Ich sollte es allen anderen sagen.«

»Mach dir darum jetzt mal keine Gedanken«, sagt Dad. »Dafür sind wir doch da.«

»Pandora habe ich schon angerufen«, sagt Mum. »Gleich, nachdem ich mit Dad telefoniert hatte. Sie sagt, sie kommt gleich morgen zurück.«

»Das ist schön.« Es wird gut sein, Pan hier zu haben – sie versteht mehr als jeder andere, wie sehr ich Nick geliebt habe.

»Und sie kann dann einen Großteil der Telefonierererei übernehmen.«

»Sollte ich Francesca anrufen?«

»Warte ruhig ein paar Tage. Ich werde sie wegen der Beerdigung kontaktieren.«

Als er das Wort ausspricht, gefriert meine Seele. Muss denn alles so schnell passieren? Warum die Eile?

»Ich durfte ihn noch sehen«, erzähle ich Mum. »Es war ganz komisch. Er sah aus wie er selbst, und doch wie ein ganz anderer. Irgendwie … fertiggestellt.«

»Ach, Liebes …«, meint Mum.

»Plötzlich tat er mir ganz furchtbar leid – das Ende all seiner Hoffnungen und Träume. Am Tag des Schlaganfalls hatte er gerade erst erfahren, dass er den Laertes spielen sollte. Ich hatte eine Flasche Wein gekauft und mir selbst das dumme Versprechen gegeben, ihn erst zu trinken, wenn er wieder aufwacht. Ich dachte, er würde spätestens nach einem Jahr wieder aufwachen oder vielleicht nach einem Jahr und einem Tag, wie in einem Roman.«

»Und nun ist er gar nicht mehr aufgewacht.«

»Nein«, sage ich. »Gar nicht mehr. Am Ende bin ich doch eine sentimentale Kuh gewesen.«

Sie zuckt zusammen. »Das hat nie jemand gedacht.«

»Aber irgendwer musste da sein, der die Hoffnung nicht aufgibt. Auf der ganzen Welt gab es sonst niemanden – nur Francesca, und die hat ihn einfach abgeschrieben.«

»Deshalb magst du sie nicht«, sagt Dad.

Ich stutze. »Doch, natürlich mag ich sie.«

»Aber du nimmst ihr übel, dass sie nicht deinen treuen Glauben an ihn hatte – dein Talent zur Hoffnung. Das heißt nicht, dass die Sache für sie nicht genauso schrecklich ist.«

»Wirklich, ich nehme ihr nichts übel.« Ich weiß, dass das trotzig klingt. Okay, ich nehme es ihr tatsächlich ein bisschen übel. Sie hat ihre Trauerarbeit schon vor Monaten erledigt und erbt jetzt eine Wohnung.

Ich hasse mich für diese Gedanken, aber so ist es nun mal. Alle möglichen Dinge werden auf einmal klarer.

»Sie hat jetzt keine Familie mehr«, erinnert mich Mum.

»Sie hat einen Ehemann und ein Kind.« (Ich habe den einzigen Ehemann verloren, den ich je haben werde, und all unsere Kinder mit ihm.)

»Ja, aber sie hat ihre eigene Familie verloren, ihre Vergangenheit. Sie hat mit eigenen Augen gesehen, wie ihre Mutter tot umfiel, dann ist ihr Vater gestorben … dann ihre Großeltern. Und jetzt ist nur noch sie da. Das erinnert mich stark an …«

»Mum, bitte keinen Tennyson, nicht jetzt …«

»Tatsächlich denke ich an ein Gedicht von Mrs Hemans … *Sie lebten friedlich Seit' an Seit' / eins in Glück und in Begehr' / Getrennt sind nun die Gräber weit / Durch Berg und Fluss und Meer.*« Ganz Lehrerin, fügt sie hinzu: »Es heißt ›Gräber eines Haushalts‹.«

»Christine, manchmal muss ich mich ja wundern«, meint Dad. »Wie soll das denn nun helfen?«

Kurioserweise bringt mich diese typische Taktlosigkeit zum Kichern. Nick hätte es gefallen. »Keine Sorge, wehmütige viktorianische Gedichte vertrage ich in rauen Mengen – die zitiert sie mir seit Monaten auf Kosten meiner Telefonrechnung.«

»Das ist auch absolut passend«, sagt Mum. »Die Viktorianer kannten sich mit Kummer aus.«

Schweigend trinken wir unseren Tee.

Ich denke über Kummer nach. Ich sterbe vor Kummer, aber weinen kann ich nicht. Ich verstehe das nicht – ich bin wohl tapferer, als ich dachte. Es ist Weihnachten, und Nick ist tot. Aus meiner Perspektive liegt die Welt in Trümmern. Und ich weine nicht.

Mum weint ein bisschen. Sie steht auf, um sich die Augen mit einem Geschirrtuch zu trocknen. Sie fangen an, übers Essen zu reden.

Dad meint: »Lasst uns nicht die Mühe machen, noch etwas zu kochen. Wir können Brot und Käse essen und den Rest der Gans.«

»Stimmt, den Stilton haben wir auch noch, den hätte ich fast vergessen.« Mum putzt sich die Nase und wird geschäftig. Sie arrangiert das Essen auf dem Tisch, als wäre dies das Beste, was man in einer Krise machen kann.

Pan ruft an, so wie ich es vorausgesehen habe. Ich nehme das Telefon mit ins Wohnzimmer und setze mich neben dem Weihnachtsbaum aufs Sofa.

Sie beginnt wie alle anderen auch. »Marnie, es tut mir ja so leid.«

Dann fragt sie, wann es passiert ist und wie ich davon erfahren habe, und ich bin froh, die ganze Geschichte erzählen zu können – alle Details aufzulisten ist seltsam tröstlich. Pan wirft Fragen ein und lauscht aufmerksam.

»Du weinst«, sage ich.

»Natürlich weine ich, verdammt«, sagt Pan. »Nick ist tot, und dir hat es das Herz gebrochen.«

»Ja, das hat es. Jetzt weiß ich, was das bedeutet – ich spüre die Trümmer in meiner Brust liegen wie die Scherben eines zerbrochenen Tellers. Aber ich weine nicht, ich bin eher wie abgeschaltet. Meinst du, das ist normal?«

»Es ist dir noch nicht richtig bewusst, das ist alles.«

Nach kurzem Schweigen fragt Pan: »Hast du ihn gesehen?«

»Ja. Er war unter einem Laken – wie eine Leiche im Film. Und als sie das Laken zurückgeschlagen haben, lag er da – ohne die Kabel und Schläuche, einfach nur Nick.«

»Wie schrecklich!«

»Na ja, es war gar nicht so schlimm. Ehrlich gesagt, kam es mir wie eine Scharade vor … ich fand es fast peinlich.«

Pan schluchzt ins Telefon, so wie ich sie noch nie habe schluchzen hören … nach innen, ganz kehlig … ich merke, dass ich dabei bin zu überlegen, wie man eine solche Szene schauspielern könnte … was ist nur mit mir los?

»Ehrlich, es war nicht so schrecklich … er sah wie er selbst aus. Sein Gesicht war ganz jung und glatt. Das schlimmste war, als Dad sagte, sie müssten ihn in die Leichenhalle bringen.«

»O Gott! Wie geht es dir jetzt – ganz ehrlich?«

»Mum scheint zu denken, dass ich in Ohnmacht fallen müsste, aber ich bleibe stur ganz cool.« Ich kann nicht widerstehen, Pan von dem wehmütigen viktorianischen Gedicht zu erzählen. Es ist tröstlich, mal eine Minute lang zu lachen.

»Du wirst Tennyson nicht lange vermeiden können«, meint Pan. »Ich nehme den ersten möglichen Zug zurück.«

Sie erzählt nichts von Gavin oder Weihnachten mit

ihrer Familie, und ich frage nicht nach. Das sind Dinge aus einer anderen Welt, mit der ich nichts zu tun habe.

Doch das Gespräch hat gutgetan – etwas von Pans Lebenslust muss durchs Telefon zu mir hin geflossen sein. Als ich in die Küche zurückkehre, muss ich tatsächlich schmunzeln, weil meine Mutter ihre geliebte und völlig zerfledderte Taschenbuchausgabe von Tennyson hervorgekramt hat. Sie liegt mitten auf dem Tisch, zwischen dem Hundekorb und der Platte mit der kalten Gans.

»Danke, Mum, das ist genau, was ich brauche – die Werke der bärtigen Kummermaschine.«

Dad lacht leise.

Mum trägt es mit Fassung. »Sei still, Tobes. Wir alle wissen, was du von viktorianischer Dichtung hältst … du hast nicht den geringsten Sinn für Poesie. Mein Schatz, ich wollte dir nur die Stellen zeigen, die ich speziell für eine Zeit wie diese markiert habe – natürlich ›In Memoriam‹, aber ›Arthurs Tod‹ hat einige schöne …«

»Moment mal … Damit ich das richtig verstehe«, unterbreche ich sie scharf, »du hast im Voraus Gedichtstellen markiert, um sie mir dann in dem Moment um die Ohren zu schlagen, sobald Nick seinen letzten Atemzug getan hat …?«

Es ist so absurd, dass ich nicht anders kann als zu lachen – ich LACHE … heftiger, als ich seit Monaten gelacht habe … und Nick ist tot. Es ist grässlich, aber gleichzeitig auch nicht, weil nichts mehr irgendwas bedeutet.

»Entschuldigung«, sage ich schwach. »Ich fand das einfach witzig. Oh, Mum!«

»Du bist müde«, bemerkt sie zärtlich.

»Nein, eigentlich nicht. Nicht mehr als ihr.« Ich bin sehr müde, aber wenn ich schlafe, wird dieser Tag vorbei sein. Es ist immer noch Nicks letzter Tag, und ich möchte sein Ende hinauszögern.

Wir essen. Wir nehmen unsere Teetassen ins Wohnzimmer mit, wo wir den üblichen James-Bond-Film gucken (warum gibt es zu Weihnachten immer James Bond?). Ich sehe nur mit halbem Auge hin, und jeder Bruchteil einer Sekunde scheint damit zu beginnen, dass ich vergesse und mich dann schlagartig wieder erinnere.

Mum sitzt neben mir auf der Couch, Fafner auf dem Schoß. Der kleine Wicht hat gerade wieder gierig seine Mahlzeit gefressen. Nach einem anschließenden kurzen Anfall von Übermut, in dem er Dad durch den Hausschuh hindurchgebissen hat, ist er jetzt wieder schläfrig.

»Es ist, als würde man mit einem kleinen, pelzigen Betrunkenen leben«, kommentiert Mum glücklich.

Mit leisen gurrenden Lauten streichelt sie Fafner in den Schlaf. Mir gefällt das, weil es die Stimme meiner frühesten Erinnerungen ist, und ich habe das Gefühl, dass sie es ebenso für mich tut wie für den Hund.

Irgendwo in der Küche klingelt mein Handy.

»Achte nicht weiter darauf«, sagt Mum. »Stell es aus.«

Ich gehe in die Küche, wo das Handy auf der Kommode liegt.

»Marnie … ich hoffe, ich störe nicht … ich kann später noch mal anrufen … ich wollte dich nur sprechen, sobald ich es erfahren hatte.«

»Luke.« Ich habe erst gestern mit ihm geschlafen,

aber es scheint wie eine Erinnerung aus einem anderen Leben.

»Pan hat gerade angerufen. Es tut mir so leid.« Seine Stimme klingt traurig und mitfühlend.

Mir fällt ein, dass Luke außer mir der einzige Mensch war, der Nick besucht hat. »Danke.«

»Wann ist es passiert … magst du darüber reden?«

»Kurz nach dem Mittagessen. Auf einmal blieb sein Herz stehen, und sie konnten ihn nicht wiederbeleben.«

»Wie schrecklich für dich … es tut mir ja so leid.«

»Mum und Dad sind großartig.«

»Sag den beiden liebe Grüße. Und Marnie … wegen gestern … Du sollst wissen, dass ich keine irgendwie gearteten Erwartungen habe. Ich weiß, wie furchtbar das für dich sein muss, und ich verspreche, es nicht noch schlimmer zu machen.«

Ich weiß nicht, was ich darauf antworten soll, und murmele nur: »Danke.«

»Aber ich liebe dich.«

»Luke …«

»Nicht auf eine Weise, bei der du zu irgendwas verpflichtet bist. Ich meine … Es ist jetzt sicher gut für dich zu wissen, wie viele Menschen dich lieben. Ich rufe morgen wieder an.«

Nach dem Telefonat bleibe ich noch eine Weile in der Küche. Ich bin verwirrt und todmüde. Mein Herz tut weh bei dem Gedanken, wie schnell ich mit ihm ins Bett gegangen bin. Ich schätze, das ist meine Strafe.

Wie benommen sage ich meinen Eltern gute Nacht und gehe in mein Zimmer. Etwas hat sich verändert. Heute Morgen war es noch das Zimmer, das ich mit Nick teilte. Jetzt sind all seine Sachen zu Reliquien geworden, und ich befinde mich in einem Schrein. Ich habe nichts aussortiert, weil ich mir immer gesagt habe, dass er ja wiederkommt. Auf seiner Bettseite stehen um den Nachttisch noch seine Bücherstapel. Drei Paar seiner Schuhe stehen an der Wand. Sein guter Anzug hängt am Haken hinter der Tür. Heute Morgen hatte das alles noch einen Besitzer – jetzt nicht mehr. Irgendwann muss ich mit all den Sachen etwas unternehmen.

Die Vorstellung, Nick einzutüten und wegzugeben ist so entsetzlich, dass ich schwer aufs Bett falle – aber ich weine noch immer nicht. Dieser Tag war endlos, und nach Welpenspielen, Geschenkeverteilen, Weihnachtsessen und Tod bin ich müde bis ins Mark.

O Gott … Verzeihung, dass ich das Offensichtliche konstatiere: Der Tod ist schrecklich. Und mit jeder Sekunde, die vergeht, wird er noch schrecklicher. Der letzte Strohhalm der Hoffnung, an den ich mich geklammert habe, ist zerbrochen. Nick ist fort. Ich werde ihn nie wiedersehen, nie mehr seine Stimme hören. Nie mehr werde ich in die Glaskabine auf der Intensivstation gehen, wo ich ihn wenigstens betrachten konnte. Am Theater spielt ein anderer seinen Part. Die Welt rast ohne ihn weiter. In ein paar Jahren werden sich nur noch eine Handvoll Leute daran erinnern, wie er war. Das ist so schrecklich, dass es mir den Atem raubt.

Langsam und müde ziehe ich mich aus (ich trage einen Pulli mit einem eingestrickten Goldstern auf der Brust, den ich heute Morgen im Bemühen um Festlichkeit angezogen habe) und nehme Nicks altes Che-Guevara-T-Shirt, das ich im Bett immer trage.

Ich schalte das Licht aus und schlafe fast augenblicklich ein, obwohl ein Teil von mir denkt, ich wäre noch wach.

Ich stehe wieder in dem Raum und sehe auf das weiße Laken, das Nicks Körper bedeckt. Ich ziehe es von seinem Gesicht.

Und plötzlich bin ich hier in meinem Zimmer, und das Laken ist zu meiner Bettdecke geworden. Als ich Nicks Gesicht enthülle, öffnet er blinzelnd die Augen und lächelt mich an. Ich finde das überhaupt nicht seltsam.

»Steh auf«, sage ich.

Nick schlingt einen warmen Arm um meine Taille. »Jetzt noch nicht.« Er zieht mich unter die Decke, dicht an seinen warmen, nackten Körper. In seinen Armen schlafe ich ein.

Als ich aufwache, liegt das Zimmer in halbdunklem Morgengrauen, und ich bin in meinem kalten Bett allein. Eine Taube pickt auf meiner äußeren Fensterbank. Sie fliegt mit kräftigen Flügelschlägen davon, und ich habe das Gefühl, als könnte ich spüren, wie Nicks Seele von mir wegfliegt.

Ich weine. Das Schluchzen bricht aus mir heraus. Ich kann nicht aufhören. Ich bin wie besessen. Ich weine und weine. Ich heule und klage. Meine Mutter hört es und kommt im Morgenmantel herein, um mich zu trösten.

23. Kapitel

»Am Ende hab ich den Zug genommen«, erklärt Pan. »Gavin kam gestern Abend noch zu Besuch, und meine blöden Eltern haben ihn dermaßen abgefüllt, dass er sich heute Morgen nicht mehr rühren konnte – und das meine ich wörtlich. Er konnte gerade noch ›Magnesium‹ röcheln … Ich musste ihn dalassen.«

»Dann ist dieser Gavin jetzt also dein Ritter in strahlender Rüstung?«, will Mum wissen. »Der Mann, der wie ein Basset Hound aussieht?«

»Seine Ohren schleifen aber nicht über den Boden«, erwidert Pan lächelnd. »Und er ist tatsächlich süß.«

Erstaunlicherweise ist Nick immer noch tot. Alle paar Sekunden vergesse ich es und erinnere mich dann wieder … wie ein Goldfisch.

Wir trinken Nachmittagstee am zweiten Weihnachtstag. Draußen ist es schon stockfinster. Pan ist quer durchs Land gereist, und wir haben Tränen, Umarmungen und Berichte der gestrigen Ereignisse bereits hinter uns. Nach der Tränenflut vom Morgen bin ich ganz erschöpft und genieße still den Anblick der verliebten Pan. Sie strahlt wie der Eddystone-Leuchtturm in Cornwall, und wenn ich vor Elend nicht halbtot wäre, würde ich sie mit Fragen bombardieren. Wir trinken noch mehr Tee, und Pans Eltern haben eine riesige Dose altmodischer Kekse überbringen lassen, mit einem Bild der königlichen Familie auf dem Deckel.

»Das kommt jetzt aber überraschend!«, ruft Mum. »Du hast doch erzählt, er sei hässlich!«

»Erinnere mich bloß nicht daran – ich habe mich ihm gegenüber schrecklich verhalten.« Pan zieht eine Grimasse. »Igitt, die schmecken ja wie Sägemehl.«

Fafner kläfft laut auf. Er tollt in dem alten hölzernen Laufstall herum, in den ich als Baby gesetzt wurde. Mum hat ihn vom Dachboden gekramt, und nun trägt er zu meinem allgemeinen Gefühl der Rückentwicklung bei. Leicht irritiert nehme ich die Erinnerung wahr, wie ich als zahnendes Kleinkind an den Gitterstäben herumnagte. Der kleine geschmeidige Welpe rollt über seine Häkeldecke, umgeben von zerkautem Gummispielzeug und einem von Dads ausrangierten Schuhen.

»Ich habe das Stadium erreicht, in dem ich einen Drink gebrauchen könnte«, sagt Pan. Sie steht auf und entkorkt eine Flasche Rotwein. Ich nehme ein gefülltes Glas entgegen – hauptsächlich, um mich zu überzeugen, dass ich noch eine Erwachsene bin.

Dad kommt in seiner Fleecejacke in die Küche und bringt einen Schwall kalte Luft mit. Er hat im Gästezimmer herumgewerkelt, das auch als sein Büro dient, und weigert sich, die Heizung anzustellen.

»Ich habe mit dem Beerdigungsinstitut gesprochen«, sagt er. »Und die haben beim Krematorium *Golders Green* angefragt. Am Dreißigsten scheint noch ein Termin frei zu sein.«

»Oh«, sage ich. »Danke, Dad.« Ich verhalte mich ganz

geschäftsmäßig – nichts von alledem kann mit Nick in Verbindung stehen … Es ist so irreal, dass es fast schon lustig ist.

»Hast du noch mal mit Francesca telefoniert?« Ich habe das vor mir hergeschoben.

»Mit ihrem Mann«, sagt Dad. »Sie kommen morgen her. Er will wissen, ob du den Schlüssel zu Nicks Wohnung raussuchen könntest.«

»Oh.« Es tut weh, und ich weiß nicht genau, warum. Es scheint zu früh.

»Lieb von dir, dass du dich kümmerst, Tobes«, sagt Mum. »Wie schrecklich, wenn sich die arme Marnie jetzt auch noch mit Särgen und solchen Dingen auseinandersetzen müsste!«

Bei dem Wort zuckt Pan zusammen, doch ich bin weniger empfindlich. Ich bringe es nicht mit Nick in Verbindung. Ich kann mir auch nicht vorstellen, wie seine Leiche jetzt aussieht. Wenn man dem Fernsehen Glauben schenken kann, dann liegt er mit einem Zettel am großen Zeh in einer Schublade aus rostfreiem Stahl. Rosa musste mal eine Leiche in einem Krankenhauskühlschrank spielen, mit Zettel und allem, und sie meinte, es sei ganz gruselig gewesen, als man die Schublade zuschob – als würde man sie in einem Aktenschrank ablegen. Aber natürlich war Rosa lebendig, als das passierte, und Nick hat keine Ahnung, wo er ist – oder doch? Mein Hirn fühlt sich an wie aufgeribbeltes Strickzeug.

Dad hebt Fafner hoch. »Du und Francesca, ihr müsst über die Beerdigung sprechen … die Musik, die ihr haben wollt und so weiter.«

»Musik?« Über so etwas habe ich noch gar nicht nachgedacht. Warum muss alles so schnell gehen?

»Beethovens Neunte«, sagt Pan. »Falls wir so kurzfristig eine Truppe Bollywood-Tänzer zusammenbekommen …«

Wir grölen vor Lachen – diese kuriosen Fröhlichkeitskrämpfe sind Teil der Trauerarbeit – und brechen fast gleichzeitig in Tränen aus. So ist Trauer: gleichzeitig Schauer und Sonnenschein. Irgendein Instinkt drängt uns, zusammen am Küchentisch sitzen zu bleiben und Tee und Rotwein zu trinken.

Ich kann erkennen, dass Pan durch Nicks Tod sehr mitgenommen ist. Sie ist frisch verliebt und strahlt, aber wenn es ihr bewusst wird, fällt sie in sich zusammen. Wir sitzen da, brechen auseinander, setzen uns wieder neu zusammen und müssen reden und reden, um das Ganze zu begreifen. Ich merke, dass mich Pans starke Trauer irritiert, wo sie doch ständig mit Nick gestritten hat. Sie hat ihn wohl lieber gemocht, als jeder von uns bewusst war.

Meine Eltern, die ihn nicht so gut kannten, spüren die Trauer natürlich nicht so akut. Nach dem Essen ziehen sie sich taktvoll ins Wohnzimmer zurück und sehen fern. Jetzt ist Dad an der Reihe, Fafner auf dem Schoß zu haben.

»Gott, ist das nicht süß?«, meint Pan. »Die beten ihn beide an.«

»Dad kann es kaum erwarten, endlich mit ihm in den Park zu gehen.« Ich schenke mir Wein nach, der mich nicht betrunken macht.

»Tja, er hat ja auch am meisten gelitten, als die arme

alte Cora starb.« (Mit ihrem Wissen um unsere Familiengeschichten könnte Pan glatt ein Buch schreiben.) »Ich weiß, er hat nicht viel dazu gesagt, aber er sah damals ganz verloren aus.«

»Fafner ist aber auch furchtbar süß«, erkläre ich. »Ich habe fast Angst davor, wie süß er ist, weil ich ihn zu sehr lieben könnte.«

Schweigend trinken wir weiter. Ich denke daran, wie Nick mich in dieser Küche herumgewirbelt hat, als er den stürmischen Bauerntanz vom Ende von »Wie es euch gefällt« nachtanzte und dabei die anderen Schauspieler nachmachte, bis ich vor lauter Kichern kaum noch Luft bekam. Wir waren allein im Haus und hatten danach noch Sex auf dem Küchentisch.

»Tut es dir jetzt leid, dass du Nick so geliebt hast?«, will Pan wissen.

Ich bin überrascht – das kommt dem, worüber ich selbst nachdenke, sehr nahe. »Nein, überhaupt nicht.«

»Auch wenn es dir so wehgetan hat, ihn zu lieben?«

»Du meinst, ob es besser ist, geliebt und verloren zu haben, als überhaupt nie geliebt zu haben? Definitiv ja. Nick hat mir nie wehgetan – abgesehen davon, dass er mich allein lässt, aber das ist ja nicht seine Schuld. Ihn zu lieben war wunderbar.«

Wir schweigen wieder.

»Er konnte aber auch ein Arschloch sein«, sagt Pan. »Darf ich das sagen?«

»Natürlich, sei nicht albern. Ich habe auch nicht vergessen, wie sehr er mich manchmal auf die Palme brachte. Zum Beispiel, als er in die *National Gallery* ging, anstatt auf den Gasmann zu warten.«

Wir lächeln.

»Ich werde nie vergessen, wie sauer du warst.« Pan springt auf und holt eine Tüte Chips aus der Kommode. Sie reißt die Verpackung auf und nimmt sich eine Handvoll. »Du hast ihn mit Medusenaugen angestiert.«

»Du warst auch nicht allzu glücklich. Du hast gesagt, du würdest ihm gern die ganzen Meisterwerke in den Arsch schieben.«

»Es gab kein heißes Wasser. Ich habe ihn gehasst.«

»Du hättest dich gern bitter gerächt und hast mir befohlen, ihm den Sex zu verweigern.«

Pan seufzt. »Ich wette, darauf hast du keine Rücksicht genommen. Er konnte sehr überzeugend sein.«

Das ist noch milde ausgedrückt. Wenn Nick Sex haben wollte, war jeder Widerstand zwecklos. »Ich fürchte, ich habe an dem Abend tatsächlich noch mit ihm geschlafen.«

»Verräterin! Ich wusste, du würdest ihm viel zu schnell vergeben.«

»Jetzt bin ich froh darüber. Es wäre doch schlimm, wenn wir all unsere Zeit mit Streiten vergeudet hätten.«

Wie eigenartig, an der Wohnungstür in South End Green zu klingeln. Seit der letzten Nacht, die Nick und ich hier verbracht haben – bevor die neuen Mieter kamen und Nick bei mir einzog –, bin ich nicht mehr hier gewesen.

Ich höre Schritte auf der Treppe und muss mich innerlich darauf einstellen, dass nicht Nick die Tür öffnen wird.

Francesca steht vor mir. »Hi«, sagt sie.

»Hi.«

Wir umarmen uns steif, und sie bringt mich in die Wohnung hoch. Es fällt uns nicht leicht zu reden. Francesca macht mir eine Tasse Tee, und wir setzen uns leicht verkrampft ins Wohnzimmer.

Ich muss mich an ihre Ähnlichkeit mit Nick gewöhnen. Ich kann mich nicht entscheiden, ob mir das Nick näher bringt oder ihn weiter von mir entfernt.

»Ich habe Toby noch nicht gesehen«, sagt Francesca. »Aber ich bin ihm wirklich äußerst dankbar – er hat alles organisiert und sich um all die grässlichen Details gekümmert, vor denen ich mich gefürchtet habe.«

Nun, da ich ihr von Angesicht zu Angesicht gegenübersitze, will ich mein Selbstmitleid lange genug vergessen, um Mitgefühl für diese Frau zu empfinden. Äußerlich sieht sie nicht viel anders aus, aber innerlich ist sie tief erschüttert, und sie trägt einen permanent überraschten Ausdruck in ihren dunklen Augen.

»Adam war eine große Hilfe«, erzählt sie weiter. »Er hat auf Olly aufgepasst, wann immer ich Zeit für mich brauchte. Jetzt ist er mit ihm im Park, Enten füttern.«

»Ich habe die Vorfahren dieser Enten gefüttert«, sage ich.

Sie lächelt, und ihr bleiches Gesicht wirkt weniger verhärmt. »Olly liebt es. In Paris haben wir keine Enten in der Nähe.« Sie nippt an ihrem Teebecher, auf dem »MORD im Watermill Theatre« steht – ein Souvenir von einem Agatha-Christie-Stück, in dem Nick spielte, kurz nachdem er mit Pan in Manchester gearbeitet hatte. »Danke, dass du hergekommen bist. Ich wollte dir genug

Zeit lassen, dir auszusuchen, was du aus der Wohnung haben willst.«

Ich verstehe nicht.

»Ich werde die Wohnung verkaufen«, sagt Francesca. »Aber ich fände es nur fair, wenn du mitnimmst, was du möchtest – von mir aus auch alles, wenn du willst.«

»Oh.« Ich sehe mich um und mustere die nichtssagenden Bilder, die ordentlich sortierten Regale, das eher langweilige Sofa und die Sessel und kann mir nicht vorstellen, irgendetwas davon mitzunehmen. Nichts davon erinnert mich an Nick.

»Du musst dich nicht sofort entscheiden.«

»Könnte ich den Becher haben?«

»Wie bitte?« Wahrscheinlich hält sie mich für blöd.

»Ich bin nicht oft hier gewesen, aber wenn, dann hat Nick mir morgens immer Tee in diesem Becher gebracht. Ich wünschte, ich hätte das Stück gesehen – er spielte einen gutaussehenden Detektiv, der Miss Marple anfänglich für eine lästige Alte hält.«

Francesca starrt mich an, dann lacht sie plötzlich auf. »Oh, ich erinnere mich … Er hat mich mehrmals pro Woche angerufen, um sich darüber zu beklagen. Er fand das alles unter seiner Würde, und der Rest der Besetzung war untalentiert.«

»Er konnte ein ganz schöner Snob sein«, gebe ich zu. »Er hielt sich für einen wirklich guten Schauspieler – ich meine, er war auch sehr gut, aber er stellte gern heraus, dass er es um der Kunst willen tut und nicht, um sich damit wichtigzumachen.«

Francesca lächelt auf eine Art und Weise, die wie eine Interpretation von Nicks Lächeln aussieht. Sie sind beide eher ruhige Menschen, aber Francesca ist schüchtern, was Nick nicht ist.

Nicht *war*. War …

»Das war einer der Gründe, warum er dich liebte«, sagt Francesca. »Weil du dich eher für die ganze Produktion interessiert hast und nicht nur deinen kleinen Teil darin.«

»Oh.« Das posthume Kompliment tut gut, verwirrt mich aber auch. Bin ich immer noch so? Sind mir das Theater, das Schauspielern, die Kunst oder irgendetwas noch wichtig?

»Er hat viel von dir gesprochen«, fährt Francesca fort. »Tatsächlich wollte er das letzte Mal, als ich ihn traf, von nichts anderem reden. Wir haben einen langen Spaziergang am Fluss gemacht, und er hat mir erzählt, wie sehr du ihn erdest und ihm Stabilität gibst und ihn überhaupt einen Sinn darin sehen lässt, für den Rest seines Lebens mit jemandem zusammen zu sein.«

Wir schweigen eine Weile, und ihre letzten Worte hängen verloren in der Luft.

Die Arme – wie traurig sie ist! »Möchtest du noch Tee?«

»Danke, gern.« Ich möchte eigentlich keinen mehr, aber dann haben wir etwas zu tun. Ich weiß nicht, warum es zwischen uns so komisch ist.

Francesca kocht zwei weitere Tassen Tee. »Ich habe fast ein schlechtes Gewissen, dass ich nichts von seinen Möbeln will«, sagt sie. »Aber nichts davon erinnert mich an ihn. Es ist nicht so, dass ich die Sachen ansehe und an ihn denke.«

»Das meiste davon hat er als Ablöse mitgekauft«, erkläre ich. »Er hat die Sachen nicht selbst ausgesucht. Er hat sich immer als leichtfüßigen, unverwurzelten Typen gesehen, der aus dem Rucksack lebt. Ein Teil seiner leidenschaftlichen Hingabe ans Theater bedeutete auch, sich nichts anderem hinzugeben.«

»Seien wir ehrlich«, meint Francesca. »Das Sofa ist grässlich – es ist noch nicht einmal bequem. Olly hat sich schon daran wundgescheuert.«

Wir lächeln verschwörerisch, als würden wir eine Ketzerei begehen.

»Wir sollten über die Beerdigung reden, oder? Toby sagt, wir sollen Texte und Musik auswählen, aber dazu fällt mir überhaupt nichts ein.«

Ich bin froh, dass sie das sagt – ich hatte schon befürchtet, sie würde mir eine Liste öder Lieder und zweitklassiger Gedichte geben. »Wir dachten, dass an irgendeiner Stelle Shakespeare gelesen werden sollte. Es ist quasi illegal, einen britischen Schauspieler ohne Shakespeare zu beerdigen.«

»O ja.« Sie wirkt erleichtert. »Er war verrückt nach Shakespeare.«

»Und wir haben eine phantastische Stimme dafür.« Ich nenne ihr den Namen einer sehr berühmten älteren Schauspielerin.

Francesca erschrickt fast ein bisschen. »Wow! Hat Nick die wirklich gekannt?«

»Ja, aber keine Angst. Sie ist sehr nett und mochte ihn gern.« (Das stimmt tatsächlich, aber sie kommt vor allem deswegen zur Beerdigung, weil sie auf Pan steht. Doch das braucht Francesca nicht zu wissen.)

»Oh, das klingt prima.«

»Möchtest du irgendetwas vorlesen … oder sagen?«, frage ich sie.

»Nein, das könnte ich nicht – ich würde vor Nervosität in Ohnmacht fallen. Ich bin keine Schauspielerin. Wirst du etwas sagen?«

»Alle finden, ich sollte das.«

»Aber natürlich solltest du das«, betont Francesca. »Du bist es gewohnt, in der Öffentlichkeit zu sprechen, und du bist seine Freundin.«

Es ist nett von ihr, dass sie mir den Vortritt lässt, aber ich habe Angst davor. Alle werden mich anstarren und sich fragen, ob ich genügend trauere. Oder übermäßig.

»Weißt du, ich wäre wirklich froh, wenn du ein paar von seinen Sachen nehmen würdest.«

Na klar, denke ich ein wenig unfreundlich. Dann müsstest du dich nicht darum kümmern, den Kram anderweitig loszuwerden.

»Ich fände die Vorstellung nicht schön, dass du kein besonderes Erinnerungsstück an ihn hast«, fährt sie fort.

Jetzt schäme ich mich – sie bemüht sich, dem letzten Beweisstück des ereignisreichen Liebeslebens ihres Bruders gegenüber so freundlich wie möglich zu sein. Wir wandern durch die Wohnung – Wohnzimmer, Küche und zwei Schlafzimmer. Es ist mühsam, überhaupt einen Hinweis auf Nick zu finden.

»Das da hätte ich wohl gern.« Ich deute auf die düstere, aber ansprechende Aquarelllandschaft über dem Bett. »Es ist das einzige einigermaßen schöne Bild.«

»Das hatte er von Harriet.« Francesca verzieht das Gesicht. »O Gott … ich sollte ihr wohl wegen der Beerdigung Bescheid geben.«

Ich hatte Harriet ganz vergessen, und es ist mir egal, ob sie zur Beerdigung kommt oder nicht. »Ich kann sie gern anrufen, wenn du mir ihre Nummer gibst.«

»Nein, das sollte ich wirklich lieber selbst machen. Du hast bestimmt die Geschichte gehört, oder? Dass mein Bruder die Mutter meiner besten Freundin verführte?«

»Ein bisschen hat er mir erzählt.« Ich will nicht zugeben, dass ich das meiste von Harriet selbst weiß.

»Es war das Peinlichste, das mir je passiert ist.« Francesca springt aufs Bett, um das Gemälde von der Wand zu nehmen, und ihre Art, sich zu bewegen, ist Nicks so schockierend ähnlich, dass ich sofort seine geschmeidige Anmut vor Augen habe. »Aber ich werde sie informieren, vielleicht will sie kommen.«

Sie steigt vom Bett und gibt mir das Bild.

»Danke.«

Zehn Minuten später stehe ich – ein Gemälde von Feldern und Bäumen und einen Teebecher in Händen – wieder draußen.

Ein Teil von mir wartet immer noch darauf, Nick irgendwo zu sehen, oder zumindest ein Zeichen von ihm, aber da ist nichts. Als ich durch South End Green zurückgehe, habe ich Tennyson im Kopf: *Des Lebens Lärm beginnt erneut / und durch den grausen Niesel dräut / auf kahlem Pfad der blanke Tag.*

24. Kapitel

Es war klar, dass das schwierig werden würde. Luke umarmt mich nicht, er gibt mir einen schnellen Kuss auf die Wange. Ich spüre einen Anflug von Panik, und mir wird fast übel … Ich habe alles Mögliche versucht, um zu vergessen, was ich mit ihm gemacht habe, und ich könnte es nicht ertragen, wenn jemand anderes davon erfährt. Ich bin eine Heuchlerin und Betrügerin. Alle haben Mitleid mit mir, was ich gar nicht verdiene – ich habe mit Luke geschlafen, während der Mann, den ich liebte, im Sterben lag.

Aber Luke ist beruhigend sachlich. Sanft betritt er die seltsame Zwischenwelt, in der wir leben, während wir auf Nicks Beerdigung warten. Er stellt keine Forderungen und macht auch keinerlei geheime Zeichen oder Bemerkungen. Ich bin ihm sehr dankbar.

»Ja, ich bleibe hier«, bestätigt ihm meine Mutter nun. »Ich kann jetzt nicht wieder nach Madeira zurück. Marnie braucht mich, egal, was sie sagt. Und Fafner ebenfalls.«

»Sie denkt, ich bin nicht in der Lage, allein einen Hund großzuziehen«, brummt Dad.

»Sei still, Tobes – wenn ich ihn dir überlassen würde, wäre er jetzt schon rund wie eine Tonne … so, wie du ihn immer mit Sachen von deinem Teller vollstopfst.«

»Er liebt Früchtebrot über alles«, erklärt Dad. »Und ich bringe es nicht übers Herz, ihm das zu verweigern.«

»Jedenfalls«, fährt Mum fort, »ist die Beerdigung am Mittwoch um elf Uhr in *Golders Green*, und dann findet hier noch ein kleines Treffen statt. Komm doch auch, wenn du kannst, Luke.«

»Ja natürlich, sehr gern«, erwidert Luke.

»Es sollten jede Menge von Nicks Freunden dabei sein – er hatte ja nicht viel Familie. Es wäre zu traurig, wenn niemand kommt.«

»Oh, da brauchst du dir keine Sorgen zu machen«, erkläre ich stolz. »Alle seine Freunde werden kommen – seine Abschiedsvorstellung wird bei vollem Haus stattfinden.« (Dafür hat der Flurfunk des Theaters schon gesorgt. Meine Mailbox quillt vor Beileidsbekundungen über – Schauspieler lieben Trauer, die nicht zu persönlich ist.)

Luke nimmt die Krawatte ab. Er war heute arbeiten, aber er sagt, es sehe wie in einer Geisterstadt aus. »Vor dem neuen Jahr bleibt der Druck auf niedrigem Niveau«, sagt er. »Aber die Geschäfte laufen weiter.«

»Tja«, meint Dad. »Das sind genau die beiden Dinge, die auch Weihnachten nicht aufhören – Tod und Geschäfte.«

»Sei still, Tobes«, sagt Mum. »Pandora wird sich ärgern, dass sie dich verpasst hat. Sie ist bei Gavin – hast du ihn gestern Abend im Fernsehen gesehen? Er hat in diesem tollen Krimidrama gespielt, von dem so viel in der Zeitung stand … Ich habe zwar nicht begriffen, worum es ging, aber er war großartig!«

»Worum es ging, war vollkommen klar«, sagt Dad.

»Ich verstehe nicht, wie man das nicht begreifen konnte.«

»Und ich könnte schwören, dass Faffie ihn erkannt hat«, fährt Mum unbeirrt fort und lacht leise. »Er saß auf meinem Schoß, und als Gavin auftrat, ist er ganz verrückt geworden … oder etwa nicht, Tobes?«

Es klingelt an der Tür, und Mum geht los, um aufzumachen. Einen Moment später ruft sie: »Tobes! Eric und Diana sind hier … sie können nicht bleiben, aber komm doch bitte mal und sag hallo!« (Eric und Diana sind das nette Paar von nebenan.)

Wir hören laute Begrüßungen, dann werden die Stimmen zu einem Gemurmel gesenkt, und ich weiß, sie reden über Nick. Wie traurig. An Weihnachten. Arme Marnie.

Ich weine. Es bricht erneut über mich herein, und die frische Wunde wird schmerzhaft wieder aufgerissen.

Luke rutscht neben mich und legt einen Arm um mich.

»Tut mir leid«, sage ich. »Manchmal kann ich es nicht verhindern. Die meiste Zeit über bin ich ruhig und vernünftig, aber dann überkommt es mich einfach.«

»Du musst dich nicht dafür entschuldigen, dass du weinst.«

»Das Unerwartete ist es, was mir zu schaffen macht. Ich ertappe mich dabei, dass ich mich schuldig fühle, weil ich nicht mehr im Krankenhaus war … und es scheint mir unfassbar, dass er nicht mehr da ist … weil er auch nirgendwo anders ist.«

»Er ist immer noch in dir«, sagt Luke.

»Das reicht aber nicht. Du wärst doch fast ein Priester

geworden … kannst du mir nicht etwas Tröstliches über Himmel und Engel erzählen? Ich bin es leid, vernünftig zu sein. Ich will hören, dass er mit einer verdammten Harfe auf einer Wolke sitzt.«

»Ich glaube nicht, dass Nick sich die Ewigkeit auf einer Wolke wünschen würde«, meint Luke liebevoll. »Er hat mal erwähnt, er würde lieber in die Hölle kommen, weil er das viel lustiger fände … ›so mit Saufen und Pokern und Herumhuren‹, wie er es ausdrückte. Er dachte, der Himmel wäre voller Nichtraucher und Fahrradfahrer.«

Darüber muss ich trotz meiner Tränen schmunzeln. Ich kann fast Nicks Stimme dabei hören, wie er es sagt.

»Ich wünschte, ich wäre sicher genug, um dir echten Trost zu spenden«, sagt Luke. »Aber das Problem ist: Ich bin es nicht. Ich weiß auch nicht mehr als du. Ich kann nur sagen, dass ich glaube, dass Nicks Seele in irgendeiner Form noch existiert. Ich fürchte, das ist das Beste, was ich dir anbieten kann.«

»Das ist besser als nichts. Die Vorstellung, dass da nichts mehr ist, wäre schrecklich.«

Die Haustür wird geschlossen, und ich höre, wie meine Eltern sich wieder auf den Weg in Richtung Küche machen. Luke rutscht dezent auf seinen Stuhl zurück. Als sie ins Zimmer kommen, habe ich mir das Gesicht abgewischt, und sie können nicht mehr sehen, dass ich geweint habe.

Meine Mutter steckt den Kopf in den Kühlschrank. »Wir sollten uns übers Essen Gedanken machen – wenn man viel Zeit allein verbringt, vergisst man, wie oft die Dinge zur Ruhe kommen, wenn man einfach eine ordentliche Mahlzeit zu sich nimmt. Luke, bleibst du noch hier? Die Nudeln reichen sicher für uns alle.«

»Eigentlich …« Luke sieht mich vorsichtig an. »Der Grieche hat geöffnet, und ich habe mich gefragt, ob ich euch nicht alle zum Essen einladen kann.«

Mum nimmt den Kopf aus dem Kühlschrank. Sie mustert mich kurz, aber eindringlich. »Weißt du was – warum gehst du nicht nur mit Marnie essen?«

»Hör auf, mich aus dem Haus zu schicken«, protestiere ich.

»Das wird dir guttun. Und Dad und ich können dann auf dem Sofa essen und weiter diese Dinosaurier-Dokumentation gucken.«

»Prima Idee«, sagt Dad.

Plötzlich kann ich es kaum erwarten, aus dem Haus zu kommen, vor allem meiner Rolle als Tochter zu entkommen. Meine Eltern sind wirklich lieb, aber mein Weinen beunruhigt sie, und ich fühle mich mies dabei, ihnen Kummer zu bereiten. Bei Luke muss ich mir keine Gedanken machen.

Seit ich bei Francesca war und mit Becher und Bild als Andenken zurückkam, habe ich das Haus nicht mehr verlassen. Die Luft ist kalt und rau – mich fröstelt es in Pans Wachsjacke. Luke stellt die Heizung im Auto höher und fährt langsam die Straße hinunter Richtung South End Green. Die Betontürme des Krankenhauses ragen vor uns auf.

»Das muss komisch für dich sein«, sagt Luke. »Ich meine, wo du ihn doch so regelmäßig besucht hast. Schon für mich ist das komisch.«

»Ich bin überflüssig geworden«, erwidere ich. »Meine

Firma hat über Nacht alle Aufträge verloren, und ich habe keine Ahnung, was ich mit mir anfangen soll. Weißt du noch, was ich getan habe, bevor ich Nick kennenlernte?«

Das soll eine rhetorische Frage sein.

Aber Luke antwortet prompt: »Du hast Bücher gelesen, Filme gesehen, dich für Politik interessiert, und du hattest eine wahre Leidenschaft für das Theater. Seit Nick krank wurde, hast du nichts davon mehr gemacht.«

»Nein?«

»Das ist absolut verständlich. Du hattest andere Dinge im Kopf.«

»Tja, jetzt nicht mehr. Mein Kopf ist leer. Ich kann mich auf nichts mehr lange genug konzentrieren, dass es mich interessiert.«

»Das kam jetzt falsch raus«, meint Luke. »Ich wollte dich nur trösten.«

Zu meiner Schande muss ich schon wieder weinen. »Nichts kann mich trösten … Ich wünschte, ihr alle würdet das merken.«

In Nicks Wohnung brennt Licht. Francesca wird da sein, und ich sollte sie sehen wollen, aber sie redet mit einer Art Besitztumsrecht von Nick, bei dem ich mich kindischerweise ins Abseits gedrängt fühle – ich hasse es, daran erinnert zu werden, wie wenig ich von ihm hatte.

Luke hält vor dem griechischen Restaurant. Er lehnt sich herüber, um mich in den Arm zu nehmen. Ich schluchze ein paar Minuten in seine Schulter.

»Ich hasse diese Jacke«, sagt er. »Als würde man ein altes Zelt umarmen …«

»Sie ist schön warm.«

»Du willst hier nicht essen gehen, oder?«

»Nein.«

»Ich kann dich wieder nach Hause fahren, wenn du möchtest.«

»Nein … Ich bin gern bei dir.«

Er ist zurückhaltend. Wir sitzen eine Weile schweigend nebeneinander und halten über der Gangschaltung Händchen.

»Komm mit zu mir«, sagt er dann. »Ich koche für dich.«

»Ich habe keinen Hunger.« Ich habe mir angewöhnt, mehrere Päckchen Taschentücher in meine Handtasche zu stecken. Jetzt breche ich eines davon an und wische mir das Gesicht ab.

»Ich werde dich nicht zum Essen zwingen.«

»Eigentlich würde es mir gefallen. Deine Wohnung gefällt mir.«

Luke hält immer noch meine Hand. Er zieht mich heran, und unsere Lippen finden sich. Ich verstehe das nicht, aber ich bin plötzlich wie ausgehungert, und wir küssen uns wie die Verrückten, während mein Gesicht noch feucht von Tränen ist.

»Oh, verdammt«, murmelt Luke in meinen Mund. »Bitte …«

»Ja«, sage ich.

Wir rücken auseinander, und Luke startet den Motor. Schweigend fahren wir los, und mein Mund ist ganz trocken vor Begierde. Ich befinde mich mitten in einem Hormonsturm. Ich sehe auf seine Hände am Lenkrad, und alles, woran ich denken kann, ist drängender, schwitziger Sex. Ich bin ohne Scham – ich schalte den Teil von mir aus, der sich an Nick erinnert. Meine

Fleischeslust übernimmt das Kommando. Wir sind beide nicht wir selbst. Luke parkt miserabel ein, und wir küssen uns gleich hinter der Wohnungstür wieder. Ich kehre in sein Bett zurück, als wäre ich nie fort gewesen.

Hinterher liegen wir heiß und atemlos nebeneinander.

Und plötzlich, bevor ich weiß, wie mir geschieht, weine ich erneut. Ich schniefe nicht nur oder wimmere – kräftige, krächzende Schluchzer entringen sich meiner Brust wie Geister bei einem Exorzismus. Ich kann nicht aufhören. Luke nimmt mich in den Arm, und ich kann immer noch nicht aufhören. Ich heule und heule.

Schließlich legt Luke mich sanft zur Seite und steht auf. Er zieht einen Morgenmantel an, verlässt das Zimmer und kehrt mit zwei Bechern Tee zurück.

Ich stemme mich zum Sitzen hoch. »Tut mir leid … tut mir furchtbar leid …«

»Hör auf, dich zu entschuldigen. Dann fühle ich mich schlecht.«

»Glaubst du, ich werde verrückt?«

»Nein.«

Ich trinke meinen Tee. Ich heule nicht mehr, sondern ärgere mich über mich. Alle haben Mitleid mit mir, weil mein Liebster gestorben ist. Was würden sie sagen, wenn sie wüssten, dass ich gerade schamlos mit einem anderen gevögelt habe? Das letzte Mal, als ich mit Luke Sex hatte, habe ich einen lebenden Mann betrogen. Diesmal habe ich meiner Fleischeslust gefrönt, während Nicks totes Fleisch in einer Leichenhalle liegt. Er ist tot, aber die Vorstellung seines Leidens geht nicht weg und tut mir weh.

»Du hast nichts Falsches getan«, sagt Luke. »Ich hoffe, das weißt du.«

»Ich fühle mich schlecht und herzlos.«

»War es so schrecklich?«

»O Gott … nein! Es war wunderbar … und das ist das Schlimmste daran. Ich verstehe mich selbst nicht. Was ist nur in mich gefahren?«

Im Licht der Nachttischlampe sieht Lukes Gesicht ganz weich und zärtlich aus. »Das Leben«, sagt er. »Einfach nur das Leben.«

25. Kapitel

Das kann nicht echt sein. Von unten höre ich Gespräche und Geräusche, aber ich biete keine Hilfe an. Ich kleide mich in das schwarz-graue Wickelkleid, das Pan für mich ausgesucht hat. Sorgfältiger als üblich trockne ich mein Haar und trage leichtes Make-up auf.

Als ich in die Küche komme, halten alle inne und starren mich in meiner formellen Kleidung an. Ich komme mir vor wie die düstere Parodie einer Braut an ihrem Hochzeitsmorgen.

»Du siehst hübsch aus, Schätzchen«, sagt Mum.

»Perfekt«, sagt Pan.

Meine Eltern und Pan, ebenfalls förmlich gekleidet, reihen Gläser und Besteck aneinander. Dad, in dunklem Anzug mit schwarzer Krawatte, reicht mir wortlos eine Tasse Tee.

»Rosa und ich werden sofort zurücksausen, sobald alles vorbei ist«, erklärt Pan meiner Mutter. »Paul fährt und kümmert sich um die Getränke, während wir Essen machen.«

»Paul?«

»Rosas Mann. Du musst dich wirklich nicht beeilen, Christine.«

Mum wollte eigentlich ihr altes, zu klein gewordenes

Kostüm anziehen, doch als Pan das mitbekam, drängte sie darauf, ihr ein dunkelblaues Wollkleid mit Gürtel auszuleihen. Mit ihrem Haar hat Mum sich wirklich Mühe gegeben und sieht überraschend gut aus – was zu der allgemeinen Absonderlichkeit der Situation beiträgt. Wir sind angespannt … wie vor einer Aufführung.

Dad verfrachtet Fafner aus dem Laufstall in eine Transportbox und bringt ihn, zusammen mit einer Tüte Spielzeug und Leckerlis, nach nebenan zu Eric und Diana.

»Marnie, du solltest vor der Zeremonie noch etwas essen.« Mum lässt zwei Scheiben Brot in den Toaster fallen. »Ist auch wirklich alles in Ordnung mit dir?«

»Ja … wirklich!« Der Mann, den ich liebe, ist tot, aber sonst geht es mir so gut wie allen anderen auch. Eine eigenartige Stimmung liegt heute in der Luft, als wäre die ganze Welt stehengeblieben – die Stille der Stadt in den Nachwehen des Weihnachtsfests trägt zur Eigentümlichkeit bei.

Wir schweigen eine Weile einträchtig.

»Taschentücher«, sagt Mum.

»Ich werde nicht weinen«, sage ich. »Ich muss bei Beerdigungen nie weinen.«

»Ich meinte ja auch für mich. Ich weiß, dass ich weinen werde.«

»Ich hoffe, das werden wir alle. Ich sehe nicht ein, was falsch daran sein soll, bei einer Beerdigung zu weinen«, sagt Pan.

Ich esse eine Scheibe Toast mit Butter, und alle beobachten mich. Wir ziehen unsere Mäntel an, ernst und nervös, und ich muss an die Stimmung hinter der Bühne bei einer Premiere denken. Befangen verlassen wir das Haus. Draußen stehen zwei große schwarze Fahrzeuge.

Eines davon ist der Leichenwagen. Im hinteren Teil steht ein heller Eichensarg mit Griffen aus Chrom, auf dem jede Menge Blumen liegen. Der Mann, der so gerne Blumen kaufte, hat den Londoner Floristen noch einmal ein gutes Geschäft beschert. Der Sarg ruht in einem Nest floraler Tribute. Die Lilien auf dem Sargdeckel sind von mir, auf der Karte steht: »Ich Liebe Dich – Marnie«, was mir jetzt rührselig vorkommt. Von Francesca stammt ein schöner großer Kranz, aber alles gerät zur Miniatur durch eine geradezu spektakuläre Explosion lilafarbener Blüten. Auf der Karte steht: »Mit aller Liebe, allezeit – Harriet«

»Wer ist Harriet?«, will Mum wissen.

»Die ältere Frau, die Nick fast geheiratet hätte«, antwortet Pan sofort.

»Tja, es ist ein hübsches Arrangement, findet ihr nicht? Ich frage mich, wo sie das bestellt hat.« Meine Mutter tritt an das Fenster des Leichenwagens. »Und wer ist ›Laurie‹?«

»Eine von seinen Exfreundinnen«, sagt Pan. »Die vor Marnie.«

»Nein«, korrigiere ich sie abwesend, »die vor der vor mir.«

»Du meine Güte«, sagt Mum. »Die scheinen ihn ja immer noch sehr zu schätzen.«

Die jungen Männer vom Bestattungsinstitut – die sich sehr bemühen, an diesem schönen, klaren, sonnigen Morgen nicht gutgelaunt zu wirken – bringen uns vier zum zweiten Wagen, eine behäbig wirkende Limousine mit rutschigen Ledersitzen, die eindringlich nach Politur riechen.

Der Leichenwagen setzt sich in Bewegung, und unser großes Auto folgt. Wir fahren Richtung Krankenhaus, und wiederum wird mir schlagartig klar, dass Nick nicht mehr da ist – irgendwo in meinem Kopf speichere ich das alles noch ab, um es ihm später zu erzählen, als würde ich davon ausgehen, meine alte Routine wieder aufzunehmen, sobald das Leben wieder in den Normalzustand zurückkehrt.

Dumme Gans, »normal« gibt es nicht mehr – du musst jetzt eine neue Normalität lernen!

In den Geschäften in South End Green herrscht reges Treiben. Beiläufig mustere ich die Leute vor *Marks & Spencer* – die meisten werfen dem Leichenwagen scheue, ängstliche Blicke zu. Einige ignorieren uns. Neben dem Blumenstand steht eine junge Frau mit einem Geigenkasten – als wir vorbeifahren, neigt sie den Kopf und bekreuzigt sich. Das gefällt mir – sie hat von uns Notiz genommen. Alle anderen tun, als wäre der Tod irgendein zufälliges Unglück, das sie weiter nicht betrifft.

Pan holt etwas aus ihrer Handtasche. »Hör mal, ich weiß, es ist noch früh, aber die üblichen Regeln gelten heute nicht, und wenn du dir ein bisschen Mut antrinken willst … hier ist Brandy.«

Sie hält mir einen silbernen Flachmann entgegen, so wie ihn edwardianische Gentlemen immer in Filmen hervorholen. Ich schnaube vor Lachen. »Wo hast du denn den Flachmann her, um Himmels willen?«

»Aus der Sammlung meines Vaters.«

»Dein Vater hat mehr als einen?«

»Sag einfach, ob du einen Schluck willst.«

»Sei nicht albern – ich habe nicht vor umzukippen.«

Pan steckt die Flasche wieder weg. »Dafür hab ich Riechsalz dabei.«

»Riechsalz?«

»Ja, stell dir vor! Und extra Taschentücher … und Bonbons für den Fall einer Unterzuckerung …«

»Was, wenn ich einen Herzinfarkt bekomme? Hast du auch einen Defibrillator dabei?«

»Ha, ha … Ich will ja nur vorbereitet sein.«

Die Wagen verlangsamen, als wir durch das Tor zum Krematorium fahren. Vor dem Eingang zur größten Kapelle nehme ich Betriebsamkeit wahr – während die Helfer vom Bestattungsinstitut den Sarg aus dem Leichenwagen ziehen, sehe ich aus dem Augenwinkel, wie mein Theaterdirektor Sam hastig seine Zigarette austritt und ins Gebäude huscht.

Francesca steht mit Adam im Innenhof. Sie wollte auf der letzten Geleitfahrt nicht dabei sein. »Ich habe das schon zu oft gemacht«, erzählte sie mir gestern Abend am Telefon. »Ich will, dass es diesmal anders ist. Wenn es anders ist, kann ich mir einreden, dass es das letzte Mal ist.«

Meine Eltern und Pan gehen vor, um ihre Plätze in der ersten Reihe einzunehmen. Die Sargträger hieven den Sarg auf ihre Schultern. Wir drei – Francesca, Adam und ich – gehen hinterher, und es gleicht meinen schlimmsten Ängsten so sehr, dass ich es kaum richtig ernst nehmen kann. Ich beobachte den Sarg und überlege, was sie tun, damit Hände und Füße im Innern nicht hin und her kippen, wenn sie ihn auf das Gestell bugsieren.

Die vollbesetzte Kapelle ist ein Mosaik aus bekannten und halbbekannten Gesichtern, und ich stehe im Mittelpunkt der Aufmerksamkeit. Mir ist auf grauenvolle Weise bewusst, wie sehr das alles dem Schauspielern ähnelt. Ich muss Bewegungen ausführen und Text aufsagen, und alle sehen mich an und erwarten eine gute Vorstellung. Auf etwa halbem Weg komme ich an Harriet vorbei, die als Einzige einen Hut trägt und mit ihrem gutgeschnittenen schwarzen Mantel ernst und elegant aussieht. Über die Lautsprecheranlage ertönt das Duett aus Bizets »Perlenfischer«, und ich habe das Gefühl, nicht richtig in meiner Rolle zu sein. Meine Knie zittern, als ich zwischen Francesca und meiner Mutter Platz nehme. Irgendwie weiß ich, was abläuft, gleichzeitig aber habe ich das Gefühl, das Ganze wäre meiner Kontrolle entglitten.

Ein ortsansässiger Priester, der Nick nicht kannte, heißt uns mit dieser professionellen Beerdigungsstimme willkommen – respekt- und salbungsvoll, positiv, aber nicht zu fröhlich. Die Kiste mit Nicks Überresten steht ein paar Meter von mir entfernt, und ich muss sie andauernd anstarren. »Überreste« klingt wie übriggebliebenes Essen.

Martin Bishop steht auf. Martin war Nicks Agent. Nach der Hirnblutung ist er einmal ins Krankenhaus gekommen und dann nie mehr, aber er hat seinen Urlaub in Schottland abgebrochen, um heute hier zu sein. Er erzählt ein paar Schwänke aus Nicks Jugend, beschreibt sein Talent, seinen Ehrgeiz, seine Courage, seinen Charme. Wir, das Publikum, lachen höflich und applaudieren am Ende. Das ist alles schön und gut, denke ich, aber das Geheimnis um Nick wird damit nicht entschlüsselt.

Ein paar Minuten lang hören wir Musik aus Mendelssohns »Ein Sommernachtstraum« – ein Jahr, bevor ich ihn kennenlernte, spielte Nick beim Chichester-Theaterfestival einen der jungen Liebenden.

Jetzt kommt mein Auftritt. Mein Blatt Papier fest im Griff, gehe ich zum Rednerpult. Den Großteil zweier Nächte habe ich daran gesessen und überlegt, was um alles in der Welt ich sagen soll. Ich freue mich nicht gerade darauf, aber Francesca wollte nichts sagen, und Nick muss von irgendjemandem gewürdigt werden, der ihn liebte. Ich muss dafür sorgen, dass sie sich an ihn erinnern, wie er vor dem Koma war. Ich blicke auf das Meer aus Gesichtern. Harriet (dank des Huts unmöglich zu übersehen) tupft sich über die Augen.

»Hallo, zusammen«, sage ich – wie ein Unterhaltungskünstler auf einem Kindergeburtstag. »Habt herzlichen Dank, dass ihr gekommen seid. Es hätte Nick viel bedeutet, euch heute hier zu sehen.«

Ich kann nicht weitersprechen. Das ist völliger Blödsinn. Die Stimme, die aus meinem Mund kommt, ist die, die Nick immer meine »Frau-Bürgermeister-Stimme« genannt hat.

Mein Blick fällt auf Dad in der ersten Reihe. Er wirft mir ein aufmunterndes Halblächeln zu.

»Wobei er wütend darüber wäre, tot zu sein«, füge ich hinzu. »Denn das war überhaupt nicht sein Stil. Als er noch lebte, war Nick lebendiger als die meisten Leute. Er sprühte nur so vor Leben. Er lebte mit Leidenschaft. Und das ist der Grund, weshalb sein Tod … geradezu empörend ist.« Ich habe den Zettel mit all dem Blödsinn zerknüllt. »Er war noch nicht fertig. Er hatte noch so viel zu erledigen. Und dann kommt der Tod, und alles ist vorbei. Ich finde, es reicht nicht aus zu sagen, dass er mir ein wunderbarer Freund und Partner war … oder Francesca ein wunderbarer Bruder oder ein wunderbarer Onkel für ihren kleinen Sohn.«

Ich merke, dass ich die Hände zu Fäusten geballt habe. Ich atme zweimal tief durch, um mich zu entspannen, so wie ich es auf der Schauspielschule gelernt habe.

»Ihr alle kanntet ihn. Ich muss euch nicht erzählen, wie Nick jeden Raum, den er betrat, erhellte … wie er einen manchmal mit nur einem Blick dazu bringen konnte, dass man alle Freude und alles Glück im Leben erkannte … und sich blöd vorkam, wenn man dieses Glück nicht mit beiden Händen packte, wenn es gerade greifbar war. Ich kann nicht beschreiben, wie es sich anfühlte, von ihm geliebt zu werden … geschweige denn, ihn zu verlieren. Ich versuche, sein Leben zu feiern, denn dazu sind Beerdigungen heutzutage gedacht, aber das kann ich noch nicht. Wenn ich daran denke, wie wundervoll er war, macht mich das nur traurig. Selbst die Tatsache, dass er nicht perfekt war, macht mich traurig. Manchmal hat er mich furchtbar aufgeregt … Tja, jeder, der mal die Garderobe mit Nick geteilt hat, wird wissen, was ich meine.«

Es wird gelacht, ehrlich und ungezwungen, und zum ersten Mal habe ich das Gefühl, dass der wahre Nick im Raum ist. Ich vermeide es, Mum anzusehen, die mich mit großen Augen anstarrt – ich weiche gravierend von der zuvor abgesegneten Vorlage ab. »Aber ich kann euch nicht im Mindesten beschreiben, wie öde das Leben ohne ihn ist. Ich würde alles dafür geben, mich wieder über ihn aufregen zu können. Ich würde mir sogar das hier anhören …«

Mit hochgezogenen Brauen sehe ich zum Mann an der Musikanlage.

Da ertönt das Holzfäller-Lied aus »Monty Pythons wunderbare Welt der Schwerkraft«. Das allgemeine Aufstöhnen wandelt sich schnell in Gelächter. Francesca schmunzelt. Nick hat dieses Lied immer gesungen, wenn ihn Euphorie oder Bosheit oder einfach koboldhafte Ausgelassenheit überkamen.

Hinterher gibt es eine Runde Applaus. Meine Rede ist ein Riesenerfolg, dabei bin ich noch gar nicht am Ende angelangt. »Wie ihr alle wisst, hat Nick vor fast einem Jahr aufgehört, Nick zu sein … als er die Hirnblutung hatte. Man könnte meinen, ich hätte lange Zeit gehabt, mich auf diesen Augenblick hier vorzubereiten … aber ich war entschlossen, nicht darauf vorbereitet zu sein. Und ich weiß auch jetzt noch nicht, was ich sagen soll, außer, dass ich ihn liebe und immer lieben werde. Ich wollte an dieser Stelle eigentlich ein Gedicht lesen. Meine Mutter und ich haben ein Stück aus Tennysons ›In Memoriam‹ ausgewählt, das schön ist und aufbauend und alles … aber ich muss dauernd an einen anderen Teil aus diesem Gedicht denken, und den würde ich viel lieber vortragen.« (Mums Mund klappt auf.) Ich zitiere aus dem Gedächtnis:

»Aus Mienen, die der Tod geglättet,
spricht manchmal ein Verwandtschaftszug,
den nie zur Schau das Antlitz trug,
so lang das Leben es gebettet.

So ward erst, seit du mir entrissen,
mir klar, wie nah' dem Altertum
und aller Nachgebornen Ruhm
verwandt an Weisheit du und Wissen.

Von Anderm schweige ich, wenngleich
Mein Aug' sich staunend dran erquickt,
erwägend, wie sein finstres Reich
der Tod so hold durch dich geschmückt.«

Meine Stimme ist klar und fest. Als ich ende, herrscht Stille.

26. Kapitel

Pan weint. Harriet weint. Meine Mutter weint. Sam, der Theaterdirektor, weint. Eine junge Frau, die ich nicht kenne, die aber wahrscheinlich eine von Nicks Exfreundinnen ist, weint an der Schulter der Frau neben sich.

Das passt schon eher … jetzt fällt allen wieder ein, warum wir hier sind. Ich weine nicht. Ich bin wunderbar ruhig. Erleichtert, dass alles vorbei ist, kehre ich auf meinen Platz zurück.

Francesca flüstert: »Das war sehr schön« und scheint es auch so zu meinen.

»Mein Schatz«, raunt Mum und tupft sich über die Augen.

»Tut mir leid«, murmele ich in Francescas Richtung, »das war viel zu kurz und bruchstückhaft. Entschuldige.«

»Es war perfekt.« Sie lächelt mich an. »Es hat mich dazu gebracht, mich an ihn zu erinnern.«

Die berühmte alte Schauspielerin kommt als Nächstes. Als Teenager habe ich mal einen ganzen Tag in der Schlange gestanden, um diese Frau in ihrer legendären Rolle als Lady Macbeth zu sehen. Sie ist ein Genie mit einer Stimme wie ein menschliches Cello, und sie präsentiert uns einen prächtigen Shakespeare:

»Das Fest ist jetzt zu Ende; unsre Spieler,
Wie ich euch sagte, waren Geister, und
Sind aufgelöst in Luft, in dünne Luft.«

Der schlimmste Moment ist der, wo der Sarg hinter dem Vorhang verschwindet. Ich beobachte es wie einen Bühneneffekt.

Danach strömen alle mit ungeheurer und ungehöriger Erleichterung aus der Kapelle. Die Blumen sind an einer windigen Terrasse aufgereiht und werden begutachtet, vor allem von denen, die ihre eigenen Kränze und Gestecke noch einmal ansehen wollen.

Und das war's, denke ich trostlos. Alles, was bleibt, ist ein Haufen welkender Blumen.

Harriet steht allein und blickt auf ihr extravagantes Arrangement. Immer, wenn ich sie sehe, leuchtet das Wort »elegant« in meinem Kopf auf. Sie sieht älter aus, denke ich unfreundlich, und in dem Hut steckt mehr als nur ein Hauch von Mrs Thatcher.

Sie umarmt Francesca und ergreift meine Hand. »Vielen, vielen Dank, dass du mich informiert hast«, sagt sie zu Francesca.

»Ich freue mich, dass du kommen konntest.« Francesca ist lieb. Sie hat Nick und Harriet die frühere Peinlichkeit verziehen.

»Ich wünschte nur, ich könnte etwas Tröstliches sagen, aber natürlich gibt es nichts.« Harriet dreht sich zu mir. »Ich finde, Sie haben gut gesprochen.«

»Es kommen noch ein paar Leute zu uns nach Hause«, sage ich (mit Frau-Bürgermeister-Stimme). »Ich hoffe, Sie haben auch noch Zeit.«

»Danke, aber nein. Es war mir wichtig, hier zu sein.«

Wir geben einander wieder die Hand, und dann werde ich zum Umarmen und Küssen weggezogen – alle müssen mich umarmen und küssen, und manche drücken mich gegen ihre Brust und stöhnen »O Gott!« über meine Schulter. Aus dem Augenwinkel sehe ich, wie Harriet auf das Tor zugeht, und ihr Gang wird immer forscher, je mehr sie sich von uns entfernt.

Die berühmte Schauspielerin presst mich an ihren Busen, und ich ersticke fast an ihrem Parfümduft, Mitsouko. Dann umarmt sie Francesca, die ihr noch nie begegnet und dementsprechend überwältigt ist.

»Nick war ein Schatz«, erzählt sie uns. »Wir haben zusammen in einer grässlichen amerikanischen Miniserie gespielt, und ohne ihn wäre ich durchgedreht. Wir saßen immer im Schminkwagen und haben über den Rest der Besetzung gelästert.« Ihre Stimme ist auch bei normaler Sprache fesselnd und schön. Sie hat tragische helle Augen. »Wo ist Pandora? Vor einem Moment war sie noch da, aber jetzt habe ich sie verloren.«

»Sie ist schon ins Haus zurückgefahren«, erkläre ich der egozentrischen alten Schachtel. »Ich hoffe, du kommst auch.«

»Natürlich, natürlich … Es muss immer eine Trauerfeier geben. Ich würde nicht im Traum daran danken, ihn ohne Trinkspruch zu verabschieden. Stimmt es, dass sie immer noch mit Gavin Gomersall zusammen ist?«

»Ja.«

»Ich sehe ihn hier aber gar nicht.«

»Er filmt gerade in Tunesien. Und er hat Nick nie kennengelernt.«

»Oh.«

Sie stürzt davon, um jemand anderen zu umarmen.

»Ich sollte jetzt besser fahren«, sage ich zu Francesca. Es war vereinbart, dass meine Eltern und ich mit Adam zurückfahren. Es ist ein Familienauto. Sie haben den Kindersitz rausgenommen, aber an der Kopfstütze des Beifahrersitzes ist ein Plastiklenkrad befestigt und an der Fensterscheibe so ein Sonnenschutz mit Saugnippeln.

»Wir setzen euch ab«, sagt Adam, »und fahren dann weiter, um Olly abzuholen – es ist doch okay, wenn wir ihn mitbringen, oder?«

»Seien Sie nicht albern, wir freuen uns auf ihn«, sagt Mum. »Tatsächlich kann ich es kaum erwarten, dass er kommt. Er kann mit mir nach nebenan gehen, um unseren neuen Welpen anzuschauen.«

Ich bin stolz auf meine Mutter. Sie ist freundlich und herzlich, und Francesca und Adam lächeln.

Adam sagt: »Ein echter Welpe wäre der Höhepunkt seines Tages, er ist verrückt nach Tieren.«

Ich habe beschlossen, dass ich Adam mag. Er redet knapp, freundlich und vernünftig, fast ein bisschen wie Luke. Im Nachhinein ärgert es mich, dass Nick ihn nicht lieber mochte. Jeder kann sehen, wie sehr er deine Schwester liebt, sage ich ihm in Gedanken, also was soll's, wenn er im Theater einschläft und Romane für schwul hält?

»Sie sollten sich einen Hund anschaffen, wenn Sie nach London kommen«, sagt Mum. »Aber dann brauchen Sie natürlich einen kleinen Garten.«

Francesca dreht sich auf dem Beifahrersitz um und sieht mich unsicher an. »Tatsächlich haben wir schon ein Angebot für ein Haus in Kentish Town gemacht, das sogar einen kleinen Garten hat.«

(Sie ist hier nicht untätig geblieben.)

»Nicks Wohnung haben wir schon verkauft«, sagt Adam. »Die Maklerin hat uns gewarnt, dass es die falsche Jahreszeit wäre und der Markt träge – aber wir sind sie sofort losgeworden.«

»Wie schön«, sagt Mum. »Dann werden Sie nahe genug am Heath Park wohnen, um mit Olly zum Spielplatz zu gehen, und können dann bei uns vorbeischauen … Jetzt, wo ich nicht mehr auf Madeira lebe, werde ich sehr viel Zeit haben.«

»Es ist natürlich ein himmelweiter Unterschied zu Paris«, bemerkt Dad.

Adam lacht leise. »Ja, aber auf eine gute Weise. Wir freuen uns darauf zurückzukommen.«

Mir gefällt dieses Geplauder überhaupt nicht. Es klingt nach einem Leben, das voranschreitet und mich zurücklässt.

»Es ist natürlich auch traurig«, sagt Francesca. »Wenn Nick nicht gestorben wäre, hätten wir uns das niemals leisten können.«

Adam hält vor unserem Haus, um uns aussteigen zu lassen, und fährt weiter, um den Kleinen zu holen. Die Zeit ist wieder einen Abschnitt weitergewandert – mein Geliebter ist jetzt tot und begraben und gehört der Vergangenheit an.

Dad öffnet die Tür, und lautes Stimmgewirr schlägt uns entgegen. Die »Party« – aus Mangel an einem besseren Begriff – ist in vollem Gang. Im Wohnzimmer »verrichten« zahllose Schauspieler ihre Trauer, Gefühle wogen durch den Raum. Ich sehe ein Meer aus Gliedmaßen, die sich im Rausch der Umarmungen verrenken. Viele der Anwesenden weinen. Einige verharren in einer Pose regloser Trauer, wie Figuren auf einer viktorianischen Brosche. Hinten am Erkerfenster jedoch ertönt Gelächter – Fröhlichkeit flammt auf und breitet sich aus.

»Ach, herrje«, murmelt Dad. »Komm mit in die Küche, Schätzchen – du musst dich nicht gleich ins muntere Getümmel stürzen.«

»Das macht mir nichts aus. Seien wir ehrlich: Genau das hätte Nick gewollt – ohne munteres Getümmel hätte er es nicht als richtige Trauerfeier empfunden.« Ich sehe zu Pan, die sich mit verheulten Augen durch die Menge schiebt, in jeder Hand eine Flasche Wein.

In der Küche rührt Rosa in einem riesigen Topf voll aromatisch duftender Ratatouille. Ihr draller kleiner Körper steckt in einem engen schwarzen Kleid, das alles andere als beerdigungsmäßig ist – oh, Nick, du würdest das alles so lieben!

»Marnie, du Ärmste!« Sie drückt mich. »Das war der absolute Hammer – die Kritiken sind raus, und alle sind sich einig, dass deine Rede erstklassig war. Du hast dir den größten Drink der Welt verdient.«

»Ich würde gern eine Tasse von Dads Tee trinken.« Ich setze mich und ziehe meine schicken Schuhe aus.

Rosa legt eine Hand auf meinen Arm. »Ist wirklich alles in Ordnung mit dir?«

Meine Tränenlosigkeit macht ihr Sorgen. Vielleicht hat sie Angst, ich könnte mit dem Elektromesser Amok laufen. »Ja, mir geht's gut.«

»Du bist beeindruckend ruhig … Pan sagte, sie hätte

sich schrecklich gefühlt, weil sie weinen musste, während du aus jeder Pore Würde ausgestrahlt hast.«

»Tatsächlich?«

»Trauer zeigt sich bei jedem anders«, kommentiert Dad, während er den Tee kocht. »Pan hat die Gedenkfeier sehr mitgenommen.«

»Mich auch«, sagt Rosa. »O Gott, ich war völlig fertig … Ich musste immer wieder daran denken, wie jung er war.« Ihre Augen füllen sich mit Tränen. »Tut mir leid, es geht schon wieder los.« Sie lässt sich auf einen Stuhl fallen. »Kümmert euch nicht weiter drum. Ich mochte Nick wirklich gern, aber das passiert jetzt wohl eher, weil ich schwanger bin.«

»Rosa … ist das dein Ernst?« Das kommt wirklich überraschend (obwohl ich nicht weiß, warum, wo sie doch im gebärfähigen Alter ist und – rein theoretisch – täglichen Kontakt zu Sperma hat).

»Herzlichen Glückwunsch«, sagt Dad.

»Seit wann wisst ihr es?«, erkundige ich mich.

Rosa springt wieder auf und tupft sich mit einem Geschirrhandtuch vorsichtig über die geschminkten Augen. »Seit Heiligabend. Ist das nicht erstaunlich? Wir haben es nicht bewusst versucht.«

»Das ist wunderbar.«

»Es ist noch nicht offiziell … ich wollte dir die Beerdigung nicht mit meinen guten Neuigkeiten verderben.«

»Sei nicht albern.« Ich spüre einen Anflug von Selbstmitleid, den ich resolut ignoriere. »Wann ist der Termin?«

»Ende Juni. Paul ist furchtbar aufgeregt – er hat einen ganzen Stapel Ratgeber gekauft. Aber ein richtiges, echtes Baby, Marnie … was soll ich damit nur machen? Ich hab von Babys keine Ahnung!«

»Ach, es ist nichts dabei«, sagt Dad. »Die ziehen sich eigentlich selbst groß.«

Rosa kichert. »Oh, ich hoffe, Sie haben recht! Im Moment schwanke ich zwischen übergroßer Freude und abgrundtiefem Entsetzen. Im Theater werde ich erst mal pausieren – du übst besser bald meine Texte, Schätzchen.«

»Ich? Das bezweifle ich … sie werden wahrscheinlich jemand anderen einstellen, und ich behalte meinen alten Job als Zweitbesetzung.« Früher einmal wäre ich bei der bloßen Vorstellung, Phöbe und Mariana im *National Theatre* spielen zu dürfen, vor Freude in die Luft gesprungen – jetzt bin ich nur genervt von der Vorstellung, zusätzliche Arbeit zu haben. Was ist mit mir passiert? Nick wäre entsetzt gewesen. Seiner Ansicht nach lag der Sinn eines Schauspielers einzig und allein darin, im *National Theatre* Shakespeare zu spielen.

Pan kommt mit leeren Flaschen zurück. »Diesmal nehme ich zwei Rote – der Weiße geht nicht so … Marnie, alle fragen nach dir – du solltest dich ein bisschen unters Volk mischen, wenn du bereit dafür bist.«

»Gleich, gib mir noch eine Minute, um einen Tee zu trinken. Hat Rosa dir von dem Baby erzählt?«

»Ja.« Pans Gesicht ist fleckig und verheult. Wenn jemand von außen hereinschauen würde, könnte er meinen, die trauernde Witwe wäre sie und nicht ich. Ich bin nicht auf dem Laufenden, was Pans Liebesgeschichte betrifft, und hoffe, sie hat keinen Ärger mit Gavin. »Ist das nicht sagenhaft? Und du wirst dann befördert!«

Dad (mit seinem üblichen guten Gespür für Themenwechsel) fragt: »Wie weit reichen die Getränke denn noch?«

Pan widmet sich wieder dem Bataillon von Flaschen auf der Küchentheke. »Alles bestens … und gleich kommen wir mit dem Essen.«

»Ich werde am Tisch austeilen«, verkündet Rosa. »Sie können sich in einer ordentlichen Reihe davor anstellen … falls so etwas bei dieser Meute überhaupt möglich ist.«

Die Türglocke schellt alle paar Minuten, und das Wohnzimmer ist gerammelt voll. Meine bequemen Schuhe stehen im Wirtschaftsraum, und ich ziehe sie an, um mich »unters Volk zu mischen«, was ganz schön ist, sogar angenehm, nachdem alle damit durch sind, mich zu umarmen.

Luke umarmt mich nicht, sondern gibt mir einen schicklichen Kuss. »Du hast wirklich toll gesprochen.«

»Danke.«

Francesca und Adam kommen zurück. Mum trägt Olly auf dem Arm. »Ich habe sie zu Diana mitgenommen, damit sie Faffie sehen können«, sagt sie. »Und beide waren ganz lieb.«

»Wa«, sagt Olly.

»Wau-wau«, sagt Francesca lachend. »Ja, du hast einen Wau-wau gesehen, hm?«

Ich hatte mir Sorgen gemacht, dass Francesca sich auf der Beerdigung ihres Bruders übergangen fühlt, aber ich habe die Herzlichkeit von Schauspielern nicht bedacht. Francesca und Adam sind schnell mit Alkohol eingedeckt und von gesprächigen Leuten umgeben, während

Mum – die sich offenbar prächtig amüsiert – das Kind herumträgt.

»Sieh sie dir an, sie wäre sicher gern Großmutter«, flüstere ich Luke zu. »Ich habe ihr noch nicht beigebracht, dass das nie passieren wird.«

»Ach, komm«, meint er freundlich. »Das weißt du doch gar nicht.«

»Doch, das weiß ich.«

»Das ist dein jetziges Gefühl. Aber dein Leben ist noch nicht vorbei, und du kannst nicht in die Zukunft sehen.«

Ich glaube, er will nett sein. Ich hoffe, das war kein Anbaggern.

Rosa hat ihre improvisierte Essensausgabe am Küchentisch eingerichtet und verteilt die zwei Gerichte. Alle, mit denen ich jetzt spreche, halten eine Schüssel mit entweder Ratatouille oder Lancashire-Lammeintopf in der Hand. Ich gehe in die Küche, um Rosa und Pan beim Austeilen zu helfen.

Die Party geht weiter und hat immer weniger mit Nick zu tun. Inzwischen kann man nicht mehr erkennen, dass es sich eigentlich um seine Beerdigung dreht.

Der Nachmittag geht in den Abend über, und Francesca will aufbrechen. »Lass uns weiter Kontakt halten«, sagt sie. »Das meine ich ernst – du gehörst jetzt zu Nick. Deine Familie war sehr freundlich zu uns … diese wundervolle Feier … Wie schrecklich, wenn wir mit all dem allein gewesen wären!«

Ich frage mich, wie ich je eifersüchtig auf Nicks Schwester sein konnte. Es ist ja nicht ihre Schuld, dass sie nicht er ist – ich habe mich mittlerweile an ihre großen dunklen Augen gewöhnt, und die Ähnlichkeit macht mir nicht mehr zu schaffen.

»Ich hoffe, wir haben das Ganze nicht zu sehr an uns gerissen«, erwidere ich.

»Gott, nein … und Nick hätte es geliebt! Ich bin so froh, dass er dich getroffen hat!«

Zum ersten Mal an diesem Tag brennen mir die Augen. »Ich bin glücklich, ihn gekannt zu haben.«

»Und …« Francesca legt eine Hand auf meinen Arm. »Du warst die Richtige, weißt du? Sein Liebesleben war vielleicht ziemlich turbulent, aber du warst definitiv die Richtige.«

Ich winke ihnen von der Haustür aus noch hinterher, und plötzlich laufen mir Tränen über das Gesicht. Noch lange, nachdem der Wagen weggefahren ist, stehe ich in der Kälte, umklammere meine Schultern und versuche, nicht zusammenzubrechen.

Ich wische mir mit dem Ärmel über die Augen und kehre ins Haus zurück. Die Eingangshalle ist voller Leute, die Trauergäste verabschieden sich. Ich ziehe mich in die untere Garderobe zurück, und als ich wieder herauskomme, höre ich Stimmen im Wirtschaftsraum nebenan.

»Pandora hält sich alles in allem ja ganz gut«, sagt die Stimme der berühmten Schauspielerin mit minimalem Lallen nach all dem Alkohol. »Abgesehen von dem Moment in dieser öden Kapelle, als ich dachte, sie würde gar nicht wieder aufhören zu weinen.«

»Es war schon ziemlich blöd«, höre ich Rosa zustimmen. »Umso mehr, da Marnie überhaupt nicht geweint hat.«

»Und Marnie hat wirklich keine Ahnung?«

»Nein, überhaupt nicht – und sag auch bloß nichts, vor allem nicht heute.«

»Natürlich nicht … Ich bin ja nicht gemein. Ich finde es nur schwer zu glauben. Wie konnte sie nicht merken, dass ihr Freund die Untermieterin gevögelt hat?«

27. Kapitel

Einer meiner Lehrer an der Schauspielschule hatte die Angewohnheit, unvermittelt zu rufen: »Stopp! Wie fühlst du dich gerade?«

Stopp! Ich bin soeben durch ein Loch des Raum-Zeit-Kontinuums in eine gänzlich neue Dimension gefallen. Wie fühle ich mich gerade?

Kalt. Übel. Verängstigt.

Sie dürfen mich nicht sehen. Ich husche in die Garderobe zurück, um zu verarbeiten, was ich gerade gehört habe.

Vielleicht habe ich mich verhört oder etwas falsch verstanden – aber da ist nichts Zweideutiges an »die Untermieterin gevögelt«. Es könnte nicht erschütternder sein, wenn ich gehört hätte, wie meine Mutter sagt, sie hätte mich nie geliebt. Es kann nicht stimmen.

Pan ist meine beste Freundin. Ich bin es ihr schuldig, diesen Fetzen böswilligen Tratsches nicht zu glauben. Bin ich nicht den ganzen Tag wunderbar ruhig gewesen? Ich will jetzt nicht schwach werden. Umhüllt von Kälte und eigenartig leichtfüßig verlasse ich die Garderobe.

In der Eingangshalle laufe ich der alten Berühmtheit über den Weg. »Marnie, Liebes … das war ein so wunderbares Fest … hab herzlichen Dank …« Sie tapst so munter zu ihrem Taxi, als käme sie gerade vom Jahrmarkt.

Es herrscht Aufbruchsstimmung, in der Eingangshalle stehen lauter lustige Leute. Der Kleiderhaufen am Ende des Treppenlaufs wird immer kleiner.

Ich höre Pans Stimme. »Setz dich, Christine. Ich fange mit dem Aufräumen an, wenn alle weg sind.«

Die Untermieterin gevögelt. Wenn das wahr ist, wie kann sie uns überhaupt in die Augen sehen? Wenn das wahr ist, werde ich so sehr weinen, dass ich vermutlich daran sterbe.

Ich gebe eine phantastische Vorstellung als ruhige und gefasste Gastgeberin. Ich danke den Leuten für ihr Kommen, helfe ihnen, die Mäntel zu finden. Und ich bewege mich überraschend normal neben Pan.

Sie lächelt mich an. »Du Ärmste, du musst vollkommen erschöpft sein!«

»Ja, ein bisschen«, sage ich. »Ich bin froh, dass jetzt alle weg sind.«

Im Haus herrscht ein Chaos aus Gläsern, Geschirr und Krümeln. Pan geht mit einem Tablett durchs Wohnzimmer und sammelt alles ein. Ich räume in der Küche die Spülmaschine aus. Dad kommt mit Fafner in der Transportbox. Der kleine Hund kläfft wütend.

Mum lässt sich mit tiefem Seufzen auf einen Stuhl fallen. »Das hatte ich ganz vergessen … dass Beerdigungen immer so auf die Füße gehen. Ich habe das Gefühl, als hätte ich tagelang gestanden – wie macht die Queen das nur?«

Pan kommt mit ihrem beladenen Tablett.

»Gut gemacht, Pan«, sagt Dad. »Du warst großartig heute.«

»Ganz genau«, bekräftigt Mum. »Sie ist rumgerannt wie ein Wirbelwind.«

»Das tut meiner Figur gut«, sagt Pan lächelnd. Trotz ihrer verquollenen Augen sieht sie hinreißend aus – lange Beine in schwarzen Seidenstrümpfen, blondes Haar, das kunstvoll mit einem schwarzen Samtband zusammengebunden ist.

Ich helfe ihr beim Leeren des Tabletts. Sie kehrt ins Wohnzimmer zurück, und ich folge ihr mit einem weiteren Tablett. Zuerst kann ich nichts sagen. Ich gehe umher und sammle schmutzige Gläser und zerknüllte Servietten ein.

»Verdammt nochmal, das ist doch nicht zu fassen«, sagt Pan. »Da hat jemand sein Glas mitten im Weihnachtsbaum abgestellt. So was würden wir nicht mal bei mir zu Hause tun.«

»Pan … ich muss mit dir reden. Ich habe etwas gehört und brauche eine Erklärung. Vielleicht hat es ja weiter nichts zu bedeuten.«

Sofort wird sie starr und still, und ich weiß, dass es nicht nichts ist. Mein Herz fängt an, schneller zu schlagen, und ich spüre eine grässliche, Übelkeit erregende Aufregung.

Ich schiebe die Tür zu und wiederhole sorgsam Wort für Wort, was ich gehört habe.

Die Stille ist furchtbar. Pan mit ihrem Tablett steht wie erstarrt. Ihr Gesicht ist weiß, und ihre Augen sind vor Schreck geweitet.

»Dass er die Untermieterin gevögelt hat«, wiederhole

ich. »Ich muss wissen, was das bedeutet. Hast du mit Nick geschlafen?«

»Ich wollte es dir sagen ... wollte, dass er es dir sagt.«

»Was?« Ich traue meinen Ohren nicht. »Du ... du hast es getan?«

»Ja«, antwortet Pan leise.

Es durchbohrt mich wie ein Dolch. Meine Arme zittern. Ich setze das Tablett auf dem Esstisch ab. »Wann?«

»O Gott, spielt das eine Rolle?«

»Mehr als einmal?«

»Ja.«

Ich stöhne auf. »Zweimal? Dreimal?«

Sie durchquert das Zimmer und stellt ihr Tablett neben meines. Auch sie zittert. »Das erste Mal war zwei Tage nach dem Konzert in Kenwood.«

»Aber das ist unmöglich ... Nick hat es doch erzählt! Ihr habt euch gestritten, als er dich angebaggert hat ...«

»Ich habe ihn abgewiesen«, sagt Pan. »Deshalb war er so sauer auf mich. Aber beim nächsten Mal hatte er eine andere Taktik.«

In meinem Kopf wütet ein Sturm. Ich kann kaum Pans Stimme hören. Es raubt mir den Atem, als hätte mir jemand in den Magen geboxt.

»Ich werde keine Entschuldigungen vorbringen«, sagt Pan. »Es gibt keine.«

Ich starre sie an, als hätte ich sie noch nie zuvor gesehen. »Du ... du hast gesagt ›das erste Mal‹ ... Wie viele Male gab es?«

Pans Gesicht ist eine Wand aus Elend. Ich sehe, wie sie eine Antwort überlegt. »Ich muss dir ja wohl nicht jedes einzelne Detail auflisten, oder?«

»Dreimal? Viermal?«

»Hör auf.«

»Ach, du Scheiße! Du kannst es gar nicht zählen, oder? Pan, das ist … unfassbar! Wie konntest du nur?«

»Und ich kann nicht fassen, dass du nichts gemerkt hast«, entgegnet Pan. »Ich habe ja versucht, diskret zu sein, aber er nicht.«

»Du … du hast meinen Freund verführt.«

»Es war anders herum, wenn du es genau wissen willst.«

Ich gehe augenblicklich hoch. »Wage es ja nicht, ihm die Schuld zu geben!«

»Er hat angefangen.«

»Blödsinn! Du suchst nur eine Entschuldigung dafür, dass du eine verdammte Schlampe bist!«

Pan geht zur Tür und schließt sie richtig. »Also gut«, sagt sie. »Ich wollte nicht, dass du es auf diese Weise erfährst. Um ehrlich zu sein, hatte ich gehofft, dass du es nie erfährst.«

»Du hast es nicht einmal fertiggebracht, mir das zu sagen, als er im Krankenhaus lag?«

»Warum? Er lag im Koma, und er würde ganz offensichtlich nicht mehr daraus aufwachen. Ich habe nur versucht, es nicht noch schlimmer zu machen.«

»Besten Dank«, sage ich schnippisch. »Wie rücksichtsvoll!«

»Okay.« Sie wirkt ruhig und geduldig – als würde sie Mitleid empfinden, was mich fast wütend macht, und nicht das kleinste bisschen Reue für die schreckliche Sache, die sie mir angetan hat. »Denk doch mal darüber nach. Wie, zum Henker, hättest *du* das denn angestellt?«

»Und wie kommt es, dass jeder darüber Bescheid weiß? Wie kommt es, dass sie auf seiner verdammten Beerdigung darüber reden?«

Das scheint ihr jetzt unangenehm zu sein. »Ich habe es niemandem erzählt. Das war Nick.«

»Jetzt wälzt du schon wieder die Schuld auf ihn ab!«

»Entschuldige, aber du weißt, wie gern er sein Leben mit den Leuten in seiner Garderobe diskutiert hat. Das war für ihn wie Gruppentherapie.«

»Ach du meine Güte!« Das ist so erniedrigend, dass ich kaum noch atmen kann. Seit Monaten laufe ich herum und habe nicht das Geringste gemerkt. »Diese Schweine … da sehen sie mich ins Krankenhaus rennen und wissen die ganze Zeit, dass meine beste Freundin mit ihm gevögelt hat!«

»Niemand wollte dich verletzen, Marnie … begreifst du das nicht? Er lag im Koma, um Himmels willen!«

Wogen der Wut bäumen sich auf und zerschellen in meinem Innern. In meinem ganzen Leben bin ich noch nie so wütend gewesen. »Jetzt weiß ich, warum du bei der Beerdigung nicht aufhören konntest zu heulen – dein schlechtes Gewissen muss dir ja höllisch zusetzen!«

»Es tut mir furchtbar leid, dass ich dich angelogen habe«, sagt Pan. »Und das werde ich für den Rest meines Lebens bedauern. Aber ich fühle mich nicht schuldig, dass ich mich in Nick verliebt habe.«

Ich bin in einem lodernden Schmelzofen der Wut. »Wie kannst du es wagen, verdammt? Du warst nicht in ihn verliebt!«

»Natürlich war ich das!« Ihre Augen füllen sich mit

Tränen. »Warum sonst habe ich den ganzen Scheiß ertragen, dem er mich ausgesetzt hat? Ich konnte nicht anders!«

»Er hat dich nicht geliebt – bilde dir ja nicht ein, er hätte dich geliebt!«

»Er hat mich geliebt«, erwidert Pan. »Ich habe den Teil von ihm bekommen, für den du zu gut warst. Ich bin überrascht, dass du dich nicht an seinen Spruch über den Traum eines jeden Mannes erinnerst ... eine Frau zum Vögeln und eine zum Reden.«

»Dann denkst du, er brauchte den Sex mit dir, weil ich zu langweilig war? Danke, du Schlampe!«

»So war es nicht. Er hat dich angebetet ... okay? Ich habe dir nichts weggenommen, was dir gehörte.«

»Aber du sagst, ich war ihm nicht genug.« Was bildet diese Frau sich eigentlich ein?

»So war es nicht«, wiederholt sie. Sie ist immer noch ruhig, aber ihr verquollenes Gesicht wird allmählich rot. »Wenn du mal Zeit hattest, darüber nachzudenken ... Hör zu, mach den anderen keinen Vorwurf. Du wirst einsehen, dass sie nichts anderes tun konnten. Du warst da im Krankenhaus, an deinem Platz, und bist vor Gram fast gestorben. Ich weiß, du hältst von Schauspielern nicht allzu viel, aber keiner von uns war so gemein, dir etwas zu sagen, was du nicht unbedingt wissen musstest. Du warst zu sehr in deinen Sir-Galahad-Komplex verstrickt. Das hat dich aufrechtgehalten.«

»Jetzt soll ich euch also noch dankbar sein?« Die Entschuldigung mit Sir Galahad widert mich an – sie impliziert, dass ich selbst schuld bin, so eine romantische blöde Kuh zu sein.

»Hunderte Male hätte ich es fast gesagt«, erklärt Pan. »Aber ich konnte mich nie überwinden, den Ritter von seinem weißen Pferd zu stoßen. Du bist so dünn und seltsam geworden … Ich hatte Angst davor, was ich dir damit antun könnte.«

Dünn und seltsam. Die dünne, seltsame Maid, die vor dem eisigen Wind der Wahrheit über ihren Geliebten beschützt werden musste. Bestimmt kennt Mum ein Gedicht zu diesem Thema. Wenn ich es recht überlege, muss auch Tennysons Mariana in ihrer einsamen Hütte dünn und seltsam geworden sein. O Gott, dass er tot ist, ist schon schlimm genug – aber dieser Betrug ist die reinste Qual.

»Ich gehe wohl besser«, sagt Pan. »Oder? Ausziehen, meine ich.«

»Ja.« Das alles ist furchtbar. Ich bin starr vor Schock.

»Ich habe Gavs Schlüssel. Er will, dass ich bei ihm einziehe, aber ich dachte, ich sollte bei dir bleiben, falls du mich brauchst. Tja, das klingt jetzt blöd. Aber ich habe heute nicht aus schlechtem Gewissen geweint.« Sie nimmt ihr Tablett. »Ich habe ihn ebenso sehr geliebt wie du.«

Mich durchfährt ein heißer Blitz der Wut. »Nein, hast du nicht! Nach dem Hirnschlag hast du ihn exakt zwei Mal besucht. Du hast mich wie eine Bekloppte behandelt, weil ich mit ihm gesprochen habe.«

»Das ist nicht fair – du hättest gar nicht gewollt, dass ich bei ihm bin.«

»Du hast ihn abgeschrieben. Und du bist ja auch schnell über ihn hinweggekommen.«

»Das ist wirklich nicht fair«, protestiert Pan. »Woher

willst du wissen, was ich gefühlt habe? Ich habe ihn geliebt. Er wollte es.«

»Herzlichen Dank! Du hast mich betrogen und mich wie einen absoluten Trottel dastehen lassen.«

»Nein, hab ich nicht«, erwidert Pan bitter. »Du kommst aus dieser Sache blütenweiß raus, und ich steh da wie eine Hure. Alle sind auf deiner Seite.«

»Du gehst jetzt besser zu Gavin.«

»Okay. Ich komme später noch mal und hole meine Sachen. Was wirst du Christine und Toby sagen?«

»Die Wahrheit.« Meine Eltern, die Pan vergöttern, werden sie jetzt in ihrem wahren Licht sehen.

»Tja«, sagt Pan. »Du kannst ihnen erzählen, was du willst, ehrlich. Das macht jetzt auch keinen Unterschied mehr. Soll ich bleiben und mir anhören, was sie dazu zu sagen haben?«

»Nein – ich möchte, dass du gehst.«

»Okay.« Sie verlässt das Zimmer, und ich höre sie nach oben laufen.

In meinem Kopf dreht sich alles. Ich habe sowohl meine wahre Liebe als auch meine beste Freundin verloren und weiß nicht mehr, wo ich stehe. Ich nehme ein Tablett und trage es in die Küche.

Mum kniet auf dem Boden neben dem Laufstall und streichelt Fafner durch die Gitterstäbe. Dad (der die schwarze Krawatte abgenommen und das schicke Jackett gegen seine alte Jacke getauscht hat) studiert das Fernsehprogramm in der Tageszeitung.

»Oh, du süßes kleines Hundchen!«, gurrt Mum liebevoll. »Marnie, wir wollen uns indisches Curry kommen lassen.«

»Ich suche diese Krimiserie mit dem einzelgängerischen Polizisten in Chicago«, sagt Dad. »Weißt du noch, wie die hieß?«

»Frag doch mal Pan, was sie will«, meint Mum. »Ich weiß, dass sie dieses Garnelengericht gerne mag, so wie ich, aber für einen ist das zu viel.«

Eine Woge Selbstmitleid wäscht über mich hinweg. Noch nie habe ich mich so einsam gefühlt. Meine Eltern sind glücklich, und Pan hat einen Geliebten, der noch lebt. Ich habe niemanden. Wenn Nick auf wunderbare Weise von den Toten zurückkehren würde, wüsste ich nicht, was ich ihm sagen sollte. Dafür hatte Tennyson nichts parat.

(Wenn jemand brächte mir die Kunde,
Dass du den Fuß an Land gesetzt,
Und ich käm' an den Kai gehetzt …
Und hörte, dass du hinter meinem Rücken
die Untermieterin gevögelt hast.)

»Pan wird nicht bleiben«, sage ich. »Sie zieht zu Gavin. Heute noch.«

»Heute noch? Aber …« Mum hält inne, als sie mein Gesicht sieht. »Marnie?« Sie stemmt sich hoch. »Schätzchen, was ist passiert?«

Tränen rinnen mir über das Gesicht. »Ich habe heute etwas erfahren.«

Ein weiteres Mal berichte ich, was ich belauscht habe.

»Aber das kann nicht stimmen«, protestiert Mum. »Da musst du dich irgendwie verhört haben.«

»Es stimmt. Ich habe sie gefragt. Pan hatte eine Affäre

mit Nick. In diesem Haus. Hinter meinem Rücken. Sie kann jetzt unmöglich hierbleiben.«

Mum ist so tief erschüttert, wie sie es den ganzen Tag über nicht war. »Du kannst sie doch nicht einfach auf die Straße setzen … Wo soll sie denn hin?«

»Ach, macht euch keine Sorgen«, erwidere ich schnippisch. »Eine ihrer anderen Eroberungen hat ihr bereits den Schlüssel zu seiner Wohnung gegeben.«

Dad faltet die Zeitung zusammen und sitzt da wie ein bebrillter, unergründlicher Buddha. »Was für eine miese Ratte«, sagt er.

»Sie hat alles kaputtgemacht, was mir noch geblieben war.«

»Ich meinte nicht Pan«, sagt Dad mit ungewohnter Schärfe. »Ich meinte die miese Ratte, die wir gerade beerdigt haben.« Er steht auf. »Christine, bestell mir Chicken Tikka – ich frage mal nach, ob ich Pan irgendwo hinbringen soll.«

28. Kapitel

Ich bin fertig, am Boden zerstört. Zum ersten Mal in meinem Leben weine ich eine ganze Nacht durch. Das habe ich nicht einmal in der Nacht getan, als Nick die Hirnblutung hatte und ich ihn das erste Mal komplett verkabelt auf der Intensivstation sah.

Ich vergrabe mein Gesicht im Kissen – ich will nicht, dass meine Eltern mich hören. Sie sind wie immer mitfühlend, aber irgendetwas an ihrem Mitgefühl ist falsch.

Zum einen verstehe ich nicht, warum sie nicht abgrundtief böse auf Pan sind. Obwohl sie mir zustimmen, dass sie nicht im Haus bleiben kann, machen sie sich viel zu viele Gedanken um sie. Nicht nur, dass mein Vater die blöde Kuh nach Highbury fährt – meine Mutter vergießt Tränen, umarmt sie und packt ihr noch Milch und Teebeutel ein!

Dads stille ruhige Wut steht auf solidem Fundament, aber sie richtet sich nicht gegen meine betrügerische frühere Freundin und Seelenverwandte. Er ist wütend auf Nick, und ein unbestimmtes Gefühl sagt mir, irgendwie auch auf mich. Was habe ich, um Himmels willen, getan, außer dass ich einen Mann geliebt und verloren habe?

Irgendwann weit vor dem Morgen stehe ich auf und

mache mir eine Tasse Tee. Mit tränenden Augen und laufender Nase schleiche ich durch die dunkle Küche, und mein Schmerz ist unbeschreiblich. Ich trinke den Tee im trüben Schein der Weihnachtsbaumbeleuchtung im Wohnzimmer. Der Ortswechsel hilft nicht. Schluchzend kehre ich in mein Zimmer zurück, setze mich an den Schreibtisch und schreibe so wild drauflos, dass der süßlich chemische Geruch des Tintenrollers aufsteigt.

Wenn Nick hier wäre, was würden wir einander sagen?

Du würdest nicht versuchen, es zu leugnen – nie hast du dich zu blanken, unverfrorenen Lügen hinreißen lassen. Du würdest eine deiner Ansprachen über deinen ruhelosen Geist und deine gelegentlichen Anfälle von Rebellion vom Stapel lassen. Du würdest mich anflehen, dir zu vergeben, und würdest meine Vergebung erringen, indem du mich mit deiner Liebe einwickelst, bis ich dahinschmelze. Deinem Blick habe ich nie widerstehen können.

Es ist eigenartig, wie Leute etwas sagen und selbst vollkommen glauben können, auch wenn die Wahrheit das genaue Gegenteil ist. Du warst so verdammt stolz darauf, keiner von den Schauspielern zu sein, die wild durch die Gegend vögeln – aber genau das warst du. Um die blöde Harriet zu zitieren: Du konntest keine Nummer in der Besenkammer auslassen.

Aber nie ging es dabei um Liebe – ich weiß, dass du mir das beteuern würdest. Du hast immer gesagt, es gebe einen riesigen Unterschied zwischen wahrer

Liebe und zwangloser Lust. Tatsächlich hast du das so oft gesagt, dass ich es endlich kapiere. Du wolltest mir zu verstehen geben, dass deine Liebe zu mir eine bestimmte Qualität hatte. Ich habe sie wie eine Art spirituelle Decke gespürt, die mich einhüllte – warme, bedingungslose Liebe, die größer und tiefer war als alles, was du mit deinem Schwanz gemacht hast. Das ist es, was mir bleibt. Ich weiß es, ich spüre es bis in die Knochen, dass ich den Löwenanteil hatte.
Pan behauptet, sie habe dich geliebt. Was für ein hirnrissiger Schwachsinn. Ich glaube ihr kein Wort – das hätte ich doch gemerkt, oder? Sie will nur ihren Anteil am Drama und denkt wahrscheinlich, dass es ihr Verhalten irgendwie entschuldigt.
Du hast sie ganz bestimmt nicht dazu ermutigt – du hast dich ständig über sie beschwert und mit ihr gestritten.
Warum konntest du dich nicht davon abhalten, mit ihr zu vögeln?

Andererseits konnte ich mich auch nicht davon abhalten, mit Luke zu vögeln. Aber das ist etwas anderes.

Mein Hirn fühlt sich wie ein ekliges Essen an, das im Kochbeutel gegart wurde. Graue Dämmerung bricht hinter meinen Jalousien heran. Mein Vater hört im unteren Badezimmer Radio Four. Es klopft an meine Tür.

»Hmm?«

»Marnie? Luke ist unten«, sagt Mum.

»Hmm?«

»Magst du runterkommen und hallo sagen?«

Meine Lider sind schwer wie metallene Rollläden. »Wie spät ist es?«

»Fast elf. Ich habe Kaffee aufgesetzt.«

»Okay.«

Die Zeit ist gesprungen. Ich bin an meinem Schreibtisch eingeschlafen. Da es keine Rolle mehr spielt, wie ich aussehe, ziehe ich Jeans und Pullover an. Im Spiegel an der Treppe sehe ich, dass mein Haar wirr vom Kopf absteht und mein Gesicht zum Fürchten ist. Scheiß drauf. Ich bin über Nacht um hundert Jahre gealtert.

Luke dagegen sieht trotz seiner grauen Haare beunruhigend jung und frisch aus. Er steht über Fafners Laufstall gebeugt, kommt aber hoch, um mir einen Kuss zu geben.

»Ach, du meine Güte«, sagt Mum, »du siehst ja aus wie ausgespuckt.«

»Oh, tut mir leid«, gebe ich schnippisch zurück. »Ich kann mir gar nicht vorstellen, warum.«

»Ach, meine Süße … du hast wieder geweint. Komm, trink einen Kaffee und iss etwas.«

Ein lebender Körper hat Bedürfnisse, die unabhängig von Trauer sind. Ich habe Hunger. »Ein Toast wäre gut. Wo ist Dad?«

»Einkaufen.«

»Wozu? Wir haben genug zu essen.«

»Wir wollten heute Abend etwas Nettes zu trinken haben, um auf das Neue Jahr anzustoßen.«

»Oh.«

»Was für ein herrlicher Morgen!«, sagt Luke. »Ich würde gern im Park spazieren gehen und habe mich gefragt, ob du wohl mitkommen magst.«

»Gute Idee«, sagt Mum. »Frische Luft wird dir guttun.«

Ich bin sauer. Frische Luft macht meinen geliebten Freund nicht weniger tot oder Pan weniger zur Betrügerin, aber ich kann erkennen, dass meine Mutter denkt, das normale Leben hätte wieder begonnen. Sie ist bester Laune, trägt wieder ihren Fleece und kümmert sich hauptsächlich um Fafner.

Luke kümmert sich nur um mich. Er sieht so jung und kraftvoll aus, dass ich es tatsächlich für eine gute Idee halte, dieses Haus des Hintergehens zu verlassen. Ich esse Toast und trinke Kaffee. Ohne nachzudenken ziehe ich Pans Wachsjacke an und setze eine Wollmütze auf, die wie ein Kondom aussieht. Ich sehe furchtbar aus. Wen kümmert es?

Der letzte Tag dieses grässlichen Jahres ist klar und kalt. Letztes Jahr um diese Zeit war es nass – Nick und ich sind im Haus geblieben, haben uns gemütlich auf dem Sofa zusammengekuschelt und Laurence Oliviers »Heinrich V.« gesehen. Keiner von uns musste an dem Abend spielen, und Pan war noch in Macclesfield. Wir haben gegähnt und gegessen und zweimal Sex gehabt – einmal nach dem Film auf dem Sofa und dann noch mal oben im Bett. Dann haben wir im Bett Wein getrunken, wie bei unserem ersten Mal … Nick hat mehrere Male betont, es sei perfekt. Als wir aufwachten, war es fast Mitternacht, und wir sind aufgestanden und haben mit Teebechern auf das Neue Jahr angestoßen. Seitdem habe ich mehrere Leben gelebt.

Luke und ich überqueren die Fußgängerbrücke und gehen den Weg zum Kite Hill hinauf. Die winterlich grünbraunen Grashänge sind voller Kinder mit neuen Fahrrädern und Joggern, die ihren Feiertagsspeck abarbeiten.

»Gestern war ein schlimmer Tag für dich«, sagt Luke mit typischem Understatement.

»Ich weiß, ich sehe scheiße aus – nett von dir, es nicht zu kommentieren.«

»Du siehst nie scheiße aus. Aber du bist ganz schön müde.«

»Ich konnte letzte Nacht nicht schlafen.«

»Das macht die Trauer.«

Er kann genauso gut die Wahrheit erfahren – sie betrifft auch ihn. »Ich habe etwas erfahren.« Erneut wiederhole ich das belauschte Geschwätz, Wort für Wort. »Und es war nicht nur einmal. Soweit ich es verstanden habe, hatte Pan regelmäßig Sex mit Nick, wann immer ich ihnen den Rücken kehrte.«

»Oh«, sagt Luke. Der Rhythmus seiner Schritte ändert sich nicht im Mindesten.

»Mehr fällt dir dazu nicht ein? Bist du gar nicht schockiert?«

»Ich weiß nicht, was ich sagen soll.«

»Ich hoffe, du bist wenigstens überrascht. Dann wären wir schon mal zwei. Alle anderen wussten es.«

Luke spaziert eine Weile schweigend neben mir her. »Ich hätte es mir denken können. Ich wusste, dass er auf sie steht … Um ehrlich zu sein, fand ich das manchmal ganz schön unangenehm.«

»Er hat aber immer wieder gesagt, es wäre nicht so!« Plötzlich merke ich, wie kindisch das klingt, und ich ziehe die Schultern zusammen.

»Bestimmt dachte Nick, dass es unter seiner Würde ist, auf langbeinige Blondinen mit großen Brüsten zu stehen.« Luke zieht die Stirn kraus. »Und die gute alte Pan war wie verzaubert von ihm. Selbst vor unserer Trennung fand ich immer, dass sie sich zu sehr anstrengt, ihm zu gefallen. Es fing vorher schon an, oder?«

»Ja.«

»Ich habe gemerkt, wie er sie ansieht. Ich hätte nie gedacht, dass sie tatsächlich … O Gott, das erklärt so Manches.«

»Sie wollte mir nicht sagen, wie lange es gedauert hat, und sie behauptet, sie hätte ihn geliebt.«

»Oh.« Luke wird nachdenklich. »Und du glaubst ihr nicht?«

»Ich weiß, wie sie ist, wenn sie verliebt ist. Wenn sie das Liebe nennt, macht sie sich meiner Meinung nach was vor. Anscheinend war das erste Mal nach dem berühmten Abend in Kenwood.«

»Oh …« Jetzt habe ich ihn getroffen.

Ich bin eine einzige Wunde, also ist es mir egal, ob ich auch einem anderen Schmerz zufüge. Ich wiederhole mein Gespräch mit Pan und wie sie sagte, er habe beim zweiten Mal eine andere Taktik verwendet.

»Und das reichte mir«, sage ich. »Sie war mit dir verlobt, aber das hat sie nicht davon abgehalten, mit einem anderen in die Kiste zu steigen.«

»Ich verstehe«, sagt Luke.

Wir gehen ein paar Minuten weiter, ohne zu sprechen.

»Ich wusste, dass Nick auf sie steht«, wiederholt er dann. »Aber ich hätte nie gedacht, dass er so weit geht, sie zu verführen.«

»Sie ist so lange halbnackt vor ihm rumscharwenzelt, bis er gar nicht mehr anders konnte.«

»Hm«, meint Luke. »Ich weiß, ich muss nachsichtig mit dir sein, Marnie … aber selbst du musst doch hören, wie das klingt.«

»Was meinst du damit?«

»Natürlich konnte Nick anders.« Luke macht ein kritisches Gesicht. »Ich weiß, der arme Kerl ist tot, aber es wäre lächerlich, Pandora ganz allein die Schuld zu geben.«

Das verletzt mich. Warum ist niemand auf meiner Seite?

»Und wenn Nick jetzt hier wäre«, fährt Luke fort, »würde ich ihm eine reinhauen.«

»Sei nicht albern – du würdest nie jemandem eine reinhauen.«

»Für das Arschloch würde ich eine Ausnahme machen.«

Ich zucke zusammen. »Luke!«

»Tut mir leid«, entgegnet Luke steif. »Ich weiß, das ist nicht besonders nett von mir am Tag nach seiner Beerdigung, aber es macht mich krank, wie du die Teile, die dir nicht gefallen, einfach ausblendest.«

Seine Herzlosigkeit raubt mir den Atem. »Das ist nicht fair!«

»Es ist absolut nachvollziehbar, wo er doch fast ein Jahr im Koma lag … Das Ausblenden war Teil deines Bewältigungsmechanismus. Aber mir musst du schon meine eigene Meinung gönnen – und die lautet, dass Dominic Sedley zu den Männern gehörte, die es genießen, Frauen leiden zu lassen.«

»Sei nicht so verdammt überheblich!«, zische ich ihn an. »Ich weiß sehr wohl, dass er nicht perfekt war – ich bin ja nicht komplett bescheuert. Aber er ist tot, und die Liebe ist das Einzige, was zählen sollte. Ich habe ihm vergeben. Du wärst fast Priester geworden – auch du solltest dazu in der Lage sein.«

»Okay«, sagt Luke. »Ich vergebe ihm, wenn du Pan vergibst.«

Davon bekommt mein ausgezehrter Körper fast Schüttelfrost vor Wut. »Verstehst du nicht? Was sie mir angetan hat, war die schlimmste Form von Betrug!«

»Nicks Betrug an dir war schlimmer. Du hast ihm vollkommen vertraut, und er hat es dir vergolten, indem er deine wichtigste Freundschaft zerstört hat.«

»Nick hat mich nicht betrogen. Was auch immer da hinter meinem Rücken vorging – er hat mir nie einen Anlass gegeben, an der grundlegenden Tatsache zu zweifeln, dass er mich liebt. Und was ist mit Pan? Sie ist diejenige, die unsere Freundschaft zerstört hat.«

»Ich werde nicht mit dir diskutieren. Das wäre, wie mit einem Katholiken über die Jungfräulichkeit Marias zu diskutieren.«

»Tu mir einen Gefallen, Luke, sei bitte nicht so verdammt scheinheilig.«

»Entschuldige … ich sollte das alles nicht sagen.« Luke ist immer noch höflich, aber es schimmert stählerne Härte durch. »Es ist nicht fair, wenn er sich nicht dazu äußern kann.«

»Genau«, sage ich bitter, »das ist es nicht.«

Er seufzt. »Ich wollte dich eigentlich aufmuntern. Toll gemacht.«

»Tja, das schaffst du tatsächlich nicht, indem du Gemeinheiten über Nick sagst – oder mir einen belehrenden Finger vorhältst. Ich sage dir, wie es für mich aussieht … als würde Pan damit davonkommen, weil sie noch lebt und Nick nicht.«

»Das tut mir leid.«

»Ich kann mich nicht mehr mit dir treffen, wenn du ihn weiter so miesmachst.«

»Marnie, ich will niemanden ›miesmachen‹.« Er ist ruhig und gefasst und unendlich herablassend. »Aber ich finde, Nick hat sich manchmal wie ein Arschloch verhalten, und ich kann das nicht ausblenden, nur um deine Gefühle zu schonen.«

»Du klingst wie ein frömmelnder Blödmann.«

»Ja, das habe ich schon mal gehört.«

»Du hast Nick immer von oben herab betrachtet. Als wärst du etwas Besseres.«

»Tja, das war ich auch. Ich habe nur mit einer Frau zur gleichen Zeit geschlafen.«

»Sehr witzig«, gebe ich zurück, obwohl das ganz offenbar nicht als Witz gedacht war.

»Gott weiß, was Frauen wie du und Pandora in Männern wie Nick sehen«, sagt Luke plötzlich aufgebracht. »Ihr scheint die grundlegende Falschheit dieser Art von Charme nicht zu durchschauen … weil sie euch so gefällt.«

»Ja, wir stehen nun mal darauf. Mit Charme kannst du mich immer kriegen.«

Der Weg wird steiler, bevor er auf dem Hügelkamm abflacht. Wir bleiben stehen, um durchzuatmen. Der Blick auf das unter uns liegende London ist phantastisch, eine Stadt aus Glastürmen, die in der Sonne glänzen. Aber es nervt mich, dass der Ausblick so schön sein kann, während es mir so schlechtgeht.

»Hör zu, es tut mir leid«, sagt Luke. »Ich habe dich verärgert, und das ist das Letzte, was ich wollte. Schieb es auf den Schock und zu einem gewissen Teil auf nachträglich verletzten Stolz. Es ist schwer, jemandem gegenüber nachsichtig zu sein, der dich zum kompletten Idioten gemacht hat – selbst wenn er tot ist.«

»Nein, mir tut es leid.« Dieses Gespräch ist nicht so verlaufen, wie ich es beabsichtigt hatte (was hatte ich überhaupt beabsichtigt?), und ich bin zu müde, um weiterzustreiten. Luke wird nie verstehen, warum ich Nick so sehr geliebt habe, und seine schulmeisterliche Missbilligung macht mich stinksauer.

Auf dem Nachhauseweg herrscht ein angespanntes Schweigen, durch gelegentliche Bemerkungen über die Landschaft oder das Wetter nur noch verstärkt. Als wir wieder am Haus ankommen, lehnt Luke es ab, noch mit reinzugehen. Er zögert am Gartentor und scheint zu überlegen, ob er mich küssen soll oder nicht. Ich nehme ihm die Entscheidung ab, indem ich zur Haustür gehe.

»Bis bald, Luke.« Ich meine es nicht ernst.

Dad sitzt im Wohnzimmer, und Fafner tollt neben ihm auf dem Sofa herum. »Deine Mutter ist auf einen Drink bei den Nachbarn. War's schön?«

»Ja, sehr schön.«

»Glaubst du, du kannst jetzt wieder ein bisschen klarer denken?«

»Was?«

»Bist du wieder mehr du selbst?«

»Ich … Dad, wovon sprichst du?«

»Seit gestern Abend kann man nicht mehr vernünftig mit dir reden.« Dads Stimme klingt locker und plaudernd, aber dennoch bitterernst. »Du hast einen ganz untypischen Koller gehabt.«

»Koller? Das ist eine sehr untypische Übertreibung.«

Er hebt Fafner mit einer Hand hoch. »Lass uns einen Tee trinken – Ben Hur fängt erst in zehn Minuten an.« Er trägt den Welpen in die Küche. Ich tapse wie eine schmollende Zwölfjährige hinterher. »Hier, setz ihn mal in den Laufstall, ja?«

Ich nehme den kleinen, geschmeidigen, vergötterten Hund und setzte ihn neben dem alten Schuh ab – in den er sofort seine kleinen Zähne schlägt. Er bedroht den Schuh mit einem langen, knurrigen Fiepen, über das wir beide schmunzeln müssen.

»Ich finde wirklich«, sagt Dad, »dass du noch mal mit Pandora reden solltest.«

»Ich weiß, dass du und Mum sie vermisst, aber ihr solltet auf meiner Seite sein. Da gibt es nichts mehr zu bereden.«

»Du hast ihre Version noch nicht gehört – nicht vollständig.«

»Ich habe genug gehört, vielen Dank. Sie hat hinter meinem Rücken mit Nick geschlafen.«

»Ja, und Nick mit ihr. Wie Tennyson schon sagte: Es gehören immer zwei dazu.«

29. Kapitel

Drei Tage nach Nicks Beerdigung kehre ich ans *National Theatre* zurück. Jede andere Schauspielerin würde gern mit mir tauschen, aber ich fühle mich nicht einmal mehr wie eine Schauspielerin. Monatelang bestand meine Arbeit darin, Nick zu besuchen, und jetzt habe ich keine Ahnung, was ich mit dem Rest meines Lebens anfangen soll.

Mir ist natürlich bewusst, dass alle Bescheid wissen – in diesem Kaninchenbau aus Beton gibt es keine Geheimnisse. Ich habe beschlossen, so zu tun, als wüsste ich weiterhin nichts von Pandora – ich weigere mich, jemandem die Befriedigung zu geben, die Sache in meinem Beisein zu erwähnen, und bewahre mir so einen letzten Rest Würde.

In der Garderobe denkt allerdings niemand an Nick. Rosa liegt bleich und mit roten Augen im Bademantel auf der Couch. »Tut mir leid, Marnie«, sagt sie. »Wie es aussieht, musst du schon heute ran.«

»Was?« Der Schock bläst mir alles andere aus dem Kopf. »Was ist passiert?«

»Ich muss mich andauernd übergeben … das blöde Baby … im Buch stand, dass die Kotzerei jetzt eigentlich vorbei sein müsste.«

Ich fühle mich, als wäre ich gerade in ein Schwimmbecken mit Eiswasser getaucht. Wir spielen heute »Wie es euch gefällt«, und ich kann mich an keine einzige Zeile von Rosas Text erinnern. Die letzte Zweitbesetzungslesung war vor drei Wochen … bevor Nicks Tod meinen Verstand in eine Wüste verwandelt hat.

Lizzie, das Fernsehsternchen, streckt ihren Kopf aus dem Vorhang ihres Abteils. »Sie schicken jemanden mit deinem Kostüm, du brauchst dir also keine Sorgen zu machen.«

Soll das ein Witz sein? Das hier ist der Albtraum jeder Zweitbesetzung! Denk nach, Marnie, aktiviere deine Gehirnzellen!

»Ich gehe gern die erste Szene mit dir durch, wenn du willst«, bietet Lizzie an.

»Danke, ich schau nur eben schnell noch mal ins Skript.« Meine Stimme klingt forsch und selbstbewusst. Ich stürze in mein Abteil und betrachte mein entsetztes Gesicht im Spiegel. Wer ist dieser Wischmopp mit den glasigen Augen? »Rosa, du Ärmste«, sagt meine seltsame forsche Stimme. »Jetzt, wo ich hier bin, solltest du nach Hause gehen.«

»Ich will mich nie wieder bewegen«, stöhnt Rosa. »Ich will einfach hierbleiben, bis ich mich auflöse.«

Mein zerfleddertes, bekritzeltes, mit Kaffeeringen übersätes Manuskript liegt unter einer Schachtel Papiertücher und einer Dose Abschminkcreme. Ich kann mich nicht an das Stichwort für meinen ersten Auftritt erinnern, geschweige denn an meinen Text. Ich weiß ja kaum noch, wie ich selbst heiße. »Ich möchte keineswegs dein Henker sein …« Diesen Text hatte ich einmal verinnerlicht, und ich habe ihn geliebt. Wann immer ich ihn wiederholte, erkannte ich Form und Charakter einer jeden Rede … In meinem Kopf konnte ich Phöbe hören, die grausame Hirtin, die von Silvius geliebt wird und die ihr eigenes Happy End verzögert, indem sie sich in eine als Mann verkleidete Frau verliebt.

Tja, wie wunderbar. Mein Traum geht in Erfüllung: Ich werde auf der Bühne des *Royal National Theatre* Shakespeare vortragen. Diesen Traum (die Standardphantasie eines jeden Schauspielers, zusammen mit der Dankesrede bei der Oscar-Verleihung) habe ich, seit ich fünfzehn war. Und jetzt, wo er wahr wird, würde ich alles tun, um ihm zu entgehen.

Ich mache meine Atemübungen aus der Schauspielschule. Gott sei Dank bin ich früh hier – wir fangen erst in einer Stunde an, und mein erster Auftritt ist relativ spät.

Könnte ich doch nur mit Pan reden! Dies ist genau die Art von Notfall, bei dem sie gut ist.

Mit zitternder Hand rufe ich Mum an. »Hilf mir«, raune ich. »Rosa ist übel, ich muss heute auf die Bühne …«

Ich höre ein schrilles Gellen im Ohr wie von einer Zugpfeife. »Oh, meine Süße! Jetzt bin ich aber richtig froh, dass ich zurückgekommen bin! Zum Blumen-Schicken ist es schon zu spät, aber wenn wir gleich losfahren, können wir es gerade noch schaffen … TOBES! Zieh deine Schuhe an … wir fahren ins Theater … Marnie wird SPIELEN … Viel, viel Glück, mein lieber Schatz!«

Sie legt auf. Na, das war ja eine tolle Hilfe! Jetzt werden meine Eltern auch noch Zeugen meiner Erniedrigung sein.

Lizzie zieht den Vorhang auf. »Marnie, ist alles in Ordnung? Soll ich Mark holen, damit wir die erste gemeinsame Szene durchgehen können?« Mark ist der junge Mann, der Nicks Rolle als Silvius übernommen hat. Er ist sehr nett, aber im Allgemeinen vermeide ich es, ihn in Nicks Kostüm anzusehen. Seine Stimme ist ganz falsch. Wenn Mark jetzt kommt, breche ich bestimmt zusammen.

»Ich glaube, es geht schon.« Meine Stimme klingt überraschend ruhig. Die anderen in der Garderobe halten mich sicher für ein Muster an Professionalität.

Jetzt kommt jemand aus dem Kostümdepot, und ich stehe im Mittelpunkt hektischer Betriebsamkeit. Rosas Kleid kann ich nicht tragen, so dass für mich ein ähnliches Kostüm des achtzehnten Jahrhunderts angefertigt wurde. Mein Haar wird von einem Mann aus der Perückenabteilung zurechtgemacht, der zum Schluss Rosas breitkrempigen Strohhut darauf feststeckt.

»Wow«, sagt Belinda, die die Celia spielt. »Du siehst toll aus.« Das ist lieb von ihr – sie ist sonst nicht der Typ, der nett sein will. »Richtig gut, ehrlich gesagt.«

»Scheiße, du siehst besser aus als ich«, klagt Rosa. »Wenn dieses Baby irgendwann rauskommt, werd ich niemals mit ihm sprechen!«

Über die interne Lautsprecheranlage kommt die Ansage: »Die Rolle der Phöbe übernimmt heute Marnie Rivers.«

Während die Zeit bis zur sicheren Katastrophe unaufhaltsam voranschreitet, kommen andere Besetzungsmitglieder vorbei, um mir Glück zu wünschen – ich werde wieder umarmt und gedrückt. Vor drei Tagen waren alle bei Nicks Beerdigung, jetzt ist es, als wäre ich der einzige Mensch, der sich an seine Existenz erinnert. Ich sitze in meinem Kabuff und starre auf die kesse Bühnenhirtin, die meinen Platz eingenommen hat.

Nick, es ist eine Qual, dass du nicht hier bist – du hättest dafür gesorgt, dass ich nicht zu Eis erstarre. Diese Art von Krise war dein Lebenselixier.

»Bereithalten zur ersten Szene«, verkündet der Lautsprecher fünf Minuten vor dem Öffnen des Vorhangs, und ich gehe ein weiteres Mal durch meine erste Textstelle. »Ich möchte keineswegs dein Henker sein … Ich fliehe dich, um dir kein Leid zu tun … Du sagst mir, dass ich Mord im Auge trage …« Ist das die Stelle, an der ich ein paar Schritte nach hinten gehe, oder kommt das später? Verdammte Kacke, das ist alles zwecklos! In meinem Kopf herrscht völlige Leere. Soll ich das jemandem sagen? Sehen wir der Wahrheit ins Gesicht: Dies wird der unbeholfenste Zweitbesetzungsauftritt in der Geschichte des *Royal National Theatre*.

Der nette Mann aus der Perückenabteilung bringt Rosa eine Tasse Pfefferminztee und mir eine Tasse normalen schwarzen Tee. Auf einmal bin ich wie ausgetrocknet. Ich nippe an dem schaumigen Kantinengebräu und lausche den Publikumsgeräuschen, die über die interne Sprechanlage übertragen werden.

Plötzliches Raunen.

Nach kurzem Hüsteln und Rascheln herrscht schreckliche Stille.

Eröffnungsmusik.

Die ersten Zeilen von Orlando.

Mir bricht unter meinem Korsett der Schweiß aus.

Im Moment würde ich alles darum geben, einen ordentlichen Beruf zu haben, einen, der keine Verkleidung und kein Auswendiglernen erfordert. Ich habe keine besonderen Qualifikationen, aber ich bin sicher, ich könnte als Sprechstundenhilfe beim Zahnarzt arbeiten. Oder in einem Supermarkt. Wie bin ich je auf die Idee gekommen, ich könnte schauspielern?

Mein Handy piepst. Ich sehe Pans Nummer und freue mich aus alter Gewohnheit, bis es mir wieder einfällt und ich mich schlecht fühle. Ich lese die Nachricht trotzdem, sie lautet: »Du denkst, du kannst dich an nichts mehr erinnern, aber das tust du DOCH. MKTSExxx.« »MKTSE« steht für »Mach kein Theater – Spiel einfach!«, was gleichzeitig »keine Sorge« und »viel Glück« bedeutet. Pan hat es auf der Schauspielschule erfunden.

Mum muss sie angerufen haben, und Pan kennt mich gut genug, um zu wissen, dass ich mittlerweile in einem Zustand versteinerter Amnesie verharre. Tränen steigen mir in die Augen, und ich muss mich sehr zusammennehmen, damit mir nicht das Make-up verschmiert. Trotz allem keimt Hoffnung in mir auf. Pan hat recht, allmählich formt sich der Text in meinem Kopf zusammen, und als ich die ersten Worte vor mich hinmurmele, fallen mir immer mehr ein … also doch keine totale Leere. Ich werde auf keinen Fall antworten, aber ich fühle mich ermutigt.

Oder zumindest nicht tot. Mark, der in seinem Kostüm Nick so ähnlich sieht, kommt, um mich für meinen ersten Auftritt zu holen, und ich schaffe es, ohne Zusammenbruch zur Bühne zu taumeln.

»Viel Glück«, flüstert Mark. »Keine Sorge, falls du

einen Hänger hast, ich stehe vorn und kann dir deinen Einsatz soufflieren.«

»Danke.«

Und wir sind dran. Der Weg über die dunkle Bühne ist endlos. Mein Herz hämmert. Die Lichter gehen an, und ich sehe in eine Wand aus Gesichtern.

Ich sage meinen ersten Satz und erinnere mich sofort, was ich tun muss. Es ist, als würde ich meinen Körper und alle meine Sinne auf eine höhere Ebene der Aufmerksamkeit verfrachten, was ein Höchstmaß an Konzentration erfordert. Nach Monaten des bloßen Herunterratterns in den Zweitbesetzungs-Textdurchläufen fühlt es sich so anstrengend an wie Kohleschippen. Aber ich habe Kontrolle über meine Stimme, ernte Lacher an den richtigen Stellen, und mein Gedächtnis hat sich letztlich entschieden zu kooperieren.

Als es vorbei ist, bin ich vollkommen aufgewühlt. Beim Aufstellen zur Schlussverbeugung am Bühnenrand entdecke ich meine Eltern in der Mitte des Parketts. Mums Gesicht strahlt vor überschwänglicher Freude, und Dad grinst mich an.

In aller Eile steige ich aus dem Kostüm, um sie am Bühneneingang zu treffen.

Mum gibt mir einen dicken Schmatz und presst mich an ihren Busen. »Oh, Schätzchen, du warst umwerfend … du hast bezaubernd ausgesehen und gesprochen wie ein Engel … Es war erhebend, dich über die Bühne schlendern zu sehen, als würde sie dir gehören …«

»Tja, ich bin mächtig stolz auf dich«, sagt Dad. »Das war eine reife Leistung, wenn man bedenkt, was du in letzter Zeit alles durchmachen musstest.«

»Danke.« Dies ist seine höchste Form des Lobes.

»Ich würde sagen, du hast dir einen Drink verdient.« Er klingt resigniert – er weiß, dass Mum nur darauf wartet, in die Backstage-Bar mitgenommen zu werden, die er aus denselben Gründen hasst, aus denen sie sie liebt.

Wir gehen nach oben in die Bar, die voller aufgekratzter Schauspieler und Bühnenarbeiter ist. Dank der Beerdigung kennt Mum viele von ihnen und ist ganz in ihrem Element.

Ich werde wieder umarmt – eine Zweitbesetzung, die von jetzt auf gleich auf die Bühne muss, wird immer gefeiert. Ich werde mit Lob überschüttet, vor allem, weil ich meinen Text und alle Bewegungen behalten habe und nicht in die Kulissen gestolpert bin. Der Schauspieler, der Orlando spielt und auf dem Werbeplakat abgebildet ist, versetzt meine Mutter in Ekstase, als er mich auf den Mund küsst und mich als »überwältigend« bezeichnet.

»Ist er nicht hinreißend?«, flüstert sie mir ins Ohr. »Was für eine Schande, dass er verheiratet ist!«

Sam, unser Direktor, reicht mir ein Glas Weißwein. »Ich habe deinen Auftritt gesehen, und du warst exzellent. Ich wünschte, Nick hätte dich sehen können.«

»Ich wünschte, er könnte dieses Glas Wein sehen«, sage ich leichthin. »Er hat immer behauptet, Theaterdirektoren würden niemals ein Getränk spendieren.«

»Wie überaus frech von ihm – und wie typisch! Aber was dich betrifft, Marnie, hatte er recht. Er hat mir mehrmals vorgeworfen, ich würde dein Talent vergeuden. Wir sollten darüber reden. Würdest du morgen nach der Matinee in mein Büro kommen?«

»Sehr gern.«

Es wird darum gehen, dass Rosa aussetzt und ich ihre Rollen übernehme. Es ist noch genug Schauspielerin in mir, um einen Schub elektrisierende Aufregung zu verspüren – meine Hauptsicherung ist offenbar doch nicht durchgebrannt. Ich komme mir vor, als wäre ich nach monatelangem Aufenthalt in geschlossenen Räumen endlich ins Freie getreten.

Auf dem Weg nach Hause plappert Mum fröhlich weiter. »Natürlich tut es mir für Rosa leid, aber seit dem Tag, als du an der Schauspielschule aufgenommen wurdest, habe ich davon geträumt … Weißt du noch, Tobes? Du hast gesagt, sie würde wahrscheinlich in Werbespots für Waschmittel enden, aber ich konnte sie definitiv auf einer richtig großen und wichtigen Bühne sehen … Manchmal frage ich mich, ob ich nicht das zweite Gesicht habe …«

Im Auto komme ich allmählich wieder auf den Boden. Nick ist noch immer tot. Als Sam ihn erwähnte, war er für kurze Zeit wieder lebendig, aber er wird nicht zu Hause auf mich warten. Auch Pan ist nicht da. Ein Teil von mir würde sie jetzt gern sehen. Aber ich hasse sie für ihren Betrug, und ich hasse mich selbst für meine eigene bequeme Blindheit. Immer wieder kommen Erinnerungsfetzen hoch – all die Male, wo Nicks Hand fast unbewusst über ihrem Hintern schwebte, wenn sie sich nach vorn beugte –, und die ganze Welt erscheint mir grau und dumm.

30. Kapitel

»Komm rein, Marnie«, sagt Sam. »Ich habe wieder zugesehen und fand es wirklich gut.«

Rosa plagt immer noch die Morgenübelkeit, und ich habe gerade die Matinee von »Wie es euch gefällt« hinter mir. Das zweite Mal war genauso wie das zweite Mal Sex mit jemandem – weniger aufregend, aber kompetenter. Ich stehe in Sams kleinem Büro im vierten Stock, die Jeans über mein Korsett gezogen, was sich blöd anfühlt.

Es gibt einen Schreibtisch, zwei Stühle, einen Aktenschrank und ein großes gerahmtes Plakat mit Sams gefeierter Inszenierung von »Hedda Gabler«, vor meiner Zeit. Ich setze mich auf den anderen Stuhl.

Sams Kopf ist oval und sieht aus wie ein trauriges Ei mit einem lockigen Klumpen dunkler Haare. Ich war noch nie mit ihm allein, und dies ist schon jetzt die längste Unterhaltung, die wir je geführt haben.

»Ich weiß, was für eine schlimme Zeit das für dich ist«, sagt er. »Ich vermisse ihn auch, ich habe ihn furchtbar gern gemocht. Auf der Beerdigung wollte ich schon mit dir reden, aber ich war zu gerührt. Das Zitat, das du gefunden hast, war sehr schön … *›wie sein finstres Reich / der Tod so hold durch dich geschmückt‹*. Dominic war von außergewöhnlicher, wechselhafter und schwer fassbarer Schönheit.« Er verharrt einen Moment schweigend, dann fährt er in anderem Ton fort: »Ich bin sicher, Rosa hat dir schon gesagt, dass sie die Truppe verlassen wird.«

»Ja.«

»Im Normalfall würde ich dich jetzt fragen, ob du die Phöbe übernimmst ... üblicherweise wärst du die erste Wahl.«

Ich spüre einen Stich der Enttäuschung – er gibt mir doch nicht Rosas Stelle ... so viel zu Mums Träumen.

»Aber Belinda verlässt uns auch«, sagt Sam, »und das bedeutet eine ziemlich drastische Umbesetzung. Ich habe beschlossen, Belindas Zweitbesetzung die Phöbe spielen zu lassen und dir die Celia zu geben.«

Das war das Letzte, was ich erwartet habe. »Wie bitte ...?«

»Ich möchte, dass du den Part der Celia übernimmst«, wiederholt Sam geduldig.

»Oh ... wow ...« Die Celia ist eine große Rolle, eine Hauptrolle mit viel Text, ein wunderbarer Part. Vor einem Jahr, als Nick noch lebte, wäre ich vor Aufregung in die Luft gesprungen. So aber blinzele ich nur benommen wie ein Kaninchen im Scheinwerferlicht.

»Wir haben eine Woche Zeit für Proben ... das wird nicht schon wieder ein Sprung ins kalte Wasser.«

»Danke, die brauche ich auch.«

»Du wirst gut sein«, sagt Sam. »Ich hoffe, das ist eine Ablenkung für dich. Wir müssen alle über den Tod dieses jungen Mannes hinwegkommen.« Er greift über den Tisch und legt eine Hand auf meinen Unterarm. »Hör zu, ich hoffe, du hörst nicht auf irgendwelches dummes Geschwätz, das die Leute über ihn verbreiten. Zufällig weiß ich, wie es ist, jemanden zu lieben, der nicht gerade ein Ausbund an Treue ist – man kann sich noch so sehr bemühen, es zu verstehen … aber man wird es nie verstehen.«

Ich falle auf den Boden der Realität zurück. »Nein«, antworte ich automatisch.

»Man muss fast ein Heiliger sein, um damit klarzukommen … jedenfalls ist es das, was die anderen dann immer sagen. Aber sie werden nie begreifen, was man dafür zurückbekommt. Manche Beziehungen funktionieren einfach nur auf diese Art. Jeder konnte sehen, dass Nick dich geliebt hat – und die Liebe ist es, die am Ende zählt.«

Ich träume, dass ich in einem überfüllten Bahnhof bin, und Nick steht auf dem gegenüberliegenden Bahnsteig. Er sieht mich nicht, und ich schaffe es nicht, ihn auf mich aufmerksam zu machen. Und dann kommt ein Zug, und als er wieder abfährt, ist der Bahnsteig leer.

Als ich aufwache, erkenne ich, dass es in Wahrheit genau andersherum ist – ich bin diejenige im weiterfahrenden Zug, und ich lasse Nick zurück. Eine Welle großer Traurigkeit rollt über mich hinweg, die mein Herz vollkommen durchweicht. Er konnte nicht gut allein sein – was, wenn er einsam ist, dort, wo er ist?

Ich schalte die Lampe neben dem Bett ein. Es ist halb vier Uhr nachts, und ich weiß, ich werde nicht wieder einschlafen. Auf dem Nachttisch liegt ein kleiner Stapel

Notizzettel und Karten von Nick an mich. Mein Blick fällt auf die Cartoon-Zeichnung eines Penis: »Liebe, Liebe, Liebe, Nick.«

Ich rechne damit, dass ich gleich weine und greife nach einem Taschentuch. Aber mir ist nicht nach Weinen zumute, meine Gedanken sind zu wild. Was für eine Schande, dass all seine Liebesbriefchen Entschuldigungsschreiben sind – das ist mir vorher nie aufgefallen. Dieser eine kam nach dem schrecklichen Streit mit Pan. Auf einmal erinnere ich mich, dass sie, bevor sie aus dem Haus stürmte, noch kurz die Sofakissen aufschüttelte.

Im selben Moment weiß ich plötzlich, dass das Sofa deswegen so zerwühlt war, weil die beiden Sex darauf gehabt hatten.

Warum habe ich das damals nicht gesehen? Diese kleine Erkenntnis reicht aus, dass eine ganze Lawine an Erinnerungen heranrollt. Alle möglichen Dinge werden mir jetzt auf schreckliche Weise klar. Ich steige aus dem Bett und schleiche in die dunkle Küche, um bei einer Tasse Tee darüber nachzudenken.

Auf meiner Überraschungsgeburtstagsparty habe ich Nick in inniger Umarmung mit Pan erwischt. Er sagte, er habe sich bei ihr bedankt, und ich habe ihm so gern geglaubt, dass ich sofort ausradierte, was ich tatsächlich gesehen hatte: wie die zwei sich küssten.

Und auf der Premierenparty von »Phädra« habe ich mich stur geweigert, irgendetwas Seltsames darin zu sehen, dass Nick über und über mit Pans rotem Lippenstift bedeckt war.

Wie viele andere Momente gab es noch? Sind die beiden immer sofort übereinander hergefallen, sobald ich das Zimmer verließ? Ich bin krank vor Eifersucht, rastlos vor Wut – und plötzlich ist da eine immense Neugier.

Ich glaube, ich habe ihm vergeben, dass er mit Pan geschlafen hat. Aber ihr habe ich ganz gewiss nicht vergeben.

Gut, ich weiß, das ist unlogisch, aber das ist mir egal – ich gebe Pan die Schuld, dass sie attraktiv für ihn war. Ich gebe ihr die Schuld, dass sie mit ihren Playboy-Titten und ihrem drallen Arsch so provozierend durchs Haus stelzte. Kein Mann, durch dessen Adern Blut fließt, hätte ihr widerstehen können – sie war so verlockend wie eine brutzelnde Bratwurst am Straßenstand. Und ich glaube einfach nicht, dass sie es nicht mit Absicht getan hat. Sie hatte beschlossen, Nick zu verführen, und er konnte nur ein gewisses Maß an weiblichen Reizen ertragen, bevor er ihnen automatisch erliegen musste.

Und jetzt kommt der Moment, da ich mir selbst die Schuld geben muss. Du dumme Kuh, Marnie – du einfältige, blinde Kuh.

Das war es also, worüber sie in den Garderoben geflüstert haben – Marnie Rivers, legendäre Vollidiotin, die ihren Freund mit in ihr Haus nahm, ohne vorher die blondierte Nymphomanin rauszuwerfen. Darüber werde ich nie hinwegkommen.

Sie wussten, dass du mich hinter meinem Rücken betrügst, würde ich ihm gerne sagen können. Sie alle wussten es, während es passierte – vor allem, weil du es ihnen gesagt hast, du Arschloch. Hast du je vorgehabt, es mir zu sagen? Und wenn ja, welche Geschichte hättest du mir aufgetischt?

Es hat keinen Zweck. Ich kann mich nicht dazu bringen, Nick die Schuld zu geben.

Was Pan mir angetan hat, fühlt sich schlimmer an – mehr als zehn Jahre lang war sie meine beste Freundin. Im Moment kann ich noch nicht darüber reden. Meine Eltern versuchen, es zur Sprache zu bringen, aber ich lasse es nicht zu. Als ich es herausfand, war ich so dermaßen schockiert, dass ich sie nur weg haben wollte.

Aber solange ich nicht die ganze Wahrheit kenne, hat sie ein Stück von Nick, das ich nicht kenne. Jetzt weiß ich, was ich ihr zu sagen habe.

Am frühen Sonntagmorgen fahre ich mit Dads Auto zu einer schmucken grauen Häuserreihe in Highbury. Ich habe meinen Eltern nichts gesagt, sondern die Schlüssel einfach von der Ablage genommen. Mein Herz schlägt mir bis zum Hals, als hätte ich gleich ein Vorsprechen, das mein Leben verändern wird – es ist fast schon wie freudige Erregung … Gott weiß, warum!

Ich klingele an Gavins Wohnung im Erdgeschoss. Ich klingele wiederholt in eindringlich kurzen Abständen, weil ich weiß, dass Pan noch tief und fest schläft. Diese Frau schläft wie eine Tote. Als ich innehalte, um zu lauschen, höre ich Schritte.

»Ich komme!«, ruft Pan etwas aufgebracht.

Die Haustür wird abrupt geöffnet, und wir stehen uns Auge in Auge gegenüber. Pan trägt einen riesigen, hässlichen Männermorgenmantel aus olivgrünem Frottee. Einen Moment lang keimt Hoffnung in ihrem Gesicht auf – bis sie sieht, dass ich nicht in freundlicher Absicht gekommen bin. Das sollte mich wohl rühren – tut es aber nicht.

»Marnie.«

»Ich will mit dir reden.« Es klingt steif. Ich bin entschlossen, nicht rührselig und anbiedernd zu klingen. Vor meinem geistigen Auge bin ich wie ein Rechtsanwalt gekleidet und entschlossen, ihre Verbrechen vor einer unsichtbaren Jury darzulegen.

»Okay, komm rein – ich bin allein, Gav ist noch in Tunesien.« Pan hat das hier erwartet. Ohne ein weiteres Wort führt sie mich durch einen schmalen Gang zur Wohnungstür am Fuß der Treppe. Gavins Wohnung ist klein, aber ich bin wider Erwarten beeindruckt: Sie ist ansprechend eingerichtet, und würde mir nicht die wichtigste Konfrontation meines Lebens bevorstehen, hätte ich gute Lust, mir ein paar der Bilder genauer anzusehen. Er ist kein Mann wie Nick, der sich weigert, seiner Umgebung einen eigenen Stempel aufzudrücken. Es gibt eine Pinnwand mit einer sorgfältigen Auswahl an Familienfotos.

Wir gehen in eine gemütliche Küche, wo auf der Fensterbank hinter der Spüle jede Menge Blumentöpfe mit Kräutern stehen, und das Sonnenlicht fällt golden auf eine Reihe kupferner Pfannen an der Wand. Vor dem Fenster ist ein hübscher kleiner Garten mit Hochbeeten für Gemüse.

»Möchtest du einen Kaffee?«, will Pan wissen.

»Ja, aber denk bloß nicht, dass mich das ablenken wird.«

»Setz dich doch bitte erst mal hin … du machst mich

ganz nervös.« Pan kocht uns Kaffee in einer altmodischen Espressokanne, in der das Wasser ewig braucht, um zu kochen. Schweigend stehen wir davor. Pan fühlt sich unwohl und sieht aus, als müsse sie gleich weinen.

Wir setzen uns an den zu kleinen Tisch.

»Tja«, meint Pan resigniert. Das Olivgrün macht sie so blass, dass ihr Gesicht fast teigig aussieht – ein absolutes Novum für Pan, die ihre gesamte romantische Karriere darauf aufgebaut hat, dass sie morgens gut aussieht.

Ich gehe meinen mentalen Katalog möglicher Eröffnungssätze durch. Alle sind gleich gut geeignet. »Du hast mir nichts von dir und Nick erzählt. Ich war der einzige Mensch auf der Welt, der nichts davon wusste.«

»Tut mir leid.«

»Mehr fällt dir nicht dazu ein? ›Tut mir leid‹?«

»Was erwartest du von mir? Es tut mir leid. Ich wollte es dir sagen.«

»Warum hast du's nicht getan?«

»Nick wollte das nicht.«

»Versuch nicht, ihm die Schuld in die Schuhe zu schieben – er kann sich nicht verteidigen, das ist nicht fair.«

Pan zuckt mit den Schultern. »Schön … wenn du die Wahrheit nicht hören willst.«

»Ich will sehr wohl die Wahrheit«, gebe ich barsch zurück. »Deshalb bin ich hier.« Es tut weh. Wir zwei sind nicht dazu bestimmt, Feindinnen zu sein. »Ich will jedes Wort wissen, das er zu dir gesagt hat. Ich will genau wissen, wie oft ihr miteinander geschlafen habt und wo. Ich will jedes noch so schmutzige Detail. Fang am Anfang an.«

»Das Konzert in Kenwood«, sagt Pan. »Ich habe dir

erzählt, was danach passiert ist, als wir alle im Dunkeln nach Hause finden mussten.«

»Er hat dich angebaggert.«

Sie wird dunkelrot. »Er hat mir an die Brust gefasst.«

»Ohne, dass du ihn dazu ermuntert hast?«

»Ich habe ihn nicht ermuntert«, sagt Pan.

»Was hat er gesagt?«

»Herrgott nochmal … spielt es eine Rolle, was er gesagt hat? Was sagen die Leute normalerweise, wenn sie anderen an die Brüste fassen? Irgendetwas in der Art, dass er bei mir einen Steifen kriegt. Und dann legte er meine Hand auf seinen Hosenschlitz, und er hatte tatsächlich eine mächtige Erektion.«

»Übertreib mal nicht.«

»Das tue ich nicht. Ich schwöre, das ist die Wahrheit und nichts als die Wahrheit.« Pan ist ganz ernst. »Sie wird dir nicht gefallen. Ich kann aufhören, wenn du willst.«

»Nein … es ist mir egal.« Das ist es nicht, aber ich spüre die perverse Gier, mir das Herz ein weiteres Mal brechen zu lassen. »Was hat er noch gesagt?«

»Es war nicht wirklich eine Unterhaltung, eher ein Ringkampf … Und es war irgendwie blöd, weil wir beide zu viel getrunken hatten und es so stockdunkel war. Wir sind hingefallen. Er hat meine Bluse zerrissen und mir in die Schulter gebissen.«

»Hey, warte …« Das glaube ich einfach nicht.

»Ich habe ihn weggestoßen und ihm gesagt, er solle sich verpissen. Er sagte, er wüsste, dass ich scharf auf ihn bin.«

Meine Finger verkrampfen sich um den Griff meines Bechers. »Und? Warst du's?«

»Zu dem Zeitpunkt«, sagt Pan, »fand ich ihn schon ziemlich scharf, aber nur theoretisch. Ich schwöre dir hoch und heilig, dass ich nie auch nur im Traum daran gedacht hatte, irgendwas mit ihm anzufangen. Ich schlafe nicht mit Männern, die in einer Beziehung sind.« Sie denkt kurz nach. »Okay, das tue ich schon, aber nicht mit deinem! Also habe ich ihn weggestoßen, und er beschwerte sich, ich wäre ein hinterhältiges Luder, das ihn erst aufgeilt und dann abblitzen lässt.«

»Das hat er nicht gesagt!«

»Er war betrunken, vergiss das nicht.«

»Das ist doch bescheuert – jetzt nimmst du ihn noch in Schutz!«

»Tue ich nicht«, betont Pan. »Er hat sich wie ein Arsch verhalten … ist mir im Dunkeln hinterhergestiegen und hat lauter schreckliche Dinge über Luke gesagt … dass er mich gar nicht heiraten wolle und so … Er sagte, ich sei nur deswegen heiß auf Luke, weil ich denken würde, er sei reich … dass ich also im Prinzip eine Hure bin.«

»Hey, Moment mal … Ich soll doch wohl nicht im Ernst glauben, dass Nick dich eine Hure genannt hat?«

»Doch, und dann ist er in Hundescheiße getreten und auf dem Sofa ins Koma gefallen … Na ja, den Teil kennst du ja.«

Mein Kopf scheint zwischen meinen Schultern zu schlingern. Meine Welt wird auseinandergenommen und in völlig fremder Form wieder zusammengesetzt.

»Aber er hat sich entschuldigt«, versicherte Pan.

»Du meinst die Blumen?«

»Ja, aber das war nicht alles. Zwei Tage später, als wir allein im Haus waren, hat er sich richtig entschuldigt.«

Schweigen.

»Und das war dann das erste Mal, dass ihr Sex hattet«, sage ich.

»Ja«, antwortet Pan.

»Nick hat sich also entschuldigt, und du bist mit ihm ins Bett gehüpft.«

Es ist ihr sichtlich unangenehm. Sie zieht unter dem hässlichen olivgrünen Bademantel die Schultern zusammen. »So einfach war das nicht.«

»Für mich klingt das einfach genug.«

»Aber du weißt doch, wie er war. Er hat gesagt, er würde sich selbst verabscheuen.«

»Ich brauche mehr. Was hast du ausgelassen?«

»Was meinst du?«, fragt Pan nach. (Sie will Zeit schinden.)

»Ich meine … Ist er wieder über dich hergefallen? Oder bist du diesmal über ihn hergefallen?«

Ihr Gesicht wird hart. »Gut, wenn du alle Einzelheiten willst … Er hat geweint. Ich kann mit weinenden Männern nicht umgehen, und es hat mich völlig fertiggemacht. Er sagte, er hätte sich in mich verliebt.«

»Hat er nicht! Das ist nicht wahr!« Wie kann sie es wagen, solche Sachen zu erfinden, wenn er ihr nicht widersprechen kann?

Ein Anflug von Mitleid huscht über ihr Gesicht, und ich werde wütend. »Wenn du es genau wissen willst«, sagt sie, »glaube ich auch nicht, dass er auch nur annähernd in mich verliebt war. Jeder Idiot konnte sehen, dass du diejenige warst, die er geliebt hat – er hat ja praktisch den Boden geküsst, auf dem du gegangen bist! Ich musste mir immer anhören, wie wundervoll du bist, wie schön und gebildet und intelligent und elegant. Aber dann hat er gesagt, ich hätte so eine handfeste Sexualität, die ihn ganz verrückt macht, und wenn ich ihn nicht mit mir schlafen lassen würde, würde sein Kopf explodieren.«

Mir wird ein wenig übel. Zum ersten Mal bekomme ich etwas vom wahren, echten Nick mit. Ich wünschte bei Gott, dass diese Szene einfach unvorstellbar wäre, aber das ist sie nicht.

Sie seufzt. »Ich weiß, dass das im Grunde ziemlich abgedroschen klingt, aber er hat mich einfach … mitgerissen.«

»Wo wart ihr?«

»Was?«

»Wo im Haus wart ihr?«

»Ach so. Im Wohnzimmer.«

»Auf dem Sofa?«

»Marnie … Herrgott nochmal!« Pan ist entnervt. »Ja, wir haben es auf dem Sofa gemacht … und dann auf dem Teppich.«

»Ich verstehe.«

»Und dann noch über den Esstisch gebeugt … okay?«

»Ich verstehe.«

»Ich glaube wirklich nicht, dass es Nick viel bedeutet hat – emotional, meine ich. Aber natürlich habe ich mich in ihn verliebt.«

»Warum ›natürlich‹?«, gifte ich sie an. »Um dir eine elegante Entschuldigung zu verschaffen, dass du ihn hinter meinem Rücken vögelst?«

»Vielleicht … mag sein … zu einem gewissen Zeitpunkt«, sagt Pan. »Aber wie du sehr gut selber weißt, ist es absolut unmöglich, sich nicht in einen Mann zu verlieben, der einen auf diese Weise befriedigt.«

Ich weine. Tränen strömen mir über das Gesicht. Meine Geschichte, die mich all die Monate hindurch auf der Intensivstation aufrecht gehalten hat, wurde als Märchen entlarvt und in Stücke gerissen.

»Ich habe mich schrecklich gefühlt«, sagt sie leise. »Ich habe es gehasst … den Betrug … die Heimlichkeiten. Ich wollte, dass wir damit aufhören oder es dir zumindest sagen. Aber Nick hatte einen totalen Horror davor, dich zu verletzen. Mich zu verletzen, hat ihm offenbar nicht so viel ausgemacht.«

Das macht alles noch schlimmer. Ich will nichts über diese neue Version des Mannes hören, den ich so verdammt geliebt habe.

»Was soll das alles überhaupt?«, will Pan wissen. »Wir sollten es einfach dabei belassen, dass wir den blöden Kerl beide wie verrückt geliebt haben, und du hast gewonnen. Gott allein weiß, was er ohne den Schlaganfall getan hätte. Aber das spielt jetzt keine Rolle mehr.«

»Ihr wart da immer noch zusammen? Ihr habt es immer noch getan, als er ins Koma fiel?«

»Ich war immer kurz davor, Schluss zu machen. Einoder zweimal, als er in Bekennerstimmung war, sagte Nick, er würde uns beide lieben und keine verlieren wollen. Aber letztlich hätte er sich entscheiden müssen, und ich wusste immer, dass ich es sein würde, die er fallenlässt. Du warst sein Engel – und ich war nur eine Schlampe, die ihn mit ihren unpassenden Hormonen abgelenkt hat. Er mochte mich gar nicht wirklich … Abgesehen vom Sex wollte er nie etwas mit mir unternehmen.« Sie klingt bitter. »Aber er wollte auch nicht, dass ich ausziehe. Ich habe sehr wohl versucht, etwas anderes zu finden … die ganze Situation war unerträglich. Ich habe schrecklich gelitten … aus Liebe und Leidenschaft und Schuldgefühlen … und habe dabei nicht mal abgenommen.«

Ihr Gesicht ist wie versteinert. Allein ihre Augen beobachten mich, wie ich ein neues Paket Taschentücher aufreiße, um mir das Gesicht abzuwischen.

»Der Kaffee ist kalt.« Pan steht auf. »Trink nichts mehr … ich koche uns frischen.«

Jetzt, wo sie mich nicht mehr andauernd ansieht, kann ich meine Fassung wiedererlangen. Ich schnäuze mir heftig die Nase, als würde das meinen Verstand wieder zurechtpusten.

Mit dem Rücken zu mir löffelt Pan das Kaffeepulver in die Espressokanne. »Ich habe einen ernsthaften Versuch unternommen, das Ganze zu beenden … das war der Abend, an dem ich zu Rosa geflohen bin. Mein Gott, ich bin froh, dass du das nicht miterlebt hast … wir haben uns angeschrien wie die Verrückten.«

»War das bevor oder nachdem du ihn wieder auf dem Sofa gevögelt hast?« (Ich stelle mir vor, wie ich der Jury einen triumphierenden Blick zuwerfe.)

Pan ist verärgert, aber nicht so sehr, wie ich gehofft hatte. »Danach«, sagt sie. »Er hat sich mit einer schnellen Nummer bedient, und ich war verletzt. Was immer er von mir dachte … ich habe ihn geliebt. Ich habe ihm gesagt, ich könnte das nicht mehr, solange er sich nicht von dir trennt.«

Das ist ein weiterer Schlag in die Eingeweide. Ich kann

nur dümmlich wiederholen: »Du wolltest, dass er sich von mir trennt?«

»Du wirst dich freuen zu hören, dass er das abgelehnt hat – ich musste mir wieder anhören, was für ein unbefleckter Engel du wärst und dass ich dir in keiner Weise das Wasser reichen könnte. Er hat dich wirklich angebetet, musst du wissen.«

»Und damit soll ich mich jetzt besser fühlen?«

»Ich sage das nicht, damit du dich besser fühlst«, entgegnet Pan mit einem überraschenden Schub an Energie. »Ich versuche, die Wahrheit zu sagen … Warum hörst du zur Abwechslung nicht einmal zu?«

»Was soll das denn bedeuten?« Jetzt bin ich an der Reihe, verärgert zu sein – ich bin doch niemand, der nicht zuhört!

»Du hättest es merken können, wenn du nur gewollt hättest. Manchmal habe ich richtig gestaunt, dass dir nie etwas aufgefallen ist. Nick sagte, er würde dich nie verlassen, er könnte aber auch nicht im selben Haus mit mir wohnen, wenn er keinen Sex mit mir haben dürfte. Also sagte ich: Schön, dann gehe ich.«

»Aber du bist zurückgekommen.«

»Ja.«

»Und was hat sich dadurch geändert?«

»Es sollte alles anders werden«, sagt Pan. »Nick sagte, er würde mich lieben, aber nie wieder anfassen. Ich weiß nicht mehr, wie lange das anhielt.«

Ich glaube nicht, dass Nick jemals gesagt hat, er würde sie lieben. »Lass uns das mal klarstellen«, sage ich. »Du behauptest, das Ganze wäre Nicks Schuld gewesen – er war das Arschloch, und du warst das unschuldige Opfer.

Du versuchst, ihn anzuschwärzen, damit du besser wegkommst.«

Pan dreht sich um und sieht mich an. »Du glaubst mir kein Wort, oder?«

»Nicht wirklich.«

»Du denkst, ich lüge.«

»Vielleicht nicht gerade lügen … aber so war er nicht. Weißt du, was ich denke? Dass du diejenige warst, die den ersten Schritt gemacht hat …«

»Nein …«

»Und dass du immer weiter versucht hast, ihn mir auszuspannen!«

»Ach, Scheiße nochmal!« Voller Wut knallt Pan den Espressokocher auf die Theke. »Dir deinen Mann ausspannen … Sind wir hier in einem Country-Song?«

»Du hast gesagt, du hättest ihn geliebt!«

»Das habe ich auch – ich habe ihn vergöttert! Obwohl er mich wie Dreck behandelt hat.«

»Du übertreibst.«

Sie schenkt uns frischen Kaffee ein und kehrt an den Tisch zurück. »Denk mal an den Tag, an dem er ins Koma fiel.«

»Da muss ich nicht viel denken – ich erinnere mich an jede Sekunde.«

»Erinnerst du dich auch an den Tag davor?«

»Ja, da ist er nach Whitstable gefahren.«

Pan sieht mich an, und meine Haut fängt vor düsterer Vorahnung zu kribbeln an. Plötzlich sehe ich die Blumen in einem ganz anderen Licht.

»Ist er nicht«, sagt Pan leise – so leise und kleinlaut habe ich sie noch nie erlebt.

»Was?« Ich verstehe nicht.

»Er war nicht in Whitstable, er war mit mir zusammen.« Sie verliert ihre Fassung und bricht in Tränen aus. So schlimm habe ich sie noch nie weinen gesehen. »Es war furchtbar, Marnie ... das war der schlimmste Tag meines Lebens. Ich sehe es im Geiste immer wieder vor mir, und ich wünschte, ich könnte die Uhr zurückdrehen und es ungeschehen machen. Wir waren in der Klinik an der Gower Street ... und ich hatte eine Abtreibung.«

Sie lässt den Kopf auf den Tisch sinken und schluchzt herzzerreißend.

Ich bin vor Schock wie betäubt.

»Nick wollte das nicht«, bringt sie unter Schluchzen hervor. »Und ich wollte es eigentlich auch nicht ... aber ich hätte es wollen sollen ... noch nie habe ich etwas so bitter bereut. Er hat versucht, nett zu sein. Er war sehr lieb ... und am nächsten Tag hatte er den Schlaganfall ... und ich dachte, es zerreißt mir das Herz. Als Rosa sagte, sie sei schwanger, war ich so eifersüchtig, dass ich hätte sterben können.«

Ich komme mir vor, als würde ich schweben – als hätte ich mich aus meinem Körper gelöst und würde auf uns beide hinabblicken.

Pan hat Nicks Kind erwartet. Das war der Grund, warum er an seinem letzten Tag so seltsam war ... er hat versucht, mir etwas zu sagen ... aber was? Dass er mich verlässt? Dass er Pan das Herz gebrochen hat? Dass ich diejenige war, für die er sich entschieden hat?

Hat Nick die Hirnblutung bekommen, weil er diesen Druck ertragen musste – mit zwei Frauen zu leben, von denen er eine geschwängert hatte? Hat ihn das umgebracht?

Pan ist eine Fremde geworden.

»Danke, dass du es mir gesagt hast.« Ich stehe auf. »Ich musste es wissen.«

Ich lasse sie weinend, den Kopf zwischen den Armen vergraben, zurück.

31. Kapitel

Ich sollte Mitleid mit Pan haben, die wie die Heldin in einem russischen Epos leidet – aber ich kann nicht. Wenn es um sexuelle Untreue geht (und ich weiß sehr wohl, dass das nicht fair ist), ist es irgendwie immer einfacher, dem Mann zu vergeben, vor allem, wenn er tot ist. Außerdem hätte sie in einem russischen Epos den Anstand besessen, sich zu ertränken.

Sie ruft mich ein paarmal an, aber ich gehe nicht dran. Wenn ich ehrlich bin, vermisse ich Pan mehr, als ich Nick vermisse. Ich habe das Gefühl, als hätte ich eine Hälfte von mir amputiert, und es ist niemand da, der ihren Platz einnehmen kann.

Meine Eltern wollen, dass ich ihr vergebe, aber ich weigere mich standhaft, ihnen zuzuhören. Harter Stahl hat Einzug in meine Seele gehalten. Diese Frau, die ich wie eine Schwester geliebt, der ich bedingungslos vertraut habe, hatte direkt vor meiner Nase eine Affäre mit Nick. Ich glaube ihr kein Wort von ihrer angeblichen Liebe. Und ihre Behauptung, er hätte sie geliebt, ist einfach lächerlich – reines Wunschdenken!

Die Proben mit der Neubesetzung von »Wie es euch gefällt« sind eine große und willkommene Ablenkung. Seit meine Mutter erfahren hat, dass ich die Celia spielen soll, befindet sie sich im Dauerzustand der Begeisterung und mehrt meinen Ruhm, wohin sie auch geht. Nachbarn und umliegende Ladenbesitzer haben gelernt, meinen Namen zu fürchten. Dad ist unter Vorbehalt beeindruckt und sagt, er erkenne allmählich einen Sinn in der Schauspielerei als Beruf. Dorothy, meine liebe alte Agentin (wir haben seit Monaten nicht miteinander gesprochen), ruft mich mit der Neuigkeit an, dass ich eine kleine Gehaltserhöhung bekomme. In beruflicher Hinsicht ist also alles bestens – ganz im Ernst: Das ist der größte Durchbruch, den ich bisher hatte, und ich bin instinktiv entschlossen, es nicht zu vermasseln.

Am Abend vor meinem ersten Probentag träume ich, dass Nick noch im Krankenhaus liegt. Ich habe vergessen, ihn zu besuchen, und trage irgendeinem unsichtbaren Richter meine Ausreden vor. Die Erleichterung beim Aufwachen weicht schnell dem vertrauten Gewicht der Trauer, die wie ein Felsen auf mich herabfällt.

Mir ist immer kalt, wenn ich mich so fühle, und ich ziehe meine dickste Strickjacke an.

Mum hat jedoch andere Vorstellungen. »Das alte, räudige Ding kannst du aber nicht anziehen, Schätzchen … du gehörst jetzt zur Stammbesetzung und solltest dich dementsprechend kleiden.«

»Zu Proben ziehe ich mich immer so an. Wenn ich plötzlich in Pelzmantel und Sonnenbrille auftauche, mache ich mich nur lächerlich.«

»Du hast generell aufgehört, dich um dein Aussehen zu kümmern. Ein Hauch Make-up würde dir nicht schaden.«

Es stimmt, dass ich diesbezüglich keinerlei Ambitionen mehr habe – zu lange habe ich mich für meine Auftritte in der Intensivstation gekleidet. Ich ziehe also eine weniger schäbige Jacke an und lege mein Alltags-Make-up auf, so wie ich es vor Nicks Koma immer getragen habe.

»Ja, so ist es schön«, kommentiert Mum. »Jetzt siehst du immerhin normal aus, das ist schon mal ein Anfang.«

Ich versuche, darüber zu lachen, aber ich bin tatsächlich etwas nervös – ich habe die Niederungen der Zweitbesetzung verlassen und gehöre jetzt zum Stamm-Ensemble. Ich kenne das ganze Stück auswendig, habe mich aber trotzdem ein Wochenende lang intensiver mit meinem neuen Text beschäftigt. Ein Teil von mir hat furchtbare Angst, als Betrügerin entlarvt zu werden.

Im Theater muss ich automatisch an den ersten Probentag für die erste Spielzeit des Stücks denken, als ich Nick kennenlernte. Nur ein paar Gesichter haben sich geändert. Tief in mir hatte mein Unterbewusstsein fast damit gerechnet, ihn zu sehen, und seine Abwesenheit tut wieder schrecklich weh. Es ist, als wäre er komplett ausgelöscht worden.

»Hallo, Marnie.« Gavin Gomersall steht neben mir – was macht der denn hier?

»Gavin … hallo!«

»Ich bin der neue Touchstone«, sagt Gavin.

Ich erinnere mich, dass der hinlänglich bekannte Comedian, der sonst den Touchstone spielte, das Ensemble verlassen hat. »Das ist toll – du bist perfekt für die Rolle!«

»Und in ›König Lear‹ soll ich den Narren spielen.«

»Toll«, wiederhole ich. Meine Wangen brennen, und

ich spüre dumpfe Wut in meiner Magengrube. Gavin kann nichts dafür, aber nun, da wir zusammen arbeiten, werde ich Pan kaum aus dem Weg gehen können. Sie wird wie die Pest über die Premierenfeier hereinbrechen.

»Pan lässt dich grüßen.« Mit seinen schwarzen Augen, die so tragisch aus seinem komischen Gesicht leuchten, sieht er mich bedeutungsvoll an.

Ein weiteres »Toll« ist das Beste, was ich zustande bringe.

Bevor er weitersprechen kann, beginnt zum Glück die Arbeit. Umgehend wird meine volle Aufmerksamkeit durch einen, wie Sam ihn nennt, »Stolperlauf« durch das Stück beansprucht, während dem meine Stimme wie feines Fledermausfiepen klingt. Interessant und etwas nervig ist, dass Gavin, auch ohne sämtliche Zeilen von Touchstone zu kennen, mühelose Perfektion hinlegt. Wenn wir nicht aufpassen, wird er uns alle an die Wand spielen.

Zum Mittag sehne ich mich nach Frischluft und kaufe ein Käsebrot, das ich mit nach draußen nehme. Es ist einer dieser scharfen, zitronigen Wintertage, die nach Frühling riechen. Ich esse über den dunklen grünen Fluss gebeugt und lasse mir vom frischen Wind das Haar ins Gesicht wehen.

»Hallo noch mal.« Gavin steht neben mir. »Du läufst vor mir weg, oder?«

Der Angriff aus dem Hinterhalt lässt mich zusammenfahren, aber es ist unmöglich, Gavin böse zu sein. Sein Gesicht hat einfach etwas Liebenswertes. Bevor mir einfällt, dass ich nicht mehr mit Pan rede, verstehe ich, was sie mit »auf eigene Weise schön« meinte.

»Ich musste den Kopf frei kriegen«, sage ich.

»Ja, ich auch«, erwidert Gavin. »Ich dachte, ich könnte den blöden Text heute Morgen schon auswendig. Und es wird das reinste Wunder sein, wenn ich am Ende diesen Tanz schaffe, ohne über meine eigenen Füße zu stolpern.«

»Keine Sorge, das sieht komplizierter aus, als es ist.«

»Ich hoffe, du hast recht.« Er stopft sich einen Schokoladen-Muffin in den Mund. Ein paar Minuten stehen wir einträchtig kauend nebeneinander. »Pan sagt, ich soll dich ganz lieb grüßen.«

»Das ist nett.«

»Ich wünschte, du würdest mit ihr reden. Sie vermisst dich furchtbar.«

»Natürlich werde ich irgendwann mit ihr reden – aber es kann nicht mehr wie früher werden. Das muss sie einsehen.«

»Oh, das sieht sie ganz sicher ein. Sie erwartet nicht, dass du es vergisst.« Er schluckt den restlichen Muffin hinunter und reißt die Folie des nächsten auf. »Sie hasst sich selbst, weil sie dich hintergangen hat.«

»Das sollte sie auch.« Ich muss einfach schnippisch sein.

»Aber ich finde, dass sie genug gestraft ist«, sagt Gavin leise. »Ich kann kaum ertragen, wie sie über dieses Kind weint.«

Beinahe hätte ich »Welches Kind?« gefragt, aber dann fällt mir wieder die Abtreibung ein. Es ist immer noch unvorstellbar, dass Pan in Nicks letzten Lebenswochen mit dem keimenden Leben seines Kindes im Leib durch mein Haus gelaufen ist.

»Sie wird nie aufhören, es zu bereuen«, sagt Gavin.

»Sie hat sich die Augen aus dem Kopf geweint, als sie es mir erzählte. So hat es mit uns angefangen, weißt du … So haben wir uns verliebt.«

»Mir hat sie gesagt, das war beim Kaffeetrinken zu Weihnachten bei euch zu Hause.«

Seine fleischigen Wangen werden durch sein Lächeln angehoben. »Ich hab sie in Covent Garden aufgelesen, wie sie vor einem Schaufenster mit Teddybären stand und heulte. Da hab ich sie mit nach Hause genommen.«

»Oh.«

»Es ist eine Schande, dass das alles so enden musste«, meint Gavin. »Zumindest hoffe ich, es macht dir nichts aus, wenn wir uns jetzt öfter sehen.«

»Sei nicht albern, natürlich nicht.«

»Nicht nur bei der Arbeit … Toby hat mich gebeten, euren Garten in Schuss zu bringen.«

»Oh«, wiederhole ich.

»Er möchte, dass ich Pandora mitbringe. Wenn es dich stört, mache ich es natürlich nicht.«

»Ich kann dich nicht davon abhalten«, erwidere ich. »Es ist das Haus meines Vaters, nicht meins. Aber ich nehme mir dann das Recht heraus, nicht da zu sein.«

»Tja … okay.«

Ich kann sehen, dass er mich für zickig hält. Meine blöden Gefühle gehen jedem auf die Nerven. Nun, da Nick tot ist, wollen sie jede Spur von ihm ausradieren.

Gavin wechselt das Thema, indem er mich etwas zur Arbeit am Stück fragt. Wir gehen über das windige Ufer zurück zum Theater, und ich versuche das Gefühl abzuschütteln, dass ich im Unrecht bin.

Letztes Jahr um diese Zeit war ich gerade dabei, mich an mein Leben an Nicks Krankenbett zu gewöhnen. Damals rechnete ich ständig mit seinem Aufwachen und versuchte alles, um es auszulösen. Hätte ich damals schon von Pan gewusst, hätte ich ihn anklagend anschreien können – wach auf, du Drecksack, du hast mich mit meiner besten Freundin betrogen!

Francesca ist in London. Ich erhalte einen atemlosen Anruf aus dem neuen Haus. »Das reinste Chaos … der Putz ist voller Risse … wir mussten schnell einziehen, das war eine der Bedingungen im Kaufvertrag … Ich würde dich sehr gerne sehen.«

Das Haus ist dreistöckig, im viktorianischen Stil gebaut und befindet sich an einer hübschen Straße in Kentish Town. Es liegt nahe genug an Gospel Oak, dass ich am folgenden Sonntagmorgen zu Fuß hingehen kann. Als Einzugsgeschenk habe ich eine antike Teekanne mit dem berühmten blauen Pseudo-Chinamuster besorgt.

Francesca öffnet die Tür. Als sie lächelt, versetzt mir die Erinnerung an Nick einen Stich. Wie er tatsächlich aussah, ist mittlerweile erstaunlich schwer heraufzubeschwören.

»Adam und Olly sind spazieren«, sagt sie. »Aber sie kommen bald zurück. Es ist komisch, allein hier zu sein – nach der Wohnung fühlt sich das Haus so groß an wie ein Flugzeughangar.« Sie führt mich durch einen mit Umzugskartons gesäumten Flur. Ihre geschmeidige Art zu gehen erinnert mich ebenfalls an Nick. »Tut mir leid wegen der Unordnung.«

Hinten hat das Haus einen Anbau mit Glasdach, in dem eine riesige moderne Küche steht. Dahinter liegt ein

Garten mit einem kleinen Rasenstück und einem kahlen Apfelbaum.

»Das ist phantastisch«, sage ich höflich.

Francescas Freude über die Kanne ist fast rührend, und sie besteht darauf, uns gleich einen Tee zu kochen. »Die Küche in Paris war winzig«, sagt sie. »Ich kann mir nicht vorstellen, wie ich mich je an diese Weite gewöhnen soll. Ich würde den Platz gern mit Kindern auffüllen – ich brauche mehr Menschen, die mit mir verwandt sind.«

»Du vermisst Nick«, schlage ich vor (obwohl ich mir nicht vorstellen kann, dass sie ihn so sehr vermisst wie ich, wo sie doch ihren Mann hat und ihren Sohn und das neue Haus).

»In Gedanken spreche ich immer noch mit ihm«, sagt sie.

Schlagartig wird mir bewusst, wie sehr ich in meiner Trauer um mich selbst kreise. Ich habe mir erlaubt zu vergessen, wie oft Nick mit seiner Schwester gesprochen hat. Er ging dann mit dem Telefon in ein anderes Zimmer, und ich hörte, wie seine Stimme sang und er hin und wieder in Gelächter ausbrach. Natürlich hat mich das nicht im geringsten gestört – ich habe mindestens ebenso oft mit meinen Eltern in Madeira telefoniert –, aber warum habe ich es in den hintersten Winkel meiner Erinnerung geschoben?

»Ich ertappe mich immer wieder dabei, dass ich mir Dinge merke, die ich ihm sagen will«, erzählt Francesca.

»Ich auch … es ist zur Gewohnheit geworden.«

»Wir haben uns wirklich alles erzählt.«

»Oh.« Es ist unmöglich, ihren mitleidigen Blick falsch auszulegen.

»Ich habe alles über sein Liebesleben erfahren.«

»Dann nehme ich an, du weißt das mit Pan«, sage ich.

»Also … ja. Tut mir leid.«

»Du brauchst dich nicht zu entschuldigen, ich war die Einzige auf der Welt, die es nicht wusste. Sogar die Queen und der Papst wussten Bescheid.«

Francesca wirkt ernst und schüchtern. »Ich habe Partei für dich ergriffen, deshalb hatten wir auch den großen Streit, als er Weihnachten bei uns war. Ich habe ihm vorgeworfen, er wäre egoistisch und unmoralisch. Ich sagte, ich fände es unerhört, wie er euch beide behandelt, und dass er so nicht weitermachen kann. Er wurde wütend. Er sagte, als Ehefrau und Mutter wäre ich eine selbstgerechte spießige Hexe geworden.«

»Wusstest du, dass sie schwanger war?«

»Ja. Er beteuerte, die Abtreibung sei einzig und allein Pandoras Wunsch gewesen. Ich habe ihm nicht geglaubt – ich war überzeugt, dass er sie unter Druck gesetzt hat. Und ich habe ihn dafür gehasst, dass er dir nicht die Wahrheit sagt. Ich sagte ihm, er hätte es endlich geschafft, sich in eine Frau zu verlieben, die nicht verrückt ist oder eine Schlampe oder die Mutter meiner besten Freundin … und dann musste er alles kaputtmachen.« Fast trotzig fügt sie hinzu: »Du warst die einzige wirklich nette Freundin, die er je hatte.«

»Danke.« Allmählich empfinde ich das nicht mehr als Kompliment.

»Er hat dich wahnsinnig geliebt – was zum Teil der Grund dafür war, dass er es dir nicht sagen konnte. Er hatte schreckliche Angst, dich zu verlieren. Als wir unseren langen Spaziergang an der Seine machten, sprach er nur von dir und wie sehr er dich liebte. Er schwor, er würde alles in Ordnung bringen. Ich glaube wirklich, es war ihm ernst.«

»Er hat mir so viele Lügen erzählt«, sage ich. Das habe ich noch nie laut ausgesprochen oder überhaupt den Gedanken formuliert, und es fühlt sich an, als würde ich mich der Wahrheit ergeben.

»Nur, was den Sex betraf«, erwidert Francesca.

Das ist eine so schwache Entschuldigung, dass wir beide resigniert lächeln müssen. »Aber es waren großartige Lügen«, sage ich. »Und ich habe sie geglaubt, weil ich es wollte.«

Die Haustür geht auf, Adam schiebt das Kind in die Eingangshalle, und Francesca erzählt sofort, wie toll es ist, den Buggy gleich ins Haus rollen zu können anstatt ihn erst in einen winzigen Pariser Aufzug zu zwängen. Wir sind beide froh über den Themenwechsel. Francesca ist glücklich. Der Verlust ihres Bruders war tragisch für sie, aber sie hat ihren Mann und Olly, ein hübsches neues Haus und die wunderbare Aussicht darauf, es mit weiteren Babys zu füllen.

Ich hingegen stehe da wie die letzte Idiotin. Das Eingeständnis von Nicks Lügen hat den Stöpsel aus der Flasche gezogen, und alles, was ich unter Verschluss gehalten hatte, entweicht wie ein böser Geist.

32. Kapitel

»Scheiße«, zischt Nick plötzlich. Er hebt seine Zeitung hoch, um sein Gesicht dahinter zu verstecken. »Scheiße, Scheiße!«

»Was ist los?«, will Pan wissen.

»Da drüben … die große Frau mit den roten Haaren … nicht hinsehen!«

Natürlich sehen Pan und ich zu ihr hin. Es ist ein sonniger Herbsttag, mild genug, um im *Freemasons Arms* am Rande von Hampstead Heath draußen auf der Terrasse zu sitzen. Nick und ich sind sonnengebräunt und träge aus unserem Urlaub auf Madeira zurückgekehrt. Die Frau, vor der Nick sich versteckt, hat leuchtendes (sichtlich gefärbtes) rotes Haar und ist vage als Schauspielerin einzuordnen. Sie ist in Begleitung eines kleinen kahlen Mannes, mit dem sie sich ein paar Meter entfernt an einen Tisch setzt.

»Sag nichts«, meint Pan. »Eine deiner früheren Eroberungen.«

»Leise!« Nick ist alles andere als entspannt. »Sie heißt Bridget, und wir hatten was miteinander im *Watermill* in Stroud. Ich will sie wirklich nicht sehen.«

Ich nippe an meinem Weißwein, genieße die ungewöhnlich warme Sonne, die wie ein Nachschlag auf unseren idyllischen Urlaub wirkt. »War das bei Agatha Christie?«

»Ja. Ich weiß wirklich nicht, was sie hier will, zum Teufel.«

»Warte mal«, sage ich. »Ich dachte, da wärst du noch mit Ella Soundso zusammen gewesen … als du in dem Agatha-Christie-Stück gespielt hast.«

»Nein, da war er von Ella schon getrennt«, wirft Pan ein. »Bei Agatha Christie war er offiziell mit Katie Downey zusammen.«

Wir kichern synchron. »Wow, du solltest beim Fernsehquiz mitmachen«, sage ich zu ihr. »Dein Spezialgebiet: ›Das Sexualleben von Dominic Sedley von 1997 bis heute‹.«

»Pssst!« Die Zeitung zittert beunruhigt. »Sie kann euch hören.«

»Wen hat sie gespielt?«, fragt Pandora. »Miss Marple?«

Nick stößt ein Lachen aus, das halb wie Stöhnen klingt. »Um Himmels willen, sei still!«

»Hör auf, dich zu verstecken«, sage ich. »Da siehst du nur verdächtiger aus. Irgendwann wird sie dich sowieso bemerken.«

»Sie wird bestimmt begeistert sein«, fügt Pan hinzu.

Nick schlägt die Zeitung auf den Tisch. »Du machst gern Ärger, oder?« Er bekommt dieses Funkeln in den Augen, das er immer kriegt, wenn er findet, dass Pan zu weit gegangen ist. »Es hatte ein schlimmes Ende, okay? Sie wird *nicht* begeistert sein. Also halt deine große Klappe!«

»Das ist das Schlimme an meiner großen Klappe.« Pan ist bereits beim zweiten Glas Wein und gibt sich nicht wie sonst die Mühe, ihn nicht zu nerven. »Die fällt immer wieder von alleine auf, wie eine Falltür mit kaputtem Scharnier. Natürlich tue ich mein Bestes, um sie zu kontrollieren.«

»Du hast keine Ahnung, okay? Scheiße … jetzt hat sie mich entdeckt.«

Die rothaarige Frau starrt ihn gedankenverloren an. Sie steht auf, kommt langsam zu unserem Tisch, und Nick tut, als hätte er sie nicht gesehen.

»Dominic?«

»Bridget!«, ruft Nick.

Ich schäme mich ein bisschen für mein Interesse an Nicks abgelegten Affären – er erzählt so wenig. Bridget ist ein paar Jahre älter als ich, und ich weiß sofort, dass sie in ihn verliebt war. Sie sieht mit einer Mischung aus Sehnsucht und Verzweiflung auf ihn hinunter. Er ist peinlich berührt, und sie ist die Heldin eines turbulenten romantischen Dramas – wahrscheinlich erzählt sie allen, er habe ihr das Herz gebrochen.

»Tja«, meint Nick gedehnt und erhebt sich, um sie auf die Wange zu küssen. »Wie schön, dich zu sehen! Was machst du denn hier?«

»Nur das schöne Wetter genießen«, antwortet Bridget. Sie sieht Pan bedeutungsvoll an. »Sie müssen Katie sein, er hat mir viel von Ihnen erzählt.«

»Äh … nein«, sagt Nick schnell. »Das hier ist meine Freundin Marnie Rivers. Und das ist Pandora Thorpe.«

»Oh«, macht Bridget. »Dann war die berüchtigte Katie doch nicht die Frau deiner Träume.«

»Es hat nicht funktioniert.«

»Hm, verstehe.« Sie sieht mich seltsam an, als hätte sie

gerade in diesem Moment etwas begriffen. In meinem glücklichen Status als Nicks Freundin kann ich es mir leisten, sie ein wenig zu bemitleiden. »Na egal. Wie geht es dir? Bist du noch am *National*?«

Es wird über die Arbeit geplaudert, und Bridget kehrt zu dem Kahlkopf zurück. Wenige Minuten später verlassen sie die Terrasse. Bridget winkt uns lächelnd zu.

Nick vergräbt das Gesicht in den Händen. »Du lieber Gott, war das peinlich! Ich konnte sie nach unserem Stück einfach nicht loswerden und hab ihr erzählt, ich würde Katie zu sehr lieben, um unsere Affäre fortzusetzen.«

»Die Geschichte kennen wir doch alle«, kommentiert Pan trocken.

»Warst du in sie verliebt?«, erkundige ich mich. »In Bridget, meine ich?«

Nick ist genervt. »Müssen wir darüber reden?«

»Sei kein Spielverderber«, sagt Pan. »Marnie und ich sind ganz fasziniert von deiner amourösen Vorgeschichte. Wir spielen mit dem Gedanken, ein Buch zu schreiben.«

»Also gut, wenn ihr darauf besteht. Ich war in keine von beiden verliebt. Okay? Einer der Gründe, weshalb ich diese lächerliche Rolle in dieser lächerlichen Produktion im *Watermill* angenommen habe, war, um Abstand zu Katie zu kriegen. Ich habe was mit Bridget angefangen, weil wir mitten in der Einöde festsaßen und ich mich langweilte.« Er sieht mich reumütig an. »Das ist nicht sehr nett, oder? Und ich hatte es gerade geschafft, dass du gut von mir denkst.«

»Ach, mach dir um Marnie keine Sorgen«, sagt Pan.

»Sie wird immer gut von dir denken, egal, was du tust. Du könntest einen Mord begehen, und sie würde deine Sichtweise verstehen.«

»Er hat niemanden umgebracht«, sage ich lächelnd. »Er hat zwei Frauen gleichzeitig Liebe vorgegaukelt. Das ist zwar nicht gerade nobel, aber illegal ist es auch nicht.«

»Puh«, meint Pan und sieht Nick über den Rand ihres Glases hinweg an. »Noch mal Glück gehabt.«

Es ist kurz nach drei Uhr früh. Ich sitze mit meinem Notizbuch am Küchentisch und kritzele wütend hinein. Das hier würde ich zu Nick sagen, wenn er nicht gestorben wäre.

Du verdammter, scheinheiliger Heuchler, Lügner, Betrüger, du doppelgesichtiger Dreckskerl.
Du verletzt die Menschen, und es ist dir scheißegal. Das ist es, was ich zu deiner Beerdigung hätte sagen sollen.
Du musstest deinen Schwanz in andere Frauen stecken.
Du hast mich dastehen lassen wie eine Idiotin.
Du hast meine liebste Freundin als Hure bezeichnet.
Es war die beste Freundschaft, die ich jemals hatte, und du hast sie kaputtgemacht.
Ich habe zugelassen, dass du sie kaputtmachst.
Ich stehe nicht nur da wie eine Idiotin – ich bin eine verdammte Idiotin.

Acht Uhr am Montagmorgen. Dads Autoschlüssel liegen nicht am üblichen Platz auf der Küchenanrichte. Er hat sich angewöhnt, sie in der Hosentasche zu tragen, und wenn ich um sie bitte, muss ich mir eine Lektion über Versicherungen anhören – er war ziemlich sauer, als ich sie das letzte Mal einfach genommen habe. Egal. Ich steige in die Bahn von Gospel Oak nach Highbury und Islington. Ich müsste nicht so früh fahren – im Theater werde ich erst am Nachmittag erwartet –, aber ich habe das dringende Bedürfnis, es aus dem Weg zu schaffen.

Pan öffnet die Tür zu Gavins Wohnung, barfuß, in Jeans und einem zerknitterten blauen Männerhemd. »Marnie? Was machst du denn hier? Willst du jetzt immer im Morgengrauen hier auftauchen?« Sie denkt, ich will sie wieder zusammenstauchen.

»Tut mir leid, aber es ist wichtig«, sage ich hastig. »Ich kann so nicht weitermachen.«

»Was meinst du mit ›so‹?«

»Ich kann nicht weiter die Frau sein, die sich wegen eines verdammten Mannes mit ihrer Freundin entzweit hat. Wenn ich in Romanen über solche Frauen lese, hasse ich sie immer.«

Pan sieht mich überrascht an, dann lächelt sie wie ein Sonnenaufgang. »Heißt das, du hast mir vergeben?«

»Nein … aber ich versuche es. Es tut mir leid, dass ich mich wie eine Drama-Queen aufgeführt habe. Das ist normalerweise dein Metier – und du hast dich überraschend zurückgehalten. Wenn du willst, kann ich auch wieder gehen.«

Sie strahlt mich an und kichert. »Sei nicht albern, komm rein!«

»Pan«, ruft eine Stimme. »Wer ist das, zum Teufel?«

»Gavin hat doch nichts dagegen oder?«

»Natürlich nicht, er wird sich genauso freuen wie ich – und ich lass dich jetzt nicht wieder weg.« Sie packt mich am Arm und zerrt mich in die Wohnung. Es fühlt sich seltsam an, überhaupt nicht so wie früher, und ich bin nicht sicher, ob Pan und ich jemals wieder zu unserer alten Freundschaft zurückkehren können. Aber ich bin mächtig erleichtert, als wäre ein großes Gewicht von mir genommen. »Gav, es ist Marnie!«

Gavin sitzt mit einer Zeitung am Küchentisch. Er trägt den hässlichen olivgrünen Morgenmantel, in dem Pan halb ertrunken ist, aber an Gavins üppiger Figur wirkt er fast zu knapp.

»Tut mir leid, dass ich so reinplatze«, sage ich.

Er grinst und versucht, den Morgenmantel über seinen Bauch zu ziehen. »Ist schon okay – möchtest du einen Kaffee?«

»Ich koch ihr einen«, sagt Pan. »Geh du erst mal und zieh dir was an, bevor du ihr einen Schrecken einjagst. Du siehst aus wie ein behaarter Tintenfisch.« Sie strubbelt ihm so zärtlich durch sein wirres Haar, wie ich es noch nie bei ihr gesehen habe. »Und dann kannst du losziehen und uns mehr Milch holen.«

»Okay.«

»Und ein paar Croissants.«

»Okay.« Er tapst aus der Küche und lässt uns allein.

»Gut abgerichtet«, kommentiere ich.

»Oh, er ist sagenhaft! Kennst du das, dass die meisten Männer aufhören, etwas für dich zu tun, wenn sie erst Sex mit dir hatten? Bei Gavin ist es genau anders herum – Sex macht ihn noch hingebungsvoller. Er könnte glatt ein Engel sein.«

»Wow! Hast du schon irgendwelche Macken entdeckt?«

»Nein.«

Wir hören Wasser rauschen, dann ertönt eine laute, unmelodiöse Stimme: »THERE IS A ROSE IN SPANISH HARLEM …«

Pan und ich sehen uns zum ersten Mal richtig an – und brechen gleichzeitig in schallendes Gelächter aus. Wir lachen, bis wir Schluckauf bekommen und keine Luft mehr kriegen. Gott, wie hab ich das vermisst!

Wir fallen vornüber auf den Küchentisch, und Pan ruft unter Tränen: »Gott, Marnie … das habe ich vermisst!«

»Ich auch. Entschuldige, dass ich so ein Aas war.«

»Entschuldige, dass ich deinen Freund gebumst habe.«

»Dir ist doch klar, was wir sind, oder? Wir sind zwei dumme Gänse. Es ist passiert, weil wir es zugelassen haben. Wir haben uns beide in denselben Mann verliebt und sind beide verarscht worden.«

»Gründlich verarscht worden – aber schön!« Sie wischt sich mit dem Ärmel über die Augen.

»Nimm ihn nicht in Schutz. Ich war die halbe Nacht wach, um zu kapieren, wie wütend ich bin. Dad hat gesagt, er war eine miese Ratte, und er hatte absolut recht. Je länger ich darüber nachdenke, desto mehr will ich ihn anschreien. Ich habe es mir vorgestellt. Ich würde ihn gern an einen Stuhl fesseln, ihm mit einer Lampe ins Gesicht leuchten und ihn verhören.«

»Das hätte nicht viel Sinn«, meint Pan sanft. »Du

weißt, er würde immer einen Weg finden, sich herauszureden. Bei mir hat er das immer geschafft.«

»Ja, und ich weiß jetzt auch, wie. Seine Liebesbeteuerungen waren außerordentlich glaubhaft … und wir sind drauf reingefallen. Wir sind Schauspieler und sind darauf reingefallen!«

»Du solltest dir deswegen keine allzu großen Vorwürfe machen«, sagt Pan. »Ich war diejenige, die den größten Blödsinn geschluckt hat.«

»Ich habe letztes Mal nicht richtig zugehört – erzähl mir alles noch mal, von Anfang an.«

»Wozu? Wir könnten jahrelang darauf herumkauen.«

Sie verschweigt mir immer noch so einiges, aber jetzt verstehe ich wenigstens, warum. Sie tut es nicht, weil sie sich dafür schämt – sie tut es, um meine Gefühle zu schonen. Jetzt ist mir alles klar, und das macht die Sache gleichzeitig mehr und weniger schmerzhaft.

An einem Sonntagnachmittag wache ich auf – in meinem Zimmer, das von Sonnenlichtflecken gesprenkelt ist, in meinem Bett, das nach Sex riecht. Nick hat mich nach dem Essen nach oben geluchst, und alles, was ich eigentlich hatte tun wollen, hat sich in einen selig-verschwitzten Schlaf verflüchtigt. Mein ganzer Körper bis hin zur letzten Synapse grinst und kichert.

Mein Spiegel ist von Blumen bedeckt, die mit verschiedenen Lippenstiften (einschließlich meinem neuesten und liebsten) um die Worte ICH LIEBE DICH gekrakelt wurden.

Blödmann – ich hatte ihn gebeten, nicht mit meinen Schminksachen herumzuspielen. Ich wette, er war die Art von Kind, die die ganze Tapete mit Kreide vollschmiert. Aber ich lächle immer noch, selig vor Erfüllung.

Unter meinem Fenster höre ich Stimmen. Nick und Pan sind im Vorgarten. Pan sagt etwas, und beide lachen.

Träge räkele ich mich und rolle aus dem Bett. Ich gehe zum Fenster und schiebe den Vorhang beiseite. Die zwei stehen direkt unter mir auf dem Weg und bücken sich, um zerknüllte Pappkartons und Dosen aufzuheben. Pan hat Nick anscheinend dazu gebracht, ihr beim Müll-Raustragen zu helfen, und eine der Mülltüten ist geplatzt.

Ich bin froh, dass die beiden sich gerade gut verstehen. Nick beobachtet Pan mit einem Ausdruck echter Zuneigung, und als sie bei den Mülleimern ankommen, legt er einen Arm um ihre Taille. Sie versucht, ihn abzuschütteln, worauf er sie natürlich nur noch fester packt und ihr einen Kuss auf den Hals drückt.

Er blickt nach oben, sieht mich an, und aus seinem Gesicht leuchtet noch die Glut unserer sexuellen Begegnung. Das Glück in seinen Augen macht sie herzerweichend schön.

33. Kapitel

Mehrmals täglich schickt Luke mir Textnachrichten. Er will mit mir essen gehen. Ich bin mir meiner Gefühle ihm gegenüber sehr im Unklaren, so dass ich es immer wieder aufschiebe und die Proben für »Wie es euch gefällt« als Ausrede vorschiebe. Seit unserem Spaziergang im Park, wo er die Nummer als selbstgefälliger, grauhaariger, fahrradfahrender Nichtraucher gab, haben wir nicht mehr miteinander gesprochen.

Mein Verhalten tut mir mittlerweile leid. Ich möchte die Sache zwischen uns bereinigen, und er fehlt mir. Am Ende willige ich ein, ihn nach der Arbeit auf einen Drink zu treffen, zwei Tage vor meiner ersten Vorstellung.

»Du solltest ihn hierher einladen«, schlägt meine Mutter vor. »Ich bin sicher, er würde Fafner gern sehen.«

»Es ist praktischer, wenn wir uns im West End treffen«, antworte ich. Das stimmt nicht ganz, aber ich will ihm als Erwachsene gegenübertreten, und zu Hause bin ich immer noch ein Kind.

»Der Kerl steht auf dich.«

»Das ist gut möglich, aber ich bin viel zu beschäftigt, um an eine Romanze zu denken.«

»Schätzchen, du wirst nicht immer so beschäftigt sein. Du brauchst auch ein Leben außerhalb des Theaters.

Und die Zeit bleibt nicht stehen, weißt du? In deinem Alter hatte ich schon ein Kind.«

»Ich habe entschieden, nur für die Kunst zu leben«, erwidere ich und lege hastig Lippenstift auf. »Ich bin eine vestalische Jungfrau des Theaters. Ich weiß nicht, wann ich zurückkomme … wartet nicht mit dem Essen auf mich.«

»Werden du und Luke denn später noch was essen?«

»Vielleicht.«

»Hmm.« Sie wirft mir einen ihrer durchdringenden Blicke zu – es gibt Zeiten, da habe ich das Gefühl, sie durchschaut mich bis ins Mark.

Ich eile aus dem Haus, denke zum einen an das Stück und zum anderen an Luke. Was will ich ihm sagen? Erwarte ich, dass wir weitermachen, als hätte er Nick niemals als »Arschloch« bezeichnet? Wer von uns wird sich als Erster entschuldigen – und wer wird es auch so meinen? Wird uns die sexuelle Spannung wieder überwältigen (und warum klingt das, als wäre Sex ein wildes Tier, das uns überfällt)?

Mein Tag besteht aus dem Einüben der Tänze am Morgen (der gute Gavin hatte recht mit seiner Befürchtung, er werde über die eigenen Füße fallen), einer Stunde am Nachmittag mit dem theatereigenen Stimmtrainer, gefolgt von einem Durchlauf der zweiten Hälfte des Stücks. Als endlich Feierabend ist, gehe ich bei leicht stürmischem Wind zu Fuß über die Waterloo Bridge nach Covent Garden, wo Luke und ich in einer Cocktailbar verabredet sind.

Es ist eine angesagte, großspurig ausgestattete, gutgefüllte Bar, und ich bin der einzige Gast, der keinen Anzug oder ein Kostüm trägt. Ich wünschte, ich hätte mich ein bisschen hübscher gemacht und nicht auch noch die mit Tanzschuhen und Wasserflaschen vollgestopfte sperrige Stofftasche dabei.

Einer der Anzugträger erhebt sich von seinem Sitz, und es ist Luke – unglaublich schlank und smart in schiefergrauer Wolle und gestreifter Krawatte. Er küsst mich, und wir setzen uns. Ich habe Mühe, meine Tasche unter dem Tisch zu verstauen.

»Ich bin froh, dass du als Erster hier warst«, sage ich. »Jetzt können sie mich nicht mehr rauswerfen – meine Arbeitsklamotten sind bei weitem nicht so nobel wie deine.«

»Wie läuft es denn?«

»Gut, danke.«

»Ich werde zu deiner ersten Vorstellung kommen – ich hoffe, du hast nichts dagegen.«

»Natürlich nicht, sei nicht albern. Ich freue mich.«

»Wir sind nicht gerade nett auseinandergegangen«, sagt er ernst. »Das tut mir leid. Möchtest du einen Wein? Der hier ist eigentlich ganz gut.«

»Das ist er bestimmt.«

»Bevor du fragst: Ich fahre heute nicht mit dem Fahrrad nach Hause, auch nicht mit dem Auto.«

»Frage ich das immer?«

»Ja.«

»Ach, Gott, ich bin ja so eine Spaßbremse.« Ich sollte nicht auf leeren Magen trinken, aber der Wein ist köstlich und gibt mir etwas zu tun. Ich bin noch nicht ganz dahintergekommen, ob Luke immer noch sauer auf mich ist.

»Ich hätte Nick nicht ›Arschloch‹ nennen sollen. Ich war wütend.«

»Ich weiß … ich auch. Bevor du fragst: Ich habe mich mit Pan versöhnt.«

»Ich wusste, du würdest es schaffen.«

»Und ich sehe allmählich ein, dass Nick hin und wieder tatsächlich ein Arschloch sein konnte – nicht mir gegenüber, aber anderen. Pan und dir.«

»Paare sollten nicht mit anderen Paaren zusammenwohnen«, meint Luke. »Man meint, es muss funktionieren, aber das tut es nicht. Irgendwann wird es extrem schwierig, nicht an die andere Frau – oder den anderen Mann – zu denken … in sexueller Hinsicht.«

»Wahrscheinlich ist das so.«

»Nick hat mir vorgeworfen, ich würde auf dich stehen«, sagt Luke. »Und das stimmte natürlich.«

»Du hast aber nicht darauf reagiert – jedenfalls nicht, solange wir unter demselben Dach wohnten.«

»Nein, dazu bin ich viel zu wohlerzogen.« Er stellt sein Glas ab und lehnt sich vor. »Aber ich war total heiß auf dich.«

»Oh.« Das war mir nie aufgefallen, aber ich hatte auch nicht gerade danach Ausschau gehalten.

»Dass du hübsch bist, ist mir gleich bei meinem Einzug aufgefallen, aber nach und nach wurde mir klar, dass du richtig schön bist.«

»Oh … danke …« Vielleicht liegt es am Wein, aber mir schießt die Röte in die Wangen, und ich habe plötzlich Lukes nackten Körper vor meinem Augen.

»Ich war nicht nur heiß auf dich. Ich merkte, dass ich mich plötzlich immer schon darauf freute, mit dir zu reden, deine Meinung zu hören, mit dir zu streiten. Als Nick auf der Bildfläche erschien, musste ich mich richtig anstrengen, nicht eifersüchtig zu sein.«

»Oh.« Mir fällt nichts anderes ein.

»Vielleicht lag es an meiner theologischen Ausbildung, aber irgendwie habe ich es geschafft, nicht über dich herzufallen. Obwohl es ein, zwei Gelegenheiten gab, bei der die Versuchung doch sehr groß war.« Mit leiser Stimme spricht er weiter: »Dieses eine Mal, wo du dich über den Geschirrspüler gebeugt hast ... da hatte ich den fast überwältigenden Drang, dir die Jeans runterzuziehen und dich an Ort und Stelle von hinten zu nehmen.«

»Du ... was?« Ich bin völlig platt – noch nie habe ich unseren Beinahe-Priester so reden hören.

»Ich bin direkt nach oben zu Pandora gegangen und habe eine saubere Achtdreiviertel auf dem Wonnometer erreicht. Da dämmerte mir dann, dass die Situation nicht so ganz gesund war.«

»Luke!« Das ist einfach unfassbar.

»Ich fühlte mich nicht wohl dabei, mit der einen Frau zu schlafen, während ich an die andere dachte.«

»Und das hast du getan?« (O Gott – bedeutet das, dass Nick insgeheim an Pan gedacht hat?)

»Vielleicht ... auf gewisse Art ... Es war moralisch sehr verwirrend. Ich dachte, es käme daher, dass ich dir körperlich so nahe war. Aber jetzt wohnen wir nicht mehr zusammen«, fährt Luke fort, »und meine Gefühle haben sich nicht geändert. Wir sind beide Single, also besteht kein Grund, das jetzt nicht zu sagen.« Er spricht schnell und leise. »Ich bin ziemlich sicher, dass ich dich liebe. Nicht mit dir zusammenzuwohnen hat es nur noch schlimmer gemacht. Es geht schon so weit, dass ich an nichts anderes mehr denken kann. Ich habe dich heute Abend um eine Verabredung gebeten, weil ich fest vorhabe, dich zu einem romantischen Essen einzuladen und danach zu verführen. Am liebsten würde ich dich aber gleich mit nach Hause nehmen.« Nach kurzer Pause fügt er hinzu: »Es war schwer, das höflich zu formulieren, denn was ich mit dir machen will, ist alles andere als höflich.«

Ich grinse und muss mir ein Lachen verkneifen, weil er so höflich ist, dass ich mir vorkomme wie von Lord Chesterfield angebaggert – aber die sexuelle Spannung zwischen uns raubt mir den Atem. »Ich würde auch gern gleich zu dir gehen.«

»Ja, wirklich?« Luke grinst von einem Ohr zum anderen und sieht trotz seiner grauen Haare unwahrscheinlich jung aus. »Die Rechnung, bitte.«

Der Sex ist großartig. Sobald wir durch die Wohnungstür kommen, fallen wir übereinander her und hinterlassen auf dem Weg zum Schlafzimmer eine Spur aus hastig abgelegten Kleidungsstücken ... Schuhen ... Tasche und Aktenkoffer.

Danach liege ich entspannt mit dem Kopf auf seiner Schulter, wie beschwipst vor wohliger Zufriedenheit. Die Welt hat aufgehört, sich zu drehen, wir sind das Zentrum der totalen Ruhe.

»Ich will nichts mehr über dieses blöde Wonnometer hören«, sagt Luke und streichelt meinen Rücken. »Aber ich glaube, ich habe gerade meine persönliche Bestleistung übertroffen.«

»Hmm«, seufze ich träge, »wenn du dich mal gehenlässt, bist du nicht mehr zu bremsen. Und in Messwerten gesprochen, muss ich sagen, dass du die Neun eindeutig überschritten hast.«

»Im Ernst, Marnie … wir müssen uns wieder treffen.«

»Hmm, wann immer du willst.«

»Morgen und übermorgen und überübermorgen.« Er schiebt mich sanft zur Seite, stützt sich auf dem Ellbogen ab und sieht mir ins Gesicht. »Ich will nicht, dass du gehst.«

»Ich würde gerne bleiben, aber mir graust vor dem Feuerwerk an Fragen. Meine Mutter vergisst immer wieder, dass ich kein Teenager mehr bin.«

Er setzt sich aufrecht. »Ich koche uns was und bring dich dann nach Hause. Dann gehen sie davon aus, dass wir noch essen waren. Wie wäre das?«

»Perfekt. Du bist das personifizierte Taktgefühl.«

Widerstrebend verlasse ich Lukes Bett, um ihm bei der Zubereitung seiner üblichen Omeletts mit Salat zuzusehen, die wir so munter verspeisen, als wäre es das Normalste auf der Welt.

»Ich habe allen auf der Arbeit gesagt, sie sollen Karten für ›Wie es euch gefällt‹ besorgen«, verkündet Luke. »Sie sind mächtig beeindruckt. Darf ich jetzt damit angeben, dass wir zusammen sind?«

»Sind wir zusammen?« Das klingt dramatisch … bis ich darüber nachdenke: Wir haben Sex gehabt, wir wollen es wieder tun, daher sind wir wohl zusammen. »Ich schätze, das sind wir.«

Mir ist plötzlich ganz leicht ums Herz – als hätte ich gerade einen Witz verstanden oder entdeckt, dass ein schwieriges Rätsel lachhaft einfach ist. »Natürlich sind wir zusammen, Luke! Wir sind doch schon seit Urzeiten ineinander verliebt.«

Er schmunzelt. »Ach ja?«

»Ja, aber wir haben es nicht gemerkt, weil es nicht mit Sex angefangen hat. Am Anfang warst du einfach Pans Freund. Mein erstes wohliges Kribbeln kam, als du eine neue Dichtung in den Wasserhahn im Wirtschaftsraum eingesetzt hast.«

»Bei mir kam es, als du mir eine Tasse Tee gekocht hast, nachdem ich durch den Regen nach Hause radeln musste.«

»Es war nicht gerade wie ein Blitz aus heiterem Himmel.«

»Nicht wie bei Nick.«

»Nein.«

»Ich habe ihn als Erster erwähnt«, bemerkt Luke. »Ausnahmsweise. Ist es dir aufgefallen?«

»Nein.« Ich fühle mich unwohl. Ich hatte nicht an Nick gedacht. Wenn ich nicht an Nick denke, ist er weiter weg und noch weniger am Leben. Ich greife nach meiner Trauer und habe plötzlich Angst, sie loszulassen.

»Wir waren diesmal nicht zu dritt – mehr wollte ich damit nicht sagen.«

»Bitte …«

»Tut mir leid, das hörte sich jetzt irgendwie gruselig an.«

»Beim ersten Mal, als wir's getan haben«, sage ich, »war Nick noch am Leben.«

»Ja, und dann war er tot, und es war wie ›Gehen Sie zurück auf Los‹. Gott sei Dank kann er jetzt nichts mehr ausrichten.«

»Hör auf.«

Luke neigt seinen langen Körper vor und küsst mich auf die Wange. »Okay, ich hör auf, bevor ich noch weiter ins Fettnäpfchen trete.«

Als ich die Haustür aufschließe, ist es fast elf Uhr. Dad ist schon im Bett, und Mum sitzt im Wohnzimmer und sieht sich die Spätnachrichten an.

»Hallo, Schatz – ist Luke bei dir?«

»Hallo, Christine.«

Fafner beginnt zu kläffen und rast in die Eingangshalle, wo er sich Lukes Schuh schnappt.

Luke befreit den Schuh aus seinem kleinen Hundemaul und hebt ihn hoch. »Hallo, Fafner. Du bist ja jedes Mal größer, wenn ich dich sehe.«

In der Küche steht mitten auf dem Tisch ein fremdes Objekt, das aussieht wie eine schlichte, schwarze Keksdose.

»Ich hätte sie nicht da stehen lassen sollen«, sagt Mum, die geschäftig den Teekessel aufsetzt. »Das Problem ist nur, dass ich nicht weiß, was ich damit machen soll. Adam hat sie vorbeigebracht. Die Bestatter haben sie Francesca gegeben, aber sie hat sich furchtbar aufgeregt und wollte sie aus dem Haus haben.« Als sie meinen verstörten Blick sieht, fügt sie hinzu: »Es tut mir leid, mein Schatz. Ich weiß, das sieht gruselig aus, aber ich wollte sie nicht in den Wirtschaftsraum stellen.«

»O Gott«, sagt Luke. »Das ist Nicks Asche.«

Ich starre auf die grässliche Keksdose und versuche,

mir die Asche darin vorzustellen – ein Haufen verkohltes Fleisch und Knochen, der einst der Mann war, den ich liebte, der einst in diesem Haus lebte und an diesem Tisch saß. Alles, was von ihm übrig ist, steht hier.

Brennende Tränen schießen mir in die Augen. Irgendetwas hat sich verschoben, die Trauer hat ein anderes Vorzeichen bekommen. Dies sind nun die Überreste meines ehemaligen Geliebten. Luke legt einen Arm um mich. Er ist jetzt an Nicks Stelle. Deshalb weine ich.

»Wie typisch von ihm«, sagt Luke, »noch einmal zum Verbeugen vorzutreten, und das im unpassendsten Moment.«

»Marnie, geht es dir gut?«, fragt Mum (und sieht mich eindringlich an). »Du bist furchtbar blass. Wo seid ihr essen gewesen?«

»Es geht mir gut«, antworte ich mit fester Stimme. »Aber wir können das Ding nicht mitten auf dem Tisch lassen. Was sollen wir überhaupt damit machen?«

»Ich glaube, Francesca will, dass du die Asche irgendwo verstreust.«

»Oh.«

»Vielleicht in den Fluss, neben dem *National Theatre*.«

»Ich glaube, da muss man erst eine Genehmigung einholen«, meint Luke.

»Das würde mich nicht überraschen«, sagt Mum. »Die Leute denken, sie hätten das Recht, überall ihre Asche zu verstreuen. Erst neulich habe ich in der Zeitung gelesen, dass jede Menge Menschen Asche im Garten von Jane Austen verstreuen, und wenn kein Wind geht, liegt die da in deprimierenden kleinen Haufen herum.« Sie denkt kurz nach. »Allerdings … bei Wind ist es vielleicht sogar noch schlimmer. Wer will schon lauter fremde Asche ins Gesicht bekommen?«

Ich weiß, wo Nick verstreut werden will. Er hat es mir gesagt – vielleicht nicht ganz im Ernst, aber damals hatte er auch noch nicht vor zu sterben.

»Ich überlege mir etwas«, sage ich. »Bis dahin stelle ich das Ding ins Regal – ganz oben, damit Dad es nicht für eine Teedose hält.« Der Behälter mit Nicks Asche ist schwerer, als ich dachte. Ich gehe auf Zehenspitzen, um ihn außer Sichtweite aufs oberste Regal zu hieven. »Arme Francesca.«

»Danke«, sagt Luke und küsst mich auf den Mund.

»Sieh an«, sagt meine Mutter. »Sieh an, sieh an.«

»Mum.«

»Was? Ich habe kein Wort gesagt. Also … heißt das nun, du bleibst die Nacht über hier, Luke?«

»Mum!«

»Ich frage doch nur, Schatz. Es ist mein gutes Recht zu wissen, wer morgen früh alles im Haus ist.«

»Keine Sorge, Christine«, sagt Luke. »Heute Nacht werde ich nicht bleiben.«

(Ich bin erleichtert. Abgesehen von der Peinlichkeit sind auch noch Nicks ganze Sachen in meinem Zimmer.)

»Aber ihr zwei seid jetzt sozusagen ein Paar?«

»Ja«, sagt Luke. »Wir sehen uns am Donnerstag bei Marnies Premiere.«

»Gut.« Mum sieht ungemein zufrieden aus, als hätte sie uns höchstpersönlich mit einer Schleife zusammengebunden. »Dann ist es ja gut.«

»Was denn?«, frage ich nach.

»Ach«, sagt Mum. »Eigentlich alles.«

34. Kapitel

Es ist nicht die glamouröse Premiere einer brandneuen Produktion, aber das ist vermutlich egal – ich bin auch so das reinste Nervenbündel und wünsche mich in den wenigen Minuten vor meinem ersten Auftritt sonst wohin.

Überraschenderweise wird es keine Katastrophe. Ich bin gut, ich kann es sogar irgendwann genießen, und als ich mich verbeuge, scheint das Publikum nicht sein Geld zurückzuwollen. In meinem Kopf dreht sich alles vor Erleichterung und Hochgefühl, und ich schenke ein extra Lächeln meiner Mutter, die ich in der dritten Reihe die ganze Zeit über sehen konnte. Irgendwie habe ich es geschafft, mich nicht durch ihre freudige Verzückung rausbringen zu lassen.

Niemand ist überrascht, dass der lauteste Applaus schließlich Gavin gilt. Der alte Touchstone war auch sehr gut, doch Gavin ist die Art von Schauspieler, die es in einer Generation nur ein- oder zweimal gibt, und als er zur Verbeugung auf die Bühne watschelt, gibt es tatsächlich Bravo-Rufe.

Meine Eltern, Luke und Rosa haben mir Premieren-Bouquets geschickt.

In der Backstage-Bar sitzt Rosa mit kleinem, aber

deutlich sichtbarem Bäuchlein. »Ich kann mich nicht entscheiden, ob ich ihn liebe oder hasse – ich wünschte manchmal, ich könnte ihn abnehmen und einfach in den Schrank legen.«

»Das war richtig gut, Marnie«, sagt Sam. »Du und Lizzie seht wunderbar zusammen aus, wie ein Paar Porzellanfiguren.«

Mum drückt mich an sich. »In meinem ganzen Leben bin ich nicht so stolz gewesen – in der Pause sagte eine Frau an der Bar: ›Die Celia ist gut, oder?‹, und ich konnte nicht widerstehen, ihr zu sagen, dass du meine Tochter bist.«

»Du hast sie furchtbar eingeschüchtert«, sagt Dad.

»Sei still, Tobes – sie sagte, du wärst wunderbar, mein Schatz, und würdest deinen Text so intelligent sprechen.«

»Im Ernst, Liebes … das hast du sehr gut gemacht. Zwischendurch kam es vor, dass ich glatt vergessen habe, dass du das bist.«

»Danke, Dad.« Es ist das denkbar größte Lob.

Natürlich habe ich an Luke gedacht – er ist es, der mir bei den Liebesszenen in den Sinn kommt. Die letzten nervenaufreibenden Tage habe ich im Fieber frischer Verliebtheit und neuerwachten sexuellen Verlangens verbracht. Ich kann nicht aufhören zu grinsen – aus dem Garderobenspiegel blickt mir mein leicht dümmlich wirkendes Gesicht entgegen.

Und dann denke ich an Nick, und mein Herz zieht sich vor Traurigkeit zusammen, weil er nicht hier ist und ich mich in einen anderen verliebt habe. Ich kann mich nicht mehr an sein Gesicht erinnern – ich sehe ihn nicht, wenn Mark in seinem Kostüm auftritt. Er wurde so sehr geliebt.

Endlich habe ich ihn in die Vergangenheitsform gesetzt.

Luke ist viel lebendiger für mich – jede Zelle meines Körpers scheint freudig zu kribbeln, wenn ich ihn sehe.

»Du warst phantastisch«, sagt er und küsst mich auf den Mund – direkt vor meinen Eltern und Pan.

»Danke für die Blumen.«

»Bedank dich nicht bei mir – ich habe meine Assistentin gebeten, einen Strauß zu bestellen, und jetzt erstarrt das ganze Büro vor Ehrfurcht.« Er beugt sich vor und flüstert mir ins Ohr: »Hast du es ihnen gesagt?«

»Ja, keine Sorge. Sie erwarten nicht, dass ich heute Abend nach Hause komme, und sie werden nichts allzu Peinliches sagen. Schon für Mum musste ich sehr deutlich werden, aber auch Dad hat es schließlich kapiert.«

»Sie werden sich daran gewöhnen. Das Einzige, was an meiner Wohnung nicht stimmt, ist, dass du nicht darin wohnst.«

»Soll das heißen, du willst, dass ich bei dir einziehe?« (Ich habe natürlich schon darüber nachgedacht. Auch die tugendhaftesten Frauen denken über ein Zusammenziehen nach, wenn seine Wohnung nett ist.)

»Ich denke nur praktisch«, sagt Luke. »Und wir wissen bereits, dass wir miteinander klarkommen. Weißt du noch, wie friedlich es immer zuging, wenn Pan und Nick weg waren und wir das Haus für uns hatten?«

»Gott, ja! Einmal haben wir die ganze ›Aida‹ gesehen, ohne ein einziges Wort zu sagen, und Pan fand uns gruselig.«

»Das kommt, weil sie die Aufmerksamkeitsspanne einer Fruchtfliege hat«, kontert Luke. »Denk darüber nach. Du kannst nicht auf ewig bei deinen Eltern wohnen – ich komme ohne meine auch zurecht.«

»Oh, deine Eltern muss ich noch kennenlernen, oder?« Ich bin aufgedreht, weil ich so glücklich bin. »Wie gut, dass ich die Wachsjacke noch habe!«

Er lacht. »Ich bin sicher, Pan hat sie als Vampire dargestellt, aber tatsächlich sind sie sehr liebe Menschen. Meine Mutter ist schon jetzt sehr von dir angetan.«

Am anderen Ende der Bar steht Pan neben Gavin und leuchtet im Glanz seines Ruhmes. Sie fängt meinen Blick auf. Wir haben bisher noch nicht wieder miteinander gesprochen, da ich im Glanz meines eigenen Ruhmes gebadet habe.

»Entschuldige mich einen Moment«, sage ich zu Luke. »Ich muss mir noch Pans Urteil abholen – ich weiß, sie wird mir offen die Wahrheit sagen. Auf der Schauspielschule haben wir einen Pakt geschlossen, schonungslos ehrlich Kritik an den Vorstellungen der anderen zu üben.«

Pan und ich sind offiziell wieder Freundinnen, obwohl wir noch nicht wieder zu alter Nähe zurückgefunden haben. Ich kämpfe mich zu ihr durch. Sie zieht mich aus der lauten Bar an die zugige Ecke neben dem Schwarzen Brett, damit wir reden können.

»Aha«, meint sie munter. »Du und Luke also, hm? Tja, das wurde auch Zeit. Ich hab ja immer gesagt, er wäre mehr dein Typ. Wann ist es passiert?«

»Die schmutzigen Details kriegst du später.« (Einschließlich der bestürzenden Tatsache, dass wir an Nicks Todestag Sex hatten.) »Du weißt, was ich hören will … Ganz ehrlich: Wie war ich?«

Sie wird ernst, wie immer bei beruflichen Angelegenheiten. »Wie hat es sich angefühlt?«

»Ziemlich gut.«

»Tja, es war besser. Bei deinem ersten Auftritt hatte ich ein bisschen Angst – ich hab gemerkt, dass du furchtbar nervös warst.«

»Das stimmt.«

»Aber außer mir ist das bestimmt niemandem aufgefallen. Danach hast du dich entspannt und warst ganz wunderbar – selbstsicher und anmutig und sehr souverän. Wie Lizzie erzählt, geht das Gerücht, dass Sam dir in ›Lear‹ die Goneril geben will, und das würde mich kein bisschen überraschen.«

Das höre ich zum ersten Mal. Pan arbeitet nicht mal in diesem Theater und hört schon vor mir die Gerüchte. »Die Goneril? Du machst Witze!«

»Du Glücksschwein – ich bin schrecklich eifersüchtig. Aber mehr Lob kriegst du jetzt nicht. Du hast genau die Karriere, die ich immer wollte. Du siehst auf der Bühne umwerfend aus, und deine Stimme ist göttlich – obwohl sie manchmal etwas lauter sein könnte.«

»In der ersten Waldszene … wenn ich vorn an der Bühne stehe?«

»Die Details können wir später besprechen … Es ist nichts wirklich Schlimmes dabei. Unterm Strich warst du einfach phantastisch. Okay? Mehr bringe ich jetzt wirklich nicht raus.«

»Danke. Ich weiß, wie schwer dir das gefallen sein muss.«

»Es war die reinste Qual – du talentierte Zicke.« Wir grinsen beide. »Du siehst glücklich aus.«

»Wirklich?«

»So hast du schon seit Monaten nicht mehr ausgesehen. Wie früher.« (Bevor Nick ins Koma fiel, meint sie.) »Ich glaube, du bist verliebt.«

»Könnte sein …«

»Gott sei Dank«, sagt sie. »Ich fühle mich nicht mehr so schlecht, wenn wir beide über ihn hinweg sind.«

»Ich werde nie über ihn hinwegkommen. Aber wenn ich so etwas für einen anderen fühlen kann, muss ich es zumindest zum Teil verarbeitet haben. Manchmal fühle ich mich schuldig deswegen … als würde ich ihn enttäuschen.«

»Aber das ist doch … normal«, meint Pan. »Das Leben geht weiter.«

»Ach, komm schon.«

»Aber das stimmt doch. Ich bin wirklich froh, dass du mit Luke zusammengekommen bist – er ist so ungefähr der einzige Mann auf der Welt, der gut genug für dich ist.« Dann fügt sie hinzu: »Ich wette, seine Mutter wird dich mögen. Denk nur daran, deinen eigenen Alkohol mitzubringen.«

Wir prusten vor Lachen. Wie habe ich diese Art von Gesprächen vermisst!

»Ich hab immer noch den Flachmann deines Vaters«, sage ich.

»Füll ihn mit Gin. Und vergiss auch nicht den Lufterfrischer, damit du von den Hundefürzen nicht ohnmächtig wirst.« Dann sieht sie mich ernst an und drückt mir mitfühlend den Arm. »Du solltest wegen Nick keine Schuldgefühle haben.«

»Darf ich dich etwas fragen?«

»Natürlich.« Sie wird ein bisschen vorsichtig.

»Hat er dir je gesagt, wo er seine Asche verstreut haben will?«

Sie schüttelt irritiert den Kopf. »Gott, nein! Über so was haben wir überhaupt nicht gesprochen.«

»Mir hat er es gesagt«, verrate ich. »Auch wenn ich nicht glaube, dass er es wirklich ernst meinte – er hatte ja keine Ahnung, dass er bald sterben würde, egal, wie viel ich da auch hineinlesen möchte. Aber er hat mir gesagt, wo seine Asche verstreut werden soll. Falls ich mich durchringe, das zu tun – wirst du mir helfen?«

»Was meinst du damit?«

»Ich weiß, das klingt verrückt, aber ich würde mich gern richtig von ihm verabschieden. Als ich seine Leiche im Krankenhaus sah, konnte ich es nicht, und bei der Beerdigung konnte ich es auch nicht.« Plötzlich merke ich, wie viel mir daran liegt. »Ich brauche etwas …«, ich suche nach dem richtigen Wort, »Zärtliches.«

»Und dafür brauchst du mich?«

»Ja. Ohne dich könnte ich das nicht. Wir haben ihn doch beide geliebt, oder nicht?«

Pan bekommt feuchte Augen. »O ja.«

»Wir können gemeinsam um ihn trauern«, sage ich. »Wie zwei Nymphen, die den Tod des Ikarus beklagen.«

»Oder wie zwei Rotkäppchen«, meint Pan traurig, »die demselben Wolf verfielen.«

35. Kapitel

Das Meer ist ruhig, und die Frühlingssonne verleiht den sanft hereinbrechenden Wellen einen silbrigen Schimmer. Ein ungestümer Wind fährt durch unser Haar. Pan und ich sitzen auf einem der Wellenbrecher nahe am Wasser, der Behälter mit Nicks Asche zwischen uns. Das Schlagen der Wellen ist ein rhythmisches gedämpftes Rauschen, und der Wind reißt uns die Worte aus dem Mund.

»Du fängst an«, sagt Pan.

»Bitte?«

»Sag was.«

Wir sind in Whitstable. Luke und Gavin sind mitgekommen, sitzen aber im Pub. Diese kleine Zeremonie ist nur für mich und Pan. Ich habe nichts vorbereitet. Nach all den Monaten, die ich mit Nick im Krankenhaus geredet habe, dachte ich, ich würde wissen, was ich sage, aber nun, da wir hier sind, fällt mir nichts ein.

»Mein Hirn ist wie leergefegt.«

»Meins auch«, sagt Pan. »Ich will mich an Nick erinnern und spüren, wie er war, aber der Wind hat mir alles aus dem Kopf gepustet. Vielleicht sollten wir einfach irgendwelche Dinge über ihn sagen.«

»Was für Dinge?«

»Erinnerungen … was immer uns in den Sinn kommt.« Sie blickt aufs Meer hinaus und kneift die Augen gegen das Licht zusammen. »Er war phantastisch im Bett.«

»PAN!«, kreische ich, und wir fangen an zu lachen.

»Tja, das war er nun mal, und das ist genau die Anerkennung, die Nick sich wünschen würde. Er hatte ein wirklich erstaunliches Talent für Sex. Seine Punktzahl auf dem Wonnometer war durchgehend so hoch, dass wir es beide fast nicht überlebt hätten.«

Darüber müssen wir so heftig lachen, dass uns die Tränen aus den Augen laufen.

»O Gott«, keuche ich. »Wir machen das nicht gerade würdevoll.«

»Tut mir leid«, sagt Pan, »das war taktlos. Und ich will auch in keiner Weise andeuten, dass der Sex mit meinem Ehemann dagegen abfällt – es ist befriedigender, wenn wahre Liebe mit dabei ist.«

(Ja, Pan hat letzte Woche geheiratet, ganz ohne Pferdekutsche oder Rolls Royce. Luke und ich waren Trauzeugen, und danach gab es eine wilde Party im Nebenraum eines Pubs. Gavins Eltern sind in betrunkenem Zustand laut und fröhlich, genau wie Pans, und die Momente, an die ich mich erinnern kann, waren wunderbar. Die glückliche Braut in ihrem elfenbeinfarbenen Satinkleid strahlte so schön und verführerisch wie eine Prinzessin.)

»Mit Luke erlebst du wahrscheinlich dasselbe.«

»Pan!«

»Was?«

»Nicht … das ist peinlich.«

»Aber wir haben doch immer über unser Liebesleben geredet«, meint Pan.

»Das war aber, bevor ich herausfand, dass wir dasselbe Liebesleben hatten, vielen Dank.«

»Das zeigt, wie gut wir befreundet sind«, kontert Pan. »Und wie viele Vorlieben wir teilen.«

»Hör auf, das Niveau zu senken. Hier geht es um Liebe, nicht um Sex.« Der Behälter mit der Asche unter meiner Hand fühlt sich kalt an. »Es ist mir egal, was er sonst noch alles angestellt hat. Er hat mich spüren lassen, dass ich ein Herz habe – und mit diesem Herzen habe ich ihn voll und ganz geliebt. Ich war glücklich, weil es ihn gab.«

»Ja«, bekräftigt Pan. »Ohne ihn ist die Welt verdammt langweiliger.«

»Wir werden ihn nie vergessen, oder?«

»Niemals.«

Ein paar Minuten sitzen wir schweigend da und geben uns ganz dem Rauschen der Wellen hin, dem Kreischen der Möwen, dem Heulen des Windes und allem anderen, vor dem uns unsere Gefühle klein und unbedeutend vorkommen.

»Tun wir's jetzt«, sagt Pan. »Während der Wind noch von hinten kommt.«

»Okay.«

Ich habe den Behälter. Ich schraube den Deckel auf und vermeide es, auf die grobe Asche im Inneren zu sehen. Pan und ich stellen uns hin und blicken aufs Meer. Der Wind schubst mich von hinten an, das Timing ist perfekt. Vorsichtig und angespannt kippe ich den Behälter in Schräglage, aber der Wind reißt die Asche in einem Schwung heraus und bläst sie dem Horizont entgegen.

Auf Wiedersehen, Nick, sage ich stumm in meinem Kopf.

Wir stehen schweigend da. Pans kalte Hand greift nach meiner. Ich weiß nicht, wie lange wir so zusammen am Ufer verharren.

Aus der Ferne trägt der Wind ein Rufen zu uns her.

»Gavin«, sagt Pan. »Tut mir leid, er will schon die ganze Zeit etwas essen.«

»Ich glaube, wir sind hier auch fertig – oder?«

»Ja, wir sind fertig.«

Immer noch Hand in Hand, drehen wir uns in den Wind und gehen über die Felsen zurück. Ich trage den leeren Behälter, der jetzt erschreckend leicht ist, in einem Plastikbeutel – wie eine leere Sandwichtüte nach einem Picknick.

»Alles okay bei dir?«, fragt Pan (halb schreiend, wie man es am Meer eben tut).

»Ja, alles gut«, halb-schreie ich zurück, obwohl mich unsere zwanglose Zeremonie trauriger gemacht hat, als ich zugeben will.

»Es ist mir sehr unangenehm, dass Gavin uns unterbrochen hat, aber ich weiß, dass er am Verhungern ist. Er hat seit mindestens einer Stunde keinen einzigen Bissen mehr gegessen.«

Ich muss lachen – Gavins Appetit ist legendär. Im Kofferraum steht schon eine prall mit frischem Fisch gefüllte Kühlbox, aus der heute Abend eine leckere Suppe gekocht wird (der Mann ist ein phantastischer Koch).

»Ich habe es aufgegeben, ihn zum Abnehmen bringen zu wollen«, sagt Pan. »Aber ich habe ihm gesagt, dass ich ihn verlasse, falls sein Bauch noch dicker wird.«

»Nein, das tust du nicht … dafür isst du selber viel zu gern. In zehn Jahren bist du bestimmt genauso dick.«

»Wenigstens werde ich Spaß haben – während du und Luke so hagere Kontrollfreaks bleibt …«

»Und uns schweigend ganze Opern ansehen.«

»In zehn Jahren bist du vielleicht berühmt.«

»Ich bin schon glücklich, wenn ich dann noch als Schauspielerin arbeiten kann. Aber vielleicht bist du dann berühmt.«

»Das bezweifle ich, und es ist mir auch egal. Ist das nicht komisch?«

»Was?«

»Wie du und ich seit Nick die Rollen getauscht haben. Jetzt bist du diejenige, die sich um ihre Karriere kümmert, und ich gebe mich mit dem Leben der glücklichen Hausfrau zufrieden. Die Schauspielerei ist mir tatsächlich scheißegal geworden, was sicher gut ist, weil Gav dabei so viel besser ist als ich.«

»Dann wirst du eben Kinder kriegen«, sage ich. »Du und Rosa werdet euch zum Spielen treffen und unsäglich schwachen Tee trinken.«

»Halt die Klappe.«

»Kann Mr Gomersall dich ernähren?«

»Dank all dieser Filme hat er haufenweise Geld. Ich bin ziemlich sicher, dass er demnächst für einen Oskar nominiert wird – ich überlege jetzt schon, was ich auf dem roten Teppich anziehen soll.«

»Bewegt euch, Mädels!«, ruft Gavin. »Sonst verlieren wir unseren Tisch.«

Wir eilen die Treppe hinauf zu Gavin und Luke, wo das Essen auf uns wartet … und das Leben.

Kate Saunders

Es klingt nach Liebe

Roman

Aus dem Englischen von Annette Hahn

Band 18563

Was tust du, wenn du deiner großen Liebe wieder begegnest?

Genau das passiert Hugh Purvis. Er trifft Laura, seine große Jugendliebe. Hughs Frau Barbara fällt aus allen Wolken. Denn zur gleichen Zeit verliebt sich ihre Tochter auch noch in eine Frau, und Sohn Colin interessiert sich mehr für eine Chorsängerin mit Dreadlocks als für eine Karriere als Pianist. Gegen diesen Gefühlssturm hilft nur eine radikale Renovierung: Barbara kauft eine baufällige Mühle und möbelt nicht nur das Gemäuer, sondern auch den grantigen Exbesitzer auf – mit erstaunlichen Folgen für den ganzen Purvis-Clan …

Die romantische Komödie für die jungen und die besten Jahre.

»Dieser Roman sprüht nur so vor Lebensweisheiten.«
Tina

Fischer Taschenbuch Verlag

fi 18563 / 1